古典詩歌研究彙刊

第十一輯

龔鵬程 主編

第 30 冊

八指頭陀詩研究

謝 秀 蓮 著

國家圖書館出版品預行編目資料

八指頭陀詩研究／謝秀蓮 著 — 初版 — 新北市：花木蘭文化
出版社，2012〔民 101〕

目 4+298 面；17×24 公分

（古典詩歌研究彙刊 第十一輯；第 30 冊）

ISBN 978-986-254-748-9（精裝）

1.（清）釋寄禪 2.學術思想 3.清代詩 4.詩評

820.91   101001408

ISBN-978-986-254-748-9

9 789862 547489

古典詩歌研究彙刊
第十一輯 第三十冊   ISBN：978-986-254-748-9

八指頭陀詩研究

作　　者 謝秀蓮
主　　編 龔鵬程
總 編 輯 杜潔祥
出　　版 花木蘭文化出版社
發 行 所 花木蘭文化出版社
發 行 人 高小娟
聯絡地址 新北市永和區中正路五九五號七樓
　　　　 電話：02-2923-1455／傳眞：02-2923-1452
網　　址 http://www.huamulan.tw 信箱 sut81518@gmail.com
印　　刷 普羅文化出版廣告事業
初　　版 2012 年 3 月
定　　價 第十一輯 30 冊（精裝）新台幣 42,000 元

八指頭陀詩研究

謝秀蓮　著

作者簡介

謝秀蓮一九六〇年生，臺灣屏東人。國立高雄師範大學國文系中國文學碩士，任教於小學；二〇〇四年獲屏東縣深耕教育奉獻獎。長年茹素，篤信佛教。

提　　要

　　釋敬安（1851～1912年），俗姓黃，名讀山。字寄禪，是山谷老人的裔孫。曾於阿育王寺佛舍利塔前燃二指供佛，於今剩下八指，故自稱八指頭陀。本論文共分七個章節，因相關資料不多，故從其詩集來探索。其詩的精神有儒釋道的思想，以及近似屈原、陶淵明、杜甫和黃山谷的思想。

　　敬安從見籬間桃花為暴風雨摧敗慨歎生命而出家，隔年到岐山修頭陀行；遊洞庭湖，感得「洞庭波送一僧來」而習詩。越五年東遊吳越，二十七歲於四明玲瓏岩閉關後，四處行腳，曾為住持。五十二歲入主天童寺，其間為「保教扶宗，興立學校」而奔走不歇。寧波僧教育會成立，推為會長，在寧波創辦僧眾小學、民眾小學，為我國佛教辦學之始。1912年各地佛教代表集於上海留雲寺，籌組「中華佛教總會」，公推為首任會長。九月前往北京，為請求政府下令各地禁止毀廟奪寺產，反被侮辱，憤而辭出。當晚回法源寺，胸膈作痛，示寂。得壽六十二年，僧臘四十五年。

　　敬安喜好作詩，早期作品頗多禪理詩，中晚期更多關懷民瘼之詩，對清末時局倍感憂心；憂時憂民憂國憂教縈繞一生，是一位愛國的詩僧。從其喜好作詩到嗜好作詩，到戒詩；又止不住作詩，進而欲罷不能；而擺盪在詩與禪的掙扎，再到詩與禪融和，終而詩禪相映；這時敬安已五十八歲。其詩風格清寒，接近「郊寒島瘦」。到中晚年詩格轉趨雄渾。

　　敬安酷好作詩，酷詠白梅，有「白梅和尚」之稱。詩中巧用「影」字，有「三影和尚」之稱。以詩文交際，人脈豐厚，豐厚的人脈成就其對佛教的貢獻；為保護寺產北上請命，這為其畫下美好的句點。

謝　辭

　　能有機會再去讀高師國文系是一個心願，記得約民國七十八年高師有四十學分班，國文系招收的對象是中等學校教師。我去信表達也想去讀。謝謝高師的回函，其內容我至今仍記得：「閣下，有二百零三人報名，您排在第二百零二名。」我不是中等學校教師的資格，從簡章裡我知道不符合他招收的對象，況且又是非本科系；但是我非常想去讀，所以去信問。我很驚訝有一個和我一樣白目的人，排在第二百零三名。

　　二十年過了，我也去讀了。雖然論文《八指頭陀詩研究》寫了好多年，但是我最高興的是，我已經在學佛的路上了。為了看懂頭陀的詩，我讀佛經了。從讀不下佛經到讀佛經，很用力的看；從看不懂佛經到現在以佛經為依歸，原來我有這樣一位莊嚴的親人……

　　感謝兩位口考教授給我寶貴的意見，作為我修正的要點。更感謝我的指導教授釋慧開博士，從告訴我兩個字「讀書」開始，能調整我九十九比一百多的腦袋瓜；能在最近的地方找到他；師父來佛光山演講時，每每都再抽二小時指導我。更是對開著電腦藉著一條線，「好，游標點在……」一手聽筒，一手滑鼠，鍵盤的……眼來不及看；一、二小時下來，恨不得我有十隻手，十隻眼。我比較魯鈍，又是一指神

功的電腦，師父能像佛陀一樣的教導周利槃陀伽。尤其能指導我對大藏經的概念，這是我一個最大的福氣，我希望能深入經藏……

感謝外子給我的鼓勵，「寫論文當然苦啊，慢慢寫！慢慢寫……」

感謝女兒，「媽咪，很辛苦喔！允許你今天可以吃一包泡麵，我們不會怪你的！」

感謝兒子，「媽惹，按錯了沒關系，再按『恢復』，一遍一遍的試，電腦頭殼不會壞的！女不嫌母醜，子不嫌家貧，五年畢業和兩年畢業都是畢業，你一樣都是我的媽唷！」

感謝小姑，口考時幫我放「泡波引特」，以及打理一切細節。

謝謝歐葩盡責地看守門戶。

讀佛經讓我不再有恐懼，懂得懺悔；我不害怕住在濃密樹林裡了。我比較懂得打理我的起居作息了。我能過簡單的生活了。

謝謝在我讀書期間給我幫忙、鼓勵的每一個人。

阿彌陀佛！

謝秀蓮合十 99.08.26

目

次

八指頭陀像

第一章　緒　論

　　沙特說：「人一旦進入塵世，他就享有絕對的自由，就要對所做的一切負責，就是自己行爲的主人。」〔註1〕本研究題目爲「八指頭陀詩研究」，所謂詩言志，藉由寄禪的詩來看其志，探析其人之思想、行止。其詩言：

　　　　搬柴運水個愚夫，文墨胸中一點無；
　　　　忽解翻身作活計，詩名贏得滿江湖。（之一）
　　　　青年白髮小頭陀，嘯月吟風寄興多；
　　　　料得梅花應笑我，不能降伏一詩魔。（之三）（〈自題擊鉢苦吟
　　　　圖三首〉）〔註2〕

「詩名滿江湖、嘯月吟風」，以寄禪三十歲這樣能詩的佛門人物，處在晚清，如何在這政局變動、中西思想震盪、毀廟奪寺產的環境下，完成其修行。在時間的洪流中，無論個人主動與被動選擇，都展現其生命的價值。盧梭說：「生命本身沒有意義，你必須賦予它意義；而其價值也透過你所選擇的意義而彰顯出來。」〔註3〕就藉由寄禪所選擇的來看其生命的價值。

〔註1〕　轉引自傅佩榮：《生活有哲學》，台北：健行文化出版，2005，頁131。
〔註2〕　見梅季點輯：《八指頭陀詩文集》，長沙：岳麓書社，1990年，頁59。
　　　　本論文以下所引用八指頭陀的詩、文，皆出自梅季點輯：《八指頭陀詩
　　　　文集》（以下稱《詩文集》），且在引文之後註明頁碼，而不另註出處。
〔註3〕　轉引自傅佩榮：《生活有哲學》，台北：健行文化出版，2005，頁21。

第一節 研究緣起

一、研究之動機

　　有聽過「八指將軍」，但是沒聽過「八指頭陀」；於是我好奇的看看他的詩，其詩不生澀，簡樸自然有趣。翻到有〈戒詩〉一首，煞是好奇，有聽說過戒酒戒菸，戒賭戒毒；就沒聽說過戒詩。會戒菸戒酒表示該項行為上癮，影響健康或作息。但觀時下有戒毒所，靠一己之力難度過戒毒過程引發的不適。毒癮深者幾乎終其一生無法自拔。寄禪竟然要戒詩：

　　　　賦就面減紅顏，詩成頭生白髮；

　　　　從今石爛松枯，不復吟風嘯月。(〈戒詩〉) 〔註4〕

時下夜貓子不就是要捕捉靈感，寫更多的作品麼！何以有人要戒詩，千古之奇。何況是一個出家人，無論修大乘、小乘佛法，最終，皆以了脫生死為職志。佛經不也說：

　　　　不應住色生心，不應住聲香味觸法生心，應生無所住心。

　　　　〔註5〕

　　　　我今為汝開示第一義諦，如何復將世間戲論、妄想因緣而

　　　　自纏繞。〔註6〕

不寫詩不就得了，無所住心；何以詩人自纏繞，會有戒詩之舉？莫非這就是一個病灶。是生命個體成長過程之一項引人深思的癥結；這就是我要研究之動機。

二、為什麼選這個題目

　　「為什麼選這個題目」，選題就是要這個研究要有一個正向的意義或價值。文史哲研究本就非量化論之，而是從其脈絡探究一個生命

〔註4〕見《詩文集》，頁69。

〔註5〕《金剛般若波羅蜜經》卷一，《大正新脩大藏經》(以下稱《大正藏》)，卷八，東京：大藏出版株式會社，1924～1934，頁749下。

〔註6〕《大佛頂如來密因修證了義諸菩薩萬行首楞嚴經》卷三，《大正藏》卷十九，頁117中。本論文以下引用該經則以《楞嚴經》表示。

成長的歷程，這是一個生命的課題。人類從此課題，更了解生命多元的發展過程。

　　本研究的選題之意義：主要是從研究寄禪的詩來解剖其成長過程所面臨的課題；由兒童到少年，再由少年到青少年，由青少年到成年，成年到中年，再到老年所面臨的問題。這些問題可能是平順的，也可能是矛盾、掙扎與衝突的。無論是平順或矛盾，從個案的操作歷程我們作一旁觀者，看其生命的發展與演進。從中學到他人的經驗與轉折，作為自己生命成長的觀照與修正。

　　這無關乎被研究者個人的對與錯，只要人類存在，就一定會有「問題」；若是沒有「問題」，就不再是人類。所謂的「問題」，無論大小，其實都是個「奧祕」。揭開這個奧祕，就好比謎底揭曉。從奧祕到揭曉，所經過大大小小的事跡，即便是思想、即便是言行，都是成長的歷程。生命就是一種學習；整個學習的過程，就是生命的歷程。

　　為什麼選這個議題，有諸多原因：其一、因為寄禪寫好多首詩，而他又是一位出家人，所謂出家人不是天天念阿彌陀佛麼！浩瀚佛經，窮經皓首都未必能閱盡，哪會想到寫詩這種「雕蟲小技」的玩藝呢！況且，寫到幾近瘋狂，不能自已。其二、是修頭陀行。出家當比丘就是了，已捨紅塵七情六慾，還分修的是頭陀行？其三、四處遊歷。遊歷的目的是學《華嚴經》善財童子五十三參，抑或是讀萬卷書不如行萬里路嗎？在在呈現寄禪的與眾不同。以現代人的眼光來看寄禪這些行徑，無疑的，他很有自己的個性。

三、各章結構說明

　　本論文以梅季點輯的《八指頭陀詩文集》為藍本。目前有關寄禪的詩文及版本不多，梅季點輯的版本是資料最具完整性與最早的，其內容的編排與分類給我甚大的助益。其未探究的部分，本論文再深入探究，使八指頭陀的思想更具體化、詩的特色更明朗化。

　　首章爲研究緣起、文獻回顧、研究方法。第二章爲八指頭陀生平事蹟。談寄禪一生的梗概，生命中的貴人，修佛與爭取僧人修行自由，續佛法的慧業。第三章由詩談其思想源頭，以儒釋道爲主，旁及杜甫、陶淵明和屈原以及對山谷老人的孺慕之情。來自「釋」的思想，則以引用經文呈現寄禪的詩無不來自佛法的啓示。是本論文的主筆之一。

　　第四章爲八指頭陀之詩與禪的拔河。由矛盾與糾纏的掙扎到和緩到明朗；探究其如何調適自己，如何安頓生命。第五章爲八指頭陀詩的內容分析。其詩的題材非常豐富，但本論文挑選以在寄禪生命中扮演最重要角色的詩來談，或是這些詩對寄禪有特殊意義的；所以，選憂國與詠史、自然與田園、倫情之詩、紀夢詩、登覽遊湖之詩等來分析，從而看其思想與認知。第六章爲八指頭陀詩的風格分析。以司空圖對詩的二十四個分類來解析；和以顏色來看詩風。第七章爲結論，歸納八指頭陀的詩對其人生的意義，圓滿本論文的研究動機以及其詩對當代的啓發。

第二節　文獻回顧

　　有關寄禪的文獻不甚多，他好像被遺忘了，歸類爲僧人，似乎沒有釋太虛出名，歸類爲詩人，又太唐突。有關他的資料與研究分述如下：

一、認識八指頭陀的相關背景資料

　　有關寄禪的研究資料，海內外學界累積十多年來的單篇期刊論文有五篇及一篇碩士論文：

（一）期刊論文

1、蕭曉陽：〈釋敬安詩歌的藝術：澄明之境中的詩音與詩
　　畫〉〔註7〕

主要談的內容，其一、音樂精神的內化。作者認爲寄禪詩歌側重

〔註7〕　蕭曉陽：〈釋敬安詩歌的藝術：澄明之境中的詩音與詩畫〉，《名作欣賞》，山西省太原市，北岳文藝出版社，2007年8月，頁131～135。

于運用景象表達自己的意趣。其舉例：「老禪抱古意，爲我撫焦桐；如坐石臨澗，微聞松語風。禪心冷香雪，仙梵出花宮；曲罷日亭午，片雲生碧空。」（〈聽枯木長老談琴〉）說此詩主要不是通過對聲音的摩寫來寫樂曲之妙，而是用淡語，來表達心中恬靜的情致。其二、畫圖輪廓的勾勒。例如「雨過林塘晚，猿鳴館宇幽；地寒黃菊瘦，僧病白雲秋。落葉下枯樹，微陽生暝愁；昏鴉亦何事？相對語啾啾。」其認爲詩人感受人生的苦與痛，有意無意的淡化了人生的不幸。其三、澄明之境的呈現。作者舉頭陀有關「淨」、「影」韻的詩，例如「清溪渡雲影」，「啄破松枝影」，「自捉月中影」等都將影寫得搖曳生姿。尤其〈麓山晚眺〉：「清湘白露寒，暮色窺人淨；紅葉滿天飛，疑是秋魂影。」作者認爲寄禪詩歌以其獨特的感受與對生活細節刻劃達到了禪境與詩境的統一，其清在神，其峻在骨；其清峻的精髓是淡淡的悲愁與空靈之境的融合。

2、哈斯朝魯：〈「白梅和尚」的詠梅詩〉〔註8〕

主要談：敬安天生愛梅，以梅花的風姿展現自己獨特的佛教信仰和審美理想。其三十一歲刊刻的詩集取名《嚼梅吟》。二十三年後出版的最後一部詩集叫做《白梅詩》。作者讚賞寄禪的詩「人間春似海，寂寞愛山家；孤嶼淡相倚，高枝寒更花。本來無色相，何處著橫斜。不識東風意，尋春路轉差。」（〈梅痴子爲豁然道人寫梅〉）作者說：「能寫出這樣的詩句，眞實地反映了詩僧的心境」。

3、哈斯朝魯：〈詩情澎湃的人生——論八指頭陀的禪詩〉

〔註9〕

主要內容之一、與詩有緣、巧遇良師。之二、以詩會友、詩名於世。之三、潛研默咏、明律識章。之四、「三影和尙」，詩述身世。之

〔註8〕　哈斯朝魯：〈白梅和尚的詠梅詩〉，《世界宗教文化》，北京市：中國社會科學院世界宗教研究所，第1期，2006年，頁50。

〔註9〕　哈斯朝魯：〈詩情澎湃的人生——論八指頭陀的禪詩〉，《內蒙古民族大學學報》，（社會科學版），內蒙古自治區通遼市，第30卷，第一期，雙月刊，2004年2月，頁50～56。

五、白梅和尚作詩詠梅。之六、詩在禪中、禪在詩中。之七、學佛詠詩、心歸淨土。之八、愛國詩僧、心歸淨土。

4、桑寶靖：〈願阻洪流身先死──八指頭陀〈鄭州河決歌〉賞析〉〔註10〕

主要談：「有情救濟民生」的愛國精神。從詩的首句「嗚呼！聖人千載不復生，黃河之水何時清」，是對現實的諷刺；古語有「聖人出，黃河清」之說，慨歎黃水不清，正因為千載已沒有聖人。「蛟龍吐霧蔽天黑，不聞哭聲聞水聲」，洪水淹沒七十座城池；據傳「蛟龍」能發洪水、興風雨，詩中以蛟龍吐霧、遮蔽天日來渲染水勢的危急和不可阻擋，水聲把哭聲都淹沒了……頭陀「捨身願入黃流中，抗濤速使河成功」。「施捨」是「六度」之一……這種精神是與中國佛教本身的優良傳統一致的。歷代高僧大德以「莊嚴國土，利樂有情」為宏願。

5、薛順雄：〈八指頭陀「聽月寮」詩銓〉〔註11〕

以《楞嚴經》的「六根互用」來理解寄禪這首詩。本論文有特別引用《楞嚴經》來闡述，在此不贅述。

（二）學生論文

1、鍾笑：《八指頭陀禪詩研究》〔註12〕

是一篇碩士論文，文筆流暢：主要談寄禪以精湛的禪定功夫，善於把佛理蘊於禪趣之中，創造出空明寧淨的意境。該篇指出八指頭陀師法前人成句或取其意之跡，例如：頭陀詩〈山行〉：「意行隨所適，佳處輒心領；林深闃無人，清溪鑑孤影。」取意於賈島〈送無可上人〉：

〔註10〕桑寶靖：〈願阻洪流身先死──八指頭陀〈鄭州河決歌〉賞析〉，《世界宗教文化》，北京市：中國社會科學院世界宗教研究所，第4期，雙月刊，2002年，頁19～20。

〔註11〕薛順雄：〈八指頭陀「聽月寮」詩銓〉，《東海中文學報》，台中市：東海大學中國文學系，1990年7月。

〔註12〕鍾笑：《八指頭陀禪詩研究》，玄奘大學的中國語文學系碩士論文，2009年7月。

「獨行潭底影，數息樹邊身」。頭陀詩：「大道本無文字象，雪鴻偶寄爪泥痕，我亦印空書咄咄，了無工拙與人論。」（〈少嵐上人索題〈芋園印譜〉，拈此應之〉）可以說襲用了蘇軾〈和子由澠池懷舊〉的人生之論：「人生到處知何似，應似飛鴻踏雪泥。」

綜觀這五篇期刊論文，和一篇碩士論文，其資料大同小異，無有超出梅季點輯《八指頭陀詩文集》的內容論述、所收集的散文、他人寫的跋等。倒是賞析寄禪的作品，像桑寶靖：〈願阻洪流身先死——八指頭陀〈鄭州河決歌〉賞析〉能賞出詩僧的悲心，頗得詩僧特色。

最有同感的是：哈斯朝魯所言寄禪心歸淨土，期望「彌陀慈父垂憐我，願做蓮胎最小男。」他追慕淨土宗初祖慧遠法師，曾詩曰：「誓辭衡雲樓，遠躡廬山嶺；遠公雖已遙，餘芬猶可欽。」寄禪在〈詠懷詩〉中把西方極樂世界描繪得妙不可言。心讚蓮花，心追極樂，對西方淨土——極樂世界往生不疑。他認為要依靠自己的「信力」，所以他在〈淨土詩〉中寫到：「蓮花出水湛然潔，寶樹成行不假栽；欲往西方安樂國，須憑信力斷疑猜。」和筆者所見不謀而和。

另外，鍾笑的碩士論文談寄禪禪詩空明寧淨，其比較具體提出寄禪的〈山行〉、〈少嵐上人索題〈芋園印譜〉，拈此應之〉分別脫胎自賈島的〈送無可上人〉和蘇軾〈和子由澠池懷舊〉。但是該碩士論文有若干處待商榷，分述如下：

其第三章第一節（頁35）：「兄妹諸人骨肉離散」。但是敬安自述：「諸姊皆已嫁」。〔註13〕故與此點不合。也與敬安約五十六歲時給李梅痴的信有不諧。其〈致李梅痴太史書〉：「念昔同袍，一兄三姊，弟妹七人。五十年中，相繼殂亡，惟弟一身，了然猶在。」〔註14〕筆者認為經五十年，人自然老而離世是正常的。故，鍾文這樣寫是待商榷之一。

─────────────

〔註13〕見寄禪著：《八指頭陀詩集》，新文豐出版，1986年，頁277。
〔註14〕見《詩文集》，頁494。

同一章節（頁36與頁40）同時說明。其頁36：「在這種文化心態的影響下，也許除了讀書做官和務農經商，『出家』亦不失為苟全生命于亂世的一種選擇——尤其是成為高僧，有著與名士不相上下的社會聲望。生活中盡是苦行和苦讀，八指頭陀亦想成為高僧。」其頁40：「寄禪的一生，佛教始終是他生命、心靈的依歸，亦是他用畢生精力所奮鬥事業。」這二頁是有待商榷的。筆者的探究如下：

其一、這二頁和敬安〈致李梅痴太史書〉：「蓋貧道雖學佛者，然實傷心人也。七歲喪母，十三歲喪父。孤苦無依，歸命正覺。豈唯玩道？亦以資生。」有出入。講寄禪有苟命于亂世，沒錯；但又非全然如此，敬安半為生活（資生）所逼才出家的。

其二、既迫於無奈而出家，給最知己朋友徐酡仙說：「偶然除髮學浮圖」（〈次韻徐酡仙社友〉），出家是偶然地、不是其規劃之一，他沒想到要出家。他更沒想到要成為高僧。他修頭陀行，有兩首詩說到他的苦：「少小入空桑，殷勤事法王；心因學道苦……」（〈即事偶感〉），也自述：「十六辭家事世尊，孤懷寂寞共誰論？……壞色袈裟有淚痕」（〈述懷〉）。後來也從中苦過來了，況且整部詩文集無顯示敬安想成為高僧的跡象。

其三、梅季在其「前言」也評述頭陀：「中晚期當了住持，但卻不同于把住持當作官職圖享受的某些方丈，他的持身和生活方式都是純禪和子式的：『破衲離披不問年』，『紫芋黃精飽我飢』，『破屋牽蘿補』，衣食住行是如此簡樸。他因詩名，與官府有往來，與名流有交遊，但絕大部分的日子還是跟和尚、善男信女、及苦百姓生活在社會的最底層。這種貧苦的身世、痛苦的遭遇，艱苦的禪業，使他的思想感情能時刻與人民相溝通，人雖出家，心猶在世。思憂于國，情懷于民。」

其四、據筆者探究：綜觀其整部詩集，佛教不能說是他畢生精力所奮鬥的事業。雖然他近二十七歲時，燃頂四十八個點，燃項至腹一百零八個點，到二十七歲在阿育王寺燃二指，挖四塊肉點燈，表他事佛之決心。的確，他極嚮往四明、天童的風景，其二十七歲時希望能去天童

閉關，有詩云：「太白峰前有閑地，願求一丈結茅居。」（〈天童題壁〉）、又說：「願結三間茅屋住」（〈遊四明天童〉），就在這一年他寫有關天童的風景或和天童有關的詩，例如：〈題天童二景〉、〈題清關橋水〉、〈重過太白山二首〉、〈將之天童結茅〉。當光緒二十八年（1902 年）寄禪五十二歲，天童寺首座幻人率兩序班首前來長沙，禮請寄禪為該寺住持，寄禪辭上林寺法席而就天童寺。寄禪嚮往的是天童的風景，沒那麼大成分的「天童名位」。當然當上大寺廟的住持伴隨而來的是名位，但若僅以名位來看待，又和寄禪的整部詩文集有所出入；是扭曲他整個人。其在天童青龍岡築冷香塔是看上那邊的山水景致。以「想成為高僧」作論述，會導致不恰當的視聽。（筆者在本論文皆有說明）

其五、其在天童寺計十一年，只有光緒三十一年（1905 年）全年在山，其餘時日，是四處遊走。「贏得詩名滿江湖」，往後因詩而更得名，累積豐盛人脈，無論主動或被動選擇走上佛法慧業的高峰而為佛教做大事。其「北京之行」是有「湘僧請命」［註15］，雖然是晚回寓所而圓寂，算是犧牲在佛法慧業上。其畢生精力所「奮鬥事業」應該是寫詩而非事佛。這是待商榷之二。

精確的說，憂國甚于當高僧。上述五點是我對鍾文的「想當高僧」和「佛法是畢生精力所奮鬥的事業」所提出反對的看法。

其第五章第二節（頁 81）：再如「〈五月朔，冒雨尋張謇翁夜話有作〉：『……』暴雨之夜，詩思有得，八指頭陀竟然冒雨尋友論詩，可見苦吟帶給他的絕不是苦惱，更是有得到佳句妙語的欣悅。」寄禪找張謇翁不是論詩苦吟。當時是宣統二年的事，寄禪寫有關張謇翁的詩計三題四首：

> 月黑雨傾盆，牽衣夜打門：欲將吃禿意，來與謇翁論。水
> 月定中影，山河夢裡痕。一燈寒自照，了了更何言？［註16］

［註15］馮毓孳：〈中華佛教總會會長天童寺方丈寄禪和尚行述〉，見《詩文集》，頁 521。
［註16］見《詩文集》，頁 406。

（〈五月朔，冒雨尋張蹇翁夜話有作〉）

從下列的詩可以確定張蹇翁是朝廷之官，是保民衛民的地方之官；是一位維持一小地方的秩序者。清朝夕暉已闇，宣統二年，長沙發生搶米風潮，飢民暴動。寄禪何忍看天下蒼生之飢！此際的心境是「國仇未報老僧羞」，這一山一河陵谷雖未變遷，然已清楚擺在眼前，一位亡國遺民「了了更何言」。

> 滿眼黃埃焉足云？古懷郁郁試告君；山林有時得壯士，
> 岩壑無底眠孤雲。岳靈朝亡谷神醉，秋鬼夜哭春人聞；
> 欲驅雷火掃荊棘，使我蘭桂長清芬。〔註17〕（〈述懷一首呈張
> 蹇翁〉）

此時寄禪因憂憤而滿懷壯志，既然無法眠于岩崖谷底，則也可以像壯士振臂一呼，掃荊棘，「使我蘭桂長清芬」，使佛教慧業廣播。惟：

> 蹇翁真是慈悲佛，語及民艱淚即流；痛念黃巾皆赤子，
> 兵符臨發又還收。遁翁學佛謗佛者，公亦理學非其人；
> 安排不吃冷豬肉，敢現金剛護法身。（〈贈張蹇翁二首〉（其一）
> （其二））

宣統三年四月，有黃花岡起義。五月，清朝宣布鐵路國有，長沙群眾奮起爭路。九月，四川保路同志軍大舉起義。十月十日，武昌新軍起義，占領武昌。整個局勢之混亂，百姓作息之失序；蹇翁對待黃巾之亂者都「兵符臨發又還收」，何況在這起義混亂動盪之際，受波及的必是百姓啊！蹇翁不是擺在那兒供人朝拜吃冷豬肉的官僚，他是有血有肉，也如頭陀一般愛民、悲天憫人者，才會現金剛護法身，極力悲憫蒼生。十一月，湖南，浙江等十四省宣告獨立，成立革命軍政府。袁世凱爲總理大臣。準此，我認爲〈五月朔，冒雨尋張蹇翁夜話有作〉寄禪不是找張蹇翁論詩而是一吐亡國遺民的驚恐。這是待商榷之三。

綜合言之，期刊論文等仍未能超越梅季點輯之《八指頭陀詩文集》。倒是薛順雄：〈八指頭陀「聽月寮」詩銓〉令人耳目一新；主要

〔註17〕見《詩文集》，頁409。

是談「觀音」語意的詮釋，以《楞嚴經》「六根互用」來理解〈聽月寮〉。以「六根互用」的角度切入其詩，呼應寄禪東遊吳越，喜以《楞嚴》《圓覺》雜《莊》《騷》以歌的脈絡。使寄禪的詩更明朗化，頗得旨趣。本論文有闡述，在此不贅言。

二、主要文本內容

　　主要文本有：其一、長沙岳麓書社出版的《八指頭陀詩文集》，其二、台灣新文豐出版的《八指頭陀詩集》，其三《續修四庫全書，集部，別集類》中八指頭陀詩集、襍文等，其四《歷代高僧故事》。以下作簡介與評述：

1、《八指頭陀詩文集》

　　《八指頭陀詩文集》是梅季編輯錄製寄禪所有的詩，趙樸初署，一九八四年第一版。一九九〇年十一月再版。文本第一頁是八指頭陀的像一幀。第二頁是八指頭陀手迹一幅，第三頁是八指頭陀著作及有關資料照片一幀。再下一頁是作者梅季一九八四年二月於長沙寫的『前言』，計十四頁。歸納「前言」有三點：「眞摯的愛國思想」、「深厚的憂民情懷」、「獨特的藝術風格」。「前言」之後有七十一頁的目錄；目錄之後則有正文，計四百四十五頁，共錄一千九百九十三首詩，和計有五十八篇的散文，以及計六十六篇的短文，都是寄禪寫給友人的書信等短文。接著是附錄一：《法語》選錄計三十五篇短文。爾後是附錄二：傳序及其他，計三十一篇。最後則是附錄三：八指頭陀年表。此詩文集有目錄，總計五百五十七頁，簡體字排版。橫列印刷，有標點符號。資料收集已非常完整。現在將梅季的「前言」有三個重點分述如下：

（1）真摯的愛國思想

　　順應時代的需要，清末黃遵憲、龔自珍、丘逢甲、秋瑾等人的詩歌，充滿著強烈的愛國主義的激情。由於時世的造就，寄禪的詩篇也同樣閃射愛國主義思想的光芒。例如：

（Ａ）揭露帝國主義的侵略罪行

歌頌愛國將士的抗敵精神，「強鄰何太酷，荼炭我生靈！北地嗟成赤，西山慘不青。陵園今牧馬，宮殿只飛螢；太息蘆溝水，惟餘戰血腥。」（〈贈吳漁川太守〉）描述八國聯軍攻入北京。還有〈書胡志學守戎牛庄戰事後〉、〈邊將〉等諸愛國詩。

（Ｂ）譴責投降派喪權辱國的可恥行徑

像一九○○年李鴻章簽訂的辛丑條約，頭陀有詩哭道「天上玉樓傳詔夜，人間金幣議和年；哀時哭友無窮淚，夜雨江南應未眠」（〈聞陳考公……作此寄之〉），被洗劫的人民反過來要向強盜賠銀四億五千萬兩，三十九年還清，加息就是九億八千多萬兩，每個中國人要出二兩半的白銀。寄禪詩中有太多這種詩，像〈路滿花，感時〉，其心情極度悲憤。清廷搖搖欲墜，頭陀報國無門，像「聲聲欲喚國魂醒」。想喚醒中國這一隻睡獅，所以高呼「國愁未報老僧羞」。

頭陀曾以悲憤的心情向前來天童採集植物標本的師生演說：「蓋我國以二十二省版圖之大，四萬萬人民之眾，徒以熊羆不武，屢見挫于島鄰。」慷慨激昂提醒聽眾：「彼碧眼黃髭者流，益將以奴隸待我中華！」頭陀希望有志之士，「奮袂而起」「富國強兵，興利除弊」，「爲革舊習，激發新機」，以「磨磚作鏡」、「磨鐵成針」之毅力，以「臥薪嘗膽」之精神，挽救危難的中國。他即席向師生賦詩：「力圖砥柱回百川，熱血能將滄海煎。」「金甌未缺當重圓，銀河待挽洗腥羶。」以滿腔的義憤和熾烈的愛國熱情去激發人們發憤圖強救中國的意志。

梅季特別強調，應當指出：八指頭陀反對的只是帝國主義侵華的罪行，並非主張閉關自守，盲目排外，他與維新派陳寶箴、陳三立父子極爲友好。郭嵩燾曾爲我國第一任駐英法大使，考察西歐後，大力宣揚西方科學技術方面的長處，招致頑固派的打擊，頭陀爲之辯護道：「立言不苟合，與世自相違；豈爲一身計，寧辭眾口非！平生憂國淚，多少在朝衣！」（〈過養知書屋敬贈〉）極力肯定郭的洋務主張與愛國情懷。

（C）盡情謳歌壯麗秀美的河山

頭陀足跡遍印吳越，像其〈登祝融峰〉、〈麓山晚眺〉、〈夜遊西湖〉等以其藝術之美感的描述，將中國優美的山河感染給後人。

（2）**深厚的憂民情懷**

例如「我雖學佛未忘世」、「咏絮無心苦民疾」，這是頭陀經常表現出來的進步思想。例如：

（A）反應帝國主義侵略戰爭給人民造成的痛苦

一八九四年甲午戰爭爆發，湖南巡撫吳大澂出於義憤，以一介學者請纓北上，所率湘軍子弟幾乎全部犧牲在日寇屠刀下。「夜半啾啾聞鬼語，一天霜月灑骷髏。」這是山東戰場的慘象。「路逢野老牽衣泣，不見長城匹馬還。」這是家鄉父老的哀傷。詩人寫罷牛庄戰事，止不住滾滾熱淚。一連寫了〈從軍曲〉、〈前征婦怨〉、〈後征婦怨〉等七首詩，是一幅幅戰前生離死別、戰後家破人亡、孤老寡婦呼天搶地、農村滿目荒涼的景象。

（B）描述自然災害給人民帶來破壞

像一九〇六年江淮一帶的大洪水，其詩作〈江北水災〉，透露清廷弛禁，致使米貴如同珠璣，百姓倍受盤剝的現實。當洪水猛漲，毀滅村落，浮屍蔽江的慘象。活著的人「飢來欲乞食，四顧無人炊。兒乳母懷中，母病抱兒啼。」他們流離失所，啃草根，吞樹皮，賣兒鬻女，最後都是「凍餓死路隅，無人收其屍」，詩人憤懣指出：「傷心那忍見，人瘦狗獨肥！」一語雙關，形象地描述了一個狗吃人、人吃人的悲慘世界。「盡有哀時淚未休」，這種悲天憫人之淚，自然使人想起杜工部那「吞聲哭」、「涕泗流」。明人陳白沙說：「少陵只為蒼生老，贏得乾坤不盡愁。」八指頭陀又何嘗不是？「佳句每從愁裡得」，「感舊哀時益苦吟」，這與白居易倡導的「文章合為時而著，歌詩合為事而作」的現實主義創作一脈相承。

八指頭陀深深同情民間疾苦，這與自己苦難的童年有關。其在〈致李梅痴太史書〉說他之出家，既非好逸惡勞，又非重信佛教宗旨嚮往

清淨無為，更非科場仕路不通或情場失意，而只是感到人世冷酷，身世辛酸，為生活所逼。在衡陽仁瑞寺專司苦役五年，到江浙行腳十年，過著「樹皮蓋屋，僅避風雨，野蔬充腸，微接氣息」的清苦生活。中晚期當了住持，但卻不同于把住持當作官職圖享受的某些方丈，他的持身和生活方式都是純禪和子式的：「破衲離披不問年」，「紫芋黃精飽我飢」，「破屋牽蘿補」，衣食住行是如此簡樸。他因詩名，與官府有往來，與名流有交遊，但絕大部分的日子還是跟和尚、善男信女、及苦百姓生活在社會的最底層。這種貧苦的身世、痛苦的遭遇，艱苦的禪業，使他的思想感情能時刻與人民相溝通，人雖出家，心猶在世。思憂于國，情懷于民。

（3）獨特的藝術風格

詩人由於經歷曲折，生活豐富，佛、老、儒、墨思想並蓄，加之廣泛學習過前人風格不一的詩歌，故其創作的藝術手法也是多種多樣的。

像其「何年仙客下崑崙，欲把西江一口吞」，「大江流漢水，落日滿汀州；天地一回首，關山起夕愁」，無一不顯示出豪放而又沉鬱的氣概。「傳心一明月，埋骨萬梅花」，這是天童青龍岡冷香塔苑詩人瘞骨處的楹聯。難怪詩人有白梅和尚之稱。又如「幽花燃夕陽，細雨淡疏林」，「寒江水不流，魚嚼梅花影」，都不濫用典故，不堆砌辭藻，不以文入詩，不以詩說理，情深意遠，明淨如水。自然高淡是其詩歌情調的另一側面。

總括八指頭陀的全部詩歌，大抵早期作品多豪放雄渾，晚期作品多深沉悲壯；早期詩多成自然，中晚期詩多成高淡。憂國憂民者，多為沉鬱凝重；描繪山河謳歌山居幽興、敘述友誼者，多為自然高淡。自然、質樸、雋永，構成了八指頭陀詩歌的一種特有的風格。

以上是梅季的十四頁「前言」要點。再回首《八指頭陀詩文集》後頁，在「附錄二：傳序及其他」中，比較重要者，有一篇釋太虛寫

的詩文〈中興佛教寄禪安和尚傳第六章〉〔註 18〕最令釋太虛稱奇者為：「『寄禪道全業隆』，『和尚幼歲失學，既出家則成佛心切，無意世諦文字，卒以能詩名，斯則余所謂奇已！』」「和尚曾語予曰其詩『傳杜之神，取陶之意，得賈孟之氣體，此吾為詩之宗法焉。』」

　　另一篇馮毓蕠的〈中華佛教總會會長天童寺方丈寄禪和尚行述〉。〔註 19〕這一篇資料多而富。大意如下：「生平與出家、為詩因緣」、「食犬食悟道」，「燃二指、燃頂四十八個點、項自腹燃 108 個點、剜臂肉如銅幣大小四塊」，「修法華般舟行而『寒觸』，而舌根轉而證法華三昧，再精進而空慧俱全」，「事笠雲長老以師禮」，「住持天童」，「日僧竊寄禪之名欲提撥廟產」，「武昌起義新募軍人駐紮寺觀，無賴子弟假光復之名，軍服結隊令僧人出資，迫脅為兵。寄禪慮各地僧人因驚恐而流徙，因流徙而廢置，而倡中華佛教總會」，「湘僧之請而北京之行」。馮毓蕠這篇行述是最為原始資料與最清楚、完整；應是其他零零瑣瑣資料的源頭。

2、《八指頭陀詩集》

　　《八指頭陀詩集》是台灣新文豐在一九八六年出版。計六百三十六頁。分二部，前部是《八指頭陀詩集》，集後有一篇自傳計七頁，敬安述。其主旨：其一、述其出家因緣、經過。其二、精一禪師曰，汝髫齡精進，他日成佛未可量，至文字般若三昧恐今生未能證得。其三、「洞庭波送一僧來」的妙解及郭菊蓀的導讀唐詩與苦讀至忘寢時。其四、時刻念生死事切，時以禪定為正業而參父母未生前語。其五、冒雪登天台，遇虎與遇巨蟒，不懼而降之、視之。其六、曾禪定中遇一團黑影與之交涉而病尋癒。其七、述與友人聚會相與唱和，有花下一壺酒之句，寄禪書不出『壺』字的點畫，旁人故意調侃，因而與酕仙交往更密。其八、述謁孝女廟，叩頭流血的大道理。其九、臥病仍

〔註 18〕釋太虛：〈中興佛教寄禪安和尚傳第六章〉，見《詩文集》，頁 520。
〔註 19〕馮毓蕠：〈中華佛教總會會長天童寺方丈寄禪和尚行述〉，見《詩文集》，頁 521。

思徒手奮擊法夷。其十、自思為如來弟子不能導眾生離火宅，復不能窮參究、徹法源底，迺墮文字自拘，恥熟甚焉。

後部是《八指頭陀詩續集》，沒有目錄、沒有標點符號，唯前部有兩篇舊序，其一王闓運改定重題，其二葉德輝所寫，以及一篇湘潭楊渡寫的序，和釋道安在汐止寫的一篇〈八指頭陀傳略〉。這林林總總資料重複者甚多，這些資料沒有梅季點輯：《八指頭陀詩文集》，這一本豐富。

3、《八指頭陀詩集》、《八指頭陀詩續集》、《八指頭陀襖文》

〔註20〕

《八指頭陀詩集》、《八指頭陀詩續集》、《八指頭陀襖文》這三者是在《續修四庫全書》，集部，別集類，冊 1575，總計一百七十七頁。依序分別有楊度題：「八指頭陀詩集」，「八指頭陀詩續集」，「八指頭陀文集」這樣的字眼。前二者「八指頭陀詩集」，「八指頭陀詩續集」，和新文豐出版的《八指頭陀詩集》內容大同小異，而後者「八指頭陀襖文」主要內容：〈與寶覺居士書〉、〈追致徐酖仙〉、碑文、道狀、塔銘……等三十二篇。是梅季編輯，趙樸初署的這一本《八指頭陀詩文集》的散文共五十八頁，計六十六篇的一小部分。整個的說：無論是新文豐的《八指頭陀詩集》或是《續修四庫全書》中的八指頭陀的相關資料，都沒有梅季點輯的這一本豐富。

4、《歷代高僧故事》

《歷代高僧故事》共五輯，彭楚珩編，分別在 1979、1981、1985年出版，佛學語體文化社印。有關八指頭陀部分在第五輯，計六十三頁。其目次：一、洞庭波送一僧來。二、幼失親師劇可悲。三、風雨猖狂花濺淚。四、水雲浩瀚佛門開。五、廿廿年行腳山和水。六、無限騷思塵與哀。七、歸省先塋哀痛甚。八、滿腔孤憤為誰摧。附錄：

〔註20〕寄禪著：《八指頭陀襖文》等，《續修四庫全書，集部，別集類》，冊 1575，頁 349～526。

頭陀軼事摘粹：一、因飼病犬而得悟。二、能詩而不能寫。三、被稱百影和尚。五、苦吟為認真。作者是以說故事的方式來寫。以上內容曾刊於獅子吼六十八年卷中。

綜合以上各期刊論文和碩士論文及各文本，仍逃不出梅季編輯，趙樸初署的《八指頭陀詩文集》的內容。以及未有薛順雄以「六根互用」理解〈八指頭陀「聽月寮」詩銓〉的精闢。

對於趙樸初所寫的「前言」，見解深入、精準，資料的收集最詳盡，是上述其他諸篇論文所無法超越的，筆者深表同感。

所以本論文撰寫及引用的詩或內容，以梅季編輯，趙樸初署：《八指頭陀詩文集》所錄的內容為依據。

第三節　研究方法

這是文史哲的研究，寄禪的詩有一千九百九十三首。外加短文六十六篇，附錄一：《法語》選錄計三十五篇短文。附錄二：傳序及其他，計三十一篇。詩言志，主要以詩來觀其志，或其隱微不為顯露的一面。從其中縫補拼奏出寄禪一生的梗概。那怕是短短的一首詩，都是探索寄禪行止及其內在世界的指針。

一、詮釋態度之原則

有關寄禪的資料不多，是故，以寄禪詩中的詩名找有可能的相關敘述，例如題畫詩、挽詩、送別詩、悲憤詩等，甚至梅蘭竹菊，或美學等一一找尋。「繞外圈，走遠路」由外而內包抄，閱讀後再一一過濾。有感於「閱讀人文作品，將會開拓人們的眼界，亦即明白人生除了『有形可見，可以量化』的成就之外，還有內心追求真善美的願望。換言之，你會覺得再多的成就也是不夠的。如果無法由物質轉化與提升到心智層次，努力在『知、情、意』三方面自我陶冶，人生只不過外在化、數量化、機械性的運作而已，當生命有量無質時，我們必將陷入寂寞之中。

心理學家再三警惕我們，說『現代人最大的痛苦，就是不知道有一個內在的自我，或者即使知道也疏於與它聯繫。』一個人如果不斷接觸新的觀念與知識，培養溫和而穩定的人際情感，並且逐漸提高行動的自主性，亦即在『知、情、意』三方面不斷成長，那麼，他的人生才可算是充實的。

接著出現的是人生意義的問題。如果死亡結束一切，人生終究難免於虛無，那麼請問人生還有意義嗎？在此，我們面臨一個完整的生命架構，亦即『身、心、靈』三個層次。榮格為人治療心理疾病，最後不得不問：『許多人身體健康，心理正常，但是並不快樂，原因何在？』在於人除了身與心之外，還有靈性生命。馬斯洛晚年提出人本心理學的『Z 理論』，就是主張人在尋求自我實現之後還須往上致力於自我超越。靈性無形可見，是人類生命的公分母，只要每一個人超越自己的身與心的欲求範圍，就會抵達一個靈性之海，然後變得慈悲與博愛了。」〔註21〕是故，人除了有形的身與心的成長，更深一層之性靈的修為是不易察覺的。準此，詮釋態度之原則往往決定成果內容的產生。尤其在談論人物、思想等複雜的背景時，如果無適當的詮釋角度、深度與面向，則結果或許兩極化。所以，更深入詮釋，有可能讓我們更貼近作者的想法，或活化作者原有的思想，而更上一層。

二、本研究運用的探究策略

就本文寫作策略應用而言，「方法的運用即決定研究的路向，而直接影響研究的重心與成果。」〔註22〕然而，這是文史哲的研究，對詩的深度審視進而窺視其內在的精神。是故，在自然、社會、人文三大領域，方法各有特色，無法一體適用。因此學術界如果要統一方法，往往會以成效卓著的自然科學為典範，然而在研究社會與人文時，就不得不削足適履了。

〔註21〕傅佩榮：《生活有哲學》，台北：健行文化，2005 年，頁 94～95。
〔註22〕吳汝鈞：《佛學研究方法論》，台北：學生書局，1996 年，頁 95。

　　「方法必須根據材料而定，材料若是物質，則觀察與實驗是不可或缺的。若是社會生活，則蒐集、累積、比較、研判、統計是必要的；若是心靈結晶（如文學、藝術、哲學、宗教）則涉及理解與詮釋了。」〔註23〕是故，又回到詮釋態度之原則。所以詮釋時，儘可能的讀其字裡行間的隱微意思，找出相關的詩加以比對、分析。例如：上述提出鍾笑的碩士論文「其頁81：再如〈五月朔，冒雨尋張謇翁夜話有作〉：「『……』暴雨之夜，詩思有得，八指頭陀竟然冒雨尋友論詩，可見苦吟帶給他的絕不是苦惱，更是有得到佳句妙語的欣悅。」何以知道這句話有待商榷？這是翻找其相關的詩，前後拼湊再加上時事的配合，從中讀出其字裡行間的意思。頭陀找張謇翁不是論詩，不是苦吟。而是：「這已是宣統二年的事，頭陀寫有關張謇翁的詩計三題四首……」。

　　所以探究策略不做無謂的臆測，然從詩句中呈現的意義為判讀。這是一個莊嚴的態度。

第四節　研究目的的開新

　　作為學術論文要具有學院研究的要求，研究成果通常以「價值」來論。價值的高低變成研究的功過。然而，本研究是詩的研究，如果能把問題意識清楚呈現、耙梳，理出個頭緒，誠如上文提到如何經由詮釋加以深思，使原思想者的問題意識，由「實謂」而「意謂」層層進路到「必謂」，有啓明觀念的力量，不但要為原思想家徹底解消原有思想的任何內在難題或實質性矛盾；如此，活化原有思想，同時又能百尺竿頭更進一步。這就完成研究的目的，達到開新方向。

　　有關寄禪的成果，一般常以他有一部《八指頭陀詩文集》而帶過，或說他是中興佛教的第一人。殊不知，由詩集中看到歷史所無法看到的面向，以及指涉到的理念雖然隱而不顯，或詩文中涉及到的人物，

〔註23〕傅佩榮：《生活有哲學》，台北：健行文化，2005年，頁35。

所處的時代背景，面臨相關困境與瓶頸，並就審視其見解價值的討論，釐清一些問題，據此，供後人去延伸研究。

　　筆者研究八指頭陀詩告一段落，常深思像筆者不具足心理學背景者研究其文學作品，便無法暢所欲言，如果更理解其心理成長背景則更能有所發揮。一般以從心理學出發研究這類作品者不多，如果具足心理諮商背景者亦能跨足研究，成果必可觀。

第二章　八指頭陀的生平事蹟

　　清兵入關，明朝的文武官僚紛紛變節投降，幫助清朝鎮壓各地的反抗組織。清兵大肆屠殺百姓，東南一帶遭到瘋狂屠殺和血腥的暴行；有的百姓堅持反抗到底，例如，史可法、鄭成功等壯烈的英雄，和黃宗羲、顧炎武、王夫之等富有節氣的文人。清朝一穩定政權後，一面加強中央極權的君主專制，一面採用對漢人高壓與懷柔的政策。故晚明時的文學思想，例如，由李贄、袁宏道等人所提倡的反傳統、反擬古的文學思想，在明末風靡一時，有很大的破舊作用。

　　清政府鞏固後，反傳統、反擬古的文學思想不容於當時的政治環境而漸式微。故其著作比較屬於復古思想，在清初皆成禁書。像金聖嘆、李漁、袁枚等人之著作都還能看出晚明文學思想的餘波。談到黃宗羲、顧炎武、王夫之等富有節氣的文人，他們是清初學術界的先驅；其作品思想皆是經世致用，反對虛談，又具有愛國思想。他們都成就非凡，也有不少詩文的作品。侯方域、魏禧、江琬，都是清初的散文家。方苞、劉大櫆、姚鼐等都是桐城派要角。到清朝中葉，因爲政治日漸腐化、社會問題日趨嚴重、外國的資本主義滲入，民風不再似往昔的保守，文人不再保守舊風；文風有較大的變化，龔自珍就是一個代表。龔自珍《己亥雜詩》：「一事平生無齮齕，但開風氣不爲師。」〔註1〕這在開風氣上

〔註1〕　〔清〕龔自珍撰／劉逸生注：《龔自珍己亥雜詩注》，第 104，北京：
　　　　中華書局，1999 年，頁 145。

就是一個里程碑。

到晚清，梁啓超、康有爲等在時代的帶動之下，對政治的訴求，所做的宣傳更接近普羅大眾；於是文風以龔定安爲基楚，再步向通達流暢的報章文體。以上是清初經由中葉到晚清的文壇之走勢。由文壇之走勢來看詩壇，也是如此。清代的詩歌，其一、宗唐之詩風：注重神韻、法度、格調、肌理等。其二、宗宋之詩風：反流俗、尚奇崛；好發議論、愛用典故。其三、自抒性靈，不拘一格。若以時代來看清朝詩歌的表現，分三種：清初的表現爲故國之思；乾康時期的表現以復古爲能事，少反映現實生活；晚清時期也就是鴉片戰爭後，所表現的爲憤世哀時之音，愛國意圖強。

在寄禪詩集中提到的清末相關之詩人：其一、袁枚，論詩主張性靈，認爲詩應當抒發性情之作。性靈即性情。袁枚偏向反傳統，求創新。創作只求一味性靈，內容主要是閒情逸致，因而其詩作有不少流於輕浮、貧乏。寄禪有詩懷念袁枚的隨園，「乾嘉風雅共推袁，回首倉山欲斷魂；十載干戈寥落後，荒烟無處認隨園。」〔註2〕（〈白下懷隨園〉）其二、王闓運（1832～1916），字壬秋，號湘綺，湖南湘潭人。其論詩：「古人詩以正得失，今之詩以養性情。古以教諫爲本，專爲人作；今以託興爲本乃爲己作。」王氏的古典詩功力深厚，陳衍說：「湘綺五言古，沉酣於漢、魏、六朝者至深，雜之古人集中，莫能辨正。……」〔註3〕寄禪盛年從武岡鄧白香，與王湘綺兩先生遊，寄禪的詩集刊刻，王闓運曾爲其作一篇序。

整體而言，從清初到中葉到晚清，詩風的走向，經由尊唐宗宋到主性靈再到關懷民瘼。在內容方面，由憂憤到復古再到社會寫實，無不跟政治走勢有關。

〔註2〕 隨園：清袁枚別墅名。康熙時江寧織造隋氏在金陵城外小倉山築堂，號「隨園」。後傾頹，爲袁枚所購，隨其高爲置江樓，隨其下爲置溪亭，隨其夾澗爲之橋，隨其湍流爲之舟，因改作「隨園」。故址在今江蘇南京市北。參見辭源。

〔註3〕 《中國文學發達史》，台灣：中華書局，1970 年，頁 1034。

第一節　八指頭陀的生平

有關寄禪的史料不多，詩評也少，然從其詩集的一首一首詩可以串聯出許多事蹟及其人格思想；其詩才不會被埋沒的，其頭陀精神不會被遺忘的，他是一位愛國詩人。

一、出家經過

釋敬安，俗姓黃，名讀山。在湘陰法華寺出家，剃度本師東林長老賜名敬安，字寄禪。寄禪生於咸豐元年（辛亥年 1851）十二月三日。七歲時母逝，諸姊皆已嫁；父有事外出，常把他和弟弟寄放在鄰家。夕陽西下，父未返，他和弟弟兩人則號咷而哭，沿路找父親，鄉里人看了莫不心酸。

寄禪十一歲上私塾，讀《論語》未終篇，十二歲時（同治元年壬戌，1862 年），父逝；弟幼而依宗族叔伯過活，寄禪一人無依而幫人放牧。某日，放牛時大雨，寄禪到村塾避雨，聽誦唐詩「少孤為客早」，眼淚簌簌的流下；塾師周雲帆先生一問才知，原來沒有爹娘，孤苦伶仃，無法讀書。意外地，周雲帆老師告訴他「你就幫我煮飯掃地，我有空就教你讀書」，寄禪聽了雀躍萬分。刻苦耐勞的寄禪極得老師的誇獎，誇獎他以後會非常有成就。

（一）豈為無家乃出家

好景不常，周雲帆老師病逝。於是，寄禪去當伴讀童；說是伴讀，實際上近似為奴甚至是當挨鞭童。寄禪自述「因悲嘆以為屈身原為讀書計，既違所願，豈可為區區衣食為人奴乎！即辭。去學藝鞭撻尤甚，絕而復甦者數次。一日，見籬間白桃花忽為風雨摧敗，不覺失聲大哭，因慨然動出塵想，遂投湘陰法華寺出家，禮東林長老為師。」〔註 4〕寄禪有慧根！或是前世因緣！才十五、六歲的人見籬間白桃花忽為風雨摧敗，慨然出塵。其實寄禪在出世時就頗受

〔註 4〕寄禪：《八指頭陀詩集》，台灣：新文豐，1986 年，頁 278。

白衣大士的關照：

> 其母親常常祈禱白衣大士，終於夢見蘭花而生了寄禪，才
> 數歲的寄禪最喜愛聽有關仙佛的故事，常常一天到晚嘴巴
> 念念喃喃的，好像在吟誦什麼似的。〔註5〕

莫非仙佛乘願而來，其一生之行徑，尤其會作詩頗具傳奇性。「……
母死我年方七歲，我弟當時猶哺乳……那堪一旦父亦逝，惟弟與我共
荒宇……竊思有弟繼宗支，我學浮屠弟其許；豈為無家乃出家，嘆息
人生如寄旅……。」（〈祝髮示弟〉）早孤，讓寄禪嘆息人生如寄，其
短暫如桃花開，寄禪已嘗盡生命的風雨；出家或許是另一個新生，況
且有弟繼承黃家香火。於是毅然出家。

（二）燃指事佛

何以叫「八指頭陀」，即八根指頭的頭陀，另二根指頭呢？燒掉
了！燃指事佛代表堅定之心。寄禪二十七歲時，或在此之前即已陸續
作的「壯舉」：

> 師以釋迦牟尼有「千瘡求半偈」之說，燃頂四十又八，自
> 項自腹百有八，兩臂殆無完膚。尋至寧波阿育王寺，供灑
> 掃，於佛舍利前剜臂肉如錢者數四，注於油中以代燈。又
> 燃去左手兩指，因自號八指頭陀。〔註6〕

寄禪先在頭頂燃四十八個點，非「戒疤」。又自脖子到腹部燃一百零
八個點。不久，去阿育王寺，作灑掃工作，在佛舍利塔前，將手臂挖
四塊銅幣大小的肉塊當油供點燈，最後燃二指供佛。於今剩下八指，
自稱「八指頭陀」。其自言：「割肉燃燈供佛勞，了知身是水中泡；只
今十指惟餘八，似學天龍吃兩刀。」（〈自笑〉）十指惟餘八，燃掉的
是左手二指。「燃指供佛」有其來源：

> 若我滅後，其有比丘，發心決定修三摩提，能於如來形象
> 之前，身燃一燈，燒一指節，及於身上，爇一香炷。我說

〔註5〕同上，頁278。
〔註6〕馮毓孿：〈中華佛教總會會長天童寺方丈寄禪和尚行述〉，《詩文集》，
　　　　頁521。

是人，無始宿債一時酬畢。長揖世間，永脫諸漏。〔註7〕

若有發心者……能燃手指，乃至足一指，供養佛塔，勝以
國城妻子，及三千大千國土，山林河池，諸珍寶物，而供
養者。〔註8〕

求法亡身，世尊作雪山大士，為求半偈而亡身。《法華經》的藥王菩
薩為法焚身，禪宗二祖神光為求達摩安心而斷臂。在佛前燃燒一指就
能顯現修三摩提的決心；寄禪頭頂燒四十八個點，在身上燃一百零八
個點，在手臂上挖四塊銅幣大小的肉，最後燃燒二指。其行徑、挖的
肉重量不少於「身燃一燈，燒一指節，及於身上，爇一香炷。」其敬
不短少於以「山河國土、與任何珍寶」而供佛者；其虔誠無與倫比。
這是何等「堅定」！什麼樣個性的人才會有如此壯舉：

師體偉口吃，書法奇拙，而無俗氣。嘗與天嬰說偈，又自
稱吃衲，性康爽，胸無城府。晚年傳菩薩行，以利生為務。
徒眷後學，雖被切責，而愈親近之。〔註9〕

我這一年去進堂受戒……傳戒和尚就是諱敬安字寄禪的八
指頭陀。初見他奇偉的形貌，聽他洪亮的言音，便起敬畏。
〔註10〕

寄禪給釋太虛的印象是「奇偉的形貌，聽他洪亮的言音，便起敬畏」。
長得寬廣，稍有口吃，個性開朗有趣，無機心，會找自己開玩笑。「自
笑身軀重，輿夫不肯肩；行將六里路，省卻一囊錢。」（〈由二六市行
至羅江……〉）寄禪笑自己又胖又重，連輿夫都不想賺他一毛錢。這
樣的個性雖不是彌勒佛，也相去不遠。唯「徒眷後學，雖被切責，而
愈親近之。」是嚴以律己、寬以待人，但是作起事來一丁點馬虎不得。

〔註7〕　《楞嚴經》卷六，《大藏經》卷十九，頁132中。
〔註8〕　《法華經》卷六，〈藥王菩薩本事品第二十三〉，《大藏經》卷九，頁
　　　　53上。
〔註9〕　馮毓孳：〈中華佛教總會會長天童寺方丈寄禪和尚行述〉，《詩文集》，
　　　　頁524。
〔註10〕　大乘精舍印經會：《太虛大師傳記及人生佛教思想的啟發》，台北：
　　　　大乘精舍，1986年，頁15。

再從另一首詩也可看出寄禪「個性開朗有趣，無機心，會找自己開玩笑。」例如，在元旦示眾的場合，一本正經言出「大千一氣轉洪鈞，枯木開花象外春」的首、頷聯後，緊接著暴出頸、尾聯「爆竹一聲翻自笑，今年人是去年人。」（〈元旦示眾〉之一），頸尾二句，反常合理，頗具諧趣。

二、家世淵源

寄禪爲僧人和詩人的身分，之所以傳世，是因詩而聞名；故家世淵源分爲俗家家世和出世家世。

俗家的直系家世：寄禪俗姓黃氏，父親諱宣杏，母親胡氏。先世是山谷老人，黃庭堅（1045～1105 年）。黃庭堅字魯直，自號山谷道人，晚號涪翁，宋洪州分寧人，今江西修水人，宋朝時由江西遷茶陵。明末，再由茶陵遷居湘潭的石潭，世代業農。這位先世、和寄禪相隔647 年，約十一、二代左右，是長江一帶詩詞的百代宗主，寄禪詩言：「吾家詩祖仰涪翁，獨闢西江百代宗。」（〈寄題陳伯嚴吏部《散原精社詩集》〉）寄禪甚景仰這位自家詩老人，「虛擲空門閑甲子，只依山谷作詩孫。」（〈王益吾祭酒……〉）連「萬緣休歇盡」，寄禪還是樂得「只依山谷作詩孫」。從這句話已透露玄機！

湘潭人認爲寄禪會作詩是無師自通，然讀其詩集，發現有天分仍須苦讀，更需要師友的牽引。其俗世啓蒙師如下：

（一）周雲帆先生

黃讀山，「年十一始就塾，師授《論語》，未終篇，父又沒。」寄禪少失怙，爲農家牧牛，猶帶書讀。有一日，避雨村中，聞讀唐詩，至「少孤爲客早」，潸然淚下，村塾老師周雲帆先生，嚇一跳，問他爲何？卻說父歿不能讀書。周雲帆先生：「子爲我執炊爨灑掃，暇則教子讀，可乎？」，讀山即下拜。《論語》則成爲寄禪的啓蒙之書，周雲帆先生是寄禪讀唐詩的初步啓蒙之師。

（二）郭菊蓀先生

　　寄禪乍見籬笆上桃花爲暴風雨所摧，慨然出家後，未幾到岐山修頭陀行。某日，回鄉省親舅舅，到巴陵登岳陽樓。自述：

> 友人分韻賦詩，余獨澄神趺坐，下視湖光，一碧萬頃，忽得「洞庭波送一僧來」句。歸述於郭菊蓀先生，謂有神助，且曰，子於詩殆有宿根，遂力勸爲學，授唐詩三百篇，一目成誦。〔註11〕

郭菊蓀先生的妙解與爲寄禪讀唐詩下最紮實的啓蒙工夫。寄禪對這位「詩師」眷念不已。共有三首詩寫到郭司馬，限於篇幅，只列一首：

> 一身如落葉，漂泊依寒渚；孤鴻自南來，與我書寸楮。〔註12〕
> 書中無別語，只言離懷苦；相隔天一涯，夢魂亦難睹。
> 春草碧茹茵，幾度生南浦；〔註13〕怕聽黃鶯兒，出谷啼烟樹。
> 安能即見君，談心慰風雨；讀罷思故人，欲別滄州去。
> 恐爲塵事勞，不得還洞府；躑躅足難前，梅花忽已吐。
> 嚼此遂忘憂，冷香清肺腑。（〈得郭菊蓀司馬書有感〉其一）〔註14〕

異地爲官的郭司馬，一、二十年前的唐詩啓蒙之師。寄禪與這位「故人」亦師亦友的情誼深切。以上爲其俗世之師，其出家後的參學因緣如下：

（三）東翁師老人

　　寄禪的第一位方外師長是湘陰法華寺的東林長老，即剃度本師，

〔註11〕寄禪：《八指頭陀詩集》，台灣：新文豐，1986 年，頁 279。
〔註12〕楮，落葉亞喬木，葉皮可製紙。參見辭源。
〔註13〕南浦：《楚辭‧九歌‧河伯》：「子交手兮東行，送美人兮南浦。」江淹〈別賦〉：「送君南浦，傷如之何？」南浦，送別的地方。參見辭源。（與「滄州」相對，王勃〈滕王閣序〉：「畫棟朝飛南浦雲，朱簾暮捲西山雨。」因爲「孤鴻自南來」郭菊蓀司馬在「南浦」當官，寄禪位在「滄州」，相隔一南一北。）（「怕聽黃鶯兒，」令人想到金昌緒的詩：「打起黃鶯兒，莫教枝上啼；啼時驚妾夢，不得到遼西。」寄禪在此反用金昌緒的詩意，連「夢魂」都怕聽黃鶯「出谷啼烟樹」。）
〔註14〕見《詩文集》，頁 75。

東翁師老人，亦即師老人。寄禪深念這位師長，回想出家時才十六歲，在東林法華寺僅待一年。是年冬（1869 年）到南嶽祝聖寺從賢楷律師受具足戒，旋在岐山參禪。五年後又回法華寺，爾後，東遊吳越。

　　寄禪初出家的心境：「十六辭家事世尊，孤懷寂寞共誰論？懸岩鳥道無人迹，壞色袈裟有淚痕；萬劫死生堪痛哭，百年迅速等朝昏；不堪滿眼紅塵態，悔逐桃花出洞門。」（〈述懷〉）幾許後悔出家，又思人生不過百，如一朝一昏之短暫。才成童就得離鄉背井，其中的孤苦可想而知；幸虧師老人如慈父一般的關愛，鼓勵寄禪雲遊參學。這一年寄禪東遊吳越，頂著「一笠雲煙」到寧波小住，在雪花紛飛的冬日憶起師老人。此際寄禪歷練深廣，一人在外仍常憶師老人，「遙憶吾師衰白髮，瘦梅花下淚沾衣！」（〈冬日客舍書懷，並憶東翁師老人〉）一八九八年，師老人過世，寄禪詩以哭之：「摩娑定石有餘溫，不覺三衣濕淚痕；棒喝無人規誡絕，此心孤寂向誰論？」（〈哭剃度本師〉）長老的病逝帶給寄禪無限哀思。

　　寄禪有多首詩懷念他這位剃度本師，還完成師老人的偶得句，其自云：「先師東翁夜過洞庭，偶得句云：『不知何處仙人笛，吹落梅花滿洞庭。』誠仙籟也。又山居有『山大白雲遮不住，長留面目與人看』之句，皆見道語，惜俱未成章。病中無事，爲足成二絕句，以誌先師道德文采於一微塵中耳。」寄禪視師老人如父一般，計有五首詩談到師老人；多年後爲師老人掃墓仍懷念不已：「憶我剃染時，傳衣披我長；師年未五十，須鬢俱青蒼。師命我行腳，遠帆南海航；一身托雲水，十載還沅湘。」（〈十月初五，谷山掃剃度本師墓〉）寄禪回憶才由岐山修頭陀行回來，師老人再令其行腳參學，即（1875 年）東遊吳越之行，給愛徒最大的學習機會。寄禪念此師恩，「山川有搖落，斯痛永無央！」爾後憶起前塵往事再三詩以哭之，師徒二人情誼深厚。想當初寄禪初入法華寺不到一年，即可上岐山參禪（1869～1874年），見出寄禪表現之優秀與得人之厚愛。

（四）恆志和尚

寄禪出家的家世，最重要的兩個人，一是法華寺的東林長老，剃度本師，寄禪詩中稱之為東翁。一是岐山仁瑞寺的恆志和尚，寄禪稱之為志老人。（1868 年）寄禪出家時才成童，一年後參禪於岐山志老人教下，計五年，專司苦職。岐山位處偏僻，據寄禪〈岐山中興恆志來和尚道狀〉所言：「衡陽紫雲、衡山萬壽兩寺立禪關，延師主講，多所策發。距紫雲三十里有岐山，壁立萬仞，俯瞰湘衡。上有仁瑞寺」，就如〈述懷〉詩所言，「懸岩」、「鳥道」、「無人迹」，才十六歲的寄禪，如何忍受「孤懷寂寞」？若不是孤苦伶仃，無衣無食，「不堪滿眼紅塵態」，何苦去著「袈裟」而落淚；此時此刻真後悔「事世尊」。然又想到「萬劫死生」之痛；「百年迅速」如朝昏，又奈何！在岐山專司苦職五年，在志和尚的引領下頗得身教。同治甲戌年穆宗毅皇帝哀詔至衡陽，恆志哀慟，遵制留髮。其他人說：「老師化外之民，好像可以不必留髮。」恆志說：

> 是何言歟！天覆地載，孰非王民，洪逆亂十餘年，生民塗炭。自大行皇帝登極，化洪巾為赤子，吾輩得優游林下，一旦天崩地坼，山川草木，莫不雨血，況有情乎！〔註15〕

見出恆志之愛國心。寄禪服侍恆志師五年，無論德威、愛國心，莫不得到恆志的真傳；對恆志老人的教誨，永銘莫忘：

〈岐山感舊詩〉一首並序〔註16〕

> 余以同治戊辰，成童剃草，問道岐山。初聞志老說法，如日照高山，大喜溫身，不知門外積雪三尺，老松僵折矣。乃乞侍巾瓶，曉夕親炙，於灑掃舂爨，一身兼任。同學數十人，皆一時龍象。惟資生艱難，四事不具，樹皮蓋屋，僅避風雨，野蔬充腸，微接氣息。雖蛇皮橫陳，魑魅環露，俱能以道自節，不之懼也。余坐五夏，頗有省發，乃辭去順流東下，放志吳越山水間，觀大潮十。甲申秋，舍筏還

〔註15〕寄禪：〈岐山中興恆志來和尚道狀〉，《詩文集》，頁 467。
〔註16〕見《詩文集》，頁 161。

鄉，復經六載。計別此山，凡二十度。志老人示寂，十七
年於茲矣。今春重來訪舊，存者十僅二三，衰病又倍其半，
而余玄髮成素，亦將老焉。去時于仙人石上所植小松，今
枝葉扶疏，上蔽雲日。撫化沾襟，遂成斯咏。

> 弱齡喜聞道，遙禮岐山師；千里懷耿介，中心如渴飢。
> 既入獅子窟，始決野狐疑；凝神入眾妙，飛辯應群機。
> 偶遂水雲性，因與烟巒辭；遠犯風濤險，周覽海岳奇。
> 游鱗思舊塹，翔羽返故枝；靈宇虛宏麗，哲人久已萎。
> 顧余玄鬢影，減彼青松姿；深情抱孤慟，幽淚徒空揮。
> 夢寐存眞契，恍惚昭容儀；鈍根諒不棄，請以龍華期。

弱齡好道的寄禪，已耳聞恆志師的風采，終能乞侍巾瓶，曉夕親炙，
身教言教無不如志老再生。寄禪視之如父，一八七五年志老仙逝。「獨
禮虛堂月，無言淚滿襟。」(〈禮岐山恆志老人塔〉)時隔十二年，寄
禪對著虛堂月仍會淚流。寄禪有多處作人處事的道理承襲自志老人，
例如〈二月朔，國喪期滿，遵制剃髮，感書一絕〉，「國殤期間不剃髮，
至期滿才剃髮」。「雖是方外之士仍對國事頗關心，感認爲覆巢之下無
完卵」。也爲志老人寫一篇〈岐山中興恆志來和尙道狀〉，這一切可視
爲寄禪孝思的表現。

（五）精一律師

精一禪友是寄禪到岐山，首參恆志和尙的同門師友，精一首座
是維那，在仁瑞寺管理總務的知事僧，閒暇時也以詩自娛，寄禪曾
譏他說，出家人不究本分上事，乃有閒工夫學世諦文字。精一笑笑
的說：「汝髫齡精進，他日成佛未可量，至文字般若三昧，恐今生
未能證得。」〔註17〕因緣湊巧，後有「洞庭波送一僧來」的故事，
在岐山司苦職五年的寄禪，閒暇時也苦讀，「以讀書少，用力尤苦」，
更是苦讀。

某日，要告別精一禪友，寄禪也獻上一首詩給他，「精師見余所作，

〔註17〕寄禪：《《詩集》自述〉，《詩文集》，頁453。

大奇之。」〔註18〕精一萬萬沒想到寄禪文字般若三昧已在他之上。往後彼此酬唱；在岐山這五年寄禪感受精一律師的切磋，彼此是暢談的好伙伴；才離開岐山的幾天，一有新發現，寄禪馬上想到這位可談話的對象，「思君不可見，朝朝悵煙霧；衡陽雁已遙，遠書寄誰去。忽見黃鳥飛，出谷鳴高樹；躊躇東復西，幽情共誰語。」(〈懷精一上人〉)精一首座有文字般若三昧，寄禪也有文字般若三昧，二人可謂同門知音。

　　一八七四年寄禪離開岐山回湘陰法華寺，道別精一禪友，也有詩作；到一八七六年，寄禪兩次看到的精一禪友病得甚重，寄禪有詩云：「去歲逢君在病中，今年又在病中逢；嗟余兩度相逢日，心似寒灰貌似松。」(〈病中重逢精一、光明二禪友〉)東翁師老圓寂，未幾，精一禪師也過世，「一度傷師一斷魂，不堪憑弔向孤村！至今破布裂裟上，猶有雙林舊淚痕。」(〈弔精一禪友〉)過二十年，寄禪過精一律師故居，懷念起這位昔日的素心人，「念昔素心人，憩此松下房……復睹羅花香，追念平生親」。〔註19〕寄禪對這位亦師亦友的精一上人有如故親。就是他影響寄禪，使其用力走上詩僧之路。回想東翁師老人、恆志和尚與精一律師，三位交錯在寄禪的生命軌道，是寄禪方外中最重要的貴人。

（六）笠雲上人

　　寄禪以詩會友，結識佛教界和文學界的諸多詩友。剛寫詩的那一年，他專程拜訪長沙麓山寺的長老笠雲上人；寄禪稱之為笠雲本師，可見他也曾在德業方面提攜過寄禪。初見面，兩人一見如故，寄禪給上人的詩：

> 欲覓三乘法，來參一指禪；人天開覺路，衣缽得真傳。
>
> 水到源頭活，山從雨後妍；拈花曾示我，微笑證前緣。
>
> (〈登岳麓山呈笠雲長老〉)〔註20〕

〔註18〕見《詩文集》，頁453。
〔註19〕寄禪詩：〈潙山過精一律師故居，並題其《優缽羅花室日記》〉，《詩文集》，頁200。
〔註20〕見《詩文集》，頁2。

笠雲長老也和寄禪的詩，二人投緣，長老德性修養高超，「入定猿知護，談經鶴解聽」（〈題笠公禪房〉），寄禪也常拜訪這位師友，「鐘鳴古寺人初靜，月滿蒼松鶴未歸」（〈宿岳麓寺，待笠雲長老不歸〉），往後彼此酬唱；笠雲本師機鋒敏捷，書法尤工。寄禪極推崇這位老師，「……最齒小乘圖自了，惟將真諦與人談，轟雷掣電禪機捷，臥虎跳龍筆陣酣……」（〈寄呈笠雲本師〉），寄禪在禪理方面頗受益於這位上人。也亟需上人的印證，「……不將丹訣與人論。心香一瓣爐無焰，面壁多年石有痕；我學神光思斷臂，門庭立雪乞師言。」（〈十二疊韻，呈笠雲本師〉）也會與上人談心，「達人貴弘道，獨覺非所論……庶用酬慈恩。」（〈清涼寺呈本師〉）可見笠雲上人在寄禪的修道路程也曾給予相當的啓發。

綜觀寄禪的家世淵源頗完整。於詩學有基本的啓蒙，經由郭菊蓀先生的指導，精一律師的切磋，最重要的是寄禪本身下的苦工，樂於當山谷老人的詩孫，而有今之成就。於修道方面有東翁師老人的啓迪，再由志老人的淬礪，以及笠雲長老的禪理印證，寄禪進步神速。早期一棵極坎坷的生命之樹終以茁壯。

第二節　八指頭陀的行止

寄禪是僧人，是一個會寫詩的僧人，詩在其生命中扮演舉足輕重的角色。然而把他推向生命之高峰卻是佛法的慧業。要當上這個領航者，無非是點滴的詩話凝聚而成。以詩交友，蓄積豐廣的人脈。豐廣的人脈成就其豐盛的法緣。這一章節談他對佛教的重要事蹟。

一、修道的精神

修頭陀行是寄禪的心願，講是心願似乎太早。寄禪壓根兒沒想到出家，其告訴社友徐酡仙「我本煙波一釣徒，偶然除髮學浮圖。」（〈次韻徐酡仙社友〉），走上出家之路是偶然的。其自言「豈為無家乃出家」，

是不得不的出家。到湘陰法華寺從東林長老祝法爲苦行僧。〔註21〕苦行僧就是修苦行的僧人；「苦行」，一種亟艱苦的修行方式，因而開啓寄禪人生的另一旅程。出身農家，秉性篤厚的寄禪，任事勤快，極得寺院上下的歡喜，更由於東林長老的疼惜，鼓勵寄禪到岐山參禪。隔年，寄禪到衡陽岐山仁瑞寺，首參恆志來和尚，隨眾參禪，並充寺中苦職。在岐山，勤勞篤實的寄禪擔任全寺的苦職，是修頭陀〔註22〕行。出家當比丘是辛苦的，食衣住行每一樣要比他人的簡單，完全不談享受。修頭陀行倍苦，直言之，「頭陀的第一個意思，正如楞伽宗許多門徒所行和其祖師達摩所說的一樣，就是忍受一切的苦和辱。」〔註23〕寄禪是修頭陀行，經過四、五年的苦修，一切法得成於忍。由這首詩可看出當頭陀是寄禪的願望：

> 身似孤雲無定踪，南來三度聽霜鐘；
> 人方見雁思鄉信，山亦悲秋帶病容。
> 佳句每從愁裏得，良朋都向客中逢；
> 自慚未了頭陀願，辜負名山百萬重。(〈客秋書懷〉) 〔註24〕

「自慚未了頭陀願」。此時已以當「頭陀」爲願。岐山地處闃靜，人煙稀少，開山闢地，日日勞作。十六、七歲正是花樣年華，眞的有苦悶，也只能偷偷掉淚：

> 少小入空桑，殷勤事法王；心因學道苦……。(〈即事偶感〉)
> 〔註25〕

寄禪感傷爹娘把他生下而撒手不管。唯一的弟弟也得寄食於族伯；孤

〔註21〕 〈詩僧八指頭陀遺事〉，錄自長沙開福寺戒元所藏手抄件，參見《詩文集》，頁 527。

〔註22〕 「頭陀」一詞，梵語稱僧人爲頭陀，亦作「頭陁」、「杜多」。意爲抖擻。謂少欲知足，去離煩惱，如衣抖擻，能去塵垢故，從喻爲名。參見陳義孝居士編／竺摩法師鑑定：《佛學常見詞彙》，財團法人佛陀教育基金會，2003 年 2 月，頁 55。

〔註23〕 潘平／明立志編著：《胡適說禪》，九儀出版社，1995 年，頁 77。

〔註24〕 見《詩文集》，頁 12。

〔註25〕 見《詩文集》，頁 37。

苦無伴，修頭陀行，再苦也得撐過去。其自述「十六辭家事世尊，孤懷寂寞共誰論？……壞色袈裟有淚痕」（〈述懷〉）。不算短的五年，在岐山任苦職、浸淫在恆志和尚教下，終於磨練一身鋼鐵意志。寄禪是修苦行的第三年才學會寫詩。從其第一年的詩來看：

> 重岩我卜住，寂寞亦云佳？迹不因人遁，情原與世乖。
>
> 裁雲補破衲，剪草結僧鞋。日夕焚香坐，經年不入街。
>
> （〈山居偶成〉）〔註26〕

顯示生活之清苦與不得不克服的心理矛盾。一天的辛勞就在日落黃昏的刹那疏緩，是休息也是做功課的時候，日復一日。詩意簡潔，透露日日的鍛鍊；然而，心是定的。二十九歲的寄禪已能轉苦為磨練：

> 小謫人間廿九年，百回折磨淚如泉；
>
> 於今盡覺從前錯，火裡原來好種蓮。
>
> （〈廿九歲誕日遣懷〉）〔註27〕

已出家十一、二年，苦，苦過了。以戒為師，以苦為師；能認識到修行是修正自己的身、口、意。一顆正知正念的心，「火裡原來好種蓮」。

二、隨處參禪

出家是出小家，入一個大家。看得見、聽得到的統統是家；好比住在宇宙之下，對人對事對萬物就是世尊給予的學習，一鉢一杖一行囊就是一切的修行，戒定慧從此開始。寄禪在岐山找到「知音」——學會作詩，生命的動力就由這一位知音相伴引出：

> 一錫遙臨翰墨場，滿腔詩興若癲狂；
>
> 袈裟混入儒冠裡，錯認書囊作鉢囊。
>
> （〈過巴陵毛陵山茂才書齋〉）〔註28〕

也就是這一位知音記載寄禪的一切行蹤，我們如實的看到一位出家人的修行。「滿腔詩興若癲狂」，詩人的心非常高亢。在岐山待了五年回

〔註26〕見《詩文集》，頁3。

〔註27〕見《詩文集》，頁52。

〔註28〕見《詩文集》，頁5。

到湘陰東林長老的身邊。隔年，東遊吳越，到南海取經；所謂南海，當指普陀山。普陀山在浙江定海縣東舟山群島，這是觀音菩薩在中國的住處。寄禪此行，眞有「童子拜觀音」，一心期待。在《楞嚴經》中，觀音菩薩以耳根圓通「此方眞教體，清淨在音聞」，而被文殊菩薩稱讚爲二十五圓通中第一圓通。娑婆世界的眾生，耳根特別敏銳，容易藉由聽聞佛法或是梵唄唱誦而起信。在《華嚴經·入法界品》善財童子五十三參中，觀音菩薩是其所參訪的第二十位善知識，觀音菩薩爲他解說「大悲行法門」。一想到此，寄禪欣喜前往：

　　　　海山此去無窮路，欲藉先人黃鶴乘。(〈將之普陀，登黃鶴樓〉)
　　〔註29〕

詩僧滿懷快樂要去看新世界，在岐山修頭陀行守戒律，得到戒定慧三學。而今要去體會與岐山完全不同的海域景象：

　　　　欲辭溪澗水，去聽海潮音。(〈將之南海賦別〉) 〔註30〕

　　　　欲覽寰中勝，狂歌賦遠征；

　　　　湖山雙眼闊，身世一毛輕。(〈將之南海書懷〉) 〔註31〕

對出家人而言，聽經聞法是最重要的一項參學，寄禪滿懷期待，辭別小溪小水，要去看大溪大水，是一種完全不同的感受：

　　　　山色看先飽，潮音聽獨遲。

　　　　此行常住處，只許海鷗知。(〈留別陳讓夫居士〉) 〔註32〕

聖音難聞，是對聞法的期待，這一種期待也只有海鷗知其處、知其時。機緣難得，能在鎮江金山寺結夏：

　　　　久慕江天寺，今朝錫始臨……龍窟依禪窟，潮音雜梵音。

　　　　高僧行道處，不受一塵侵。(〈游金山江天寺〉) 〔註33〕

　　　　定起不知天已暮，忽驚身在月明中。(〈出定吟〉) 〔註34〕

〔註29〕見《詩文集》，頁16。
〔註30〕見《詩文集》，頁15。
〔註31〕見《詩文集》，頁16。
〔註32〕見《詩文集》，頁15。
〔註33〕見《詩文集》，頁17。
〔註34〕見《詩文集》，頁17。

耳聞高僧的德行、目睹高僧的行止,是一種境教。「潮音雜梵音」,有別與以往的不同,自己也更上一層樓。寄禪自東遊吳越後開啓生命的眼光,特別嚮往天童。天童〔註35〕在四明,山色奇佳,寄禪有此心願,強烈的心願:

> 太白峰前有閒地,願求一丈結茅居。(〈天童題壁〉)〔註36〕

> 天童緣未了,重叩萬松關。(〈重過太白山二首〉之一)〔註37〕

> 太白峰前路,經過十二回;

> 白雲應笑我,時去復時來。(〈重過太白山〉二)〔註38〕

> 願結三間茅屋住,萬松關裡坐枯禪。(〈遊四明天童〉)〔註39〕

> 山僧性愛山,不樂人間住;

> 欲持瓢笠行,更入山深處。(〈將之天童結茅〉)〔註40〕

「佛氏門中,有求必應」,一八七七年,終於讓寄禪在玲瓏岩結茅閉關。到秋天出關,寄禪到阿育王寺佛舍利塔前燒二指並剜臂肉供佛,這是一個決心的象徵,表示事佛的虔誠,一步一步向佛的大道走去;寄禪心儀天童,前前後後走十幾回。寄禪在一九零二年,五十二歲,當了天童寺的住持,一當十一年。也應驗了「願結三間茅屋住,萬松關裡坐枯禪」,在天童的青龍岡築冷香塔:

> 余既剃染之四十二年,爲宣統己酉,主天童九載矣。其冬六旬初度,寄雲首座自潙山來,爲卜地建塔,得寺左之青龍岡……又以左東谷,右太白,巍然獨立萬山中,更名中鋒。余喜其四面軒豁,岩岫松蘿羅列若几案。前甃石成塔

〔註35〕山名,在浙江寧波市東。也作天潼,有佛跡石、玲瓏巖、龍隱潭諸名勝。天潼,寺名,天童山景德禪寺,省稱天童寺。位於天童山太白峰。相傳晉永康中,僧義興作舍山間,有童子每日送柴送水;後辭去,自稱爲太白星。於是有天童太白的名稱。見《辭源》,頁374。
〔註36〕見《詩文集》,頁31。
〔註37〕見《詩文集》,頁34。
〔註38〕見《詩文集》,頁34。
〔註39〕見《詩文集》,頁31。
〔註40〕見《詩文集》,頁35。

—36—

三，中備他日瘞骨，左右懸待首領清眾覆屋三楹，屋旁環
植梅樹，以擬疏影暗香爲清供。工訖，顏曰冷香，書白梅
舊作于壁。〔註41〕

虔誠者有求必應！寄禪終於在一九一二年住進冷香塔。正因爲巧於
詩，整部詩文集就是寄禪的生活史。詩集中的寄禪給人最大的印象是
處處遊歷，一山又一山，一寺又一寺。這無非說明一個修行者的閱歷，
從閱歷中去認識禪，去體認「無住」性。正如其詩〈旅泊庵〉：「旅泊
三界，阿誰是主？庵中有人，不去不住。」我們僅是個過客，一切戒
之在貪；否則舒舒服服當個住持，不也照樣可以修行麼！餐風露宿何
其苦，「風塵勞碌病頭陀，萬疊雲山眼裡過；行腳十年成底事？袈裟
贏得淚痕多。」（〈行腳傷懷〉）這種修禪的歷練是不可少的，與寄禪
同時代的人：虛雲和尚（1840～1959）不也如此「行腳天涯，參訪學
道」！他們眞正是雲水僧。

第三節　八指頭陀對佛法的弘揚

　　整個生命的歷程，寄禪最受佛法的眷顧。從十七、八歲出家到六
十二歲圓寂，僧臘四十五年。有感於佛法的恩澤，晚年寄禪極力爲佛
陀教育奔波。寄禪的個性是積極的，對整個出家人的大家庭非常關注。
光緒三十四年（1908 年），五十八歲的寄禪，是天童寺的住持，年初積
極在寧波籌辦僧教育會；但是遭到極大的阻力。其實，在此之前，清
朝自道光年間鴉片戰爭後，經濟日漸捉襟見肘。在光緒二十七年（1901
年）辛丑條約迫訂後，政府財政更入不敷出，有心人士極力要提撥廟
產充公。寄禪一路爲創僧學而努力，爲阻止廟產充公而奔走，更爲凝
聚佛教界內部的團結而協調。雖然阻礙不少，頗有其重要歷程。

一、對佛教的作爲

　　清朝的盛世主要在開國的世祖、康熙、乾隆。佛教不是清朝的國

〔註41〕見《詩文集》，頁 501。

教，然這三朝帝王對佛教仍頗尊重，到末了因國力衰腐，社會動盪，佛教也遭魚池之殃。

（一）法難之緣由

清季世，外夷壓境，內又有捻亂、太平天國之亂與義和團之亂；清政府對外無有效應變，對內亦不知所措。時局混亂，連佛教修行的寺廟也屢遭騷擾。有僧伽以此而屍諫，例如禿禪者。光緒三十年（1904年）八月，廣東揭陽縣因奉旨興辦學堂，驅逐僧尼，勒提廟產。地方衙役時時擾亂寺廟，當時有一位老僧，年已八十，不堪其擾，乃斷食七日，作《辭世偈》，沐浴焚香，誦畢《護國仁王經》，即合掌端座仙逝。寄禪聽之甚感哀痛，次其韻以紀一時法門之難：

> 孤禪寂寞與世違，黃葉蕭蕭落滿衣；今日空門無地托，
> 茫茫雲水欲何歸？人天掩袂淚流丹，鐘鼓無情夜月寒；
> 世出世間皆有累，爲僧爲俗兩皆難。謗佛排僧口爍金，
> 不容地上有禪林；慈悲忠恕原同理，猶感純皇護教心。
> 山河破碎夕陽餘，一片傷心盡不如；只恐空門無處著，
> 白頭和淚上官書。人非豺虎日磨牙，公牘紛紛入省衙；
> 試問揭陽賢大令，老僧何罪要拖枷。佛亦哀時敢自寬，
> 中流誰爲挽狂瀾？可憐慧命垂危急，一息能延賴長官。
> 禪心對境本無妨，昨見流亡哭一場；若使窮黎俱得所，
> 男誰爲盜女誰娼。爭人爭我枉焦唇，割肉醫瘡任此身；
> 但願群生登樂土，大千世界轉祥輪。(《次禿禪者《辭世偈》韻，
> 以紀一時法門之難》) 〔註42〕

「空門無地托，雲水欲何歸？」寄禪對老僧端坐仙逝哀感，想自己昔時迫於貧困而出家，如今眼看出家仍無歸處。「老僧要拖枷」、「窮黎失所」、「男誰爲盜女爲娼」、「誰爲挽狂瀾」？有感於禿禪者無地托足之痛，寄禪曾說過「有身成大患」。國亂，人民無能安居樂業。百姓與官人對佛門時時侵擾，更別說僧教於世：

〔註42〕見《詩文集》，頁 320。

有客有客肆歡謔，白馬橫馳氣薰灼；
捕雀僧寮僧豈樂，對佛傷生供大嚼，
佛雖無言佛落淚。有客有客胡爲乎？
公然酒肉入僧廚；杯盤狼藉興有餘，
又捕放生池中魚，池魚欲逃池水枯。
池魚忽泣作人語，曰客曰客吾語汝：
我亦曾做富家子，汝曾爲魚登我俎，
今我爲魚填汝肚。(〈有客三首，勸戒殺也〉) 〔註43〕

從光緒二十六年八月，八國聯軍進犯北京，朝野失序，隔年的辛丑條約使民間經濟潰散至極，擾寺奪寺產，在僧寮捕雀殺魚、酒肉入僧廚，釋子能如何矣！

（二）寄禪之辦僧學與護產的經過

從光緒三十年廣東揭陽縣因奉旨興辦學堂，驅逐僧尼，勒提廟產，致禿禪者殉難，寄禪感同深受：

高樓回首望中原，滿目河山破碎痕；
塵世何方安樂國？誅求今亦到空門。
時事須臾萬變更，浮雲應妒月孤明；
維持象教賴公等，莫許波旬擾化城。

(〈八月二十日，與夏穗卿……〉) 〔註44〕

國亂當頭，各方吃緊，「浮雲應妒月孤明」，有機心者窺伺廟產，借由興學，「誅求今亦到空門」，霸佔廟產。寄禪四處奔走，找有道之士協助，「莫許波旬擾化城」。

另一位法門殉難者，松風和尚，「以興僧學爲頑學輩深嫉，致慘死。」寄禪有感於佛教處境的艱辛，僧伽的哀鳴，故詩以悼之：

末劫同塵轉願輪，那知爲法竟亡身；
可憐流血開風氣，師是僧中第一人。
西湖回憶早涼天，紅樹青山共放船。

〔註43〕見《詩文集》，頁416。
〔註44〕見《詩文集》，頁317。

一別便成千古恨，春風吹鬢淚潸然。

〈〈杭州白衣寺松風和尚哀詞二首〉（其一）（其二）〉〔註45〕

其實，所謂興學，是興一般學校，目的是全奪廟產。若開辦僧人學堂，
弘揚佛法，當不至於如此糾葛，深知內情者憤恨不平，寄禪到西湖過
松風上人的墳塔，以詩哀悼：

為學捨身者，松風老上人；獨留孤塔影，長與古墳鄰。

碎骨亦何有？招魂恐未真。湖邊春草碧，而我益沾巾。

〈〈西湖過松風上人為學捨身之塔，哭之以詩〉〉〔註46〕

寄禪對松風老上人哀之切，加以國是頹廢，時局紛亂，最基本的廟產
保不住，在杭州白衣寺輾轉反側，又懷念起這位為僧學而屍諫的松風
老上人：

譙樓鼓聲咽，積雨黯重林；似灑天人淚，如傷佛祖心。

潮橫孤艇立，愁入一燈深。寂寂不成寐，神州恐陸沉。

〈〈杭州白衣寺苦雨不寐〉〉〔註47〕

《莊子・則陽篇》：「方且與世違，而心不屑與之俱，是陸沉者也。」注
云：「人中隱者，是無水而沉也。」想到國家不保，「神州恐陸沉」；愛
國心切的寄禪預知時局已不可造就，清朝餘暉無幾。當時（1911 年）「以
推行地方自治，佔寺奪產之風益急。」〔註48〕整個佛教界仍未能有所團
結。是時寄禪為最大寺院天童寺的住持，和許多僧侶一樣極力贊成辦僧
人學校；然時局堪慮，憂心忡忡的寄禪對好友夏穗卿吐露心聲：

海波湧雪透襟涼，慧命如絲幾欲亡；

我法金湯猶有賴，裂裟和淚拜錢塘。

〈〈次夏穗卿見贈原韻〉〉〔註49〕

寄禪馬不停蹄往杭州開辦僧學堂。由於阻力太多，障礙重重「我法金
湯猶有賴」，仍希望有道之士幫忙：

〔註45〕見《詩文集》，頁 370。

〔註46〕見《詩文集》，頁 426。

〔註47〕見《詩文集》，頁 426。

〔註48〕釋印順：《太虛大師年譜》，正文出版，1988 年，頁 48。

〔註49〕見《詩文集》，頁 316。

歲暮天涯訪舊遊，扶筇卻上最高樓；

白雲飛盡蒼波晚，風雨瀟瀟海國秋。

　　（〈訪李茹眞于海國春酒樓〉）〔註50〕

最愛與文人雅士聚會的寄禪，這次走訪李茹眞是不得不之行，也是希望找有心人士助一臂之力。終於，一九零八年初，寄禪在寧波籌辦僧教育會，一直爲「保教扶宗，興立學校」而奔走。終而寧波僧教育會成立，寄禪被推爲會長，首先在寧波創辦僧眾小學、民眾小學，這是我國佛教辦學的開始。

（三）重整僧團，凝聚力量

　　寄禪從其出家到當住持，一路走來倒也平順，不急於當住持，而遊歷參學，最重要的是以詩交遊，累積極大的人脈與聲勢；這些是他的最大優勢。一九○二年，五十二歲當上天童寺的住持，聲望如日中天，幾乎可以領導佛教界。清末佛教派系多，政府失能，地方侵奪廟產，趕僧逐尼；爲了佛教界，爲了辦僧學，使其有一規章制度，寄禪遭受誹謗，承受諸多莫須有而感慨：

天竺天童若弟兄，豈容謠啄間深情！江河水合歸滄海，

星月光涵混太清。浪蕊浮花空自鬧，春蘭秋菊亦何爭；

白衣大士應含笑，兩寺原同一寺名。（〈寧郡僧教育會成立，有

以匿名函……〉）〔註51〕

總會設在白衣寺的天竺寺、與天童寺同屬佛教，有如兄弟一般，遭受有心人士離間，寄禪心痛不已。其實，略知何處來的匿名函，自己只許盡其所能而努力，本是同根生相煎何太急？某日，寄禪閱報，愕然一驚，連報紙都這麼罵他：

忽忽潮音振耳聞，空中樓閣但霾氛；

何曾挂錫東瀛去？未出青山一片雲。（〈余近日養疴天童，影未

出山。昨閱報紙〈禿黎狡詐〉一節，云余已航海詣東京皈依本願寺大

〔註50〕見《詩文集》，頁317。

〔註51〕見《詩文集》，頁385。

谷派矣，不禁啞然一笑……〉）〔註52〕

寄禪對這種毀謗只有吟詩遣懷，力行忍辱波羅蜜。外夷的氣勢銳不可擋，視中國為禁臠，人人想分一杯羹。一些接受西方科學知識者漸漸抬頭，憂國的寄禪也不免預感、驚恐當亡國遺民。時局非寄禪、非當局者所可扭轉，滿懷苦衷只能向老友張騫翁傾訴：

月黑雨傾盆，牽衣夜打門；欲將吃禿意，來與騫翁論。

水月定中影，山河夢裏痕；一燈寒自照，了了更何言？

（〈五月朔，冒雨尋張騫翁夜話有作〉）〔註53〕

滿眼黃埃焉足云？古懷郁郁試告君；

山林有時得壯士，岩壑無底眠孤雲。

岳靈朝亡谷神醉，秋鬼夜哭春人聞；

欲驅雷火掃荊棘，使我蘭桂長清芬。

（〈述懷一首呈張騫翁〉）〔註54〕

朝野上下一片紛亂，方外世界也一盤散沙。佔寺產毀佛像，雖「山林有時得壯士」，年輕後輩大有可為，唯「岳靈朝亡谷神醉」，老輩不振奮，釋子不知團結，心憂如焚的寄禪也只能對好友述懷，「驅雷火掃荊棘」肩負救亡圖存，「蘭桂長清芬」期能續佛法慧命。此刻老友亦悲痛滿懷，國無明主，民無以為生、盜賊蜂起：

騫翁真是慈悲佛，語及民艱淚即流；

痛念黃巾皆赤子，兵符臨發又還收。（〈贈張騫翁〉）〔註55〕

此情此景，只要是有道者必為國家的處境痛哭流涕，張騫翁就是一位。清末的捻亂，太平天國之亂，與義和團之亂，在在使疲於應付外夷之大清朝廷雪上加霜；搶米風潮，各縣飢民暴動，又得消耗無謂的兵力於此內鬥與維安。

佛教約在漢明帝時傳入中國，到清朝時，佛教在中國已根深蒂

〔註52〕見《詩文集》，頁326。

〔註53〕見《詩文集》，頁406。

〔註54〕見《詩文集》，頁409。

〔註55〕見《詩文集》，頁415。

固。清朝季世因不平等條約拖垮政府經濟，有心人士動腦筋到寺廟寺產，藉口辦學，意欲提撥廟產，到宣統末後那些時日更欲以佛教界出資籌募軍餉：

> 八指頭陀在上海集商發起中華佛教總會。……並邀我同到金山。八指因商我停止佛教協會的進行，共同一致的去辦中華佛教總會。……但以籌助陸軍部軍餉，請臨時政府保護佛教為題，我遂暫置不問。〔註56〕

「以籌助陸軍部軍餉」，見出政府山窮水盡。其中的『我』指釋太虛，太虛對「籌助軍餉，請臨時政府保護佛教」為題，暫置不問。由此看出各界意見的紛歧：

> 耳邊雀鼠紛紛訟，腳底風濤滾滾翻；正我那迦方入定，
> 龍爭虎鬥亦忘喧。捨身飼虎虎方飽，割肉餵鷹鷹復飢；
> 即把靈峰作頭腦，施他亦是佛慈悲。也知忍辱是波羅，
> 世事如雲一笑過；我吃十方君十一，老僧翻為作檀那。
>
> （〈靈峰解嘲〉）〔註57〕

「耳邊雀鼠紛紛訟」，寄禪對這些「如虎如鷹」的匿名毀謗者能「忍辱是波羅」，要寺中提供廟產，豈不「老僧翻為作檀那」。寄禪何嘗不知「籌助陸軍部軍餉」的不適，所以心中感慨「苦無濟困資，徒有淚縱橫」。割地、賠款，國庫空虛，無論清朝政府或臨時政府，皆面臨同樣的問題。畢竟覆巢之下無完卵，惟有國家不受侵犯才有機會弘揚佛法。

二、對未來佛教界的期望

　　漢末佛教稱盛，至隋唐是中國佛教全盛時期。但是經過「三武一宗」之厄，到清朝雖以喇嘛教為國教，清世祖（順治）嘗皈依禪宗，清世宗少時喜閱內典，對如來正教有深度認識。聖祖時也嘗編佛教典籍。然清初設有僧錄司等僧官掌僧事。又有《御製文集》：「除原有寺

〔註56〕大乘精舍印經會：《太虛大師傳記及人生佛教思想的啟發》，大乘精舍，1986年，頁33～34。
〔註57〕見《詩文集》，頁391。

廟外，其創建增修，永行禁止。」這些多少有約束佛教之發展，但仍不至於毀滅佛教。到嘉慶以後，佛教凌夷不振，太平天國之亂後，寺宇經典，同罹劫火。幸有楊文會、紫柏大師等刊印單行本藏經，弘布佛教於海內，又廣求失傳之古本於海外，於是隋唐諸宗高德之章疏，復歸於中國。到近代，清末，國勢大衰卻有奪廟產，擾亂僧寺之事。在此天不時、人不和的景況下，寄禪爲時局推上高峰。

（一）爭取保護僧人修行之自由

寄禪於一八六八年約十七、八歲出家。五年在岐山潛修頭陀行，爾後東遊吳越，約有十年是一山一寺遊歷參學，對佛教界的走勢瞭若指掌。更因爲交遊廣闊，對清末的時局略知一二，是故如何做爲亦了然於心。

辛亥年夏天各省辦地方自治新政，佔奪寺宇寺產更熾熱，「江浙等省僧徒在上海會商，擬請八指頭陀赴北京向清廷請願。我爲八指邀至天童，擬具請願保護及改革振興佛教計畫書稿」〔註58〕終因川漢鐵路風潮，寄禪未能成行。不久辛亥革命從武昌爆發，蔓延到上海、寧波。那時各地也有僧眾組織僧軍參加革命。那時的情勢：

> 宣統三年八月，武昌義師起。大江下游，先後響應。新募軍人，大率駐紮寺觀，其鄉里無賴子弟，則又假光復名，軍服結隊，令僧人出資，迫脅爲兵。師慮各地僧人因驚恐而流徙，因流徙而廢置，正愁救無策，而政治革命之說起。師喜曰：「政教必相輔，以平等國，行平等教。我佛弘愷，最適共和而倡中華佛教總會」……師以湘僧之請，定計北上。〔註59〕

中華佛教總會成立。一九一二年一月一日孫文於南京就臨時大總統。二月清帝遜位，袁世凱於北京就總統職。清末民初，百業待舉，

〔註58〕大乘精舍印經會：《太虛大師傳記及人生佛教思想的啟發》，大乘精舍，1986，頁31。

〔註59〕馮毓孿：〈中華佛教總會會長天童寺方丈寄禪和尚行述〉，《詩文集》，頁521。

有心者窺寺廟產，佛子多頭馬車。當時佛教的組織有：太虛的「佛教協進會」，寄禪的「中華佛教總會」，謝無量的「佛教大同會」，以及李政綱、桂伯華、黎端甫等的「佛教會」。但因諸多原因「佛教大同會」未幾而滅。李政綱等的「佛教會」，聲勢甚張，以斥罵僧尼四眾，爲全國佛教徒抨擊。寄禪舉步維艱，身爲大寺廟的住持，不爲個人的福祉，也得爲整個佛教界續慧命。於是將「中華佛教總會」依各省縣原有的僧教育會改組爲分支部，爾後，有漸成爲全國佛教團體的趨勢。於是李政綱等的「佛教會」自動宣布取銷。但是，各省佔寺奪產之風仍熾，而「中華佛教總會」尚未得北京政府批准，認爲法團。時嗣法弟子道階爲北京法源寺主，文希亦在北京。又湖南寶慶有攘奪僧產銷毀佛像之舉，寶慶僧侶聯名狀告到內政部求回復，民政司長抗不行。寄禪以湘僧之請，決定赴北京：

> 值內政部禮俗司杜某，方分別寺產以議提撥，八指力與爭論後，歸法源寺而歿。〔註60〕

　　「中華佛教總會」在南方有一個進度之際；寄禪與道階前往內政部，與北京內政部禮俗司長杜關，談論寺產之事；寄禪力爭，請求政府下令各地禁止毀廟侵奪寺產，反被侮辱，憤而辭出；當晚回法源寺，胸膈作痛，示寂。其實，當天早上在法源寺，寄禪作一首詩：

> 晨鐘數聲動，林隙始微明；披衣坐危石，寒鴉對我鳴。
> 似有迫切懷，其聲多不平；鷹隼倏已至，一擊群鳥驚。
> 恃強而凌弱，鳥雀亦同情；減余鉢中食，息彼人中爭。
> 我身尚不好，身外復何營；惟憫失乳雛，百匝繞樹行。
> 苦無濟困資，徒有淚縱橫；覺皇去已邈，誰爲覺斯民？

　　（〈壬子九月二十七日，客京都法源寺，晨起聞鴉有感〉）〔註61〕

晨起，「坐危石」、「寒鴉對我鳴」，寄禪有預感。前文述及協助籌助軍餉，寄禪處理事情的態度是抱著「減余鉢中食，息彼人中爭」。唯，

〔註60〕大乘精舍印經會：《太虛大師傳記及人生佛教思想的啓發》大乘精舍，1986 年，頁 34。
〔註61〕見《詩文集》，頁 445。

一些佛子不能共體時艱；例如，釋太虛認爲「中華佛教總會」章程：

　　趨重保守而無多改進的希望。上海開八指頭陀追悼會於靜
　　安寺，我措佛教協會的要旨，演說佛教的學理革命、財產
　　革命、組織革命以抒所悲憤。〔註62〕

　　太虛認爲「中華佛教總會」章程「保守」，不夠「改進」，於是未放棄其「佛教協會」的理想；又「演說佛教的學理革命、財產革命、組織革命」，在佛學叢報爲文批評。幸有寄禪的詩友熊希齡等，將中華佛教總會之目的稟告袁世凱總統，遂用教令公布「中華佛教總會」章程。於是，會章開始生效。

　　縱觀佛教界，雖是出世的世界，卻也山頭林立；要鳩合眾人成立「中華佛教總會」亟不易。也因爲寄禪的德高望眾、大肚能容，能詩能文、唱和達官顯要，才能作出個端倪來。回顧四十五個僧臘歲月，可以一詩（〈山居漫興……兼答陳參議〉）括之：所謂的禪也不過是「君問枯禪味，爐燒青菜湯。」國不像國，佛教界也無立足之地，「悟得無諍法，抽薪止沸湯。」憑一己之力「手持一片石，欲補天蒼蒼；萬派潮爭海，千林木落霜。……洗淨貪嗔穢，蓮花生火湯。」寄禪萬萬沒料到其晚年要爲佛教捨身成仁，「詞風長聳翠，忍草不凋霜……薪傳火已燼，何處更揚湯。」一語成讖。

　　修行一輩子，秉著前人種樹後人乘涼。活到這把年紀，卻遭逢奪產毀寺燒佛像之厄，謀求成立中華佛教總會亦困難重重。終於民國二年三月「中華佛教總會」以會章經總統教令頒布，於上海靜安寺正式成立。往後只能期待菩薩的加持，若果世人放下名聞利養，則佛教界團結爲社會服務有望矣！

（二）提攜後輩

　　中國佛教傳承有其制度，寄禪在湘陰法華寺出家時才成童（1868年）；詣南岳祝聖寺受具足戒，旋赴衡陽（湖南）岐山仁瑞寺；首參

〔註62〕大乘精舍印經會：《太虛大師傳記及人生佛教思想的啓發》，大乘精
　　　　舍，1986年，頁35。

恆志來和尚，隨眾參禪，任苦職五年後，東遊吳越。三十九歲爲衡陽
大羅漢寺住持。以下是寄禪任各寺廟當住持的一覽表：

寺　名	時　　　間	任　期	結　果
上林寺	1888 年		堅辭
大羅漢寺	1889〜1892 年	四年	
上封寺	1893〜1894 年	二年	
大善寺	1895 年	未滿一年	到秋退院
密印寺	1895 年 10 月起〜1897 年	二年	
萬福禪林	1899〜1900	二年	
上林寺	1901〜1902 年 4 月	一年 4 個月	
天童寺	1902 年 5 月〜1912 年 9 月	十年 4 個月	到過世

所謂「住持」，就是僧寺之主。意謂居住寺中總持事務。由上述住持
時間長短，寄禪所任住持有不足一年者，例如大善寺、上林寺。有長
達十一年者，例如天童寺。天童寺是採取選賢制度：

> 光緒二十八年（1902 年），二月。浙江寧波天童寺首座幻人
> 率兩序班首前來長沙，禮請寄禪爲該寺住持。〔註63〕

寄禪受到大陣仗的迎請，能在天童寺住持十一年到示寂，顯見其德
高望重。寄禪個性康朗，詩名遍大江南北，爲大寺廟住持，無形中
成爲當時佛教界的龍頭。從其詩集來看，寄禪愛山愛水更甚於當住
持。憂國憂民甚於一切，「我已辭家猶憫世」（〈八疊韻，送實公入
都〉）。在這紛擾的時空，除了自身的努力之外，寄禪也爲佛教界留
意人才：

> 所以戒和尚及教授、開堂與道階尊證，都深切注意我爲非
> 常的法器。……而八指頭陀尤以唐玄奘的資質許我，囑奘
> 老加意維護，並作書介紹我到水月法師處讀經學習文字。
> 〔註64〕

〔註63〕見《詩文集》，頁 554。

〔註64〕大乘精舍印經會：《太虛大師傳記及人生佛教思想的啓發》，台北：

由上述「八指頭陀尤以唐玄奘的資質許我」、「囑奘老加意維護」、「作書介紹我到水月法師處讀經學習文字」，顯示寄禪提攜後進，對人才愛護有加：

> 民國初年，我二十四歲，以所辦佛教協進會失敗，繼以八指頭陀的逝世，⋯⋯然終不與佛教絕緣者，則道誼上有八指頭陀曾喚我入其丈室，誦孟子「天將降大任」一章以勗。〔註65〕

寄禪曾喚太虛入其丈室，誦孟子『天將降大任於斯人也，必先苦其心智⋯⋯』一章以期勉太虛，希望後起有人。

　　童年無依無靠的寄禪，因佛門而成長，感懷他的剃度本師東翁老人，以及給他人格培養的志老人，他們有如一盞明燈引領他。無疑地，寄禪也一直在回饋，引導後進。「學為人師，行為世範」，以他的老師：東翁老人、志老人的行止為行止，作社會的好榜樣。寄禪真正在力行。

大乘精舍，1986年，頁16。
〔註65〕同上，頁35。

第三章　八指頭陀詩的淵源

　　所謂淵源，指事物的起源、源頭。探究事物的來龍去脈，所以尋根變成理解時不可或缺的要項。歷史、文化、政治、文學等皆有其淵源；其中的主角就是人，人生活在其中，彼此牽引、創造，無形中就在形塑。文學就是這樣的巧妙形塑出來；詩歌是文學的一部分，它創始於歌謠，再淬煉成詩，更是文學的精品，何以「詩」這個字舉足輕重：

　　詩言其志也，歌詠其聲也。〔註1〕

　　詩者志之所之也。在心為志，發言為詩。情動於中而行於言。〔註2〕

　　治世之音安以樂，其政和，亂世之音怨以怒，其政乖；亡國之音哀以思，其民困。〔註3〕

詩言志，發言為心聲。一時代有一時代之詩。政通人和則詩和；反之，詩歌哀之以苦則顯民困。可見時代對詩之影響，是故詩歌有其淵源，和生活息息相關，是人們生活的映照。一個思想、一個主張、或一個流派都有其思想背景，它就是淵源。

　　寄禪的詩也有其思想背景；要探究八指頭陀詩的淵源就得從儒釋

─────────────

〔註1〕《十三經・禮記・樂記》，台灣：開明，1991年，頁74。
〔註2〕《十三經・毛詩・國風・周南（序）》，台灣：開明，1991年，頁1。
〔註3〕《十三經・禮記・樂記》，台灣：開明，1991年，頁71。

道三家著手，以及其詩中多所提到屈原、陶淵明、杜甫。其詩中曾提「虛擲空門閒甲子，只依山谷作詩孫」；故本單元就以儒釋道三家和屈原、陶淵明、杜甫三人和自家詩老人黃山谷為篇，論述八指頭陀詩的淵源。

第一節　來自儒家的思想

一、儒家的思想

　　大學之道：在明明德，在親民，在止於至善。由個人之明明德——格物、致知、誠意、正心、修身作起，發揮到親民——齊家治國平天下，以達止於至善之境地。而運用於三綱五常，達到智仁勇。孔子可視為儒家的代表，孔子的學說以「仁」為中心；那些是「仁」的行為，例如，子曰：「學而時習之，不亦樂乎？有朋自遠方來，不亦樂乎……」（〈學而篇〉）。有子曰：「其為人也孝悌，而好犯上者，鮮矣；不好犯上，而好作亂者，未之有也。君子務本，本立而道生。孝弟也者，其為人之本與！」（〈學而篇〉）寄禪是儒家實踐者，對待他的剃度本師東翁老人，孝敬逾於人，服侍巾瓶多年，師老人過世，寄禪去掃墓，內心哀痛，「……憶我剃染時，傳衣披我長……我從潙山歸，侍疾未離床……」〈十月初五，谷山掃剃度本師墓〉，這是「孝悌」的表現、是「學而時習之」的精神；連學習作詩，有一字推敲未得則反覆再三苦吟，作詩作事無不用心，此亦是「學而時習之」的精神。「有朋自遠方來」則更不用說，朋友切磋，亦是「學而時習之」的展現。

　　寄禪的朋友多，從其送別詩可看出其往來的友人甚多，彼此互通訊息、勉勵；於孝、於友，是身體力行儒家的精神。進而言之，其更時刻期望實現中國堯舜時期的道統：

　　　　子曰：「大哉堯之為君也！巍巍乎！唯天為大，唯堯則之。
　　　　蕩蕩乎，民無能名焉。巍巍乎其有成功也，煥乎其有文章。」
　　　　　〔註4〕

―――――――――――――――――――――――――――

〔註 4〕　《十三經‧論語‧泰伯》，台灣：開明，1991 年，頁 8。

子曰：「巍巍乎，堯舜之有天下也而不與焉。」〔註5〕

孔子所遵循的是堯舜湯文武周公一貫道統。寄禪心中也期許這樣一個道統。他在詩中曾多次用到上述諸名字：

斯文紀方叔，神武歌周宣；願公匡聖主，再頌中興年。（〈午樵尚書屬題石鼓文拓本〉）〔註6〕

敬天法祖思堯德，掩泣承歡見舜心。（〈戊申十月二十四日，伏讀……〉）〔註7〕

可憐衰晚世，苦憶聖明朝；四海日凋瘵，來蘇望帝堯。（〈夜雨不寐，聞蟲聲感賦二首〉之一）〔註8〕

終成大革命，不負好時光；若論元勳業，還須頌武湯。（〈次前韻再贈陳參議〉）〔註9〕

共起民軍義，重生祖國光；黃裳猶可接，不獨繼成湯。（〈田君梓琴贈詩……〉）〔註10〕

從「歌周宣」、「思堯德」、「見舜心」、「望帝堯」、「頌武湯」、「繼成湯」不難看出寄禪心中的道統。湘人愛國、勇於作戰；像曾國藩，是書生更是愛國者。寄禪是湘人，生長於清季末世。同治年間，蘇俄環伺中國，清朝割讓烏蘇里江以東、以北的土地。貧弱無依的家庭給寄禪不得不獨立的童年，吃苦耐勞；衰弱的家國給出家的寄禪不得不發奮圖強的人生，忍受淒苦；大環境給大時代的男兒最大的考驗，在岐山的五年給寄禪大磨練。司苦職磨毅力，親炙恆志老者，培養高超德行與愛國情操，在志老身邊五年奠定了寄禪的人格思想。

二、憂國憂民

寄禪生於衰世，同治十三年日軍侵犯台灣，國家衰敗則任人宰

〔註5〕 同上。
〔註6〕 見《詩文集》，頁 348。
〔註7〕 見《詩文集》，頁 386。
〔註8〕 見《詩文集》，頁 430。
〔註9〕 見《詩文集》，頁 444。
〔註10〕 見《詩文集》，頁 444。

割，方外之士的寄禪，眼看中國門戶洞開，割地、賠款，民不聊生。
光緒二十一年及二十二年湖南旱魃為虐，民更無以為生，內心何能不
痛！寄禪受恒志和尚熏習，例如：「同治甲戌年穆宗毅皇帝哀詔至衡
陽，恆志極哀慟，遵制留髮」。無獨有偶，光緒帝駕崩，寄禪有詩云：
「兩宮聖澤留方外，一髮千鈞不忍除。」（〈二月朔，國喪期滿，遵制
剃髮，感書一絕〉）其亦遵制留髮。以及光緒十年法艦襲擊台灣消息
傳至寧波，寄禪正臥病延慶寺，憤怒之極，思謀禦敵之法不得，出見
敵人欲以徒手奮擊，為友所阻。他這種個性、這份要國家好的殷切之
心豈有不憂國、豈有不憂民。

　　他期望的「君」能像上述所言，「來蘇望帝堯」、「還須頌武湯」、
「不獨繼成湯」、「再頌中興年」，要像帝堯、文武、商湯一般的賢明；
唯時勢弄人，「岩谷思栖隱，藤蘿苦絆人」，「我亦哀時客，詩成有哭
聲」（〈感懷〉）。全都不順意。

　　從光緒二十年湖南夏季大旱災，寄禪曾往黑龍潭求雨。到光緒二
十一、二十二年旱災更嚴重，寄禪一心以國為念，國家有困難，恨不得
極力施捨。光緒二十四年，寄禪住湘陰神鼎山，二月曾在長沙為長沙巡
撫陳寶箴誦經。時目睹外夷強大、人心思變；如何喚醒民識，是一個當
務之急；譚嗣同、唐才常輩在長沙設南學會，三月辦《湘報》。局勢緊
急，「誅求今亦到空門。」（〈八月二十日，與夏穗卿……〉）是時有心人
想動用廟產，這對寄禪而言，那怕施捨肉身亦不足惜，但是如何施捨：

　　　欲捨福田紓國計……施食還憐鳥雀爭。（〈東禪寺與達公夜話〉）
　　　　〔註11〕
　　　上國和戎欲鑄金。（〈挽文芸閣學士〉）〔註12〕
舉國上下毫無秩序。把廟產捐出，國家能蒙受利益者又有多少？全被
宰治，清廷和戎，還得應美國人之意，易英鎊為款。幼主親掌國事，
豈無作為？推行維新變法，或因新舊派系，或因權力鬥爭，卻不敵慈

〔註11〕見《詩文集》，頁225。
〔註12〕見《詩文集》，頁322。

禧太后的宮廷政變，反遭囚禁。「回首中原堪涕淚，青山一髮夕陽留。」（〈還山書懷〉）朝廷紛擾，社會不安，人心混亂，蒿睹時局，憂心忡忡；卻又期待一線曙光，其愛國心無與倫比。

　　光緒二十五年，美國提出「門戶開放」；大門一開，清政府成為無國防之國。國家無國防則任人進出，國家無良佐則上下顛倒無序。寄禪往來各山寺，朋友多，為官朋友更多，他們非常清楚時局。光緒二十六年，寄禪雖為萬福寺的住持。眼看八國聯軍進犯北京，京城失陷，慈禧挾光緒帝倉皇西走，就寄禪〈贈吳漁川太守〉六首並序所言：

> 庚子七月，夷兵犯京師。兩宮率王、大臣、貝勒數人，微服出狩。閱二日，人馬飢憊。時公（吳漁川太守）方宰懷來，奔赴榆林鎮，恭迎車駕入城，始進服膳。慈聖泣曰：『我出京至爾邑，沿途不見一百姓，何況官耶？汝獨迎我，誠忠臣也。』語及義和團民，即痛哭失聲。蓋邊禍實由民教相仇也。明日起蹕西巡，擢公知府。未幾，命赴兩湖催餉。余與公別十年矣，重晤長沙，為述二聖蒙塵情事，及恩遇之隆，相與痛哭。於其行也，賦五律六章以贈之。
> 〔註13〕

這是寄禪和吳漁川太守再度重逢，見面所言，極表感慨。慈禧西奔，沿途無見一百姓，別說供給茶水；唯寄禪所言與用辭較含蓄罷了。反觀歷史的記載：

> 慈禧於聯軍進城的次晨，攜光緒帝狼狽向西北奔逃，抵懷來縣後，驚魂略定。她對知縣吳永訴禍亂經過，吳永留下了一部生動的記載。又說逃出京後，「連日日行數百里，……不得飲食，既冷且餓。……昨夜我與皇帝僅得一板橙相與貼背而坐，仰望達旦。」光緒蓬頭垢面，衣著不整，憔悴已極。在懷來停三日，續向西北逃亡，經宣化、大同，九月十日抵太原。沿途勒索供應。傳洋兵將攻山西，

〔註13〕見《詩文集》，頁262。

復自太原南去，十月二十六日到西安，鋪張益甚。其後南
方各省接濟漸至，又恢復了她的豪華生活。〔註14〕

慈禧倉皇西走，其困境可知，但是「沿途勒索供應」！見出當時社會
動盪、民生蕭條。心繫國事的寄禪對這些事蹟比誰都清楚；連題畫，
都會把動盪的時勢題進去，「末劫刀兵苦事叢，瘡痍滿目盡哀鴻；阿
師若具慈悲力，何忍低眉坐樹中。」（〈李郁華明府以石濤所畫《老
樹》……〉）哀痛「至尊蒙塵」，慨歎「有身成大患，無地著空門。」
（〈《武陵春傳奇》書后〉）連「空門」亦紛爭不息，國家搖搖欲墜；
寄禪雖未遍遊大江南北，然足跡遍印吳越，四處的混亂，民心的惶恐，
已託足空門的寄禪當真能袖手旁觀嗎？何況湘人愛國，勇軍勇將不落
人後，「見說辭家四十霜，歸來舊業已全荒；既無彭澤五株柳，那有
成都八百桑？」（〈義寧陳中丞挽詩〉）對為國盡忠盡義的好友，罷官
歸來家業已荒，連像陶淵明「五株柳」棲身之處皆無，更別說有文君
與相如安隱於成都的「八百桑園」。時局大壞，一柱難支；不因為為
方外之軀而置之度外，儘管時局已殘：

時事能令志士懼……我雖學佛未忘世。（〈余別吳雁舟太
守……〉）〔註15〕

更以出家之身卻比常人關心時事，「金甌缺不圓……七分擬割花宮
地」，對割地賠款，甚至動用廟產皆長嘆不已。此情此景可比丘逢甲
之嘆：「孤臣無力可回天。」回首此衰世之年，外夷入侵，不平等條
約迫訂、門戶洞開，這一切壓垮經濟，致使國無國防。文宗幸熱河，
太后西走。清君落此境地，回望夏商周的治世，大唐的光彩，漢帝國
的疆域，清盛世的輝煌，不禁淚流。溥儀就位，愛國的寄禪「忻聞大
業嗣皇音」，仍抱著「賢王攝政應強國」的希望。僧臘四十五、六年
的寄禪，前十年是頭陀行之年，第二個十年是隨處參禪之年，到第三
個十年是憂時局紛亂之年，憂國之詩已出現：

〔註14〕郭廷以：《近代中國史綱》，台北：曉園出版，1994年，頁389。
〔註15〕見《詩文集》，頁337。

時事已如此，神州將陸沉。(〈感事呈葉吏部〉) 〔註16〕

憂時無寸補，慚愧事空王。(〈野寺〉) 〔註17〕

第四個十年更是感時傷事之年。尤其末五、六年，國不保，連佛門亦不保，面臨時局驟變，不知是要抱殘守缺，還是迎接新觀念，這更是一種心裡的掙扎。

三、詩中展現儒的含意

孔、孟為儒家的代表，在論語、孟子書中談治國，最基本者要養活百姓，百姓無食則社會不安：

所重者民、食、喪、祭。〔註18〕

孟子曰：「庖有肥肉，廄有肥馬；民有飢色，野有餓莩；此率獸而食人也！……如之何其使斯民飢而死也？」〔註19〕

孟子曰：「必使仰足以事父母，俯足以畜妻子；樂歲終身飽，凶年免於死亡……老者衣帛食肉，黎民不饑不寒。」

〔註20〕

一個國家最基本、治國先聲，在太平盛世要人人「終身飽」。就連在凶年，也要確保人民有療飢之物，維持起碼的免於死亡的生理需求。否則，民飢則社會不安。寄禪深讀詩書，雖是出家人，言行舉止傾向孔孟思想，除上述的憂國憂民、尊師重道。其詩云：

窺鉢從飢鼠，營巢護乳鴉。(〈山居，喜諶大立三見過〉) 〔註21〕

田家秋穫少，得食飼啼鴉。(〈九月初六，由溈山越茶洞……〉)

〔註22〕

秋雨已成霖，晚稻猶未穫；茅茨斷炊烟，啼飢喧鳥雀。

〔註16〕見《詩文集》，頁 222。
〔註17〕見《詩文集》，頁 230
〔註18〕《十三經‧論語‧堯曰》，台灣：開明，1991 年。頁 23。
〔註19〕《十三經‧孟子梁惠王上》，台灣：開明，1991 年。頁 2。
〔註20〕同上，頁 4。
〔註21〕見《詩文集》，頁 179。
〔註22〕見《詩文集》，頁 196。

盜賊恐縱橫，王風益蕭索。(〈古詩八首〉) 〔註23〕

髻中牟尼珠，普雨粟與棉；大眾盡溫飽，俱登仁壽筵。(〈古詩〉之七) 〔註24〕

渡杯只恐魚龍覺，施食還憐鳥雀爭。(〈東禪寺與達公夜話〉) 〔註25〕

鉢中留食知師意，應念庭槐有乳鴉。(〈初伏日題宿雲律師禪房〉) 〔註26〕

施食每憐山鬼嘯，安禪曾制毒龍喧。(〈述懷答友人〉) 〔註27〕

減食常施虎，浮杯欲渡鷗。(〈再次哭庵觀察感懷〉) 〔註28〕

上述詩句所言，總括一個字，是食衣住行的「食」；民以食為天，物類何嘗不是。古詩云：「為鼠常留飯；憐蛾不點燈。」何其仁也。 〔註29〕這是一種悲天憫人的精神，是仁的展現。

子曰：「智者樂水，仁者樂山。智者動，仁者靜；智者樂，仁者壽。」寄禪的詩也有登覽之作，展現樂山樂水：

不蕩雲海胸，焉壯平生觀！明發犯霜露，豈不憚嚴寒！
羊腸既曲折，鳥道亦旋盤；俯窺俱霧豹，仰視慚風翰。
振衣一長嘯，誰謂行路難！憑高豁遠眺，天地青漫漫。
洞庭皎素練，滄海躍紅丸；遙川六龍舞，遠岫千蠶攢。
星辰為我珮，雲霞為我冠；岳靈視余笑，招邀敦古歡。
回矚人間世，喟然起長嘆。(〈登祝融峰〉) 〔註30〕

寄禪遊名山大川，開闊其視野，氣魄為之廣大；在峰頂所見，氣象為之超越，水的波動、山的靈動躍然紙上；把自己融入大自然中，在高

〔註23〕見《詩文集》，頁214。
〔註24〕見《詩文集》，頁214。
〔註25〕見《詩文集》，頁225。
〔註26〕見《詩文集》，頁255。
〔註27〕見《詩文集》，頁280。
〔註28〕見《詩文集》，頁382。
〔註29〕釋淨空講述：《改造命運心想事成——了凡四訓講記》，台北：和裕出版，2008年，頁73。
〔註30〕見《詩文集》，頁122。

峰上豪邁至極；末了，陡然跌回。「回矚人間世，喟然起長嘆」，充滿
對世事的關懷，是一種仁者的胸襟。

　　寄禪自認爲是讀書人，與數十位讀書人往來，例如毛靈山茂才、
李炳甫茂才……等。在其詩中和讀書人往來次數不亞於與出家人的來
往。時刻以讀書爲懷：

　　　　一錫遙臨翰墨場，滿腔詩興若癲狂；袈裟混入儒冠裡，
　　　　錯認書囊作鉢囊。(〈過巴陵毛靈山茂才書齋〉)〔註31〕

　　　　松枝壓得一肩寒，猶把詩書仔細看。(〈荷薪讀書圖〉)〔註32〕

才二十八歲的寄禪，工作猶不忘讀書；更以求道爲己任，其喜歡作詩，
除了是興趣之所趨，更具讀書人之精神的表現：

　　　　安逸慚諸將，艱危累聖明。(〈題夏伏雛《燕北紀難圖》〉)〔註33〕

　　　　春華不再榮，努力及良時；懷安聖所咎，忍進德之基。
　　　　朝聞儻可遂，夕死復何悲！(〈自勵詩〉)〔註34〕

「安逸慚諸將」、「懷安聖所咎」，管敬仲言：「戎狄豺狼，不可厭也。
諸夏親暱，不可棄也。宴安酖毒，不可懷也。」〔註35〕古人時刻以宴
安酖毒爲惕勵。寄禪深知人的習性，「懷安」等同服毒；僧臘二十年
的寄禪三十七歲，對生命已相當體悟，秉持古聖所言。「忍進」，「忍」
是六度波羅蜜之一，「布施、持戒、忍辱、精進、禪定、智慧」；忍，
是爲人修養的基本工夫；「進」，是精進，亦是六波羅蜜之一；子曰：
「譬如爲山，未成一簣，止吾止也；譬如平地，雖覆一簣，進吾往也。」
進德修業務必持之以恆。「朝聞道夕死可矣」，是典型之孔子教誨的精
神。寄禪的確在實踐。

　　寄禪處處有儒家之精神，更是借助《詩經》之教導。《詩經》爲
我國最古之詩歌總集。把源自《詩經》的用詞，列在寄禪有儒家思想

〔註31〕見《詩文集》，頁 5。
〔註32〕見《詩文集》，頁 46。
〔註33〕見《詩文集》，頁 301。
〔註34〕見《詩文集》，頁 128。
〔註35〕楊伯峻編著：《春秋左傳注》，高雄：復文圖書，1991 年，頁 256。

這一部分，有其要理：

> 孔子與詩經，有正樂與授徒二事。關於正樂，孔子曾自謂：
> 「吾自衛返魯，然後樂正，雅頌各得其所。」（論語子罕篇）
> 至於授徒，則由於孔子認爲詩經有實用價值。孔子曰：「小
> 子何莫學乎詩？詩可以興，可以觀，可以群，可以怨。邇
> 之事父，遠之事君，多識於鳥獸草木之名。」（論語陽貨篇）
> 興觀群怨屬性情修養；事父事君爲倫理實踐；多識於鳥獸
> 草木之名，是有助於博聞強識；授之以政，使於四方，則
> 又應用於政治外交。詩經既有多方面實用價值，難怪孔子
> 以之授徒。〔註36〕

詩經大有作用，是最好的教材。孔子曾刪詩書定禮樂；詩歌、禮節、音
樂都可用來教育、修身養性。子曰：「興於詩，立於禮，成於樂。」（《論
語·泰伯第八》）啓發上進的意志要靠讀詩，具備處世的條件要靠學禮。

　　寄禪詩中喜用《詩經》的用詞，例如：「伊余」。其來自詩經「伊
余來墍。」（《邶風·谷風》）伊，助詞，無意義。寄禪詩中所用的「伊
余」，例如：「伊余乘微因，聞道性所樂。」（〈福嚴寺〉），「伊余忝陪
從，茲游冀奇逢。」（〈六月望日同……〉），「伊余慕肥遁，重岩卜其
宅」（〈和張子虞一首〉）。

　　也常用「猗歟」一詞。詩經中的「猗歟」例句：「猗歟漆沮，潛
有多魚」（《詩經·潛》）。「猗歟那與，置我鞀鼓」（《詩經·那》）。猗
歟，讚美詞，置於句首。寄禪詩中所用「猗歟」，例如：「猗歟無量壽，
正覺果圓成。」（〈西方三聖贊〉之一〈無量壽佛〉）、「猗歟靜法師，
宿植元根堅。」（〈田靜法師……〉）、「猗歟朱夫子，慨然動深哀！」
（〈感事一首酬……〉）。

　　也常用「鶺鴒」一詞。詩經中「脊令」例句：「脊令在原，兄弟
急難。」（《詩經·常棣》）「脊令」，即「鶺鴒」二字，喻兄弟。寄禪
詩中「脊令」例句：「難分家室累，忍讀鶺鴒詩」、「寧知風雨夕，忽

〔註36〕葉慶炳著：《中國文學史》，台北：台灣，1997年，頁17。

有鷓鴣哀」、「春風猶念鷓鴣寒」、「春風淒斷鷓鴣聲」。寄禪所用到的鷓鴣一辭都是談到他與弟弟的情景，讀之令人鼻酸。

　　除了是僧人，更是詩人；寄禪有「仁」的襟懷，心懷中國的道統。儒家的典籍也深深影響著寄禪，潛移默化，無形中在詩句裡廣泛應用，這在在顯示寄禪不僅是僧人，更是一個親近孔孟的儒人。

第二節　源自佛家的思想

　　《八指頭陀詩文集》共輯錄詩一千九百九十三首，其詩用字遣詞皆平常造語，無冷僻字詞。甚多語彙來自《楞嚴經》和《莊子》《離騷》，詩文意涵不離這些經典，所用的典故甚廣泛，有時一首詩中甚多佛言佛語，或與方外之士有關的事蹟。寄禪一八七五年「東遊吳越，凡海市秋潮見未曾有遇巖谷幽邃，則歔詠其中，饑渴時飲泉和柏葉下之，喜以《楞嚴》《圓覺》雜《莊子》《離騷》以歌」。寄禪何以對《楞嚴》《圓覺》的喜讀？佛法首重實證，非實證無以契眞常。因爲一切眾生以有妄心，念念分別，皆不相應。蓋妙理空寂，從本以來，離言說相、離名字相、離心緣相、離念境界，修持者要證才能相應：

　　　　言妄顯諸眞，妄眞同二妄。〔註37〕

眾生有妄，如何達到妙理空寂，所以借助「名、言」來說理。等懂了以後，「『妄』與『眞』」同樣是妄，皆應捨棄。《楞嚴經》的思想：主要以六識連結六根與六塵，藉由辨心了解眞如本性。所以寄禪藉詩以示教：

　　　　大千劫火一時燃，鐵骨于中煉已堅；
　　　　振錫深山解虎鬥，求珠滄海驚龍眠。
　　　　萬家香飯歸禪鉢，八部花雲散法筵；
　　　　兜率蓬萊俱不著，蓮花佛國息吾肩。

　　　　(〈十月初三夜，夢中得詩一首〉) 〔註38〕

夢中的寄禪胸懷壯志，煉就一副銅筋鐵骨，飛錫一振萬方俯首。好大

〔註37〕《楞嚴經》卷五，《大正藏》卷十九，頁 124 中。
〔註38〕見《詩文集》，頁 275。

的口氣，目標直達蓮花佛國，「蓮花佛國」正是他心目中的安養國，即西方極樂世界。

以儒為基礎、以佛為依歸；寄禪的詩處處有佛禪妙旨，隱約中多部經典鎔鑄於一詩中：

> 我本自在仙，一念落人間；人羊既更易，識性亦推遷。
>
> 捨身復受身，來去如輪旋；白骨何峨峨，高于毗富山！
>
> 已忍多生慟，樂土何由還？（〈咏懷十首〉之一）〔註39〕

把《楞伽經》、《楞嚴經》詩意鎔鑄於一詩。十法界的上四界：聲聞、圓覺、菩薩、佛。人的修行要到安養國才能息肩。否則脫離不了六道輪迴，所謂六道：天、人、阿修羅三善道和地獄、畜生、惡鬼三惡道。「人羊既更易」，人不能止貪，則人羊互為因果輪迴。

> 貪不能止，則諸世間卵化濕胎，隨力強弱、遞相吞食，是
> 等則以殺貪為本。以人食羊，羊死為人，人死為羊。如是
> 乃十生之類，死死生生互來相啖。〔註40〕
>
> 不應食肉……謂一切眾生，從本已來輾轉因緣，嘗為六親。
> 以親想故，不應食肉。〔註41〕

人死曾某世為羊，羊也曾出世為人。佛舉十五點不食肉的原因，其中六道輪迴為原因之一，是故人羊更易。

時以《楞嚴》雜《莊》《騷》以歌，寄禪深入《楞嚴經》的思想，對「六根互用」有其獨到之處：

> 音既能觀，月亦可聽；
>
> 此中真意，問誰會領？（〈聽月寮〉）〔註42〕

寄禪寫這首〈聽月寮〉，是對《楞嚴經》的讚嘆。短短的十六個字，點出《楞嚴》的高深。「音既能觀，月亦可聽」，照字面的解釋，「聲音既然可以用看的，月亮當然也可以用聽的」，「觀音聽月」是一種奇

〔註39〕見《詩文集》，頁136。

〔註40〕《楞嚴經》卷四，《大藏經》卷十九，頁120中。

〔註41〕《楞伽經阿跋多羅寶經》卷四，〈一切佛語心品第四之下〉，《大藏經》卷一，頁346下。

〔註42〕見《詩文集》，頁68。

聞。據薛順雄〈八指頭陀「聽月寮」詩詮〉〔註43〕對「觀音」語義有特別詮釋；其探討有二個主軸，其一，指出「六根互用」，其二，「翻譯的錯誤」。筆者以「六根互用」來理解這首詩。《楞嚴經》云：

> 六根互相爲用，阿難！汝豈不知今此會中，阿那律陀，無
> 目而見。跋難陀龍，無耳而聽。娓伽神女，非鼻聞香。驕
> 梵鉢提，異舌知味。舜若多神，無身覺觸。既爲風質，其
> 體元無。諸滅盡定得寂聲聞。如此會中，摩訶迦葉，久滅
> 意根，圓明了知不因心念。〔註44〕

所謂六根，是指眼、耳、鼻、舌、身、意。阿那律陀沒有目珠而能看得見，跋難陀龍沒有耳朵也能聽得著聲音，娓伽神女沒有鼻子也能聞味道，驕梵鉢提沒有舌頭也能辨別酸鹹，舜若多神沒有身子也能觸摸，真神奇！阿那律陀失明後，修「樂見照明金剛三昧」，竟然能得「半頭天眼」，半個頭可以看到東西，簡直眼睛長在頭頂上，幾乎可以同時看到三百六十度。其他像跋難陀龍用角來聽，娓伽神女沒有鼻子也能聞到香味，驕梵鉢提沒有舌頭也能辨別酸甜苦辣；這些特異功能如何修得！就是滅意根。沒有意根則圓明了知。凡夫滅意根後，六根可以互用，何況修得圓脫者，那有六根不互用的呢！

所以〈聽月寮〉的「音既能觀」，同理，「月亦可聽」；未特有修行的人豈能了解隱含的意思。飽嚐生命困頓，學佛多年的寄禪，常歡《楞嚴》《圓覺》雜《莊騷》以歌；生命融入經文中，故能寫出其內心的感喟，「此中真意，問誰會領？」的確。沒有從《楞嚴經》中去探究，吾人就不能深切領會寄禪這首〈聽月寮〉的詩意。寄禪四處行腳，貴爲住持，尤其住持天童寺十一年，仍一鉢一杖四處奔走，精神就像這首詩：

> 旅泊三界，阿誰是主？
> 庵中有人，不去不住。（〈旅泊庵〉）〔註45〕

〔註43〕 薛順雄：〈八指頭陀「聽月寮」詩詮〉，《東海中文學報》，台中市：
　　　　 東海大學中文系，1990 年，頁 117～123。
〔註44〕 《楞嚴經》卷四，《大藏經》卷十九，頁 123 上。
〔註45〕 見《詩文集》，頁 68。

李白〈春夜宴桃李園序〉:「夫天地者,萬物之逆旅;光陰者百代之過客。」敘述人生之短暫,只是寄居在這世界。而〈旅泊庵〉豈止點出人生的短暫,更點出修持的重要。在大眾中,阿難問佛「如何安立道場,救護眾生於末劫沉溺?」佛拿出「三藏」之一的毗奈耶律藏教導阿難。毗奈耶律藏專講戒律,說修行的三決定義,也就是指「三無漏學」。所謂「攝心為戒,因戒生定,因定發慧。」戒為定慧之本,戒根不淨,則定慧無由而生。六祖說:「心地無非自性戒,心地無癡自性慧,心地無亂自性定」。〔註46〕阿難問:「如何攝心?」佛仔細的告訴他,攝心就是要守戒,守四個戒:斷婬、斷殺、斷盜、斷妄語。其中「寄於殘生,旅泊三界。」就是在第三個戒:斷盜:

> 阿難,又復世界六道眾生,其心不偷,則不隨其生死相續。汝修三昧,本出塵勞。偷心不除,塵不可出。縱有多智,禪定現前。如不斷偷,必落邪道。上品精靈,中品妖魅,下品邪人。諸魅所著,彼等群邪,亦有徒眾。各各自謂成無上道。我滅度後,末法之中。多此妖邪,熾盛世間。潛匿姦欺,稱善知識。各自謂已得上人法。眩惑無識,恐令失心,所過之處,其家耗散,我教比丘,循方乞食。令其捨貪,成菩提道,諸比丘等,不自熟食。寄於殘生,旅泊三界。示一往還,去已無返。〔註47〕

上述談「盜戒」的重要,所謂的「偷」,不專指劫財也,即假設形儀,濫膺恭敬利養皆盜也。連用一點點的藉口,去得到一種小利,都是偷。貪心之念一起必落邪道,「精靈,妖魅,邪人」,這些邪道者,都各有自己的徒眾,邪魔入侵卻不知,各自以為成「無上道」。佛說其滅度後,末法之中,此妖邪者必定潛匿、熾盛於世間,自稱為善知識;說自己已得到「上人法」,去誆騙無知者盡捨其財,招搖撞騙;所到之處,人民財物皆耗散無餘。

〔註46〕《六祖法寶壇經》卷一,《大正藏》卷四十八,頁358中。
〔註47〕《楞嚴經》卷六,《大正藏》卷十九,頁132中。

　　故佛教導比丘「循方乞食」，順著四方而去乞食的目的，就是「令其捨貪」。「不自熟食」，自己毫無炊具炊爨，是捨美食，捨美食也是一種捨貪。以表示「旅泊三界，不戀人間」，「三界」，欲界、色界，無色界。是凡夫生死往來的境界。佛教的修行者以跳出三界爲目的。「阿誰是主」，眞的照佛的指導來修行，必可跳出三界，所以是無主人居此三界。都「照佛的指導來修行」，雖然肉體仍居此庵中，居此世界中，卻是入三摩地。

　　寄禪曾提到「遍遊吳越（1875 年），凡海市秋潮見未曾有，遇巖谷幽邃，則歗詠其中，饑渴時飲泉和柏葉下之，喜以《楞嚴》《圓覺》雜《莊子》《離騷》以歌」，因爲「饑渴時飲泉和柏葉下之」與「不自熟食。寄於殘生，旅泊三界。」有異曲同工之妙，以詩顯經意。其中的「寄於殘生」，「寄殘」莫非就是「寄禪」的諧音。

　　再舉一首以詩顯《維摩詰經》的大旨。《維摩詰經》以維摩老居士爲主軸，深入各個場所、先具同理心再教化大眾。寄禪交友不分緇與素，方外之身卻有更多的達官貴人，好比維摩詰：

> 和尚風流也出群，卻來花下伴紅裙；
> 那知醉倒笙歌裡，還似青山臥白雲。（〈題濟顛遊戲圖〉）〔註48〕

濟顛和尚的言行舉止，栩栩如生。其行徑好比毗耶離大城的長者維摩詰；入境隨俗，恆順眾生；有同理心更會說法。維摩有其亮麗的本事與身家：

> 已曾供養無量諸佛，深植善本，得無生忍，辯才無礙。遊戲神通，逮諸總持，獲無所畏，降魔勞怨。……雖爲白衣，奉持沙門清淨律行；雖處居家，不著三界；示有妻子，常修梵行；現有眷屬，常樂遠離；雖服寶飾，而以相好嚴身；雖復飲食，而以禪悅爲味；若至博弈戲處，輒以度人；受諸異道不毀正信。〔註49〕

〔註48〕見《詩文集》，頁76。
〔註49〕《維摩詰所說經》卷一，〈方便品第二〉，《大藏經》卷十四，頁 539上。

維摩詰的來歷，曾經供養過許多菩薩，其前身是「金粟如來」，有善本、無生忍，更有一嘴好口才。懂得一切法、內得圓滿；是個內外俱足，表裡相稱者，獲得四無所畏，降伏塵勞魔怨，俱有出世大雄的精神。他有妻兒、以禪悅爲食，能度人，不毀正道，俱足一切美德。維摩長者跑入大賭場、舞廳等花天酒地的地方，用其方便的手腕去教化那些因生活壓迫而受苦者，和那些好尋花問柳、自甘墮落、低級趣味的眾生。連在「博弈戲處」他都有辦法度人。任憑外塵多麼五花八門、聲色誘人，好比維摩詰的濟顛，內德圓滿，總持法義，儘管「醉倒笙歌裡」，仍無所損，終而達成目的，降伏塵勞魔怨，「還似青山臥白雲」，不爲塵俗所困。生命原本如此，生活本就恆順眾生。寄禪交遊廣闊，與文士、達官雅集，那怕茶樓酒肆閒晃，四處說法，仍不惹腥臊。與其說寄禪像維摩詰，不如說更像濟顛；濟顛以酒混世，寄禪以詩混世，醉倒文士達官裡，仍似青山臥白雲。

寄禪藉由詩顯經義，其詩文集中有甚多佛經義理，其所引用佛經，例如：《楞嚴經》、《維摩詰所說經》、《華嚴經》、《阿彌陀經》、《壇經》、《圓覺經》等；尤其幾乎以楞嚴經爲背景，如鹽入水般的滲入詩中。有佛經背景者理解其詩，明朗無曲折。以詩寓教，不失弘法的妙旨。

第三節　與道家思想之間的交涉及矛盾

有些人的思想背景不單單只有一個家源，出家之身的寄禪不單只有佛家思想，也有儒家思想，亦頗具道家色彩。說寄禪有莊子的思想，一點也不爲過；有多首詩在在顯出這個面向。然，有時其行徑毫不是莊子的灑脫，應該說是與莊子思想背道而馳。意即：思想上有莊子的身影；然，行徑上卻又消失了莊子的身影。

莊子的思想活潑，每談一個概念，常以寓言方式說出。是道家最具代表性的人物之一，其談到無用爲用的大用：

　　惠子謂莊子曰：「吾有大樹，人謂之樗。其大本擁腫而不中
　　繩墨，其小枝捲曲而不中規矩，立之塗匠者不顧。今子之

言，大而無用，眾所同去。」〔註50〕

大樹擁腫不才，拳曲無取，匠人不顧，斤斧無加，夭折之災則不至，故得終其天年，盡其生理，無用之用，眞奇妙！乖俗會道，可以攝衛而全眞。

另一則莊子的大旨「道無所不在」。東郭子向莊子問道，莊子說道無所不在，東郭子仍不解其意，再請莊子說更明白，更具體一點，道到底在哪些地方：

> 莊子曰：「在螻蟻。」曰：「何其下邪？」曰：「在稊稗。」
> 曰：「何其愈下邪？」曰：「在瓦甓。」曰：「何其愈甚邪？」
> 曰「在屎溺。」東郭子不應。〔註51〕

莊子如此回答，東郭子認爲把道說得卑下不堪，故不回應。螻蟻有知覺而至爲微小，稊稗無知覺卻有生命，瓦甓根本沒有生命卻有形體存在，屎溺也是有形體更有臭味，像這些螻蟻、稊稗、瓦甓、屎溺，莊子認爲都是道的所在，道是無所不在。準此，再回過頭來，探析寄禪的行徑，倒也淬取出這種思想成分。

一、寄禪具足了莊子的身影

寄禪修佛修道，一鉢一囊，一山走過一山，飢了、渴了，拿個濾水袋舀溪水喝。尊重生命，行體雖小，亦是道之所在。其詩言：

> 本無慧命堪相續，豈有枝條可覓根？
> 若問山僧正法眼，爲君說個破沙盆。

（〈付囑續根上人代〉）〔註52〕

可不是麼！佛法信解行證，寄禪自從其母祈禱白衣大士而夢見蘭花而生下他，是有宿根者。其概歎古道去已遠，人們的嗜欲深，已離眞本性，其感嘆：

〔註50〕〔清〕郭慶藩編／王孝魚整理：《莊子集釋》，〈逍遙遊〉，台北：萬卷樓，1993 年，頁 39。

〔註51〕同上，〈知北遊〉，頁 750。

〔註52〕見《詩文集》，頁 57。

古道去已遠，淺薄離真醇；玄紫既異彩，各自親其親。

水渾魚所樂，木直斧所揃；幽蘭沒荊棘，得以全其真。

（〈書感〉）〔註53〕

「木直斧所揃」，有用之遇害，襯之以「無用之用」。同理，「幽蘭沒荊棘，得以全其真。」寄禪深知莊子的哲理，詩中亦多所引用，例如：

矯矯雲間鶴，泛泛水中鷗；浮沉雖異趣，與世俱無求。

如何罻羅者，山澤亦窮搜？奮翅起高飛，豈不念同儔！

願與神風會，消遙俱遠遊。（之四）

西山有嘉樹，華葉何蔵蕤！芬芳不終朝，摧折委路歧。

行人為躑躅，飛鳥為鳴悲；本微擇地明，今日當怨誰！

（之五）

孔雀從東來，結巢瓊樹顛；音響一何妙，毛羽一何鮮！

棲遲戀美蔭，弋者伺其便；一彈墮雙雄，一雌飛不前；

悲鳴作人語，覆卵幸見憐。（〈古意八首呈寶覺居士〉（之六））

〔註54〕

「罻羅者」窮搜「山澤」，「嘉樹」摧折委路；「妙音、鮮羽」則彈弓伺其後。寄禪為天童寺住持，為保教扶宗，創立僧學，「積謗聳崑崙」，樹大招風、屢遭毀謗。反之，如果只是個雲水僧，「音不妙，羽不鮮」則可免謗。

本小節談論寄禪的詩傾向老莊思想，像「道無所不在」、「無用之用」、「安時處順」等，寄禪統統做到了。自十六歲出家，隔年至岐山隨志老人修頭陀行，頭陀行是一種苦行，作寺中所有苦役，是「安時處順」、「道無所不在」的知與行。初出家，事事樣樣皆要學習，寄禪耐得住寂寞，樣樣苦親嘗過、忍過；如此這般過了五年；東遊吳越、往來各山寺，頗得人脈與際遇，卻堅持不當住持，例如，〈辭明州太守宗公湘文請住杖錫山寺〉，是一種「無用之用」的運用：

〔註53〕見《詩文集》，頁101。
〔註54〕見《詩文集》，頁118。

敢云野鶴處雞群？聊把幽懷語向君；

竹杖愛挑黃葉雨，芒鞋亂踏碧山雲。

粗衣淡飯隨緣過，我是他非總不分；

惟有詩魔降未得，幾回覓句問斜曛。（其一）

十年行腳遠離群，底事從頭說與君；

禪鉢曾飡吳國飯，衲衣猶補楚山雲。

清風歲暮餘雙袖，痴氣時常帶幾分；

滄海桑田多少事，一齊都付與殘曛。

（〈述懷呈蕙亭茂才〉（其二））〔註55〕

寄禪給陸蕙亭的詩，述說其三十一歲時的寫照：雖為僧，一直與僧、俗往來，有如「野鶴處雞群」無有拘束、「亂踏碧山雲」隨處行腳。「禪鉢飡吳國飯」一山又一山，「衲衣補楚山雲」一處又一處，「安時處順」隨緣自在。這不就有幾分灑脫麼！

二、寄禪消失了莊子的身影

上述說寄禪有莊子的身影，應該是豁達的。惟惜，其有些行徑與莊子的守則背道而馳。光緒十年（1884）年八月，法艦襲擊臺灣及福建閩江口。消息傳至寧波，寄禪正臥病延慶寺，憤怒之極，思謀禦敵之法不得，出見敵人，欲以徒手奮擊，為友所阻。又光緒十四年聽聞黃河大潰決，寄禪悲痛：

黃河之水何時清？濁浪排空倒山岳，須臾淪沒七十城，

不聞哭聲聞水聲……時事艱難乃如此，余獨何心惜一死，

捨身願入黃流中，抗濤速使河成功。（〈鄭州河決歌〉）〔註56〕

「捨身願入黃流中」，此時筆者不知該驚抑或讚嘆其勇氣，『身』也只是大海中的一漚。此時寄禪三十八歲，這一年他堅辭上林寺法席。以「捨身願入黃流中」與「辭法席」──不受羈絆，兩相對比，似乎也突顯了什麼！

〔註55〕見《詩文集》，頁74。

〔註56〕見《詩文集》，頁141。

又光緒二十一年，四十六歲的寄禪目睹日軍侵占威海衛，北洋軍閥全軍覆沒，中日簽訂馬關條約，國是紛擾。更甚者，全省大旱，民生凋敝，何能不憂？「蝸爭蠻觸任紛紛」，因此懶聞時事矣。雖懶聞，憂心何曾斷過；寄禪在四十歲之前詩中少有憂時之詩，頂多爲爲官友人之辛勞抱屈；到一八九七年，四十七歲起，詩中頗出現憂時憂國，隨年歲老大、國勢江河日下，更是憂心如焚。憂到自築冷香塔，思謀「何如無縫塔中去」（〈……附題冷香塔〉）。他無法不關心時勢，李漁叔對其看法：

> 上人幼丁慘酷……見白桃花繁英滿樹……忽頃刻爲風雨摧敗，頓悟人世無常……投湘陰法華寺出家。又曾渡曹娥江，謁孝女祠，叩頭流血，同行僧侶謂曰：「奈何以比丘禮女鬼？」上人答云：「汝不聞波羅題木叉孝順父母，即身成就耶？諸佛聖人，皆從孝始，吾觀此女，與佛身等，禮拜亦何過焉？」及後聞法軍攻台灣基隆，發憤渡海，欲赴軍前鬥死，爲同參勸止。凡此皆至情流露，稱其性分，不類禪人。〈天童上人〉 〔註57〕

李漁叔對其評語：「至情流露，稱其性分，不類禪人。」寄禪深於情，不類禪人；亦可視爲行爲上不類莊子；他是一個菩提薩埵，〔註58〕是一個覺悟的有情者。

三、寄禪同時具足趨避莊子的個體

寄禪的詩乘載莊子輕快的飛翔，把莊子的「無用爲大用」的本事學到家。像「幽蘭沒荊棘，得以全其眞」（〈書感〉）。從早期的「拿個濾水袋舀溪水喝。尊重生命，行體雖小，亦是道的所在。」到中期的「『野鶴處雞群』無有拘束、『亂踏碧山雲』隨處行腳。『禪鉢飫吳國

〔註57〕 李漁叔：《魚千里齋隨筆》，〈天童上人〉，台灣：中華書局 1970 年，頁 124。

〔註58〕 《首楞嚴義疏注經》卷一，《大藏經》卷三十九，頁 829。菩提薩埵，此云覺有情。此有三釋。一……三菩提覺悟智，薩埵情慮識，總約悲智能所眞妄。

飯』一山又一山，『衲衣補楚山雲』一處又一處，『安時處順』隨緣自
在。」到晚期的「臥病欲徒手憤擊敵人，與築冷香塔，思謀『何如無
縫塔中去』」。整個情感的思緒是一個強烈的轉變。以僧臘四十五年爲
被除數，硬分成早中晚三個時期，顯然晚期是遠離了莊子；行徑上更
是與莊子背道而馳。

　　誠如李漁叔所評，寄禪深於情。「智悲並運」，其看到國家苦難，
百姓無以爲生，則憂心不安，是一個下度有情者。奈何一切皆非寄禪
一人所能扭轉的時勢。跳脫莊子身影，又，「直心即道場」是一個覺
悟的有情者。是一個個體同時卻俱足兩種性格者。這顯示其生命矛盾
衝突的視窗之一。

　　前文提到寄禪曾經要「捨身願入黃流中」（〈鄭州河決歌〉1888 年），
對這個『身』，可以棄之如敝屣，經過二十二年「何如無縫塔中去」（〈……
冷香塔〉1910 年），卻蓋個清幽的塔要把「身」館起來。這個轉變頗爲
微妙的。其一、出家人對色身應視之如革囊，使用年限到了，老舊了，
淘汰了，何以要在乎呢！莊子將死，弟子要厚葬他。莊子卻說：

　　　　吾以天地爲棺槨，以日月爲連璧，星辰爲珠璣，

　　　　萬物爲齎送。吾葬具豈不備也？何以加此！〔註59〕

遠在天邊的日月雙璧、星辰珠璣皆可視爲陪葬物，現出莊子心之豐
厚與自信。其二、寄禪自築冷香塔的行徑有如帝王先築大墳，這和
其身分頗不類。雖然《六祖壇經‧付囑流通第十》：「師於太極元年
壬子七月，命門人往新州國恩寺建塔，仍侰促工。次年夏末落成。」
慧能大師是預知時至，回新州老家建塔，希望落葉歸根。莫非寄禪
亦預知時至。但是整部《八指頭陀詩文集》沒有顯示其預知時至的
跡象。這和其雲遊參禪生涯，一鉢一錫頗不類。顯然是一個個體有
兩極較不同方向的認知。這也顯示其生命矛盾衝突的視窗之二。

〔註59〕〔清〕郭慶藩編／王孝魚整理：《莊子集釋》，〈列禦寇〉，台北：萬
　　　卷樓，1993 年，頁 1063。

第四節　緬懷屈原憂國之情

屈原，楚人，有愛國詩人之稱。極力要楚國富強安樂，實行中國夏商周堯舜禹湯文武的道統。然不得志，其憂國愛民展現在《離騷》：

> 昔三后之純粹兮……彼堯舜之耿介兮，既遵道而得路。何桀紂之猖披兮……余固知謇謇之爲患兮。〔註60〕

屈原讚美禹、湯、文王，而譴責桀、紂；深知自己梗直的個性。即便看到楚國一步步爲小人吞噬，卻無能爲力而徘徊在蘭芷之地，終而消沉。

清末列強環伺中國，各國皆想分一杯羹。同治十年，蘇俄侵占伊犁。同治十三年（1874 年）日軍侵占台灣，此時寄禪由岐山返回湘陰法華寺，從本師東林長老。寄禪曾遊湘陰神鼎山、屈子祠，感慨賦詩，但是在此之前是不忍過此祠，何以不忍過此祠？

一、深契心靈

有蘭有芷，湘地未必芬芳；有蘭有芷，滋潤詩人的心靈，於是在文學上有其特美之處。劉勰在《文心雕龍‧辨騷》中曾稱：

> 《離騷》爲「奇文」；「其辭麗雅，爲詞賦之宗」；「金相玉質，百世無匹」；「氣往轢古，辭來切今，精采絕艷，難與並能」。我國第一個文學批評家對於屈原的作品如此推崇，這並非阿其所好，而是屈原的作品在文學上的價值確實不朽的。〔註61〕

心靈的芳香創造文學的不朽；人因文學而流芳百世。雖然「太息芷蘭地，風騷失舊音。」（〈長沙小憩……〉）寄禪對屈原深契心靈，不因年代久遠而荒煙漫淡，這都是《離騷》讓人知曉曾經有這麼一位潔淨者。「我讀《離騷》感慨多，那堪復向此間過；楚懷若納賢臣諫，千古無人吊汨羅。」（〈汨羅懷古〉）隔年寄禪過屈子祠，「我來濁世懷高潔，不奠黃花酒一杯。」（〈九日過屈子祠〉）專程帶花帶酒來則流俗；「不奠黃花酒一杯」，更反襯對屈原的刻骨銘心；奠之以「心花」、奠之以「心酒」；對

〔註60〕鄭鴻之編著：《愛國大詩人屈原》，台北：莊嚴出版社，1979 年，頁 99。
〔註61〕同上，頁 89。

著「湘水」，展讀〈離騷〉，爲這位「楚才」識之深，懷之切。

寄禪遍遊吳越時，「凡海市秋潮見未曾有遇巖谷幽邃，則歡詠其中，饑渴時飲泉和柏葉下之，喜以《楞嚴》《圓覺》雜莊騷以歌」。其中莊騷的《騷》指的是《離騷》，寄禪亟受《離騷》的影響；同爲湘陰人，同好詩詞，可貴的是同有一顆赤熱的愛國心。衰弱的滿清，令過屈子祠的寄禪不免自況如屈原。寄禪深深受《離騷》的感染：

> 異代惟留騷客恨，獨清其奈濁流何！當年不作〈懷沙賦〉，
> 終古無人吊汨羅。(〈過湘陰屈子祠〉) 〔註62〕

〈懷沙賦〉是屈原的遺書，「乃作懷沙之賦。」〔註63〕於是懷石，遂自投汨羅而死。如果沒有〈懷沙賦〉，我們將不認識屈原。「懷沙」即有負石自沉的哀鳴，世人對懷沙自沉的看法：

> 屈原生前含冤忍垢⋯⋯蒙受了封建衛道士被以種種惡名。諸如班固的「露才揚己」說，顏之推的「顯暴君過」說，司馬光的「過於中庸，不足以訓」說等等，就連那些十分推崇他的人們也不贊成他的自殺，諸如司馬遷在《史記‧屈賈原列傳》中說：「余讀《離騷》⋯⋯未嘗不垂涕，想見其爲人」，還責怪「屈原以彼其材，游諸侯，何國不容，而自令若是」？又有漢之揚雄⋯⋯責備他「何必湘淵與濤瀨。」而大儒學家朱熹則稱「屈原之忠，忠而過者。」後來的魯迅⋯⋯也說他缺少「反抗挑戰」，因而「感動後世，爲力非強」，「孤偉自死，社會依然」。這些顯然都是不贊成屈原自殺的。⋯⋯
> 屈原的自殺絕不是「突發的衝動」，絕不是對現實的一種逃避，也不僅僅是「一死了之」式的擺脫，而是一種自覺的選擇，是一種對自己人格的維護，是對社會的一種最後抗爭。⋯⋯屈原在詩作中不止十餘次地提到了彭咸、申狄徒、伍子胥。前二者都是商紂時代死諫於水的忠臣，而伍子胥則是死諫後被拋於江中的忠臣，因而，數次提到要追隨他

〔註62〕見《詩文集》，頁248。
〔註63〕〔漢〕司馬遷著／瀧川龜太郎注：《史記會注考證‧屈原列傳》，台灣：宏業書局，1972年，頁986。

們的榜樣。而屈原在他的後期作品〈悲回風〉中竟同時五
次提到了這三個人。這説明屈原對死早有選擇。〔註64〕

對懷沙自沉，不贊成他自殺者：班固的「露才揚己」。顏之推的「顯
暴君過」。司馬光説「過於中庸，不足以訓」。司馬遷説「那一個國家
不能去，爲什麼要把自己搞成這個樣子！」朱熹説「屈原忠貞，忠貞
過了頭」。魯迅説他缺少「反抗挑戰」的精神。學者仍認爲屈原選擇
自殺是「愚忠」、「過忠」。然而最重要的是其作品提到彭咸、申狄徒、
伍子胥等死諫的忠臣：

> 伏清白以死直兮，固前聖之所厚。〔註65〕

「懷清白之志而死忠貞之節，本是前代的聖人所稱許的。」彭咸、申狄
徒、伍子胥這些都是忠貞之士，也都投水而死，當然伍子胥死後入水更
具特殊性。這在在説明屈原對死早有選擇。然而選擇死亡？另有一看法：

> 但在屈原的心目中，還有個比生命更可貴的東西：清
> 白。……這是由他的天賦的內美、他的高尚人格、他的浪
> 漫的氣質所決定的。也只有自殺才是他的最好的歸宿……
> 使他雄偉的形象更加高大完美。〔註66〕

屈原最自珍的『清白』，導源於他的「天賦的內美」、「高尚的人格」
與「浪漫的氣質」；於是自殺使其雄偉的形象更加高大完美。寄禪在
某些方面也如此自視。寄禪有屈原的憂國，莫非潛意識也感染「懷沙
自沉」的高潔；寄禪「自築堵坡，活埋計就」，難道要效法前賢而「自
沉於土中」嗎？寄禪的冷香塔自序銘：「余既剃染之四十二年，爲宣
統己酉，主持天童九載矣。其冬六旬初度，寄云首座自潙山來，爲卜
地建塔」，顯示寄禪主動找首座來要找地建塔。這表示寄禪預知時至

〔註64〕周殿富：〈屈原之死和他的悲劇人格〉，《社會科學戰線》，吉林省長
春市，吉林省社會科學院主辦，第 2 期，2002 年，頁 110～114。

〔註65〕鄭鴻之編著：《愛國大詩人屈原》，〈離騷〉，台灣：莊嚴出版，1979
年，頁 107。

〔註66〕吳全蘭：〈試論屈原悲劇結局的必然性〉，《桂林師範高等專科學校學
報》，季刊，出版地：廣西壯族自治區桂林市，第 13 卷第 3 期，總
第 39 期，1999 年 9 月，頁 55～58。

嗎？或是，此時已宣統二年，離武昌起義不到一年，不願當亡國遺民？從其〈感事二十一截句〉來看其梗概：「法運都隨國運移」，大環境的法衰國弱、「國仇未報老僧羞！」內在環境是寄禪愛國心切。無能放下，反覆矛盾與掙扎；有消極之態但無積極活埋行動。佛法講空，又不住空。人有生則有死，只是吾人不把死視爲理所當然的存在：

> 高三上物理課，有一天孫肇基老師在解釋「向量」的概念，從空間講到了時間，他說時間不是「向量」，但是又問了一個很玄的問題：「時間到底有沒有方向」？接著又說：「時間可以說是沒有方向，但也可以說只有一個方向，人一生下來就朝著墳墓的方向走，而且還走得很高興。」我覺得這句話有很深刻的哲理，後來編畢業紀念冊時，就特別把他收錄在師長語錄裡面。……之後因爲修了一門海德格的《存在與時間》……當我讀到了他對死亡的實存分析，而提出「向死的存在」。〔註67〕

「人一生下來就朝著墳墓的方向走，而且還走得很高興。」的確說中了每一個人，只是我們不知覺。這麼說「若說寄禪有輕生之念」是不合理的，只能說他知道早晚要進冷香塔，他也有海德格的「存在與時間觀念」而行之於口。

二、永遠唯一

屈原懷沙而沉，其愛國心讓人永世懷念。同樣的，曾文正，即曾國藩，是湘人亦愛國，曾帶兵打仗。兵敗，國藩憤極欲投水，寄禪有感而發：

> 〈題章價人太守《銅官感舊圖》四首並序〉〔註68〕
> 咸豐四年，粵冠犯長沙，時曾文正公以籍侍郎墨絰治軍。銅官渚兵敗，公憤極投水，時價人爲幕賓，力授，得不死。

〔註67〕釋慧開：〈未知生・焉知死？讀傅偉勳著《死亡的尊嚴與生命的尊嚴——從臨終精神醫學到現代生死學》有感〉，附錄在傅偉勳：《死亡的尊嚴與生命的尊嚴》，台北：正中，1993 年，頁 284。
〔註68〕見《詩文集》，頁 311。

即金陵大功告成，當時部卒皆得置身通顯，獨價人浮沉牧
令，亦數奇矣。論者謂文正將別有以報價人，故非淺識所
能之也。價人感舊爲圖，徵詩一時，如左文襄、李次青方
伯諸公，皆爲文以記其事。

銅官渚與汨羅臨，墨絰從戎憶老臣；若便將身葬魚腹，
豈能當代畫麒麟！湘水無情日夜東，休將往事問漁翁；
書生何必臨前敵？此是中興第一功。患難相從不等閑，
白頭無語對青山；翻思介子焚棉意，不在屈屈竹帛間。
岸芷汀蘭春復夏，江山如舊畫圖新；先生亦是無情者，
不許靈均有替人。

曾文正公墨絰從戎之不易。章價人太守爲幕賓，挽回了憤極欲投水的
曾國藩；「先生亦是無情者，不許靈均有替人」，雖訴說章價人是無情
者，從而側面讚美了屈原。果眞國藩投水，靈均有替人，則屈原的獨
特，懷沙自沉就不再那麼惟一了。寄禪談到屈原之詩，三分哀感，七
分崇敬。從上述詩，「不許靈均有替人」可知其對屈原的景仰。更從
「我來濁世懷高潔，不奠黃花酒一杯」，清楚說明在寄禪內心深處，
屈原是高潔的，「終古沉冤有屈原」（〈感事二首爲王華田作〉），就連
屈原負沙而沉，更是高潔、是不爲濁世所染；無論寄禪有無走上屈原
之路，他對屈原所駐足過的湘地充滿情感：

久矣萬緣寂，惟餘故園情……湘水照人清……懷沙吊屈
平。（其一）

洞庭諸水匯，……楚客惜蘭芳。萬古風騷地，令人憶不忘。
（其二）（〈懷湘吟〉）〔註69〕

懶從冷暖窺時態，閑與漁樵話夕曛；萬古沅湘蘭芷地，晚
風寒露惜清芬。（〈北湖〉）〔註70〕

萬古沅湘蘭芷地，晚風寒露惜清芬。萬古風騷地，令人憶不忘。「憶
不忘」，這就是屈原帶給寄禪的影響。

〔註69〕見《詩文集》，頁325。
〔註70〕見《詩文集》，頁206。

第五節　有杜甫家國之思想的餘緒

　　寄禪對自己的詩，作評：「傳杜之神，取陶之意，得賈孟之氣體，此吾為詩之宗法焉。」〔註71〕杜甫是愛國詩人，其詩「致君堯舜上，再使風俗淳」，是以中國堯舜禹湯文武周公為道統的實踐者。杜甫詩極稱述鄭虔。「鄭虔」是唐朝的清廉之官，其詩、書、畫精采絕倫，有「鄭虔三絕」之稱。鄭虔深受杜甫關注：

　　　　鄭老身仍竄，台州信始傳。（杜甫〈所思〉）〔註72〕

　　　　鄭公樗散鬢成絲，酒後常稱老畫師。（杜甫〈送鄭十八虔……〉）

　　　　〔註73〕

　　　　台州地闊海冥冥……酒酣懶舞誰相拽，詩罷能吟不復聽。

　　　　（杜甫〈題鄭十八著作丈〉）〔註74〕

杜甫關懷多才多藝的鄭虔臨老被貶台州。寄禪詩文中也借用「老鄭虔三絕」來稱頌老友鄭湘：

　　　　只論詞賦最堪憐……爭識人間老鄭虔。（寄禪〈送鄭衡陽湘三首〉（其二））〔註75〕

　　　　鄭虔三絕久無倫，薄宦生涯亦苦辛。（寄禪〈送鄭衡陽湘三首〉

　　　　（其三））〔註76〕

　　　　薄宦猶憐老鄭虔。（寄禪〈浩園雅集〉）〔註77〕

　　　　感舊知憐老鄭虔；三絕白頭猶薄宦。（寄禪〈趙仲卿……〉）

　　　　〔註78〕

〔註71〕釋太虛：〈中興佛教寄禪安和尚傳第六章詩文〉，收錄在《詩文集》，頁520。

〔註72〕〔唐〕杜甫著／〔清〕楊倫箋注：《杜詩鏡銓》，台北：里仁書局，1981年，頁226。以下引用的杜詩，出自清朝・楊倫箋注：《杜詩鏡銓》，且在引文之後注明《杜詩境銓》頁碼，而不另注出處。

〔註73〕同上，頁191。

〔註74〕同上，頁373。

〔註75〕見《詩文集》，頁165。

〔註76〕見《詩文集》，頁165。

〔註77〕見《詩文集》，頁241。

〔註78〕見《詩文集》，頁292。

杜甫、寄禪二人頗有某方面的相近：詩，是詩人的藝術觀、人生觀、交遊、行蹤以及生活狀況的展現。寄禪的詩清晰可讀，用字淺顯，充滿對自然的嚮往，對朋友的深情，對社會的關注，對民瘼的哀傷，對家國的憂心，對佛法的宣揚。從詩中可讀出寄禪有杜甫之愛國精神。孤苦崎嶇的童年，使寄禪對生命的微弱感到無奈，因而更珍惜社會的溫暖，同感民生疾苦，這股關懷之情一一在詩中渲染開來。

　　清末，由於大量吸食鴉片而銀漏；鴉片只用現金交易，銀價一直上漲；田賦常不克如期繳足，財政大爲支絀因而禁煙；奈何，禁不住英國的砲艦、禁不住各國的覬覦。於是戰爭而和談，和談而條約，條約而通商；門戶終於一扇一扇的被打開。不平等條約拖垮經濟，蕭條的經濟加速清廷內潰；太平軍的興起，捻亂，義和團因而猖獗。憂患中自強運動的意識萌芽，清朝認清內部的腐化，更重要的是西風東漸，民心覺醒；有力者擁兵自重，終致清末的幾近無政府狀態，社會不安，生靈塗炭。

一、社會寫實

　　寄禪（咸豐元年到中華民國元年，1851～1912 年）正處滿清衰時，列強環伺，社會動盪。其詩「豈爲無家乃出家，嘆息人生如寄旅」（〈祝髮示弟〉），對自身不得不出家的苦況做最眞實的報告。是一種社會寫實的紀錄，不管是申是訴，由這首詩開啓當時社會概況，以及一座一座的新墳：

> 步出城西門，高坟何累累！年深坟土裂，白骨萎蒿萊。
> 坟旁哭者誰，云是白骨兒；生既爲死泣，死亦待生悲。
> 哀哉億千劫，無有淚絕時！（〈咏懷詩〉之四）〔註79〕

「咸豐、同治兩朝可謂多事之秋。除了縱橫南北的太平軍，出沒黃淮流域的捻與白蓮教及遍擾兩粤、閩、台的天地會外，僻遠地區的西北、西南亦叛亂疊起」，〔註80〕一八五五年，貴州的苗族起而作亂，至一

〔註79〕見《詩文集》，頁 137。
〔註80〕郭廷以：《近代中國史綱》，台北：曉園出版，1994 年，頁 198。

八七二年為湘軍所平。一八六六年陝甘的回亂，回人與漢人仇殺，「甘
肅本地缺糧，加之耕耘廢時，回騎剽疾，出沒隴東，西來官軍糧運時
為所阻，統將又多貪蝕，屢為回敗，譁潰相繼，……關、隴全境幾乎
不保。於是以左宗棠……。左的策略為『剿捻宜急，剿回宜緩。欲清
西陲，必先清腹地，然後官軍無後顧之憂，餉道免中梗之患』一八六
八年，左自陝回師，追擊西捻。及西捻蕩平，重返西安。西北用兵最
感困難的為無法就地取給。……左宗棠之經營陝、甘，全侍東南各省
的接濟，……甘肅產糧無多，無力供應大軍，……河西之糧由官民分
運，逐段接遞；關內用騾車、駄驢；關外用駱駝，……道路關係運輸、
行軍極大，左初至陝西，即修築潼關至西安一段……沿途栽植楊柳。
玉門以西，工程最為艱難。……道遠運艱，不能用眾，必須汰弱留強，
以湘軍為主。……凡此均可見用兵新疆之不易。

　　更棘手的為國際的牽制，……俄人……不再以糧食轉售左軍。左
的勝利似出乎俄人意料之外，此後不惜多方與中國為難。一八七六
年……左的大營自蘭州移設肅州。他的策略為『緩進速戰』，……左宗
棠意志果決，計劃周密，清廷全力支持，湘軍主將劉錦棠又善於用眾，
卒能使生長於魚米之鄉的湖湘子弟揚威於風沙漫天、冰雪載地、石田千
里的西域。」〔註81〕這段歷史由同為湘人的寄禪以四十個字道出：

　　白首尚談兵，恩深任死生；大旗翻亂雪，歸馬怯空城。

　　漢將日寥落，匈奴掃未平；黃雲連朔漠，辛苦且長征。

　　（〈邊將〉）〔註82〕

愛國心思細密的寄禪，非常含蓄，僅以頸聯的「漢將日寥落」點出清
政府的無能，朝中無人。神似杜甫詩：「邊庭流血成海水，武皇開邊
意未已」（杜甫〈兵車行〉）。清朝楊倫箋注：「不敢斥言，故託漢武以
諷」。身處離亂，寄禪對國事卻滿懷憂心。此際，外患不斷，內政不
剛，在強力外患壓力下，國人看到外面的世界，思想大大改變。「自

〔註81〕同上，頁199～207。
〔註82〕見《詩文集》，頁134。

一八六一年來的二十餘年，中國繼續在內亂外患的困擾中，其得以勉
強度過大難，是因為地方督府尚能振作，中樞執政大臣相與配合，慈
禧並非唯一的權力人物，尚不敢肆行無忌，一意孤行。更重要的為左
右中國命運的列強利害不盡一致，互相牽制，任何一國不能單獨行
動。慈禧原是一個仇外者，……不得不結納頗得外人好感的恭親王。
恭親王倡行新政，……異母弟醇親王奕譞，秉性戇直，對恭親王的煊
赫權勢不免妒嫉，……光緒繼統，……慈禧與恭親王在明爭暗鬥、……
慈禧揮霍無度，……醇親王嘗有諷勸，……一八八九年三月，光緒親
政，仍受制於慈禧，」〔註83〕這是當時的內政暗潮洶湧。寄禪擔心外
來豺虎為患，又憂苦稍涉世的皇帝受制於左右；方外之身，連登峰遠
眺皆不免感慨萬千，「荊榛莽岩谷，杖錫欲何之？豺虎方為患，存亡
未可知。」（〈南岳雜感〉）寄禪到上海，看到接了一條木腿的守兵胡
志學，及其滿身槍痕，不禁淚流而作這首五言絕句：

> 折足將軍勇且豪，牛庄一戰陣雲高；前軍已報元戎死，
> 猶自單刀越賊濠。海城六月久羈留，誰解南冠客思憂；
> 夜半啾啾聞鬼語，一天霜月灑骷髏。一紙官書到海濱，
> 國愁未報恥休兵；回看部卒今何在？滿目新墳是舊營。
> 收拾殘旗入漢關，陰風吹雪滿松山；路逢野老牽衣泣，
> 不見長城匹馬還。彈鋏歸來舊業空，只留茅屋惹秋風；
> 淒涼莫問軍中事，身滿槍痕無戰功。（〈書胡志學守戍牛庄戰事
> 后五絕句〉）〔註84〕

甲午之戰，湖南巡撫吳大澂率湘軍子弟北上山東，幾全殲滅。牛庄
之戰這首詩融合杜甫多首詩。「回看部卒今何在？滿目新墳是舊
營。」和「淒涼莫問軍中事」，有杜甫的〈月〉：「干戈知滿地，休
照國西營」的意味。又家鄉的景象「路逢野老牽衣泣」，像杜甫的
〈兵車行〉：「牽衣頓足攔道哭」。又彼時山東戰場的慘象「夜半啾
啾聞鬼語，一天霜月灑骷髏」也貼近杜甫的〈兵車行〉：「新鬼煩冤

〔註83〕郭廷以：《中國近代史剛》，頁286～289。
〔註84〕見《詩文集》，頁231。

舊鬼哭，天陰雨濕聲啾啾」。又「只留茅屋惹秋風」幾乎包含杜甫
的〈茅屋爲秋風所破歌〉：「八月秋高風怒號，卷我屋上三重茅；茅
飛渡江灑江郊：高者掛罥長林梢，下者飄轉沉塘坳。」寄禪惜才愛
才，對胡志學在牛庄之役奮戰，中砲折足，被擒關在海城。六月和
議始返鄉。「身滿槍痕無戰功」，慨歎清王朝自身難保，和世人對戰
敗者的鄙視。彼時寄禪見自家湘人子弟上戰場一個個的有去無回，
不禁哀鳴一連串的寫實之詩：

　　十三從軍便守邊，五千鐵騎常相逢；
　　長城一戰陣亡盡，我心何望圖凌烟。
　　手把殘旗招夕陽，英魂隨余還故鄉；
　　骷髏忽起作人語：爲我附書與耶娘。
　　耶娘在家兒遠戍，生死不得知其故；
　　兒今已與新鬼鄰，兒婦休爲故夫誤。
　　（〈從軍曲三首〉（其一）（其二）（其三））〔註85〕

　　妾在故鄉君遠戍，兩地相思無處訴；
　　君還故鄉妾出關，夢中那得曾相遇。
　　夢中不遇復何傷？念君新婚別故鄉；
　　別時十四今四十，欲寄寒衣知短長。
　　（〈前征婦怨〉（其一）（其二））〔註86〕

　　夫戍邊關妾在家，側身西望空黃沙；
　　相思不見情何極！願逐春風入塞笳。
　　塞笳忽作嗚咽鳴，聲聲是妾斷腸聲；
　　斷腸之聲無別念，願君早得還鄉縣。
　　（〈后征婦怨〉（其一）（其二））〔註87〕

這幾首有關爭戰而離別之詩，頗具杜甫的神韻。「別時十四今四
十」，十四歲亦不過是成童，經二、三十年的戰亂，未再謀面，有

〔註85〕見《詩文集》，頁232。
〔註86〕見《詩文集》，頁232。
〔註87〕見《詩文集》，頁233。

心要縫製多衣給夫婿穿，「欲寄寒衣知短長」，在在顯示戰爭離別辛酸。人禍加上天災：

　　　時事艱難乃如此，余獨何心惜一死！

　　　捨身愿入黃流中，抗濤速使河成功。(〈鄭州河決歌〉) 〔註88〕

黃河潰決，淪沒七十城，天子束手無策。寄禪不惜己身想跳入水中阻止水流，見出其激切之情。從光緒二十年夏到光緒二十二年，湖南持續大旱災。而今光緒三十三年，江北卻是大水災。詩中充滿寫實，乍看還以爲是杜甫之詩。對比杜詩的三吏三別：

　　　大城鐵不如，小城萬丈餘。……連雲列戰格，飛鳥不能踰。

　　(〈潼關吏〉) 〔註89〕

　　　縣小既無丁，……次選中男行，……肥男有母送，瘦男獨伶俜。(〈新安吏〉) 〔註90〕

　　　有吏夜捉人。老翁踰牆走，老婦出門看。吏呼一何怒，婦啼一何苦！……『三男鄴城戍。一男附書至，二男新戰死。……室中更無人，惟有乳下孫。有孫母未去，出入無完裙。老嫗力雖衰，請從吏夜歸，……猶得備晨炊。』……

　　　天明登前途，獨與老翁別。(〈石壕吏〉) 〔註91〕

杜甫的詩寫實又生動，活像一幕幕短劇，內容豐富飽和。杜詩與寄禪之詩兩相對比，實在揀別不出。怪不得寄禪自評己詩：「傳杜之神」。且看：

　　　……不如賣兒去，療此須臾飢！男兒三斗穀，女兒五斗麥。

　　　幾日糧又絕，中腸如鳴雷。霜落百草枯，風凋木葉稀；掘草草無根，剝樹樹無皮。飢嚙衣中棉，棉盡寒無衣。……

　　　人瘦狗獨肥。(〈江北水災〉) 〔註92〕

「男兒三斗穀，女兒五斗麥」，賣兒療飢，人倫悲劇；「人瘦狗獨肥」，一語道盡一幕幕悲慘的景象，不亞於杜甫的三吏三別。

〔註88〕見《詩文集》，頁141。
〔註89〕《杜詩鏡銓》，頁221。
〔註90〕《杜詩鏡銓》，頁219。
〔註91〕《杜詩鏡銓》，頁221。
〔註92〕見《詩文集》，頁347。

二、關懷民瘼

　　杜甫關懷國是，體恤百姓。寄禪對人世非常有杜甫的遺風，表現在詩作上深知民間疾苦，關懷民瘼：

> 金陵城頭暮飛雪，重裘一夜冷如鐵；
> 曉起登樓一倚欄，在目無塵皓以潔。
> 三山二水分瀰漫，白鷺青天同一色；
> 烏鴉翻空微弄影，素娥含輝深匿迹。
> 斗海玉龍興方酣〔註93〕，嘶風鐵馬愁欲絕〔註94〕；
> 三農計日動春耕，六出非時豈云吉〔註95〕？
> 老禪憂世畏年荒，咏絮無心苦民疾。(〈二月一日，金陵對雪〉)
> 〔註96〕

四季錯亂，雪飄非時，則農作物凍傷，難有收成。寄禪非農夫，卻悲天憫人，穿著「重裘」都感覺「一夜冷如鐵」，何況貧困人呢？禾稼呢？面對奇景、奇寒，滾滾飛雪如玉龍飄得正起勁兒；在嘶嘶風寒中的風鈴，響得寄禪無心咏絮。冷，冷得這般冷！熱，熱得這般熱！湘北大水，湘南大旱！天乾物燥，蟲害更加猖狂，愛鄉愛民的寄禪眼看旱魃為虐，期能為民作點什麼的：

> 旱魃苦為虐，農夫望眼穿；懶雲常戀岫，渴日欲生煙。
> 不降龍鱗雨，可憐龜坼田；精誠愧未及，咒鉢亦徒然。
> (〈己酉夏秋大旱，四詣龍潭禱雨……〉)〔註97〕

〔註93〕「玉龍」，形容飛雪。呂巖《全唐詩858・創畫此詩於襄陽雪中》：「峴山一夜玉龍寒，鳳林千樹梨花老。」又宋朝吳曾《能改齋漫錄》十一引張元詩〈雪〉：「戰死玉龍三百萬，敗鱗風卷滿天飛。」參見辭源。

〔註94〕「鐵馬」，簷馬，亦謂之風鈴、風馬兒。懸於簷下，風起則鏗縱有聲。相傳隋煬帝后臨池觀竹，既枯，后每思其響，夜不能寢。帝為做薄玉龍數十板，以縷線懸於簷外，夜中因風相擊，聽之與竹無異。民間效之，不敢用龍，以竹馬代之，今之鐵馬是其遺制。《西廂記》二本四折：「莫不是鐵馬兒，簷前驟風。」參見辭源。

〔註95〕「六出」，雪花的結晶成六角形稱為六出。《韓詩外傳》：「凡草木花多五出，雪花獨六出，後把六出作為雪的代稱。」參見辭源。

〔註96〕見《詩文集》，頁369。

〔註97〕見《詩文集》，頁395。

寄禪無能呼風喚雨，自責精誠不足，摔了缽，雨也不來啊！杜甫也有爲熱所苦、盼雨來的詩，例如「……朱光徹厚地，鬱蒸何由開？上天久無雷，無乃號令乖？雨降不濡物，良田起黃埃。飛鳥苦熱死，池魚涸其泥。……」（〈夏日嘆〉杜甫）響空雷，不雨黃埃滿天，魚池乾、鳥熱死。「永日不可暮，炎蒸毒中腸。安得萬里風，飄飄吹我裳？……仲夏苦夜短，開軒納微涼，……念彼荷戈士，窮年守邊疆。何由一洗濯，執熱互相望？……」（〈夏夜嘆〉杜甫）夜短日長，無處不熱。「七月六日苦炎熱，對食暫餐還不能。……束帶發狂欲大叫，……南望青松架短壑，安得赤腳踏層冰？」（〈早秋苦熱堆案相仍〉杜甫）熱到穿不住官服。寄禪和杜甫皆寫苦炎熱的詩，除了自身感受熱的不適外，最重要的是民生；時序不順，四時失調，不雨，久旱，首先遭殃的是農作物，禾稼無收成；民以食爲天，民食無飽，則社會動亂不安；惟有民胞物與者才會知民之苦、才能寫成一首首悲天憫人的苦熱詩。

　　寄禪無能呼風喚雨，也無能禁止大雨傾盆。然而，農夫有一犁春雨即可耕地，雨不雨則旱魃肆虐；晴不晴則水流漂屋。四時錯亂，苦著農稼：

　　　雲如潑墨濃，雨似傾盆瀉；田疇水已盈，稻苗花已墜。
　　　恨無女媧石，補住青天漏；翹首東皋外，雙眉時一皺。
　　　（〈苦雨〉）〔註98〕

杜甫詩說「上天久無雷，無乃號令乖？」帝王之德不足感天動地，所以號令乖，不雨而雨、不旱而旱，皆是時令錯亂。光緒十四年黃河大決堤或光緒二十一年湖南大旱災，都是「號令乖」，苦了寄禪「咒缽亦徒然」。然而滂沱大雨：

　　　秋雨已成霖，晚稻猶未穫；茅茨斷炊烟，啼飢喧鳥雀。
　　　盜賊恐縱橫，王風益蕭索；客塵昏擾擾，元氣隱凋削。
　　　（之三）

〔註98〕見《詩文集》，頁79。

我不願成佛，亦不樂生天；欲爲娑竭龍，力能障百川。……
　　　髻中牟尼珠，普雨粟與棉。大眾盡溫飽，俱登仁壽筵；……
　　　長謝輪迴苦，永割生死纏；吾獨甘沉溺……」（〈古詩〉（之七））
　　　〔註99〕

到處是水。「我不願成佛，亦不樂生天；欲爲娑竭龍，力能障百川。」
寧爲眾生，「吾獨甘沉溺」，寄禪直如地藏菩薩，地獄不空誓不成佛，
眾生度盡方證菩提。

三、有杜甫的委婉與含蓄

　　上述杜甫〈夏日嘆〉：「……朱光徹厚地，鬱蒸何由開？上天久無
雷，無乃號令乖？……」清朝楊倫箋注：「《漢書·郎顗傳》：「《易傳》
曰：『當雷不雷，陽德弱也。雷者號令，其德牛養。』盧汪：『時李輔國
專掌禁兵，制敕皆其所爲，詩曰號令乖，當指此。』」〔註100〕直接言之，
唐玄宗放縱李輔國作是，於是陽德弱也。詩人不直接說主政者的不是，
僅說「號令乖」，也就是詩的委婉之處。而寄禪祈雨，雨不來，卻自責
「精誠愧未及」，這是含蓄的人才會自責，這也就是杜甫的「上天久無
雷，無乃號令乖？」又例如「邊庭流血成海水，武皇開邊意未已」（杜
甫〈兵車行〉）。清朝楊倫箋注：「不敢斥言，故託漢武以諷」像這種含
蓄的訴說，在杜詩中屢屢可見；而寄禪也時時表現在詩中：

　　　白首尚談兵，恩深任死生；大旗翻亂雪，歸馬怯空城。
　　　漢將日寥落，匈奴掃未平；黃雲連朔漠，辛苦且長征。
　　　　（〈邊將〉）〔註101〕

詩中的「漢將日寥落，匈奴掃未平」都是「不敢斥言，故託漢武以諷」。
有幾許杜甫的化身。

　　　憶昔西巡日，中原板蕩時……二聖回金輦。（〈己酉六月，宮
　　　保岑雲階上書……〉（之四））〔註102〕

<hr>

〔註99〕見《詩文集》，頁214。
〔註100〕見《杜詩鏡銓》，頁226。
〔註101〕見《詩文集》，頁134。
〔註102〕見《詩文集》，頁393。

「憶昔西巡日」是指一九〇〇年西太后挾持光緒帝西逃,如此婉轉的說詞,可見對當今皇朝的敬重,可媲美杜甫。

四、有杜甫自傳詩的親情

在文學發展史上,寫作自傳的傳統由來已久。盧梭的《懺悔錄》、歌德的《詩與真》等都堪稱西方自傳經典。而在我國雖然胡適先生在他的《四十自述》中慨嘆國人不喜作自傳,但我們也在很早就有了蔡琰的《悲憤詩》、陶淵明的《五柳先生傳》等自傳性的作品。至唐代有杜甫這樣最傑出的詩人。

關於自傳詩,美國學者阿伯特・E・斯通給他定義道:對一個人的一生,或者一生中有意義部分的回顧性的敘述,由其本人寫作並公開表明意圖:真實地講述他或她公眾的和私人的經歷故事。而杜甫的自傳詩,同樣既包括他的一些旨在總結描述自己一生的純粹自傳性的作品,如〈壯遊〉、〈昔遊〉等,同時也還包括他在一些重要時段寫出的一些階段性的回顧作品,如〈自京赴鳳先縣永懷五百字〉、〈北征〉、〈述懷〉〈奉贈韋左丞丈二十二韻〉等。謝思煒先生以「自覺的自傳詩人」來稱呼杜甫,可謂見解精到。〔註 103〕

寄禪的詩中所顯現的家人,就是惟一的弟弟,以及一位舅舅。舉凡弟弟的來訪,求職、或聽到蟋蟀叫聲、或雁兒南飛,甚至弟弟的死亡,寄禪都作詩為紀。本小節在倫情詩部分再詳述。

五、用字遣詞有杜甫的影子

「用字遣詞有杜甫的影子」。若說是「奪胎換骨」,則有的詩句屬之,有的不完全是。何謂「奪胎換骨」?分開解釋,所謂「奪胎」,即以故為新之妙,踏著前人的舊作而更上一層樓的創作。其實「奪胎」與「換骨」,可視為合義複詞「奪胎換骨」,二者同一意也。寄禪詩中

〔註 103〕鄧大情:〈論杜甫的自傳詩〉,《廣東技術師範學院學報》,月刊,廣東省廣州市,第 1 期,2003 年,頁 52～55。

也頗有類似「奪胎換骨」之妙：

1. 「朝衣典盡」

    朝衣典盡尚收書。(寄禪〈再挽文學士〉)〔註 104〕

    朝回日日典春衣。(杜甫〈曲江〉之二)〔註 105〕

2. 「借一枝栖」

    甘棠聊借一枝栖，人我渾忘物論齊。(寄禪〈僅次黃鞠友司馬……〉)〔註 106〕

    已忍伶俜十年事，強移棲息一枝安。(杜甫〈宿府〉)〔註 107〕

    經濟憖長策，飛棲假一枝。(杜甫〈偶題〉)〔註 108〕

3. 「漉酒巾」

    苔冷題詩壁，香餘漉酒巾。(寄禪〈陳仲鹿觀察需次湖北……〉)

    〔註 109〕

    謝氏尋山屐，陶公漉酒巾。(杜甫〈寄張十二山人彪三十韻〉)

    〔註 110〕

4. 「有客有客」

    有客有客肆歡謔，白馬橫馳氣薰灼。(寄禪〈其一〉

    有客有客胡爲乎？公然酒肉入僧廚。(寄禪〈有客三首……〉(其二))〔註 111〕

    有客有客字子美，白頭亂髮垂過耳。(杜甫〈乾元中寓居同谷縣作歌〉)〔註 112〕

5. 「文翁化」

〔註 104〕見《詩文集》，頁 322。
〔註 105〕見《杜詩鏡銓》，頁 180。
〔註 106〕見《詩文集》，頁 297。
〔註 107〕見《杜詩鏡銓》，頁 540。
〔註 108〕見《杜詩鏡銓》，頁 713。
〔註 109〕見《詩文集》，頁 258。
〔註 110〕見《杜詩鏡銓》，頁 279。
〔註 111〕見《詩文集》，頁 416。
〔註 112〕見《杜詩鏡銓》頁 296。

與美文翁化，松風入館弦。(寄禪〈過寧鄉縣，贈邑宰劉牧村明府〉)〔註113〕

諸葛屬人愛，文翁儒化成。(杜甫〈贈佐僕射鄭國公嚴公武〉)〔註114〕

我行洞庭野，欸得文翁肆。(杜甫〈題衡山縣文宣王廟新學堂呈陸宰〉)〔註115〕

6.「我法看詩妄」

我法看詩妄，能傳不足榮。(寄禪〈再成一首〉)〔註116〕

問法看詩妄，觀身向酒慵。(杜甫〈謁真諦寺禪師〉)〔註117〕

7.「慕萊堂」

臨江誰築慕萊堂？仙李盤根奕葉昌。(寄禪(其一))

乞憐借米每啼飢。傷心故里辭親受，祝法空門賴佛慈；
畢竟深恩難報答，披圖不覺淚如絲。(寄禪〈題李藝淵觀察《慕萊堂圖》並序〉(其二))〔註118〕

兵戈不見老萊衣，太息人間萬事非；我已無家尋弟妹，
君今何處訪庭闈。(杜甫〈送韓十四江東省覲〉)〔註119〕

8.「石麟摩頂」

石麟摩頂記吾曾，回首人間歲月增；白髮枯禪來問訊，
喜看頭角一崚嶒。(寄禪〈贈莊公孫一首有序〉)〔註120〕

孔子釋氏親抱送，並是天上麒麟兒。(杜甫〈徐卿二子歌〉)〔註121〕

9.「十日一山五日一水」

〔註113〕見《詩文集》，頁203。
〔註114〕見《杜詩鏡銓》，頁679。
〔註115〕見《杜詩鏡銓》，頁1026。
〔註116〕見《詩文集》，頁205。
〔註117〕見《杜詩鏡銓》，頁869。
〔註118〕見《詩文集》，頁302。
〔註119〕見《杜詩鏡銓》，頁361。
〔註120〕見《詩文集》，頁438。
〔註121〕見《杜詩鏡銓》，頁367。

何郎，何郎，甚勿十日一山五日一水，使我挂杖敲門頻相
催。(寄禪〈乞何詩蓀……〉)〔註122〕

十日畫一水，五日畫一石。(杜甫〈戲題王宰畫山水圖歌〉)〔註123〕

10.「看罷深黃又淺黃」

看罷深黃又淺黃，枝枝葉葉竟斜陽。(寄禪〈又觀菊花會〉)
〔註124〕

黃師塔前江水東，春光懶困倚微風；桃花一簇開無主，
可愛深紅愛淺紅。(杜甫〈江畔獨步尋花〉)〔註125〕

寄禪詩中展現杜甫的影子，把杜甫對中國道統的觀念直接承襲下來之外，杜甫對朝廷的關切、四時的感受、民生的關懷無一不在寄禪詩中隱現。其亦自評：『傳杜詩之神』。是故，有杜詩背景者看寄禪之詩必不陌生。

第六節　嚮往陶淵明式的隱逸

寄禪對己詩作評：「傳杜之神，取陶之意，得賈孟之氣體，此吾為詩之宗法焉。」其中『取陶之意』，顯然昭示觀念上以陶淵明為效法的對象。其〈擬陶〉：「……人生一世間，渺若陌上塵。放曠聊自適，懷抱日以新；茅屋四五間，取足避吾身，飛沉有定理，焉用勞心神？……」明顯昭示作風以陶為依歸，不強出風頭。而〈桃花源記〉〔註126〕是詩人淵明最妙極的精神世界，這是淵明的烏托邦世界。在

〔註122〕見《詩文集》，頁171。
〔註123〕見《杜詩鏡銓》，頁327。
〔註124〕見《詩文集》，頁418。
〔註125〕見《杜詩鏡銓》，頁354。
〔註126〕這篇文章……特色須從「遂迷不復得路」及「後遂無問津者」二句看出來淵明心中有一個理想世界，假如他將這個世界直接而明白地寫出來，便落乎言詮。一則有「主觀立論」之弊：在文學中，屬於「意境」者，都不是主觀立論的文字所能寫得，所以淵明「飲酒詩」中說：「此中有真意，欲辨已忘言」，這也就是莊子所謂「大道不稱」的道理；一則會減損這個理想世界的價值寬度：若由詩人直接而主觀地說出這個理想世界，便有了詩人固持的價值判斷在內。價值判斷既已被詩人

隱微的思緒中寄禪是流連此情境的。

寄禪蒿睍滿目瘡痍的家國，何嘗不希望國家也太平盛世。清末國衰，外人欺壓。八國聯軍進犯北京，西太后挾光緒帝西走，強鄰壓境，內部經濟耗竭；辛丑條約迫定，加速經濟瓦解。這一切給詩僧的心路歷程如下：

一、有身成大患，無地著空門

原本托足空門，而今「有身成大患」。詩僧對這個『身』曾經要「捨身願入黃流中」（〈鄭州河決歌〉1888 年），也曾經思過「何如無縫塔中去」（〈……冷香塔〉1910 年），前後二十二年的一個大轉折。當寄禪看到武陵春傳奇而感慨：

世已無淨土，烟波寄此身；長謠楚天暮，一曲武陵春。

時事紛棋局，生涯托釣綸；滄浪何處是？滿目但迷津。

（其一）

而我出世者，幽憂未可言；有身成大患，無地著空門。

塞海哀精衛，蒙塵痛至尊；寒淒向漁父，休更說桃源。

（其二）（〈《武陵春〔註127〕傳奇》書後〉）〔註128〕

自己明白限定出來，便不再有恣人想像的寬度，它的「意境」也必將變得很狹隘。然而「大道不稱」，「不言又不足以明道」，在這種情況下，寓言變成爲最好的寫作方式……便藉一個漁人去闖開這個世界之門，就漁人所見，把這世界的境況客觀描敘出來。他爲了表示這個世界不離人世，所以用「晉太元中」，及「劉子驥」去增加它歷史的真實感。但是，假如一直讓這個世界一直停駐在歷史線上，便又遠離詩人的「意境」。而成爲與世俗無異的「實境」。一成實境，便又落入言詮。因此，他最後又用「遂迷不復得路」，「後遂無問津者」二句，將這被漁人打開的世界關合起來，也就是再抽離歷史的「實境」，仍然回到一個窅遠迷離的「意境」，使這個世界如靈光一現，一方面孤立在歷史的軌道上，明其非幻境，一方面恆貯存在心靈殿堂中，明其非可讓人爭奪的俗境。雖立言，而實則得意以忘言，……從漁人打開桃花源世界，到最後一語關住，整個世界圓合無迹，在結構上可謂完密了。參見顏崑陽：《古典詩文論叢》，台北：漢光，1983 年，頁 190。

〔註127〕 武陵春，雜劇名，明朝許時泉撰。內容係據陶潛〈桃花源記〉鋪排而成。參見辭源。

寄禪詩中多所引用陶淵明詩意，淵明棄官不仕，隱居深樓。《晉書》、《宋書》、《南史》都把陶淵明列入隱逸列傳。鍾嶸在他的《詩品》裡面給陶冠以「古今隱逸詩人之宗」。昭明太子蕭統在《陶淵明集序》稱讚淵明「貞志不休，安道苦節，不以無才爲病。」具體的說，陶淵明具眞實感，清楚社會、探討自己，最後忠於自己。淵明認爲「人生歸有道，衣食固其端。熟是都不營，而以求自安」。唯有解決衣食的問題才能「歸有道」。如果說陶淵明的思想是一味孤高，脫離實際，有失公允。淵明年輕時也曾一度熱衷名教，「暫與園田疏」，曾踏上仕途「勉勵從茲役」（淵明〈歸園田居〉），經歷一番掙扎，終恍然大悟，唯有回歸自然，生命才得以找到出口：

〈歸去來辭〉裡面有一句話很能表出陶淵明是怎樣的與眾不同，「問征夫以前路，恨晨光之熹微。乃瞻衡宇，載欣載奔。」當他在晨光熹微之際看到將蕪的田園，他是快樂的投入歸隱的懷抱的。……這是有象徵意義，象徵新生活的開始。他是快快樂樂的走進光明的自然生活。第二，淵明是看到歸隱自然生活的美麗，興高采烈的投奔進去。他的退隱並不是逃避仕宦生活的黑暗和腐敗，……在〈歸去來辭〉裡面，陶淵明沒有半句批評過他所離開的生活，只是批評他自己。不是官場生活的腐敗，只是這些生活不適合他自己，而他又爲了口腹，勉強自己去做。……我們看一看中國歷史上另一對著名的隱者：伯夷叔齊兄弟，我們便可以更明白陶淵明了。在伯夷叔齊餓死首陽山之前，他們附了一首詩：「登彼西山兮，采其薇矣。以暴易暴兮，不知其非矣。神農、虞夏，忽焉沒兮，我安適歸矣？」從「我安適歸矣？」一句，我們更可以看到夷齊兩兄弟的徬徨失所。到首陽山下並不是他們的意願，而是走投無路，唯一的選擇。……另外，夷、齊的詩是以：「于嗟徂兮，命之衰矣」，這兩句哀號結束的。反觀〈歸去來辭〉最後兩句，卻

〔註128〕見《詩文集》，頁 268。

是「聊乘化以歸盡，樂乎天命復奚疑」，是兩句肯定而又快
樂的話，向全世界宣告他終於尋回自己，找回真我。〔註 129〕
淵明沒有否定最基本的經營衣食，歷經多年的磨難，唯有回到自己的
本性，對生命才有意義。寄禪除了嚮往淵明的桃源世界，在現實世界
雖不可得，但是在詩人的精神世界卻可以實現的。故淵明的取捨無形
中也構築了寄禪的精神世界。

為政風流復幾人？山川搖落不言貧。惟憐彭澤江邊柳，
猶是陶潛醉里春。(〈送鄭衡陽襄〉)〔註 130〕

久與牟尼結淨因，了然心地不生塵；惟于陶令偏相念，
曾作蓮花社裡人。(〈長沙黃仲蘇、龍硯仙……〉)〔註 131〕

陶潛是寄禪夢中的知己，在現實世界唯有陶潛可淨化人生，年紀輕輕
即出家的寄禪已五十歲，早已「心地不生塵」，卻仍偏偏最念「陶令」
一人。有形的生活二人無一可比，惟真實的自我卻是不相上下。就在
這真實的自我中，寄禪處處有淵明的影子——田園自然、勇於面對自
我，嗜作詩如命。

二、不三宿空桑

出家人不三宿空桑免有依戀，從整個寄禪詩文集中，看出寄禪居
無定所，除了初出家比較長時間的五年住岐山修頭陀行外，幾乎是來
來去去，一山又一山，一處又一處；雖然到晚年有十一年住持天童寺，
但也是四處奔走。莊子曰：「方且與世違，而心不屑與之俱，是陸沉
者也。」「人中隱者，是無水而沉。」陶淵明，又一名「潛」，人中隱
者，潛在人中，是無水而沉。是政治的隱居者，自甘於田園。寄禪是
佛門的隱居者，何以如此說？寄禪寫這首詩是在光緒十八年（1892
年），為大羅漢寺的住持。是年太守邀請其當上封寺的住持，寄禪婉

〔註 129〕陳永明：《莫信詩人竟平淡——陶淵明心路歷程新探》，台北：台灣
書店，1998 年，頁 16～18。
〔註 130〕見《詩文集》，頁 166。
〔註 131〕見《詩文集》，頁 265。

謝了。昭陵道俗也邀請其當獅子峰的龍華寺主講席，寄禪也婉謝：

> 一枝已足棲余老，懶向獅林深處飛。（〈昭陵道俗請主獅子峰龍
> 華講席，作詩奉辭〉）〔註132〕
>
> 猶恐世人知住處，何心更買沃州山。〔註133〕（〈高山寺僧持
> 啟敦請入院，詩以卻之〉）〔註134〕

自己也不過是個嗜作詩如命的老僧，不須找個更大的寺廟來充場面，於是又辭卻高山寺的住持。鬢髮斑斑，已四十七歲的寄禪，認為「有愛都妨道，無心更買山」（〈暮秋書懷〉），連沿門托缽都會干擾世人，更別說買個「沃州山」照告天下！真道地學了陶潛，當個「人中隱者，是無水而沉」。

　　寄禪是詩僧，作詩是不可剷除的一部分，「作詩」其實就是寄禪的精神世界，就是一個桃源：

> 桃源如再入，慎勿戀塵寰。（〈贈魚者〉）〔註135〕
>
> 波上千峰翠欲流，綠楊深處有漁舟；神仙只在桃源裡，
> 無奈時人向外求。（〈春江圖〉）〔註136〕
>
> 漁郎打槳夕陽斜，閒倚蓬窗數落霞；為問烟波垂釣叟，
> 綠楊陰裡是誰家。（〈甬江春泛〉）〔註137〕

淵明不是漁家，桃源世界是淵明所創造的，它是詩人的精神世界。淵明「采菊東籬下、悠然見南山」，就是這種「『悠然』一霎那之見」的精神世界之展現；寄禪的精神世界就是作詩，「作詩」是詩僧的桃源世界；與淵明有異曲同工之妙。

　　選擇自我，淵明為理想而出仕，「憶我少壯時，……猛志逸四海，

〔註132〕見《詩文集》，頁169。

〔註133〕劉長卿〈送方外上人〉：「孤雲將野鶴，豈向人間住？莫買沃州山，時人已知處。」長卿一語道破僧人好住名山巨剎，乃求終南捷徑耳。見《全唐詩》，冊三，頁1481。

〔註134〕見《詩文集》，頁169。

〔註135〕見《詩文集》，頁58。

〔註136〕見《詩文集》，頁58。

〔註137〕見《詩文集》，頁58。

騫翮思遠翥。」為生活而出仕，最終抵不過眞實自我的呼喚。〈歸去來辭〉裡慨歎：「皆口腹自役」，「自以心爲形役」。少壯的猛志敵不過山澤的呼喚；一面要達千里一面又慚飛鳥愧游魚。從少壯到四十出頭，反反覆覆，心處矛盾，終而揮別彭澤縣令；「揮別八十天的彭澤縣令」才是淵明自我生命的開始。反觀，寄禪也曾在詩與佛中的反反覆覆，心處矛盾。寄禪選擇鍾情於詩，這種精神和淵明頗近似：

> 山中聽罷蓮花漏，苦憶陶潛解印賢。（〈山居，兼懷陸太史、黃司馬〉）〔註 138〕

連淵明的辭官，寄禪都會百般思索，思索著通向到桃源世界的一縷時光。他們精神相繫，千古一線牽。

三、再深一層的思考「潛與禪」二人

以外在的質或量來考量寄禪與陶潛，是無法將二人糾葛在一起的。但是跳開世俗的成功或成敗論英雄，以生命的質感來取向，似乎他們朝的方向極接近。以寄禪僧人身分，以其憂國憂民的『堅固』心態，對佛法或許應該登高一呼、大有作爲。事實則不然，「飛沉有定理，爲用勞心神」（〈擬陶〉）。他是以詩留名，由詩名而主動或被動推向佛法慧業。無論成功與否，其晚期極力爲佛事奔波，從詩集中卻讀不到「名位之喜」。其詩云：

> 三分事業且休言，赤壁何因下白門？
> 要與臥龍通一語，莫從形勝論中原。
> 武昌城西黃鶴樓，也赴南洋賽會遊；
> 若有仙人吹玉笛，梅花應落石頭城。〔註 139〕（〈又觀所狀赤壁、臥龍岡、黃鶴樓諸古蹟，再題二絕句〉）〔註 140〕

〔註 138〕見《詩文集》，頁 296。

〔註 139〕石頭城，省稱石城、石頭、或石首城。戰國楚威王滅越，置金陵邑。漢建安十六年，孫權徙治秣陵，改名石頭。吳時爲土塢。晉義熙中始加磚累石。因山爲城，因江爲池，地形險固，爲攻守金陵必爭之地。參見《辭源》。

〔註 140〕見《詩文集》，頁 417。

說明形勢的優勢，側面鼓舞、認同臥龍，非成功即是英雄；也說明有比成功還可貴的一樣質感。同樣的，寄禪也爲這個個人意識到的質感而糾葛著。

如果說當天童寺的住持是一種名位，倒也是，倒也不是。天童是其嚮往之地，光緒三年，才二十七歲的寄禪，遊四明山曾於天童題壁：「願求一丈結茅居」（〈天童題壁〉），嚮往到天童閉關。又明確的表白「願結三間茅屋住，萬松關裡坐枯禪。」（〈遊四明天童〉）又另一詩「太白峰前路，經過十二回，白雲應笑我，時去復時來。」（〈重過太白山二首〉）見出天童是寄禪流連之處，死心塌地的將自己找歸宿。到光緒二十八年，已踏遍吳越山水每一寸土地的寄禪，五十二歲了，面對浙江寧波天童寺首座幻人率兩序班首前來長沙，禮請其爲該寺住持。突然，深藏二十五年的渴望湧上心頭，此際若推辭則矯情矣。

住持天童寺十一年，除了光緒三十一年，寄禪全年在山，其餘年年月月沒有不出山者。如果以住持天童十一年，詩的量產來看：

寄禪住持天童十一年詩的量產表

年代 光緒	28	29	30	31	32	33	34	元年 宣統	2	3	元年 民國
詩數	52	118	79	27	50	66	106	57	132	39	57

以光緒三十一年，二十七首爲最少；這一年，寄禪全年在山，夏曾爲僧眾開講《禪林寶訓》。民國元年只算到九月二十七日。從表看出，野外雲遊，辦事與否不論，在外遊走似乎給寄禪更多的靈感，也才能滿足其寫詩的欲望。

或許就是這一份眞摯超越了世俗看法：「以外在的質或量來考量寄禪與陶潛，是無法將二人糾葛的」。寄禪也的確處處飄遊，筆者再深入解析，從上述的「有身成大患，無地著空門」，到「不三宿空桑」的一些蛛絲馬跡，略作梳理。如何安頓這個『身』。身是有形的，以安置在寺廟爲最舒服。然而在寺廟就有名位糾葛，於是隨處雲遊。眞

的住持一寺，也以不黏附爲原則。是故，雲遊放曠。寄禪與淵明選擇這種自適自足；無形中，其潛在的自我，將二人相近的質感顯色出來。

　　寄禪詩中有某種意念傾向淵明，其亦自評：「傳杜之神，取陶之意」。有陶詩之背景者再來看寄禪之詩，將明顯感受二人的親近。正如本小節所述，有形的生活無一可比，對生命潛在的呼喚是非常接近的。

第七節　對黃山谷的孺慕之情

一、偶然僧鉢裡的衣鉢

　　寄禪字讀山，其爺祖黃庭堅，自號山谷道人。家人爲寄禪取名叫「讀山」，是不是要紹承祖裔「山谷」，吾人不得而知。寄禪小時有無立志要像他這位遠爺祖，亦不可知。未出家前寄禪就很勤學，無以資生而出家，其嘲諷精一律師「出家人不究本分上事，乃有閒工夫學世諦文字耶。」從這句話來看，寄禪那時未立志效法其爺祖。是回湖南省親舅舅，在巴陵登岳陽樓，朋友們分韻賦詩。那時寄禪還不會作詩，於是澄神趺坐，下視湖光，一碧萬頃，忽得「洞庭波送一僧來」。郭菊蓀先生妙解：「有神助」，「子於詩殆有宿根」，郭先生親自教授唐詩三百篇。因而與詩結下不解之緣。

　　果眞寄禪一路走來嘔辛苦，除了「究其出家人本分」外，親自服侍恒志老和尚巾瓶長達十餘年，又是修出家人最苦的頭陀行。從《八指頭陀詩文集》所收錄的詩來看，他從一八七三年開始有詩作，詩的內容都是山上的花木四時景物，和唱懷一些出家友輩。爾後遊歷吳越名山古刹，約莫過十年，人面稍廣，友輩增多，於是送別詩、唱和詩漸多。到三十歲寄禪小有名氣；越來認識越多的文人雅士，甚至爲官朋友，每每有聚會唱和之作。隨著年歲老大更有佛禪入詩了。湖南尤其是湘潭這個地方，讀書寫詩風氣盛：

　　　　余識寄師十餘年矣，見則口吃吃吟其詩；一字未安推敲竟
　　　　日，故其詩日益進，而集且日益富矣！寄師盛年從武岡鄧

白香、吾邑王湘綺兩先生遊，其詩宗法六朝。卑者亦似中
晚唐人之作。中年以後，所交多海內文人，詩格駘宕，不
主故常；駸駸乎有與鄧王犄角之意，湘中故多詩僧，以余
所知，未有勝於寄師者也。〔註141〕

湘潭葉德輝認為寄禪的詩確實不亞於鄧白香、王湘綺兩先生，又：

予世居湘潭之薑畬，寄禪為薑畬黃姓農家子……師長予將二
十歲，予幼時即聞鄉有奇僧，具宿慧，能為詩……其時薑畬
鐵匠張正暘及予妹叔姬皆不學詩而自能詩。鄰居三里以內有
此三異，鄉人傳以為奇。而王湘綺……予輩咸師事之，其地
又有老農沈氏，能學陶詩……又有陳梅羹處士，亦居薑畬博
學能詩，不事科舉……一鄉之中詩學大盛。〔註142〕

湘潭楊度在寄禪詩集所寫的序，「鄉居三里以內有此三異，鄉人傳以
為奇。」湘人能作詩者甚多。會作詩的寄禪，一定知道此三異，當然
也詳熟自己這位「西江百代宗」，山谷老人，憑著流著他老人家的血，
紹承祖裔的概念於焉產生，再造登峰之極。

說寄禪天生會作詩倒也不盡然，除了「洞庭波送一僧來」郭菊蓀
先生妙解有神助之外，從此起個頭開始努力，其實是靠寄禪苦讀。往
後有岐山精一上人「不究本務」的身教，寄禪更努力於詩。這一份「契
而不捨的努力於詩」倒是一個神祕的力量，是有山谷的遺傳未可知。
直接的家世無一可傲世的，苦難的童年陰錯陽差讓寄禪出了家，造就
詩的世界。今天外人能認識寄禪，是因於詩。因於詩而作山谷之詩孫：

吾家詩祖仰涪翁，獨闢西江百代宗。（〈寄題陳伯嚴吏部……〉）

〔註143〕

吟風弄月且消閑，說法其如石太頑；自笑萬緣休歇盡，
猶餘一髮甬東山。山河大地鏡中痕，歲月如流萬馬奔；
虛擲空門閒甲子，只依山谷作詩孫。（〈題于吳中王益吾祭

〔註141〕寄禪：〈舊序〉，《八指頭陀詩集》，台北：新文豐，1986年，頁3～
　　　　4。
〔註142〕楊渡：〈序〉，同上，頁7～8。
〔註143〕見《詩文集》，頁409。

酒……〉）〔註144〕

寄禪相貌濃眉、一臉白亮亮垂胸的絡腮鬚，自序中說略有口吃。從「爆
竹一聲翻自笑，今年人是去年人。」（〈元旦示眾〉）顯示示眾會場甚
有趣。寄禪深知純粹「說法其如石太頑」，所以把一嘴佛話夾入詩詞
中，深入淺出。其喜歡「吟風弄月」，將佛理寄語詩文。「虛擲空門閑
甲子，只依山谷作詩孫」。看出寄禪以這位遠祖爺爺為榮。儘管時局
多麼混亂，生命多麼凋殘，萬緣已泯，鐵定作爺祖的詩孫。

二、也學山谷之風

　　黃山谷的個性，「性不耐衣冠，入門疏造請；煮餅臥北窗，保此
已僥倖。」（〈次韻答晁無咎見贈〉）黃庭堅乃飽學之士，眼力甚強，
他在題畫詩中時常發抒他論畫的見解，見其審美趣尚。山谷詩集：題
畫詩、重陽節、鷗鳥、筍、竹、茶之詩、多遊歷，送友人為官之詩、
挽詩、與佛禪的人生之詩。以此為主題的詩在寄禪詩集中多所出現。

　　爺、孫二人詩題材甚豐，僅以「以佛禪養生」來看這一俗一僧。
黃庭堅號「山谷」或「山谷道人」，歷代皆稱「黃山谷」，取「山谷」
為號是一種宗教的傾向。其詩：

　　　　司命無心播物，祖師有記傳衣；白雲橫而不度，

　　　　高鳥倦而猶飛。（黃山谷〈題山谷石牛洞〉）〔註145〕

山谷雖未出家，思想言行頗具佛禪的哲思，又「山谷道人」中的「道
人」二字：

　　　　得道者，名為道人。餘出家者，未得道者，亦名為道人。

　　　　〔註146〕

山谷未出家，是得道之人。其家鄉江西省，歷來有深厚的佛教傳統，
東晉東林慧遠，入住廬山，三十七年足不越虎溪。馬祖道一、清原行

〔註144〕見《詩文集》，頁372。

〔註145〕〔宋〕黃庭堅著／〔宋〕任淵／史容／史季溫注：《山谷詩集注》，
　　　　上海古籍出版，2003年，頁16。

〔註146〕《大智度論》卷三十六，《大正藏》卷二十五，頁324中。

思、百丈懷海、黃檗希遷亦曾駐足江西，到北宋時期，江西已是禪宗傳播最爲繁盛之地。佛寺林立，香火鼎盛。黃庭堅的家鄉洪州分寧，即今江西省修水縣最爲興盛。所以山谷與佛地緣深切不足爲奇，其「養生四印」：

> 我提養生之四印，君家所有更贈君。百戰百勝，不如一忍。
> 萬言萬當，不如一默。無可簡擇眼界平，不藏秋毫心地直。
> 我肱三折得此醫，自覺兩踵生光輝。(黃山谷〈贈送張叔和〉)
> 〔註147〕

宗門有三法印，謂印空、印水、印泥。山谷的四印指的是忍、默、平、直。忍：「百戰百勝，不如一忍。」默：「萬言萬當，不如一默。」平：「無可簡擇眼界平」，「三祖信心銘曰：『至道無難，唯嫌簡擇。但莫憎愛，洞然明白。』忍、默、平、直，這四印是黃山谷涉世既久的體悟。山谷的第二位妻子歿，山谷作悼亡詩「枕落夢魂飛蛺蝶，燈殘風雨送芭蕉。」(〈紅蕉洞獨宿〉)〔註148〕，充滿佛禪意境。「芭蕉」有佛典的淵源。佛經提到「芭蕉」：

> 見大芭蕉樹……葉葉次剝，都無堅實……以彼芭蕉無堅實
> 故。〔註149〕想如春時焰，諸行如芭蕉，諸識法如幻。〔註150〕
> 想如熱時焰，諸行如芭蕉。〔註151〕渴愛生；是身如芭蕉，
> 中無有堅。〔註152〕

佛經有關「芭蕉」的譬喻傳神至極。人生如幻，不可久，如聚沫、如泡、如炎、如夢、如電、如影；連比起上述最具形體的「芭蕉」，一葉一葉剝到底，竟然不見原先的莖幹。我們不得不訝異「中無有堅」。故山谷悼其妻「燈殘風雨送芭蕉」。黃山谷雖未出家，其整個思想背

〔註147〕 同註145，頁109。
〔註148〕 同註145，頁1303。
〔註149〕 《雜阿含經》卷十，《大正藏》卷二，頁68下。
〔註150〕 《雜阿含經》卷十，《大正藏》卷二，頁68下。
〔註151〕 《大方廣佛華嚴經》卷五十九，〈離世間品第三十八之七〉，《大藏經》卷十頁，頁316。
〔註152〕 《維摩詰所說經》卷一，〈權善品第二〉，《大正藏》卷十四，頁521上。

景是佛家，在其近兩千首詩中，隨手引用有關佛禪佛典甚多，山谷心靈上對佛禪有所皈依。反觀寄禪的詩作佛禪佛典也甚多。這二位爺孫有詩緣，更有佛緣，寄禪有乃祖山谷之風。

　　他們祖孫，其一「詩思千里一線牽」。所謂的千里，應指時間上的概念。山谷（1045～1105）、寄禪（1851～1912），之間歷經宋、元、明、清，七、八百年，山谷得壽六十一歲、寄禪得壽六十二歲，若以一代為六十年計，這中間約經過十三代左右，山谷與寄禪的爺孫關係應是很淡薄；但是從「只依山谷作詩孫」，不難看出其以作詩孫為榮。其二「倣效爺祖交官友」。黃山谷詩集中的「多遊歷，送友人為官詩等」這一項，從寄禪的送別詩、聚會詩可看到寄禪頗有為官朋友。歸納言之，出家僧寄禪也頗有爺祖山谷道人的遺風。

第四章　詩與禪的拔河

　　以一個出家人應該是不綺語、不麗語，何以僧人要寫詩，欲罷不能的寫詩。《詩》可以「興觀群怨」，《論語・陽貨》載孔子論《詩》云：「小子何莫學夫詩？《詩》可以興，可以觀，可以群，可以怨。邇之事父，遠之事君。多識於鳥獸草木之名。」孔子勸弟子們學詩經，詩可以激發人的心志，可以觀察時政的得失，可以溝通大眾的情志，可以舒暢個人的憂怨；就近處來說，可以學其中的道理用來奉事父母；就遠處來說，可以學其中的道理用來服事國君；還可以多認得鳥獸草木的名稱。這就是詩。更直接的說，詩是情感催生出來的：

> 詩歌是一門古老的藝術，他的產生比文字還早，差不多與語言同齡。當原始人感到某種情感在心中激盪而無法抑制時，便縱情地呼號或感嘆，這就是原始的詩歌。它雖然缺乏明確的表達性內容，卻帶有強烈的情感色彩。可以說，情感從一開始就是詩歌的催生劑。〔註1〕

詩是情感的表現，有語言就有詩。什麼是禪呢？吾人不易說清楚什麼是禪。但是它常和這則故事連在一起說：

> 釋迦牟尼在靈山會上說法，他拿著一朵花，面對大家，不發一語。這時聽眾們都面面相睹，不知所以。只有迦葉會

〔註1〕 吳戰壘：《中國詩學》，五南圖書，1993 年，頁1。

心的一笑。於是釋迦摩尼便高興的説：「吾有正法眼藏，涅
槃妙心，實相無相，微妙法門，不立文字，教外別傳，付
囑摩訶迦葉。」〔註2〕

這就是禪的起源。這「會心的一笑」和從詩的起源，隱約中有某種相
近之處，都是情感的一種閃現。這好像詩與禪的某種相關照之處；然
而禪卻『不立文字』，這和詩是以文字來表達情感又有某些相逆之處。
這二者眞神奇！

　　這一章談詩禪的拔河，先由寄禪不識詩，也不曾有作詩的觀念，
甚而認爲出家人作詩是不究本務，到嗜作詩，到矛盾掙扎，到詩禪相
諧的過程，看其觀念的轉變。並且找也曾在詩與禪中掙扎過的唐詩僧
齊己，兩相對照，將二者作簡單的比較；由齊己來烘托寄禪，進而讓
我們更認識寄禪的詩。愛詩和當僧人是不相違背的，進而可相輔相
成，由詩透露其禪的境界。

第一節　詩與禪的關係

　　寄禪酷愛作詩，從「戒詩」到「做好了詩稟告給佛祖」，這其間
再三反復，矛盾在詩與佛之中。何以如此！

一、詩是體道悟道的特徵

　　如何知道悟道了？當然參公案、參話頭，高人的一言一行都能頓
悟出來，所以這些「言語」就是高人體道悟道的證明。這些言語有其
特殊性，很像詩或者就是詩。

（一）「詩」的特色

　　詩言志，歌永言。(《書·舜典》) 〔註3〕

　　詩言其志也，歌詠其聲也，舞動其容也。

〔註 2〕 吳經熊著／吳怡譯：《禪學的黃金時代》，台北：台灣商務，1987 年，
　　　　頁 1。
〔註 3〕 《十三經·尚書·虞書·舜典》，台灣：開明，1991 年，頁 2。

> 三者本於心，然後樂器從之。（《禮記・樂記》）〔註4〕
>
> 詩者志之所之也。在心爲志，發言爲詩。情動於中而行於言，言之不足故嗟嘆之，嗟嘆之不足故詠歌之。（《毛詩・國風・周南（序）》）〔註5〕

上述共同看法，「詩就是志的表現，在心爲志，發言爲詩」。志就是心的表現，而「心」，就是眼耳鼻舌身意，所見所聞所感所觸全經由心而出。所顯現出來就一個字，「詩」；它承載無盡的世界。詩有其語言、結構、意象。

（二）「禪」的特色

詩，如上述所言；倒是「禪」，有它特殊之處，例如「言語道斷」，一開口講，變成了不對：

> 禪是不能談的，這是禪的教條之一。歷代的祖師們都主張「言語道斷」，要一開口就打，因此德山禪師宣佈說：「道得也三十棒，道不得也三十棒」。但禪又是不能不談，這也是禪的一個特質。〔註6〕

好一個自相矛盾的教條與特質。「禪」，「道不得」。但是當中國有關這些「道不得」的記載，「從釋迦牟尼佛在靈山法會說法……」，釋迦牟尼佛說：「吾有正法眼藏，涅槃妙心，實相無相，微妙法門，不立文字，教外別傳，付囑摩訶迦葉」。何以釋迦牟尼佛拿一枝花，迦葉會心一笑？這千古的『拈花微笑』到底是什麼意思？這是表示佛禪是無法可說，沒有一個固定的形態來表達。眞正的佛法到最後是不可說、不可說，不可思議；說出來都非第一義，僅能以心印心。如何以心印心？釋迦牟尼佛說法四十九年，於涅槃時卻說無一法可說；這正說明佛陀所說的皆是其經驗，他的經驗絕不是我們的經驗，飲水冷暖唯有自知；是故，禪，這一種涅槃妙心是由我們的般若之智去親身體驗才

〔註4〕　《十三經・禮記・樂記》，台灣：開明，1991 年，頁 74。
〔註5〕　《十三經・毛詩・國風・周南》，台灣：開明，1991 年，頁 1。
〔註6〕　吳經熊著／吳怡譯：《禪學的黃金時代》，台灣商務，1987 年，頁 1。

能相印，否則，說又說不清：

> 很多人來向我學禪之前，總要問我好多問題。他們的理由
> 是，在未上樓之前，先想知道樓上有些什麼東西，是不是值
> 得他們登樓看看，樓上的景物是不是能引起他們的興趣。我
> 則告訴他們，禪的內容，應該拿一個從未吃過芒果與曾經吃
> 過芒果的人作比喻。你如未吃過芒果，無論怎樣將芒果的形
> 狀、顏色、與肉質風味向你形容和說明，真正芒果的味道，
> 你還是不知道，一定要你親自嚐到之後才知道……那麼對於
> 尚未進入禪門的人而言，禪也是不可以文字語言說明的東
> 西，你也別寄望靠文字語言的說明來了解它。可是文字語言
> 雖不能說明禪的內容，卻能引導或指示你如何地去親自體驗
> 它，所以文字語言還是用得著的。〔註7〕

這是現代高僧釋聖嚴的比喻，極其詳盡。在《碧巖錄》裡馬祖道一也
以這樣的開示來告訴大家：

> 垂示云：夫說法者，無說無示；其聽法者，無聞無得。說
> 既無說無示，爭如不說；聽既無聞無得，爭如不聽。而無
> 說又無聽，卻較些子。只如今諸人，聽山僧在這裡說，作
> 麼生免得此過。具透關眼者，試舉看，舉僧問馬大師，離
> 四句絕百非。請師直指西來意。馬師云：「我今日勞倦，不
> 能爲汝說；問取智藏去。」僧問智藏，藏云：「何不問和尚」。
> 僧云：「和尚教來問。」藏云：「我今日頭痛。不能爲汝說；
> 問取海兄去。」僧問海兄。海云：「我這裏卻不會。」僧舉
> 似馬大師。馬師云：「藏頭白海頭黑。」〔註8〕

僧打破砂鍋璺到底。這就是解答：「不能給你看到什麼，聽的人不能
聽到什麼，也不可能得到什麼」。但是我不得不說，所以，話再說回
來般若之智：

> 從思辨的角度切入，我們可以把般若的字義說得很清楚，

〔註7〕 釋聖嚴著：《禪的體驗》，台北：東初出版，1981 年，頁 1。
〔註8〕 古芳禪師標註：《標註碧巖錄》，台北：天華出版，1989 年，第 73 則。
　　　 無頁碼。

　　　　但是卻無法給人眞切的體會。爲了得到「如人飲水，冷暖
　　　　自知」的禪的體驗，禪者們常常採用以詩喻禪的作法，通
　　　　過營造詩境，來托出禪境。自古至今，參禪者衆。參禪必
　　　　於心上用功，心心得發爲詩句，便成禪詩。以詩示禪，謂
　　　　之禪詩。學人對禪之體驗既有深淺，則詩之禪境便有偏圓。
　　　〔註9〕

禪，當然要親身力行，自己去感受飲水冷暖。如何感受，果若行諸文
字，則枯澀定格，似乎又不是如此。或無法道盡所以然；故通過詩的
輔助，營造出詩境以烘托出禪境。最重要的「學人對禪之體驗既有深
淺，則詩之禪境便有偏圓」。這說明禪境亦有深淺，則又回歸道心深
淺。也就是回到這顆心。「法」由「心」生，「境」由「心」造，所以
「心」是世界的本源。禪宗不滿足於淺層的情景交融的境界，而追求
一種深層的天人合一，通達無礙的最高境界。這就契合了詩的最高境
界，所以，識心見性，自成佛道，是出世的、超功利的，擺脫苦行求
證，轉向自然之中，隨緣自運的生活。這種超然的特質，率眞、無矯
無飾，使近禪的詩人抒寫山水情性的詩歌，具有自然而不流俗、清新
淡遠的風格。禪宗注重體驗感悟，即頓悟，一念愚即般若絕，一念智
即般若生。靜中悟動、動中悟靜，虛中有實、實中有虛，具有豐富的
審美感，體現在詩歌中形成含蓄蘊藉、意在言外的特色。

二、以詩喻禪的例證

　　所以學佛參禪，如何傳達出悟道的契機，終於發現「詩」無理而
妙，反常合道，與禪相似，有承載這兩個「道不得與不得不談」的本
質。然而如何去談呢？談時時機已逝，不談又無法傳承。再走回原點，
回到自身的修養工夫。孔子說：「七十而從心所欲，不踰矩」。到七十
之齡，心思靜而淨，不因限制而限制，已無所謂的界限。莊子說：「有
眞人而後有眞知」。境界提高了自然就達到那種境界，恰到好處，無

〔註9〕　潘永輝：〈從般若看詩禪境界──以王維、道濟詩爲例〉，《湛江大學
　　　　學報》，湛江師範學院，第 30 卷第 1 期，2009 年 2 月。頁 68～71。

所謂的「談」與「不談」。此時不談亦是談，這就是禪。不知不覺由景烘托出來。這景物所烘托出的有形產品，便是詩。

禪雖不立文字，但僧人悟道仍得形諸文字，所以，以詩喻禪，即所謂的禪詩，即佛教的詩歌，是指宣揚佛理或具有禪意禪趣的詩。佛教自漢、晉之際傳入中國，這類禪詩就應運而生；僧人寫詩，稱爲僧詩，連許多崇尚佛的文人也寫禪詩。其實禪詩非常多，據《禪詩三百首譯析》粗略統計，其數量達三萬首之多。這些禪詩有禪理詩、示法詩、開悟詩、頌古詩等。

（一）禪理詩

禪理詩，參禪悟理以後的詩。唐朝寒山的〈吾心似秋月〉是最經典的禪理詩：

　　吾心似秋月，碧潭清皎潔；

　　無物堪比倫，教我如何說。（寒山〈吾心似秋月〉）〔註10〕

表白佛性是無法形諸語言、文字；佛性即指人的本心。前兩句是悟境，這個悟境果若行諸語言文字，則言語道斷；所以說「無物堪比倫，教我如何說。」本詩用兩個譬喻：秋月、碧潭。心之空明如秋月之晶瑩、如碧潭之澄澈；可是隨之又把如秋月之晶瑩、如碧潭之澄澈也給否定掉了，連他們的晶瑩、澄澈都無法比倫，連自己也無法形容得出來。像這種先比，後再否定的方法，就生動的把吾心作一輪廓的勾勒；吾心指佛性的性狀和實相，如秋月又非秋月，如潭水又非潭水，是物又非物，無一物可比。說是一物即不中。把心比似秋月又非秋月，這是一首一箭中的的詩，對佛性的描述極生動，深刻。

　　懶貓伸腳睡初酣，飢鼠偷油上佛龕；

　　夜半雨聲穿枕過，此身如在綠蘿庵。（寄禪〈紀事〉）〔註11〕

〔註10〕〔清〕聖祖御製：《全唐詩》，卷八百六，冊十二，台北：明倫出版，1971年，頁9069。以下用到的唐詩皆出自此版本，在注後只標明卷、冊、頁，而不再註明出處。

〔註11〕見《詩文集》，頁228。

寄禪這一首詩，即心即佛，人、貓同樣要吃喝拉撒睡；鼠不有高低貴賤的差別心，人能像鼠無分無別；既無差別心，則無住心。

> 明月清風一杖擔，現成公案不須參；目前萬法惟心法，
>
> 何用逢人覓指南？（寄禪〈元妙上人從南岳來……〉）〔註12〕

這一首詩很能顯現寄禪的禪宗思想，「萬法惟心法」，頓悟即佛。如果沒有世人，本來就沒有一切萬法；一切萬法原是從世人所興起；心如明月、心如清風，則何用逢人覓指南。「不悟，即佛是眾生，一念悟時，眾生是佛。故知萬法盡在自心。何不從自心中頓見眞如本性？」（《六祖壇經・般若品》）這是禪宗惠能認爲佛教的教義理論與修行工夫，收攝在「心悟」；只要能反觀自性，便可頓悟：

> 宣揚的是南宗禪的傳統思想，即參禪不需外求，只求自見
>
> 自性。佛性無所不在，明月清風現成公案。可見敬安思想
>
> 是屬於禪宗正統的。此詩表現亦頗鮮明生動和準確。〔註13〕

此時寄禪約出家十年，對禪已有所參悟，「目前萬法惟心法」，什麼叫「心法」，即心地清淨則生智慧。寄禪在岐山五年專司苦職、修頭陀行，原來是最好的修學方法，也是破無明、斷妄想的方法；故能深切體會「目前萬法惟心法」：

> 敢告大眾言，努力各自強。勿隨識浪鼓，沒我浮海囊。
>
> 勿被毗嵐風，撼我須彌王。此事如磨鏡，垢淨自生光；
>
> 但令狂心歇，即是菩提場。（〈上林寺入院示眾〉）〔註14〕

寄禪住持上林寺，是領航者。入院示眾有其教化作用，望大眾勤修戒定慧，佛在心中，心體眞如，譬之如海，諸識之緣動，如波浪。是故，期勉大眾努力自強，勿隨識浪鼓，則垢淨生光。這是禪宗式的領導風格。

（二）示法詩

示法詩是詩人把佛法的道理用詩傳達，或以詩宣揚佛法。茲舉寄

〔註12〕見《詩文集》，頁38。

〔註13〕李淼編、王偉勇審：《唐詩三百首譯析》，台北：祺齡出版，1994年，頁558。

〔註14〕見《詩文集》，頁269。

禪的示法詩一首，對照呂溫〈戲贈靈徹上人〉的示法詩：

僧家亦有芳春興，自是禪心無滯境；君看池水湛然時，

何曾不受花枝影。（呂溫〈戲贈靈徹上人〉）〔註15〕

樹枯自回春，心空豈滯境；靈溪雖湛然，不拒花枝影。

（寄禪〈色空無礙頌〉）〔註16〕

以上二首明顯七言五言之差別，寄禪巧妙的運用，詩意一模一樣，但更勝一籌，是奪胎換骨之妙。這種情況好比神秀與惠能的明心見性之偈：

身是菩提樹，心如明鏡台；

時時勤拂拭，勿使惹塵埃。（神秀之偈）〔註17〕

菩提本無樹，明鏡亦非台；

本來無一物，何處惹塵埃。（惠能之偈）〔註18〕

所謂「南頓北漸」。神秀的思想，在密宗稱為「息妄修心宗」，意即眾生雖本有佛性，但是被無始的無名煩惱覆蓋，故不能顯，落在輪迴生死而無了期，只有諸佛因斷煩惱根源，才能顯真性。要像諸佛斷煩惱根源，其工夫在於息妄修心。以身喻為菩提樹，心為明鏡台；只為時刻保持他的明亮，即這一顆真心不受到汙染。是以「工夫」來恢復、保持本體。前二句說明真心的本元；第三句是「工夫」的方法；第四句是進程。惠能之偈是由當下頓悟，體證空性，空性呈現，則塵埃亦歸於無有。兩詩分開看，各有勝妙，兩詩擺在一起看，以神秀之偈襯托惠能之偈更能顯示悟道的高下；比較而言，惠能之偈與境界自然更高。

（三）開悟詩

開悟是指由迷惑妄想而得解脫，表達這種境界的詩就是開悟詩。我們的生活處處有禪趣，只要放下心，隨眼擷取，無不禪意盎然。宋朝無盡尼所作：

〔註15〕見《全唐詩》，卷三百七十，冊六，頁4162。

〔註16〕見《詩文集》，頁184。

〔註17〕《六祖大師法寶壇經》卷一，〈行由品第一〉，《大正藏》卷四十八，頁347下。

〔註18〕同上，頁348中。

　　　盡日尋春不見春，芒鞋踏破隴頭雲；歸來笑撚梅花嗅，

　　　春在枝頭已十分。（〔宋〕某尼〈悟道詩〉）〔註19〕

一、二句數盡人們的塵勞，心中有所求，翻山越嶺，仍無所得。放下吧！放下吧！自性本有，何勞遠求。這種自性本有、本明的開悟詩，寄禪集中更有不少：

　　　幽人清不寐，寒夜興偏長；萬樹梅花色，千家明月光。

　　　仙風吹鶴語〔註20〕，虛室度天香；坐對南山雪，

　　　思乘白鳳凰。（寄禪〈臘月十五，夜與魏公子賞雪作〉）〔註21〕

本首詩呈現心由境顯，明月普照，一月攝萬戶，自性本明、自性本有。「仙風吹鶴語」頗有曠古意味。從頸聯的觸覺、聽覺到嗅覺再到廣大的視覺，「鳳凰」與前面的「仙風」有成仙遨遊之感，「思乘白鳳凰」詩人把自己融入雪景中與自然合為一體，整首詩襯托出自性，六根無染無垢：

　　　草鞋踏破為誰忙？一錫飛來滿面霜；長老不須重說偈，

　　　梅花猶在鼻頭香。（寄禪〈過天竺林和翠雲長老原韻〉）〔註22〕

這一首和無盡尼的〈開悟詩〉有承襲的感覺，但又翻了一層，草鞋破了、滿面飛霜這都是修道的過程，霎時憶起長老之偈！剎那頓悟：

　　　「草鞋踏破為誰忙？」用設問句開頭，起勢突兀，引人深
　　　思。「草鞋」，僧人穿的鞋，是其清苦的雲遊天涯之表徵，「踏
　　　破」足見其艱辛。提出「為誰忙」而不作答，答已自在其
　　　中。既不為名，也不為利，為的是尋找頓悟之靈感而成佛。
　　　然佛在何處？按照禪宗的理論，佛既在心中，也在自然山
　　　水中，也在尋常物件中，也在大千世界，需要的是一根一
　　　劃即燃的火柴，以洞燭禪機。「一錫飛來滿面霜」。「錫」，

〔註19〕〔宋〕羅大經：《鶴林玉露》卷六，中華書局（北京王福井大街36
　　　　號），1985年，頁63。

〔註20〕「鶴語」，南朝宋劉敬叔〈異苑〉：「晉太康二年冬，大寒，南州人見
　　　　二鶴語於橋下曰：『今茲寒，不減堯崩年也，』於是飛去。」言鶴壽
　　　　長多知往事。參見辭源。

〔註21〕見《詩文集》，頁168。

〔註22〕見《詩文集》，頁13。

錫杖，佛家法物。「飛來」，突如其來。「滿面霜」，飽經風霜之面孔，指的是翠雲長老。長老前來，一偈吟出，有「梅花猶在鼻頭香」之句。這「梅花猶在鼻頭香」就是「眾裡尋他千百度」的火柴麼？機鋒相投，心扉頓開，當下即悟。「長老不須重說偈」，只此一語即可，何須「重說」。〔註23〕

禪宗重在「頓悟」，而「頓悟」只在瞬間，不期而來，撒手即去。如若重說，哪還是禪？詩人受翠雲長老一偈之啟迪，頓悟見佛，個中奧妙，耐人品味。這是典型禪宗的頓悟，修道的過程只須一根火柴即可頓燃。這些詩在在顯示寄禪是非常禪宗思想的。從以上的禪理詩、開悟詩等都透露一個特點：自性本有，不假外求；「回觀三界事無窮，都付浮漚一笑空；坐斷死生來去路，青山原在白雲中。」（〈再挽文學士五絕句〉）就找尋一根一划即燃的火柴。

（四）頌古詩

頌古詩是指讚嘆高僧大德修道之行徑的詩。僧人修道生涯自有其過程，由詩展露修道的生涯，這個過程一點一滴無非是探索，將此探索的心境表達出來就是境界，就是情趣，就是禪的表現。

古洞雲深別有天，偶攜僧侶此安禪；數椽茅屋牽蘿補，
一枕松風伴鶴眠。息定每從岩腹內，生涯盡在钁頭邊；
山居寂寞無煩惱，火種刀耕效昔賢。（寄禪〈山居〉）〔註24〕

這是山僧修道生涯的風貌。從環境的幽僻，到寺宇居處的閒寂與坐禪和農事。在在顯示修道者清淨之心。

一瓶一缽一詩囊，十里荷花兩袖香；只為多情尋故舊，
禪心本不在炎涼。（寄禪〈暑月訪龍潭寄禪上人〉）〔註25〕

「瓶」、「缽」、「詩囊」，三個物件極富特徵，瓶、缽見出作者是僧，詩囊則見出作者是詩僧。藉由荷花之香，荷花出汙泥而不染的品格與僧人

〔註23〕王洪／方廣錩主編：《中國禪詩鑑賞辭典》，大陸：中國人民大學出版社，1992年，頁1461。

〔註24〕見《詩文集》，頁47。

〔註25〕見《詩文集》，頁11。

超俗絕塵的生活追求相一致，不受世間名聞利養的干擾，活在當下：

> 三四兩句：「只為多情尋故舊，禪心本不在炎涼。」「故舊」
> 指的是寄禪上人，作者在炎熱的夏月不辭辛勞去龍潭訪
> 友，可見友情之重。看來，詩人托身禪門，雖清心卻不寡
> 情。意欲忘懷塵世，實則摯情塵世，「多情」二字便透露出
> 僧衣之下那顆熱烈的士大夫之心。本來禪宗就是中國封建
> 士大夫的宗教，禪宗的生活方式與士代夫生活之不同，只
> 不過一寄身于禪門，一寄身于俗塵罷了。「禪心本不在炎涼」
> 一句頗耐人尋味。「炎涼」，在這裡既用本義，又用比喻義。
> 熱冷是也，功利是也。「禪心本不在炎涼」意思是說禪心是
> 純真的，它不在乎熱與冷。在如此炎熱的夏月去訪友，純
> 粹是出于真情摯意，無絲毫世俗功利之念。這首詩將出家
> 人生活之清苦、之超脫以及與世俗人一樣的多情、重義的
> 雙重人格和諧地統一在一起，足見出禪宗精神世界之一
> 班，因而讀起來既十分親切，又很客觀。〔註26〕

寄禪之禪詩顯示禪宗精神世界是和諧、親切、客觀。在如此炎熱的夏
月訪友，純粹是出于真情摯意，無絲毫世俗功利之念。趁興而往，是
真如，禪就是這麼活潑：

> 楚水吳山各一天，論交印合有前緣；西方自古三迦葉，
> 東土何妨兩寄禪。（〈長沙龍潭山有寄禪〔註27〕與余同字，喜賦〉）
>
> 〔註28〕

首聯點出不同的二人，精妙的是這二人的組合恰似「楚水吳山」一般
的天然，頷聯闡明這天然的宿緣；頸聯「西方自古三迦葉」開啟一大
道，給尾聯「東土何妨兩寄禪」航行無阻。整首詩巧妙自然，理直氣

〔註26〕王洪／方廣錩主編：《中國禪詩鑑賞辭典》，大陸：中國人民大學，
　　　　1992 年，頁 1460。
〔註27〕八指頭陀是湘潭人，名敬安字寄禪，敬安有一個禪友也叫寄禪。龍
　　　　潭這位寄禪是江南宜興人，工草書，能詩，貌癯；倒是敬安身材豐
　　　　盛，故有大小寄禪之稱；敬安是大寄禪，龍潭山那位是小寄禪。見
　　　　《詩文集》，頁 3。
〔註28〕見《詩文集》，頁 3。

柔,頗有禪趣。寄禪的詩集中許多這種詩,尤其剛開始寫詩的前幾年,
更是俯拾皆是,羅列數首於下:

> 欲覓三乘法,來參一指禪;人天開覺路,衣缽得眞傳。
> 水到源頭活,山從雨後妍;拈花曾示我,微笑証前緣。
> (〈登岳麓山呈笠雲長老〉) 〔註29〕

> 將軍奏凱還,高臥此中閑;綠樹覆幽谷,白雲生遠山。
> 雄心銷劍氣,勳業驗刀瘢;萬里沙場月,依然照草關。
> (〈題陳伯麟鎮軍隱居〉) 〔註30〕

> 得得扶筇上翠微,寒林空見白雲飛;鐘鳴古寺人初靜,
> 月滿蒼松鶴未歸。(〈宿岳麓寺,待笠雲長老不歸〉) 〔註31〕

> 重言我卜住,寂寞亦云佳;迹不因人遁,情原與世乖。
> 裁雲補破衲,剪草結僧鞋;日夕焚香坐,經年不入街。
> (〈山居偶成〉) 〔註32〕

> 雲廚苦淡薄,留君何所待?山上拾枯松,歸來煮野菜。
> 無酒亦成歡,佳會言難再。(〈喜劉甫臣過訪〉) 〔註33〕

第二節　在詩與佛禪中的掙扎

寄禪從不識詩到作詩,從作詩到作上詩癮,再從詩癮到戒詩的掙
扎。有關寄禪喜愛作詩,或曾爲了作詩所做過的努力之詩,統計如下表:

年齡 (歲)	詩數 (首)	喜作詩 (首)	年齡 (歲)	詩數 (首)	喜作詩 (首)
23	29	2	43	35	0
24	32	0	44	31	0
25	15	3	45	15	1

〔註29〕見《詩文集》,頁2。
〔註30〕見《詩文集》,頁3。
〔註31〕見《詩文集》,頁3。
〔註32〕見《詩文集》,頁3。
〔註33〕見《詩文集》,頁5。

26	44	6	46	55	1
27	61	4	47	67	3
28	31	3	48	92	4
29	44	9	49	47	2
30	56	8	50	67	2
31	31	3	51	55	0
32	58	2	52	52	4
33	28	3	53	118	8
34	16	1	54	79	4
35	31	1	55	27	1
36	31	3	56	50	7
37	80	3	57	66	7
38	57	0	58	106	11
39	32	0	59	57	5
40	27	0	60	132	14
41	20	1	61	39	4
42	23	2	62	57	0

　　寄禪之詩總計 1993 首，其中和喜愛作詩有關約 132 首。歷代僧人會作詩的也不少，但是曾有詩與禪的矛盾者，齊己就是其中的一位。寄禪的詩集也曾談到齊己，例如〈己公岩〉。從齊己愛詩與愛禪一路走來，愛詩和當僧人是不相違背的，借詩表示「學佛參禪，悟道的契機」。

一、在詩禪中擺盪

　　詩言志、歌詠言，詩人以此吞吐胸懷。「外離相曰禪，內不亂曰定」。詩與禪之所以能互相融通，主要因其有某些相似的特質。胡曉明《中國詩學之精神》認為：「詩禪溝通之實質，一言以蔽之曰：將經驗之世界轉化為心靈世界。」周裕鍇《中國禪宗與詩歌》認為：「詩和禪在價值取向、情感特徵、思維方式和語言表現等各方面有著極微妙的聯繫，並表現出驚人的相似性。」即「價值取向之非功利性」、「思

维方式之非分析性」、「語言表達之非邏輯性」及「情感特徵表現主觀心性」。孫昌武《詩與禪》認爲「禪宗的發展，正越來越剝落宗教的觀念，而肯定個人主觀的心性，越來越否定修持功夫，而肯定現實生活。而心性的抒發，生活的表現正是詩的任務。這樣詩與禪就相溝通了。」袁行霈〈詩與禪〉認爲：「詩和禪都需敏銳的內心體驗，都重視啓示和象喻，都追求言外之意，這使他們有互相溝通的可能。」顯然的詩禪的交涉，牽涉到語言與思維，情感與價值，主觀與現實生活，經由體驗而啓示的一種象外之意。元好問〈答俊書記學詩〉：「詩爲禪客添花錦，禪是詩家切玉刀」。顯見他們二者互爲圓滿彼此的一體。而今會有擺盪在詩禪二者之中，莫非是一個「結」。

（一）擺盪在詩與禪中的寄禪

說「寄禪本好詩或說寄禪本好佛」都無法完全說明其「僧人的外相兼具詩人的內涵」。但從其《嚼梅吟》自序，以及《詩集》自述，流露一丁點蛛絲馬跡：

> ……幼喜持齋，厭茹葷。行言十二，失所怙恃……參恒志和尚於岐山……時郭筠仙中丞從任菊蓀司馬見而契之，憫余少孤失讀，欲授以諸子百家之學。余恐世諦文字有妨禪業，因力辭。司馬不許，乃略事推敲，方三年，自棄之，一瓢一笠，遠遊山水……噫，余爲如來末法弟子，不能於三界中度眾生離火宅，徒以區區雕蟲見稱於世，不亦悲乎！……

> 　　　　　光緒六年……自序於明州旅泊庵之戒詩山房〔註34〕

> 嗟嗟！余自爲如來弟子，不能導眾生離火宅，復不能窮參究，徹法源底，乃墮文字自拘，恥孰甚焉？……以示余學道無成，即以此自爲懺悔……

> 　　　　　　　　敬安述　光緒十四年〔註35〕

〔註34〕寄禪：〈《嚼梅吟》自序〉，見《詩文集》，頁449。
〔註35〕寄禪：〈《詩集》自述〉，見《詩文集》，頁455。

寄禪是在光緒六年寫〈戒詩〉，取禪寮爲「戒詩山房」，這一切是在刊刻
《嚼梅吟》時發生的。以「刊刻《嚼梅吟》」爲戒詩的祭禮，自牢於「戒
詩山房」，也廢讀已「進度三年的諸子百家的閱讀」而自我放逐吳越山
水。何以如此？其自認爲「恐世諦文字有妨禪業，一因也。」「余爲如
來末法弟子，不能於三界中度眾生離火宅，二因也。」「不能窮參究，
徹法源底，乃墮文字自拘，三因也。」這三因使寄禪戒詩。這到底要歸
究於岐山志老教導續佛慧命的成功，還是其幼喜持齋，厭茹葷的宿根佛
緣，不得而知。至於讀書，「乃略事推敲，方三年」，顯見寄禪自讀諸子
百家三年，已小有根基，這樣的個體卻面臨詩禪兩難之中。

　　寄禪約莫十六、七歲出家（1868年），三年後寫詩。初入佛門，
正在觀察學習中，尚未呈現「嗜作詩如命」之現象，「世外詩情淡，
山中道味眞。」（〈暮春偶感〉）仍以道業爲念。在仁瑞寺司苦職，嘗
盡生命的苦澀：

　　　十六辭家事世尊，孤懷寂寞共誰論？懸岩鳥道無人迹，
　　　壞色袈裟有淚痕。萬劫死生堪痛哭，百年迅速等朝昏；
　　　不堪滿眼紅塵態，悔逐桃花出洞門。（〈述懷〉）〔註36〕

寄禪是苦過來的，故勤於學佛修禪。就是萬萬沒料到自己喜愛作詩，
隨著僧臘的增加越來越「嗜作詩」；到底是什麼因緣使其由佛禪轉到
詩家。除了上述「幼喜持齋，厭茹葷的宿根佛緣」外，究其原因有二：
其一、精一律詩的影響。其二、笠雲長老的影響。身邊這些出家人喜
愛做詩，作詩不干擾其出家身分。於是不知覺中由佛禪轉到詩家。精
一律詩的影響，除了以身示教，是寺中維那，亦照樣吟詩作對。也與
寄禪唱和之外，應該有一句話令寄禪終身不忘：「寄禪初到岐山仁瑞
寺，見精一吟詩。寄禪譏笑曰：『出家人不究本分上事，乃有閒功夫
學世諦文字。』精一回答：『汝髫齡精進，他日成佛未可限量，至文
字般若恐今生未得。』」寄禪早孤，正苦於無讀書。精一回說今生恐
無文字般若；豈不是給寄禪判死刑嗎？士可殺不可辱；就讀給你瞧

〔註36〕見《詩文集》，頁109。

瞧！於是用力苦讀，忘了鉢囊：

> 一錫遙臨翰墨場，滿腔詩興若癲狂；袈裟混入儒冠裡，
> 錯認書囊作**鉢囊**。(〈過巴陵毛靈山茂才書齋〉) 〔註37〕

爲詩神魂顛倒的寄禪，和毛秀才作翰墨交誼，常常忘了自己鉢囊之
身，直視自己是書囊仙：

> 山僧好詩如好禪，興來長夜不能眠；擊缽狂吟山月墮，
> 鳴鐘得句意欣然。(〈偶吟〉) 〔註38〕

自比好詩如好禪的寄禪，詩興一來便不能自已，敲鉢吟詩，把山月給
敲沉、把晨鐘給吟響，見出作詩帶給寄禪無窮的興致：

> 我欲吟成佛，推敲夜不眠；狂歌對明月，得句問青天。
>
> (〈詩興〉) 〔註39〕

對明月，問青天；寄禪止不住的詩興：

> 門外不知何客過，馬啼聲度夕陽時。(其一)
> 得句空山人影散，數聲鐘打月明時。(〈十月初二薄暮……〉(其
> 二)) 〔註40〕

時間就在吟頌間過了。又說：

> 生來傲骨不低眉，每到求人爲寫詩；畢竟苦吟成底事？
> 十年博得鬢如絲。得句曾鳴夜半鐘，一生心血在詩中；
> 思量文字真糟粕，欲逼生蛇去化龍。(〈感懷〉) 〔註41〕

傲骨不低眉的寄禪，爲了詩求人，爲了詩半夜不眠，就連鉢囊龍象也
給作詩雕蟲小技給吞蝕；在在顯示酷愛作詩。僧人作息有時，「得句
曾鳴夜半鐘」如此亂了山家規矩，見出山僧得句時的狂喜。有戒酒戒
菸，就沒聽過戒詩，會戒酒戒菸的人，是因爲他們上癮了。如今寄禪
要戒詩，便知寄禪上詩癮了。「苦吟成底事」可見作詩不容易，不如
戒掉：

〔註37〕見《詩文集》，頁 5。
〔註38〕見《詩文集》，頁 15。
〔註39〕見《詩文集》，頁 24。
〔註40〕見《詩文集》，頁 52。
〔註41〕見《詩文集》，頁 63。

賦就面減紅顏，詩成頭生白髮；從今石爛松枯，

不復吟風嘯月。(〈戒詩〉)〔註42〕

酷好作詩，怎麼對得起鉢囊；何況完成一首詩則「面減紅顏，頭生白髮」；又發重誓，「石爛松枯」再也不作詩矣。嘴說戒詩，也有戒詩山房，何以又作詩呢？酒精中毒的人會再喝酒，菸癮上來的人會再抽菸，『詩』中毒的人會再作詩，戒詩沒有不對之處，是詩人內心某種情緒、意念的表現。清朝龔自珍不也戒詩嗎？而且還戒了兩次詩，自珍有詩云：

余自庚辰之秋，戒爲詩。於發語言簡思慮之指，言之詳。

然不能堅也。辛巳夏，決藩柞爲之。至丁亥十月，又得詩

二百九十一篇。(〈跋破戒草〉)〔註43〕

這是自珍第一次戒詩，不到一年再也耐不住滿腔激憤，破戒而出又作詩，得詩291篇。〔註44〕不久又戒詩：

蚤年攖心疾，詩境無人知⋯⋯戒詩當有詩。(其二)(〈戒詩五

章〉)〔註45〕

百臟發酸淚，夜湧如原泉；

此淚何所從，萬一詩祟焉。(其三)

律居三藏一，天龍所護持；

我今戒爲詩，戒律亦如之。(其四)

自珍自言「戒詩當有詩」，非江郎才盡而戒詩。戒詩也有戒律，「戒律亦如之」比照佛法的戒律。「萬一詩祟焉」禁不住詩魔的作祟，第二次戒詩也只持續三年，被壓抑的詩情又噴薄而出，是震撼詩壇的《己亥雜詩》。

從龔自珍的戒詩再看寄禪的戒詩，則不足爲奇了。詩思泉湧「新詩賦就佛前呈，字字黃金百煉精。」(〈次韻季蓉栽孝廉〉)作好詩還

〔註42〕見《詩文集》，頁69。

〔註43〕〔清〕龔自珍撰／年譜〔清〕吳昌綬撰／楊家駱編：《龔定安全集類
編》，世界書局，1973年，頁61。

〔註44〕參見同上。選128首詩編爲《破戒草》，又57首編爲《破戒草之餘》。

〔註45〕〔清〕龔自珍撰／年譜，〔清〕吳昌綬撰／楊家駱編：《龔定安全集
類編》，世界書局，1973年，頁404。

會在佛祖面前稟告一番。拗不過「習性」、「天性」、「宿命」，詩蟲就
是蠢蠢欲動。石可爛、松可枯，就是不能不吟風嘯月：

　　惟有詩魔降未得，幾回覓句問斜曛。(〈述懷呈蕙亭茂才〉) 〔註46〕

自視是處在雞群中的野鶴，寄禪不在乎粗衣淡飯，不在乎被人佔便
宜，就是治不了詩魔作祟，「卻嫌雲窟裡，著個苦吟僧。」(〈山居〉)
在寂靜如禪的山居歲月，詩興一來，要吟風嘯月，也得一次又一次咿
咿呀呀的練習：

　　五字吟難隱，詩魂夜不安。(〈送周卜轟茂才還長沙……〉) 〔註47〕

寄禪詩興一來非得做詩不可，否則「詩魂」徘徊不去，整個夜晚是無
法安頓的。寄禪對「詩魂」是無法隨時驅逐出境的，任憑其擺布。或
稱之為「詩魔」，此時的「詩魔」好比王維的〈過香積寺〉:「薄暮空
潭曲，安禪制毒龍」的「毒龍」。榻冷、夜愁，眼看著山月，就是睡
不著。連作個早課也不敢重重的「磬」一聲，就因為吟難癮而詩魂不
安。不知佛祖如何處理這個佛弟子。

　　寄禪有詩一千九百九十三首，從一八七三年開始做詩到一九一二
年，計四十年。約七天做一首詩。有詩興時就不只一首了；有時也因
興促而做不出來，「做賦賦不成，吟詩詩未就；歸路深復深，白雲攜
兩袖。」(〈……余一時興促，歸途中偶得句云〉) 故，也不是想做詩
就可以做出來的。要做好詩更別說了：

　　四山寒雪裡，半世苦吟中；鬢易根根斷，詩難字字工。

　　心肝徒自嘔，言論有時窮；寂寂平生事，蕭然傳夜鐘。

　　(〈對雪書懷〉) 〔註48〕

作詩這麼辛苦，為什麼還要作詩呢！已四十七歲的寄禪，半世都在苦
吟中；自嘆言論都會時而窮，何況是詩，沒辦法句句是好詩，沒有天
生的詩人，寄禪要做一首好詩也得苦吟再三：

　　十年成一律，五字得長城； 〔註49〕

〔註46〕見《詩文集》，頁 74。

〔註47〕見《詩文集》，頁 92。

〔註48〕見《詩文集》，頁 205。

　　　轉念心何苦，微吟淚即傾。

　　　且愁荒道業，未必博虛名；

　　　我法看詩妄，能傳不足榮。(〈再成一首〉)〔註50〕

「苦吟」，鄭谷、李商隱苦吟。賈島不也苦吟麼！作詩不易，得好句
更不易：

　　　酒醒往事多興念，吟苦鄰居必厭聞。(鄭谷〈結綬鄠郊縻攝府
　　　署偶有自詠〉)〔註51〕

　　　君今且少安，聽我苦吟詩。(李商隱〈戲題樞言草閣〉)〔註52〕

瞧瞧鄭谷、李商隱他們，不吟，苦啊！吟不得，也苦啊！反觀，何況
此刻寄禪擔憂的不光是嗜作詩之苦，更是「愁荒道業」，和尚「不就
本務工作」。兩相煎熬，苦啊。這種苦的心緒非得自我排遣不可，山
不轉路轉，路不轉，念頭轉，自嘆：

　　　苦被詩魔擾，沉吟殊未閑。(〈賀師旦來山賦詩，次韻以答〉)

　　　〔註53〕

　　　文字情深道緣淺，多生結習恨仍存。(1902年)(〈述懷答友人〉)

　　　〔註54〕

　　　禪房鐘梵歇，不寐聽猿吟；幽興老難遣，詩魔病益侵。

　　　移床就明月，得句抵黃金；早識浮名妄，其如此夜心。

　　　(〈不寐〉)〔註55〕

原來，「文字情深」、「道緣淺」，「結習」已存，正如「洞庭波送一僧
來」，寄禪明白自己有此慧根！上輩子有此因緣。雖說歸諸「結習」，
可一了百了，終非究竟，蒙不了自己的矛盾。因為自己在一八九八年，

〔註49〕「五字得長城」《新唐書‧秦系傳》：「(秦系)與劉長卿善，以詩相
　　　　贈答。權德輿曰：長卿自以為五言長城，系用偏師攻之，雖老易壯。」
　　　　五言長城在此指的好詩作。參見辭源。
〔註50〕見《詩文集》，頁205。
〔註51〕見《全唐詩》，卷六百七十六，冊十，頁7748。
〔註52〕見《全唐詩》，卷五百四十一，冊八，頁6241。
〔註53〕見《詩文集》，頁343。
〔註54〕見《詩文集》，頁280。
〔註55〕見《詩文集》，頁325。

題易哭庵觀察的畫冊時，哭庵觀察自認爲是張夢晉的後身，寄禪辯白非也！非也！「身後身前何足論，都緣業識弄精魂；多生結習宜除盡，默認空潭水月痕。」（〈題哭庵觀察所藏張夢晉畫軸〉之二）勸人「多生結習宜除盡」，隔了四年，而今也「默認空潭水月痕」嗎？或是不得不承認眞有此「結習」，甚矛盾也。只好把齊己也拖下水。晚唐詩僧**齊己**不也說：

> 未能精貝葉，便學詠楊花。……何妨繼餘習，前世是詩家。
>
> （齊己〈寄懷江西僧達禪翁〉）〔註56〕

齊己也認爲喜歡作詩是上輩子留下的「餘習」。寄禪年歲越大，「詩魔」越加猖獗，更是竊喜「得句抵黃金」；像〔晚唐〕鄭谷的詩：

> 相門相客應相笑，得句勝於得好官。（鄭谷〈靜吟〉）〔註57〕

作得一首好詩，吟得一句好詩，其價抵黃金、勝過得好官。雖說好詩難得，十年才成一律，作詩未必能博得虛名。「我法看詩妄」（寄禪）、以及杜甫的「問法看詩妄」，在在訴說，詩不足以傳道，況且「能傳不足榮」，僅是讀興自娛的雕蟲小技而已，此時杜甫可謂是知音。寄禪和杜甫豈能知道他們就是靠此雕蟲小技留名後世。而寄禪竟然是用來懺悔的。好作詩與懺悔反反復復糾葛寄禪，曾幾何時，寄禪似乎改變了觀念：

> 世態紛無定，禪心亦憫然；惟餘蘇玉局，文字有深緣。（之三）
>
> 詩境老逾佳……不妨參玉版，兼可斗詩牌。（之四）（〈天童坐雨懷陸漁笙……〉）〔註58〕

作詩除了是興趣，更是交遊論世的好媒介，「玲瓏岩下留題處，猶得重逢與論詩」（〈余別黃俊生……〉）。下棋是娛樂，可以滋長友誼，作詩何嘗不是呢！也罷，佛祖是眞如本性，維摩詰不也是個在家居士麼！他要度眾生不也在社會上應酬，時而綾羅綢緞與上流階層往來，時而在賭場、花天酒地之處與低下階層共處。爲了深入民間度化眾

〔註56〕見《全唐詩》，卷八百三十九，冊十二，頁9469。
〔註57〕見《全唐詩》，卷六百七十六，冊十，頁7751。
〔註58〕見《詩文集》，頁351。

生，就不得不示現世相；佛經不也要隨順眾生麼！

> 若有國土眾生，應以佛身得度者，觀世音菩薩即現佛身而
> 爲說法。〔註59〕

應以什麼身得度者，就現什麼樣的身相。「和尚風流也出群，卻來花
下伴紅裙；誰知醉倒笙歌裏，猶自青山臥白雲。」（〈題濟顛遊戲圖〉）
濟顛和尚的行徑「伴紅裙」、「醉倒笙歌裏」，不也依循佛經的旨意，
隨順眾生！準此，愛詩無違佛性：

> 惟愁食量隨年減，且喜吟髭逐日深。（〈示僧可〉）〔註60〕

寄禪忙著與詩魔共舞；越來越愛一嘴愛吟詩的大鬍子了。何以五十歲
的寄禪有此轉變？「新詩吟就佛應笑，遙寄維摩長者居。」（〈寄贈葉
煥彬吏部三絕句並序〉）此際吟詩，心中不再有苛責：

> 吟風弄月且消閒，說法其如石太頑；自笑萬緣休歇盡，
> 猶餘一髮甬東山。（其一）
>
> 山河大地鏡中痕，歲月如流萬馬奔，盧擲空門閒甲子，
> 只依山谷作詩孫。（〈王益吾祭酒以二絕句題余吳中游草……〉（其
> 二））〔註61〕

五十八歲的寄禪自知文字障深、禪定淺。和尚本務是講經說法、續佛
慧命，一板一眼講經唯嫌枯澀無味，俗世之人不易懂得；反倒是吟風
弄月，寄語極靜之趣：

> 道人學道詎貪名，詩草刪除苦又生；一曲陽春知寡和，
> 滄浪聊答棹歌聲。（〈戊申二月由四明還湘……〉）〔註62〕

只奈詩草斬不盡，誰解滿腔詩思、曲高和寡？惟棹歌能解，爲滄浪之
祖能共鳴：

> 老去猶求一字師，敢云得失寸心知？不貪成佛生天果，
> 但願人間有好詩。（〈次韻酬盧吟秋茂才〉）〔註63〕

〔註59〕《妙法蓮華經》卷七，〈觀世音菩薩普門品第二十五〉，《大正藏》卷
　　　　九，頁57上。
〔註60〕見《詩文集》，頁250。
〔註61〕見《詩文集》，頁372。
〔註62〕見《詩文集》，頁372。

寄禪從嗜詩到戒詩，再由戒詩到順性而詩；頗有掙扎，顯示其矛盾之處。一直反反復復。其實，這種情況，唐朝詩僧齊己不也如此過麼！寄禪遊方廣寺、高台寺，經過己公岩有感而作：

> 己公茅屋碧苔滋，門外烟蘿絕世姿；山磐一聲松子落，
> 經過誰和杜陵詩？（〈己公岩〉）〔註64〕

「己公」，指齊己。寄禪有感於齊己，同病相憐，而共同懷念起杜甫。另一首詩也訴說希望像齊己一樣有成就，「欲步己公作，臨風愧少才。」（〈孤山尋早梅〉）其實整個生命過程，寄禪是愛詩、酷愛詩，是不得已入佛門世界。由於最早的認知「詩禪相妨」到後來「詩禪相諧」，進而昇華「由詩表現禪」，更上一層「詩禪相彰」。若不有僧衣爲藉口，寄禪，骨子裡是道地的詩人；顯然不再害怕嗜詩而離佛遠了。可以認知爲盡情於詩，來日回歸於佛。從其與易哭庵觀察閒聊可略知一二，「……英雄休自苦，詩酒不妨狂；他日事明主，還應奉覺皇。」（〈戊申夏六月，爲易哭庵……〉）可詩可酒，往後還請易哭庵親近佛門。

從上述臚列一連串的詩，顯示寄禪反復、矛盾在詩與佛中，寄禪詳審自己，愛詩甚於愛佛，「一曲陽春知寡和」，唯有詩才可以披露自己豐沛的情感。從喜詩到戒詩，再由戒詩到復做詩，再到以詩爲禪悅，終而詩禪融合。

（二）擺盪在詩與禪中的齊己

從上述明顯的呈現出寄禪在詩佛中的反復與矛盾，直到其晚年，寄禪仍鍾愛著詩。這一小節談論在詩與佛中掙扎的例子，以唐僧齊己爲例。何以找齊己當例子，因爲他也曾在詩與佛中掙扎過，寄禪有二首詩提到他，又另有一首詩脫胎於齊己之作。

全唐詩收錄齊己詩約八百首。齊己〔註65〕的詩在意象與詩境上

〔註63〕見《詩文集》，頁299。
〔註64〕見《詩文集》，頁172。
〔註65〕齊己，姓胡，名得生。潭之益陽人，出家大潙山同慶寺，復棲衡嶽東林。自號衡嶽沙門。有白蓮集十卷。參見《全唐詩》卷八百三十

都有極精粹的成就，對詩的愛好與其身分也曾困擾、矛盾過：

> 齊己鍾情於詩又歸心於禪，但詩染世情，禪求寂心，二者
> 不免相妨，能否相成？此在《白蓮集》中也有極多的矛盾
> 與統一的現象。〔註66〕

「鍾情於詩又歸心於禪」，這種心路歷程不是一天兩天的。最後二者求得統一，相得益彰；以詩表現禪意，以禪涵養詩。從齊己的詩可看出：對國家、朋友與親人的關懷以及為詩魔所困擾。然，以上各點寄禪比齊己有過之無不及。寄禪有「愛國詩人」之稱，交遊滿天下；對朋友的關懷更甚於齊己。在諸點之中吾人所要強調的是，「為詩魔所困擾、終而能詩禪合一」這一項。一般而言，齊己的詩在人世處理上比較淡情。反觀寄禪之詩，無論愛國、懷友，濃度都比齊己深切。以下臚列齊己為詩魔所困擾之詩：

> 輾轉復輾轉，所思安可論；夜涼難就枕，月好重開門……生
> 來苦章句，早遇至公言。（齊己〈永夜感懷寄鄭谷郎中〉）〔註67〕
>
> 味擊詩魔亂，香搜睡思輕。（齊己〈嘗茶〉）〔註68〕
>
> 分受詩魔役，寧容俗態牽。（齊己〈自勉〉）〔註69〕
>
> 未能精貝葉，便學詠楊花。……何妨繼餘習，前世是詩家。
> （齊己〈寄懷江西僧達禪翁〉）〔註70〕
>
> 餘生消息外，只合聽詩魔。（齊己〈喜乾晝上人遠相訪〉）〔註71〕
>
> 風流在詩句，牽率遶池塘。（齊己〈春興〉）〔註72〕
>
> 坐臥與行住，入禪還出吟。（齊己〈靜坐〉）〔註73〕

　　八到八百四十七，冊十二，頁9441～9597。
〔註66〕蕭麗華著：《唐代詩歌與禪學》，東大圖書，2000年，頁182。
〔註67〕見《全唐詩》卷八百三十八，冊12，頁9449。
〔註68〕見《全唐詩》卷八百三十八，冊12，頁9450。
〔註69〕見《全唐詩》卷八百三十八，冊12，頁9451。
〔註70〕見《全唐詩》卷八百三十九，冊12，頁9469。
〔註71〕見《全唐詩》卷八百三十九，冊12，頁9472。
〔註72〕見《全唐詩》卷八百四十，冊12，頁9475。
〔註73〕見《全唐詩》卷八百四十，冊12，頁9477。

萬事皆可了，有詩門最深。(齊己〈答陳秀才〉)〔註74〕

有興多新作，攜將大府誇。(齊己〈荊門送人自峨嵋游南越〉)

〔註75〕

正勘凝思掩禪扃，又被詩魔惱竺卿……皎然未必迷前習，

支遁寧非悟後生；傳寫會逢精鑒者，也應知是詠閒情。(齊

己〈愛吟〉)〔註76〕

還應笑我降心外，惹得詩魔助佛魔。(齊己〈寄鄭谷郎中〉)

〔註77〕

平生樂道心常切，五字逢人價合高。(齊己〈秋夕書懷〉)〔註78〕

「身離道士衣裳少，筆答禪師句偈多。」齊己始終不放棄詩禪結合的可能性，到這首詩顯然齊己認定這種可能了，「詩魔助佛魔」，與詩魔共舞：

還憐我有冥搜癖，時把新詩過竹尋。(齊己〈早鶯〉)〔註79〕

前習都由未盡空，生知雅學妙難窮；一千首出悲哀外，

五十年銷雪月中。興去不妨歸靜慮，情來何止發真風；

曾無一字干聲利，豈愧操心負至公。(齊己〈吟興自述〉)〔註80〕

齊己嗜作詩，怪只怪「前習」未盡。然，齊己仍忠於自己的真情，「情來何止發真風；曾無一字干聲利」。這股吟興就算是前習。承認自己止不住的想作詩，歸諸前世因緣。

靜是真消息，吟非俗肺腸。(《夏日草堂作》)〔註81〕

月華澄有象，詩思在無形。(《夜坐》)〔註82〕

到這首詩，已顯現齊己詩和禪不再矛盾，「月華」與「詩思」並存。

〔註74〕見《全唐詩》卷八百四十一，冊12，頁9490。

〔註75〕見《全唐詩》卷八百四十一，冊12，頁9497。

〔註76〕見《全唐詩》卷八百四十四，冊12，頁9546。

〔註77〕見《全唐詩》卷八百四十五，冊12，頁9553。

〔註78〕見《全唐詩》卷八百四十五，冊12，頁9553。

〔註79〕見《全唐詩》卷八百四十四，冊12，頁9550。

〔註80〕見《全唐詩》卷八百四十五，冊12，頁9566。

〔註81〕見《全唐詩》卷八百三十八，冊12，頁9441。

〔註82〕見《全唐詩》卷八百三十八，冊12，頁9442。

愛詩和當僧人是不相違背的，進而可相輔相成，由詩透露其禪的境
界：

> 個人以為齊己在世情關懷上不能顯出躍過李杜元白的意
> 義，雖然集中偶有懷友、思親、感時之作……但齊己終究
> 是方外之士，對世情的議論與關心都是點到為止……齊己
> 值得大書特書的，是他通過詩禪文化的歷史側影，顯出禪
> 子成功地成為詩家之流，為詩法提示更上一層的工夫，又
> 不失禪者進德修道之本，這種詩禪合轍的成就，不僅為詩
> 學添異彩，為文化添新章，也為禪者不必離塵以求不染提
> 供有力的證明。〔註83〕

齊己的詩在世情上顯然沒有深稠的濃度，但是偶有懷友思親感時之
作，終就是點到為止。其最大的功勞無非是「顯出禪子成功地成為詩
家」。反觀寄禪之詩，無論愛國、懷友、對胞弟的關切，其濃度都比
齊己深稠。「詩禪矛盾、終而相融相彰」，由齊己作個先鋒，所以寄禪
的詩由矛盾到反覆到相融，應不足訝異，是詩僧可能碰到的問題之
一，也是修禪的過程之一。

　　江郎才盡者不會想到戒詩，會有戒詩之舉者必定詩思泉湧，龔定
庵越戒詩，詩性越發。曾想出家的龔定庵戒詩不成，也反復在戒與破
戒之中。齊己雖沒戒詩之舉，不也反復在詩與禪中麼！寄禪兼有戒詩
之舉又有反復矛盾在詩與佛禪之間。詩者志也，發為心聲；可見「詩」
是一種內心修道最好展現的藝術。齊己是唐僧也曾擺盪在詩與禪的煎
熬中，終能詩禪合一；以詩闡明禪境，詩禪相映。在寄禪的詩文集中
曾有兩首〈孤山尋早梅〉、〈己公岩〉提到齊己，而寄禪更有一首詩有
兩句脫胎於齊己的詩：

> 客思莫牽蝴蝶夢，鄉心自應鷓鴣聲。（齊己〈渚宮春日因懷有
> 作〉）〔註84〕
>
> 入道宜醒蝴蝶夢，傷心莫聽鷓鴣聲。（寄禪〈題《紅雨樓遺稿》〉）

〔註83〕蕭麗華：《唐代詩歌與禪學》，台北：東大圖書，2000年，頁182。
〔註84〕見《全唐詩》卷八百四十五，冊12，頁9562。

〔註85〕
寄禪對齊己瞭如指掌，齊己不能不說是寄禪的榜樣，以齊己為對照來
解釋寄禪的掙扎。「嗜作詩」，齊己與寄禪都不免歸因於「前習」。雖
然披個僧袍，終不敵「宿習」，聰明的齊己與寄禪雖也掙扎過，最後
都能二者相融，由詩現禪機，由禪周圓詩境，詩禪輝映。

二、寄禪努力於詩的因由

　　從寄禪的〈八指頭陀詩文集〉可看出一個脈絡，寄禪當初出家是
不得不的抉擇；其一、迫於資生，其二、見籬上桃花為暴風雨所摧，頓
悟生命的本質。加以其本性勤快，願意努力，故學佛路上勤苦不墜。在
他的觀念裡也認為出家人是要勤奮的，是要就本務的。從其初次看到精
一律師吟詩作對，譏笑其「出家人，不究本分上事，乃有閒工夫學世諦
文字耶！」到自己也步上精一禪師的後塵，這其間有三個原因值得探討。

（一）悟　力

　　「文字情深道緣淺，多生結習恨仍存。」寄禪自知有此「結習」，
是宿世因緣。這個「宿世因緣」就是所謂的悟力，是一種天資，是宿世
的聰慧。悟力對其詩影響甚巨。就以寄禪自述的一篇跋，提出其旨意：

　　1、「少孤為客早」

　　寄禪未出家時，某日放牧到村塾避雨，學童念詩，寄禪聽到「少
孤為客早」而放聲大哭，村塾周雲帆先生問其因由：由於早孤，父母
雙亡，無法求學。周先生教其讀書，於是有讀書的機緣。聞「少孤為
客早」而放聲大哭這代表其有慧根，能因某些場景而有所觸動。這時
寄禪也不過十來歲，零丁無依，感慨身世的孤苦；能由一句簡單平凡
的詩句，喚醒對自身處境的審視，這是一種過人的宿慧。

　　2、「洞庭波送一僧來」

　　又有一次能顯示出寄禪有此慧根的，就是出家後，由岐山回巴陵

〔註85〕見《詩文集》，頁 285。

省親，途經洞庭湖，同行友人分韻賦詩。那時的寄禪仍不會作詩，於是趺跏趺坐，俯視洞庭湖水，一片澄明而神來一念：「洞庭波送一僧來」。返鄉告訴友人，郭菊蓀認為有慧根，「謂有神助，且曰：子於詩殆有宿根，遂力勸為學。」〔註86〕於是授以唐詩。郭菊蓀也成為寄禪的唐詩啟蒙老師。

　　以上這二點事蹟可說明寄禪有此根性。當人有宿根更要後天的培養、琢磨，才能閃亮光輝。

（二）學　力

　　學力，亦即作學問的工夫。寄禪由于「洞庭波送一僧來」顯現有宿根，經由郭菊蓀先生力勸為學，並授以唐詩三百篇。極力苦讀，對唐詩三百首一目成誦後。某日岐山首座精一律師，「見余所作，大奇之，然以讀書少，用力尤苦，或一字未愜，如負重壘，至忘寢食」。〔註87〕可見寄禪的努力，再看看其苦學的精神：

1、分秒必爭

　　寄禪非吃飽只讀書。相反的，他在岐山修頭陀行是專司苦職，做全寺最辛苦的工作；卻仍書不離手。其詩云：

> 松枝壓得一肩寒，猶把詩書仔細看；說與旁人休見笑，
> 英雄自古出艱難。（〈荷薪讀書圖〉）〔註88〕

二十八歲的寄禪寫這首詩非常含蓄，出家已十年，這時的心思是沉靜的、認命的；唯有把這個有形的重擔背起來，才足以灌溉這無形的生命。也因為愛這無形的生命，其精神，「為求一字友，踏破萬重山。」（〈過栖隱禪院訪懶愚上人〉）不畏艱辛；時間是人找出來的。寄禪如何在忙碌中安排時間：

> 當時未閉關，芒屨不能閒；采藥尋幽徑，披雲穿亂山。
> 每隨群鳥出，直到夕陽還；今日欣無事，聊將詩草刪。

〔註86〕釋敬安自述：〈跋〉《八指頭陀詩集》，新文豐，1986年，頁279。
〔註87〕同上，頁280。
〔註88〕見《詩文集》，頁46。

（〈關中漫興〉）〔註89〕

早出晚歸的寄禪，采葯囊中必是塞一本書。「錯認書囊作鉢囊」。難得一日的空檔，當然是除草，除詩草。從上述知寄禪爲學的精神，是一種苦讀，是極力的自學。

2、力行「精進」

「精進」是六度中的一項，六度：「布施、持戒、忍辱、精進、禪定、般若」。是指六種行，可以從生死苦惱的此岸得度到涅槃安樂彼岸的法門。其中精進：

> 問曰：云何名精進相？答曰：於事必能，起發無難，志意堅強，心無疲倦，所作究竟，如是等名精進相。復次，如佛所說精進相者，身心不息故……汝精進力大，必不休息，放汝令去！行者如是，於善法中，初夜、中夜、後夜、誦經、坐禪，求諸法實相，不爲諸結所覆，身心不懈，是名精進相。是精進，名心數法，勤行不住相；隨心行，共心生：或有覺有觀，或無覺有觀，或無覺無觀……於一切善法中勤修不懈，是名精進相。於五根中，名精進根；根增長；名精進力；心能開悟名精進覺；能到佛道涅槃城，是名正精進。〔註90〕

精進，是志意堅強，心無疲倦；能度懈怠。苦讀是精進的表現。作詩，持續努力、一再推敲，也是精進的表現；從嗜詩的工夫看「身心不息故」，也是精進的表現，更是寄禪終身的寫照。

（三）閱　歷

閱歷，是一種生活經驗。這種經驗是課外學習，伴隨生命而來所遭遇的親身經歷，它就是生命的歷程。

1、孤苦伶仃

寄禪幾乎無快樂童年可言，其自述「數歲時好聞仙佛事，常終日

〔註89〕見《詩文集》，頁47。
〔註90〕《大智度論》卷十六，〈釋出品中毗梨耶波羅蜜之餘第二十七〉，《大正藏》卷二十五，頁174上。

喃喃，若有所吟頌；七歲失母，諸姐皆已嫁。父或他適，則預以余及弟寄食鄰家；日昃不返，即啼號蹤跡之，里人為之惻然。年十一……父又歿，伶仃孤苦，極厥慘傷。弟以幼依族父，余無所得食，迺為農家牧牛。」〔註91〕這給年幼的心靈孤單害怕。

父歿後又無所寄食，這給幼稚的心靈無所憑依。自己某食後，去當「伴讀童」，「欣然往就，至則使供驅役，自讀則遭訶叱。」〔註92〕辭掉該伴讀工作後，去「學藝，鞭撻尤甚，絕而復甦者數次」，〔註93〕寄禪想自食其力卻屢遭人主欺侮，常挨鞭子；這給幼小的心靈走投無路。

這一切有形的身心折磨潛藏在幼稚的心靈，直到某日，「見籬間白桃花，忽為風雨所摧敗，不覺失聲大哭」，〔註94〕這種覺知生命無所依存的折磨喚醒了寄禪，於是篤定的出家了。

這些遭遇對其人生感悟發之於詩。「重岩我卜住，寂寞亦云佳……裁雲補破衲，剪草結僧鞋……經年不入街。」（〈山居偶成〉）能享受孤寂的人生。「雲厨苦淡薄，留君何所待？山上拾枯松，歸來煮野菜。無酒亦成歡……」（〈喜劉甫臣過訪〉）心性知足，有朋自遠方來不亦樂乎！獨處亦快活，「烟霞最深處，麋鹿皆吾儔」（〈偶作〉），自得其樂，不假外求！這些都是寄禪第一年所寫的詩之一：簡樸、耐寂。

2、修頭陀行

頭陀，梵語稱僧人為頭陀。謂少欲知足，去離煩惱。修頭陀行是所有出家戒律中最苦的一種，為什麼要去苦？以戒為師，以苦為師。這就是出家人的智慧之處。因為人的惰性，習性，常常蒙蔽了自我。這些惰性或習性，就是佛經所言「五蓋」：貪欲蓋、嗔恚蓋、睡眠蓋、掉悔蓋、疑法蓋。五種煩惱。因煩惱能蓋覆人們的心性，使不生善法。這份謹慎之心寄禪也用在作詩上。其中的「睡眠蓋」，佛家對其看法：

〔註91〕寄禪著：《八指頭陀詩集》，新文豐出版，1986 年，頁 227。
〔註92〕同上，頁 278。
〔註93〕同上，頁 278。
〔註94〕同上，頁 278。

> 睡眠蓋者，能破今世三事：欲樂、利樂、福德。能破今世、
> 後世究竟樂，與死無異，唯有氣息。如一菩薩以偈訶睡眠
> 弟子言：
>
> 汝起勿抱臭身臥，種種不淨假名人；如得重病箭入體，
> 諸苦痛集安可眠！一切世間死火燒，汝當求出安可眠；
> 如人被縛將去殺，災害垂至安可眠！結賊不滅害未除，
> 如共毒蛇同室宿；亦如臨陣白刃間，爾時安可而睡眠！
> 眠爲大暗無所見，日日欺誑奪人明；以眠覆心無所識，
> 如是大失安可眠！〔註95〕

佛家對「睡眠蓋」大加撻伐，認爲與死無異，唯有氣息。故佛弟子寄禪作詩「推敲夜不眠」、「沉吟殊未閑」是無違佛陀的教義。佛教導人實踐戒、定、慧三學，禪法中的『頭陀行』就是要磨練負責的態度，培養自由的心智，讓眞我得以展現它的光輝。頭陀行，可以解釋爲成功人生的動力，因爲肯負責，能激發我們以下幾種行爲特質：〔註96〕

　　（1）眞實的行爲和態度。他們願意誠實的接納自己，不再
　　　　自欺欺人，所以能從許多虛僞的意識中解脫出來，能
　　　　接受自己，自在感也隨著出現。

　　（2）發現自我價值。他無須貶抑或剝奪別人的尊嚴來彰顯
　　　　自己，他自己就能發現尊嚴，而不再陷入一種自卑的
　　　　情緒狀態。

　　（3）從負責中展現倫理的行爲。他不是爲了名譽和掌聲才
　　　　被動的表現道德，而是主動負責，展現道德的本身。

　　（4）守得住原則和戒律。所以他不被誘惑，他的心智是自
　　　　由的，是獨立思考的。

頭陀行促使人誠實的接納自己，不再自欺欺人。寄禪要從「出家人，不究本分上事，乃有閒工夫學世諦文字耶！」的一個觀念轉到一個「詩禪和諧」的過程，其實是一輩子的事。寄禪審視自己，也一再在矛盾

〔註95〕《大智度論》卷十七，〈釋初品中禪波羅密第二十〉，《大正藏》卷二
　　　　十五，頁184中。
〔註96〕鄭石岩：《禪‧人生三要》，皇冠文學出版，1993年，頁179。

中反反覆覆。終而出現曙光。從齊己的身上看到詩禪矛盾到融和，在寄禪的身上也看到詩禪矛盾到融和。

第三節　寄禪詩與禪的風格探討

禪的教條之一：言語道斷；其本質，直言之，是「正法眼藏，涅槃妙心，實相無相，微妙法門，不立文字，教外別傳」，撲朔迷離的質感；正符合詩的質感。詩是散文的精品，如何在短短的五言、七言中呈現禪意，太直接則有粘皮帶骨，故以一景一物，一聲一響等意象藉由詩的文字語言隱含出禪味：

> 以內容而言，「禪」所參求的，在於證悟法性，闡發事理；「詩」則側重抒發性情，言志所之。但禪悟非一般人所盡能，藉一般文字之說，又恐枯澀無味；而作詩過於濫情，言不及義，又不爲人所容，甚而當下犁舌之獄。如何調和兩者，兼具其美，不二法門，厥爲藉詩喻禪乎，蓋禪理藉著詩的表現式，運用比興技巧，自可免說教、枯澀之失；而詩得禪理之助，亦可深宏其內容，提高其意境，指出向上一路，自可免風花雪夜之譏。所以，「禪」與「詩」不可偏廢，「禪詩」之耐人品味，道理盡在於此。〔註97〕

以禪證悟，以禪闡發事理。有禪無詩，則流於索然無味，言窮意盡；藉由詩的承載，運用比興技巧，自可免說教、枯澀之失。禪與詩，詩禪結合，兩相益彰。「詩主情而柔」、「禪主理而剛」，是故「詩爲禪客添花錦，禪是詩家切玉刀」。禪詩，是禪理詩、示法詩、開悟詩、頌古詩等，隱含佛理之義，又不失禪趣，是反映僧人或文人修行悟道的生活。如果以禪單獨出現，則失之尖銳冷硬，是故藉由詩的形式將禪的韻味表達出來。

一、詩與禪的風格

如前所述，禪是「道不得與不得不談」的本質。參禪最重要的是

〔註97〕王偉勇：《可以讀詩，也可以參禪——李淼先生著《唐詩三百首譯析》讀後》，祺齡出版，1994 年，頁 1。

發現自己的自性，自性本明。參禪首重開發般若正智，般若成則禪果成，禪與般若名異體一，何謂般若？

　　般若無形相，智慧心即是，

　　若作如是解，即名般若智。〔註98〕

禪是無相、無念、無住之性。無住則無分別心，萬法一體，就是和諧。般若或禪的基本特徵就是無住心；「禪」是沉思之意，是靜慮，「外離相曰禪，內不亂曰定」。禪宗講求對自身對外物應有禪定式的觀照，才能「識心見性，自成佛道」。禪定的過程是靜慮的過程，在這個過程中，摒躁趨靜，和平凝息，達到無我無物的超然境界，就是所謂的「心如朗月連天靜，性似寒潭徹底清」的境界。

　　達到和諧、無我無物的超然境界，借由詩表現出來；是故詩與禪的風格主要乃是詩人風格。唐代司空圖將詩品細分二十四則：「雄渾、沖淡、纖穠、沉著、高古、典雅、洗鍊、勁健、綺麗、自然、含蓄、豪放、精神、縝密、疏野、清奇、委曲、實境、悲慨、形容、超詣、飄逸、曠達、流動」。人之格狀或峻，其心必勁；心之勁，則視其筆跡，亦足知其人。充於中而發於外，由作品看出人品。詩與禪的風格：禪是道不得，禪者藉由詩來顯示悟道，或悟道的心境，茲將前面悟道詩、示法詩、頌古詩所舉例的詩句羅列出來：

　　盡日尋春不見春，芒鞋踏破嶺頭雲；

　　歸來偶過梅花下，春在枝頭已十分。（〔宋〕無盡尼〈悟道詩〉）

　　菩提本無樹，明鏡亦非台；

　　本來無一物，何處惹塵埃。（惠能〈偈〉）

　　吾心似秋月，碧潭清皎潔；

　　無物堪比倫，教我如何說。（寒山〈吾心似秋月〉）

以上的禪語皆僅三兩句就將悟道述出，有詩的旨趣，又不失禪的機理，這正是禪詩的風格。而詩的風格：

〔註98〕《六祖大師法寶壇經》卷一，〈般若品第二〉，《大正藏》卷四十八，頁350上。

> 眾鳥高飛盡，孤雲獨去閑；
>
> 相看兩不厭，只有敬亭山。（李白〈獨坐敬亭山〉）〔註99〕
>
> 行到水窮處，坐看雲起時；
>
> 偶然值林叟，談笑無還期。（王維〈終南別業〉）〔註100〕

第一首，一、二句先由動中引出靜的審視；三、四句隨順自然，時時皆可融入自然，而不侷限於自然，是一種無所求而自得。不與時競，不爭名奪利，整首詩不說理不說教。第二首也是僅三兩句就將「言有盡而意無窮」述出，或意在言外。不黏皮不帶骨，不一語道盡，這正與禪的風格不謀而合。

二、寄禪的禪詩風格

　　寄禪的詩有一千九百多首，禪詩所佔的比率為數不少，由作品來審視寄禪禪詩的風格：

> 茅亭宜宴坐，鳥語自幽揚；綠竹洗寒翠，碧梧生夜涼。
>
> 禪心無住相，佛火有餘香；定起看明月，荷風來曲塘。
>
> 　　（寄禪〈雨後茅亭小憩〉）〔註101〕

首聯點出雨後的茅亭清新無染，呈現心是一種靜的狀態；頷聯是幽揚的鳥語，給靜態的宴坐帶來靈動；繞過翠冷的綠竹、眺過初夜清涼的梧桐，豐富視覺與觸覺。腹聯一虛一實，「禪心無住相」是虛無的，對照有形的，看得見、聞得到「佛火有餘香」，這一切在在呈現出無住心，尾聯「明月」、「曲塘」一遠一近，構成靜中有動，動而又逝，無有駐足。這是一首非常典型的、顯示應無所住而生其心的禪詩。帶有一份清香自然的風格。若以司空圖二十四則論之，其風格頗符合「實境」。〔註102〕文如其人，雖典雅風華而肝膽必須剖露。若但事浮偽，

〔註99〕見《全唐詩》卷一百八十二，冊3，頁1858。

〔註100〕見《全唐詩》卷一百二十六，冊2，頁1276。

〔註101〕見《詩文集》，頁272。

〔註102〕實境：「取語甚直，計思匪深。忽逢幽人，如見道心。清澗之曲，碧松之陰。一客荷樵，一客聽琴。情性所至，妙不自尋。遇之自天，泠然希音。」參見司空圖原著，陳國球導讀：《二十四詩品》，金楓

誰其親之。故此中眞際，有不俟遠求，不煩致飾，而躍然在前者，蓋
實理實心顯之爲實境。又：

> 何必山巓與水涯，安心隨處便爲家；有人問我西來意，
>
> 笑指長天落晚霞。(寄禪〈答柳溪居士〉)〔註103〕

這是典型的禪宗公案形式的禪詩，佛說不可說不可說，說是一物即非
一物，只能親身去體驗。「此詩旨意亦是謂修禪悟道不一定要居住幽
僻的山岩，重要的在於個人安心，安心之處都可悟道，後聯則謂西來
意即佛性眞如無所不在，那西天晚霞即是佛性之顯現。」〔註104〕

禪詩抒發的無非是悟道之詩或表達禪的境界，借助自然一景一物
闡揚佛法的眞如自性。寄禪的禪詩亦不脫離此，帶有一份悠閒、篤定
的風格。若以司空圖二十四則論之，則頗符合「曠達」。〔註105〕惟曠
則能容，若天地之寬，達則能悟，識古今之變。所以通人情，察物理，
覽山川，弔興亡，其視得失榮枯，毫無繫累。

> 山家日日飯胡麻，此事尋常不欲誇；惟有道人風味別，
>
> 每從峰頂嚼紅霞。(寄禪〈答魯封居士問天台次韻〉)〔註106〕

山家生活樸實、自然，道人亦是山家之一，也是飯胡麻，惟道人境界更
高，居高臨下觀盡紅塵百態。嗜欲深者天機淺，道人更上一層「每從峰
頂嚼紅霞」以視覺飽覽味覺，直如仙人。以司空圖二十四則論之，符合
「超詣」〔註107〕風格。然苦心形容，易至浸滯，何能獨立物表，與化

出版，1999 年，頁 106。

〔註103〕見《詩文集》，頁 81。

〔註104〕李淼編著，王偉勇編審：《禪詩三百首譯析》，祺齡出版社 1994 年，
頁 563。

〔註105〕曠達：「生者百歲，相去幾何。歡樂苦短，憂愁實多。如何尊酒，
日往烟蘿。花覆茆簷，疏雨相過。倒酒既盡，杖藜行歌。熟不有古，
南山峨峨。」參見陳國球導讀，司空圖：〈二十四詩品〉，金楓出版，
1999 年，頁 108。

〔註106〕見《詩文集》，頁 89。

〔註107〕超詣者：「匪神之靈，匪機之微。如將白雲，清風與歸。遠引若至，
臨之已非。少有道氣，終與俗違。亂山喬木，碧苔芳暉。誦之思之，
其聲愈希。」參見詹幼馨：〈司空圖詩品衍繹〉，台北：仁愛，1985

為徒！寄禪這首詩除了視覺融入景色，連身心皆與化為徒，「嚼」得津津有味。《文心雕龍・物色》：「是以詩人感物，聯類不窮。流連萬象之際，沉吟視聽之區；寫氣圖貌，既隨物以宛轉；屬采附聲，亦與心而徘徊。」審美主體的心靈隨著外物喚情的特徵而宛轉，審美客體（外物）在主體的心理場內徘徊，兩者相互生發，耦合交融，產生凝聚著自然精華與主體生命精血的詩歌。不說理、不說教，詩中景物卻是日常之事物。這是一種深度的禪趣。正像寄禪拙於口說卻深富于心。

第四節　寄禪詩作用典與否的分析

寄禪詩作用典與否的分析，要比較的對象，只比較禪詩不比較身分。要比較的重點有二，其一、用佛禪典故語彙，其二、不用佛禪典故語彙，卻禪意盎然。

一、有禪典禪語之詩

所謂禪典禪語，指用到佛經中重要的事例、譬喻或字辭等。或有關佛禪的公案、人名、寺名等之有關這樣的詩。

（一）唐人用典之作

詩以唐朝最盛，故舉唐朝的詩為標竿；禪詩也以唐朝為最高峰，像王維，寒山、靈澈、貫休、皎然等，茲舉詩聖杜甫的〈望牛頭山〉：

牛頭見鶴林，梯徑繞幽林；春色浮山外，天河宿殿陰。

傳燈無白日，布地有黃金；休作狂歌老，回看不住心。

詩中的「牛頭」是山名也是法融禪師的道場。「鶴林」即鶴林寺，為玄素禪師居地。「傳燈」即傳法，指佛法代代相傳。……「布地有黃金」指的是黃金舖地……《阿彌陀經》：「彼佛國土，常做天樂，黃金為地。」「不住心」，神會《顯宗記》：「世尊滅後，西天二十八祖，共傳無住之心。」無住之心，即不住心。萬物變化無常，一切事物及人

的認識皆不會凝止不變，而是常流不住。杜甫是崇信禪宗的人……他受禪宗影響甚深……此詩中即多用禪典禪語……不再狂歌到老，而要返觀自心，修養無住之心。〔註108〕

此詩共用五個禪典禪語，「牛頭」、「鶴林」、「傳燈」、「布地黃金」和「不住心」，前二聯著意于表現山寺的幽深靜謐。後二聯寫山寺的傳法，和自己受到啟悟。

> 衲衣線粗心似月，自把短鋤鋤榾柮；清石溪邊踏葉行，
> 數行雲隨兩眉雪。（〔唐〕貫休〈深山逢老僧〉）〔註109〕

「衲衣」，「心似月」典型的禪典禪語。「心似月」讓人聯想最典型的寒山的〈吾心似秋月〉。此詩雖然用禪典禪語，但是不覺得在說教。

（二）寄禪用典之作

寄禪的詩有一千九百多首，總類繁多。從儒家思想到老莊思想再到佛禪思想，皆可從詩中看出。約出家十年後禪詩最多，反而晚年禪詩少，禾叔之傷的憂國詩增多。

> 何年來雪竇？卓錫住中峰；獨坐清溪石，誰敲靜夜鐘？
> 猿啼千嶂月，人老一庭松；咒水跏趺坐，時看鉢入龍。
>
> （〈贈中峰庵主〉）〔註110〕

「卓錫」，錫，錫杖，僧人用具。僧人遠行多拿錫杖。卓，植立。僧人的居止為卓錫。首聯「何年來」已記不得，表中峰庵主居止此地年月已久。頷聯「誰敲靜夜鐘？」和「何年來雪竇？」兩個設問句，答案不是最重要的，但是卻反襯出庵主道行的高深；頸聯「猿啼千嶂月，人老一庭松」人與動物，好似師與徒二人構成和諧畫面，庵主如何道行的高深？且看「跏趺坐」是僧人的吉祥坐姿，「咒」，梵語陀羅尼，華譯為咒，即佛菩薩從禪定中所發出的秘密語：

> 陀羅尼，秦言能持，或言能遮。能持者集種種善法，能持

〔註108〕李淼編、王偉勇審：《禪詩三百首譯析》，祺齡出版，1994 年，頁77。
〔註109〕見《全唐詩》卷八百二十八，冊 12，頁 9334。
〔註110〕見《詩文集》，頁 91。

　　令不散不失。譬如完器盛水，水不漏散。能遮者，惡不善
　　根心生，能遮令不生；若欲作惡罪，持令不作，是名陀羅
　　尼。〔註111〕

如完器盛水，水不漏散，對著鉢能持集善法，「鉢入龍」，收攝龍于鉢中，龍是興風作雨者。代表庵主功力高，教化此有形無形，使臻于美善境界。「錫」「鉢」是很平常的禪語禪典。再看：

　　無影枝頭花正開，個中消息費疑猜；維摩不語原非默，
　　慶喜多聞未是才。海底泥牛銜月走，岩邊石馬帶雲回；
　　莫將文字參眞諦，無縫天衣不假裁。（〈答智清上人〉）〔註112〕

心花不必有影，是頷聯「維摩不語原非默」的伏筆，「慶喜多聞未是才」，「慶喜」，阿難的名字，二十歲隨佛出家，時時隨佛聽經聞法，是故多聞，在佛十大弟子中以「多聞第一」。當維摩生病，佛派他去問疾，他不敢去；因爲他曾被老維摩數了一頓回來：

　　阿難白佛言：「世尊！我不堪任詣彼問疾。所以者何？憶念
　　昔時，世尊身小有疾，當用牛乳，我即持鉢，詣大婆羅門下
　　立。時維摩詰來謂我言：『唯！阿難！何爲晨朝持鉢住此？』
　　我言：『居士！世尊身小有疾，當用牛乳，故我在此。』維
　　摩詰言：『止！止！阿難！莫作是語，如來身者，金剛之體，
　　諸惡已斷，眾善普會，當有何疾？當有何惱？』」〔註113〕

這首詩把半部《維摩詰經》說光了。名重毗耶離大城的長者維摩詰生病了，佛派弟子去慰問；先後分別派舍利佛、大目犍連、大迦葉、須菩提、富樓那彌多羅尼子、摩訶迦旃延、阿那律、優波離、羅睺羅、阿難。他們都推辭，說「我不堪任詣彼問疾。」因爲他們都曾經被這個老維摩上了一課。佛這十大弟子各有各的本事，竟都辯不過維摩詰，連以「多聞第一」的阿難要去要個牛奶回來給佛飲用，維摩都告訴他「佛是金剛不壞之身，斷了一切惡法，會集一切善法，那裡有疾

〔註111〕　《大智度論》卷五，〈釋初品中菩薩功德釋論第十〉，《大正藏》卷二十五，頁95下。
〔註112〕　見《詩文集》，頁208。
〔註113〕　《維摩經》卷一，〈弟子品第三〉，《大正藏》卷十四，頁542上。

病苦惱呢？」最後，佛派文殊菩薩去問疾。大家知道文殊菩薩要去問疾，後面跟一大票人去觀看。

神通廣大的老維摩知道了，就「空其室，只留一張床」，自個兒躺在上面，等著文殊來問疾。

高人問答，高來高去是頗具藝術的，「以一切眾生病，是故我病」，在談話之際，跟文殊來探病的舍利佛心想，只有一張床您病人躺著，我們探病的客人要坐那裡；神通廣大的維摩馬上知其意，用神通從須彌那裏搬來「獅子坐」椅子給大家坐。就從這把椅子談起，談到「入不二法門」。維摩請問這些跟來的菩薩「要如何才能入不二法門，請大家把意見說出來。」於是菩薩們一個個談其入不二法門的高見。大家見解不同，好像未取得共識；最後問智慧第一的文殊談談如何入不二法門。文殊回答：

> 如我意者，於一切法無言無說，無示無識，離諸問答，是
> 為入不二法門。〔註114〕

文殊認為一切的真理是沒有語言、說明、表示和標識的，要遠離一切的問答才是入不二法門。最後文殊反問維摩你的不二法門呢！老維摩竟然一句話也沒吭一聲！這時！文殊想到中計了，不能用語言來說明，自己卻用了語言來說明。於是文殊又說：

> 善哉！善哉！乃至無有文字語言，是真入不二法門。〔註115〕

文殊趕緊誇獎，算是勉強扳回一成。「海底泥牛銜月走，岩邊石馬帶雲回」，泥牛入水則融，如何跟著映照在水中的月亮走呢？岩石馬是立著不動的如何追上飄忽不定的雲呢？真理是無法用語言說明的，「莫將文字參真諦，無縫天衣不假裁」，維摩示疾，是維摩心裡編寫好的教案，主要是要教導這一群聲聞、緣覺、菩薩，又不能說要教導他們，于是「天衣──教案」，要如何逢製這件天衣，教學方法就是示疾。結果一切都在掌握中，謝謝助教文殊的臨門一腳。「維摩不語

〔註114〕《維摩經》卷二，〈入不二法門品第九〉，《大藏經》卷十四，頁551下。
〔註115〕同上，頁551下。

原非默」：

> 對維摩的沉默，後世的人讚嘆爲「維摩一默，響如雷」，維
> 摩讓所有的菩薩盡量發言，而最後自己卻以沉默來表示。
> 雖然菩薩所說的「不二法門」的道理都很深奧，但也只是
> 將其體驗予以抽象化及對象化。也就是說，用語言表現出
> 來的體驗不是深奧的體驗……只有文殊不同於其他的菩
> 薩，發現語言是不能說明眞理的。但是他卻也還是犯了自
> 己說不能用語言說明的毛病。
>
> 對於不能說明的，維摩絕對不予說明，他只是沉默的不發
> 一言。他這一默是多麼地深、重而不可宏量。
>
> 我們經常易於被語言所執著，錯覺語言就是事實……對於
> 維摩的一默不要以沉默去理解。〔註116〕

「離開了默就看不到維摩」，維摩一默其響如雷，這就是禪，語言無
法道盡。看寄禪這首詩讓我們聽取如雷的靜寂；這首詩的禪語禪典是
「維摩」、「慶喜」二辭，卻引出半部的《維摩經》，難以想像寄禪的
禪詩這麼深蘊大義。

> 雨後秋花落更開，萬山紅葉忽成堆；無端又訪龐居士，
> 戴得斜陽一笠來。（〈訪朱泚瀾〉）〔註117〕

古德「龐居士」，一家大小隨意、自在往生。寄禪以龐居士來喻友朱
泚瀾。見出這位朋友也是相當修行者。

> 卅年宦海涉風波，須信維摩定力多；不食人間葷腥味，
> 儼然雲窟一頭陀。蒼顏白髮一儒巾，曾向毗伽悟宿因；
> 四大本來非我相，不妨現個宰官身。莫因面皴嘆觀河，
> 會得眞如不壞麼？鳥語溪聲皆佛諦，笑他天女問云何？
>
> （〈贈陳槐庭明府三首〉）〔註118〕

陳槐庭明府有維摩詰居士的工夫：不食葷腥，爲官三十年，清廉自守，
幾如頭陀之修行：布施、持戒、忍辱、精進、禪定、智慧。終能歷度

〔註116〕謙田茂雄：《沉默的教義「維摩經」》，武陵出版，1984年，頁138。
〔註117〕見《詩文集》，頁95。
〔註118〕見《詩文集》，頁60。

宦海風波。寄禪期勉陳槐庭，以波斯匿王觀恆河水，不變者爲見精性，是眞如本性。最後以《阿彌陀經》的鳥語溪聲皆是佛宣說的法音爲結。一題三首融入禪語禪典，自然無有造作。

　　整體而言，詩中用禪典禪語，寄禪卻僅點到爲止，卻能鮮明的呈現要旨；有詩的味道又不失禪的意境，不輸給唐朝的禪詩，不在唐詩之下。

二、有禪意而無禪典

　　所謂禪語禪典，指詩中用到的重要的事例或譬喻或字辭等。或有關佛禪的公案、人名、寺名等。有禪意而無禪典之詩指詩中字面上看不到禪語禪典，卻仍禪意盎然的詩。

（一）唐人不用禪典之作

　　以禪語禪典入詩，一眼讓人有佛有禪的說理，如若毫無禪語禪典是不是會少了禪味呢？實則不然：

> 宜陽城下草萋萋，澗水東流復向西；芳樹無人花自落，春
> 山一路鳥空啼。（〔唐〕李華〈春行寄興〉）〔註119〕

寫春行所見景色，以客觀直敘自然景觀，讓自然原樣本眞呈現。這首詩幾乎無禪典禪語：

> 這是一幅大自然生機勃勃鳥語花香的鮮明畫卷，又是一個
> 幽靜空寂自生自滅的世界。這個眞實的春色圖就具有盎然
> 禪意。因爲詩中所寫的大自然自生自滅、隨機任運的境界，
> 詩中所描繪的聲光色象，都可以說是佛性妙體的顯露。但
> 可惜人們卻不去領略，而徒然讓山鳥空鳴。這樣的純客觀
> 山水詩毫無理語滲入，但隱隱約約又具有無窮意味，因而
> 是最富禪趣的。〔註120〕

純任自然，不摻理語又富有禪味。「青青翠竹總是法身，郁郁黃花無非般若」。

〔註119〕見《全唐詩》卷一百五十三，冊3，頁1590。
〔註120〕李淼編、王偉勇審：《禪詩三百首譯析》，祺齡出版，1994年，頁81。

> 人閒桂花落，夜靜春山空；
>
> 月出驚山鳥，時鳴春澗中。（王維〈鳥鳴澗〉）〔註121〕
>
> 木末芙蓉花，山中發紅萼；
>
> 澗戶寂無人，紛紛開且落。（王維〈辛夷塢〉）〔註122〕

第一首，

> 表現幽寂之境極超絕，是以動寫靜的名作。首句寫出桂花
> 在飄落，就突出了靜之至極。月出驚山鳥之句尤爲絕妙，
> 月光之驀出，只能是光芒照射並無聲響，卻驚起宿鳥亂飛，
> 更是以動顯靜的卓越表現。而此空靜至極之境界又顯然正
> 是詩人心境的顯現，亦是禪境的表現。〔註123〕

人與桂花無有交集，在人的長河中，桂花仍自開自落，這種一開一落
無非是動態終將寂滅，自性本無。尤其「月出驚山鳥」，一個遠在數
萬里之遙的明月冉冉出芽，竟驚動宿鳥亂飛，是空靜至極。

> 詩用的是白描寫法，詩人只是如實寫山澗無人跡，只有辛
> 夷花獨自開落，但這種特寫鏡頭的鮮明描寫極十分突出地
> 表現了辛夷塢環境的幽深寧靜。這種對大自然幽境的展示
> 自然而然又是作者心境的顯示，也就是表現了作者內心的
> 淡泊寧靜。〔註124〕

有了第一首的認知，第二首也頗相似，但是無法達到第一首的極致。
以上二首詩都是以外在環境來顯現作者內心的寧境，後人給予極高的
評價。

（二）寄禪不用典之作

寄禪初出家極致力於修佛，所以禪詩多，中晚期憂國詩明顯居
多。以下幾首皆是 1882 年的作品：

> 久羨茲峰勝，登臨日欲西；鳥隨紅葉下，人與白雲齊。

〔註121〕見《全唐詩》卷一百二十八，冊 12，頁 1301。

〔註122〕見《全唐詩》卷一百二十八，冊 12，頁 1302。

〔註123〕李淼編、王偉勇審：《禪詩三百首譯析》，祺齡出版，1994 年，頁
64。

〔註124〕同上，頁 66。

怪石立如鬼，巉岩陡若梯；不從高處望，誰信萬山低。

（〈登天姥峰〉）〔註125〕

首聯點出天姥峰之高：登上峰，太陽好似西落。頷聯「鳥隨紅葉下，人與白雲齊」是一種與常理顛倒的奇景，山高鳥飛不上這高度，站在山上的人和雲同高，有在孤峰頂上的況味。頸聯描述天姥峰的景況，尾聯更確切表達天姥峰是高之王。不翻上一層，不身臨其境，如何有別樣感受；不著禪語禪典，這是一首開悟的詩。當吾人放下視覺障礙、聽覺障礙，將產生新境界：

本性自有般若之智，自用智慧常觀照故，不假文字。〔註126〕

在沒有成見、偏見、刻板印象的障礙下，放眼所極，自然是清楚的。至性本明，從嬰孩的最純真到成長，經由人事的染污與塵勞，原來我們的心如此混濁。好比未登天姥峰所見所感，等到登臨高峰頂，是全新的一個境。

烟樹蒼茫疊翠微，道人常掩竹中扉；

白雲也識山居味，不待鳴鐘已早歸。（〈歸雲〉）〔註127〕

雖然第二句有人物，但觀整首詩，卻發現一、二句是寫景；三、四句是述情，道盡道人的景況，「識山居味」，「沒有塵世的訪客」；「鳴鐘」、「做晚課」，「早歸」、「休養生息」。是一種自如自在的禪意。

　　如上一章節所言寄禪詩作用典取自佛經甚多，早期的詩以用《楞嚴》大義居多，中晚期用《維摩詰所說經》旨意偏多。維摩詰是白衣緇素共享的世界，明顯傳達出中晚期與白衣往來之頻繁。從這一章節所舉之詩，無論有無用典，寄禪之詩充滿禪意，不輸唐人的僧詩，若將寄禪之詩散混入唐人僧詩中，是不易揀別出來的。

〔註125〕見《詩文集》，頁84。

〔註126〕《六祖大師法寶壇經》卷一，《大正藏》卷四十八，頁350上。

〔註127〕見《詩文集》，頁103。

第五章　八指頭陀詩的內容分析

　　寄禪從一八六八年投湘陰法華寺出家，禮東林長老爲師。一八七三年（23 歲）開始寫詩到一九一二年，計四十年，共寫 1993 首；大約七、八天寫一首，產量甚豐：

> 在大醒法師所著的『八指頭陀評傳』中，額之曰『悲心』。
> 而著者卻寫作『騷思』，各隨其分，各稱其名，其旨一也。
> 因爲，大醒法師爲出家人，自以用佛語『悲心』二字爲宜；
> 而著者爲入世者，便應以『騷思』爲尚了。太史公司馬遷……
> 曾說：『離騷者，猶離憂也』。故八指頭陀的悲心無窮，亦
> 即言其憂思無盡了。……要記述其無限的憂思，那眞是充
> 滿了他一生的歲月……充滿他全部的詩集，要條分縷析，
> 說個詳盡，眞是不太容易。因此，我們便把它分四個部分，
> 來加以敘述。那就是：一爲憂時。二爲憂國。三爲憂民。
> 四爲憂教。〔註1〕

整部《八指頭陀詩文集》充滿憂時、憂國、憂民、憂教，但是其詩集內容極豐富，限於篇幅，就舉筆者認爲比較特殊的題材敘述如下。

〔註 1〕 彭楚衍編：《歷代高僧故事》，第五集，台北：永裕印刷，1987 年，
　　　　頁 36。

第一節　憂國、詠史、古蹟與陵廟

　　在《詩經》的大雅、小雅和國風中有一些政治諷喻詩。臣寮因為宗法血緣關係，個人的命運與國家的命運緊緊連接在一起，所以對殷商的滅亡與西周的建立自不免懷一份戒慎。正因為強烈的責任感與使命感，使他們對昏庸的統治者憂心如焚，於是以詩針砭時政，如〈節南山〉控訴太師尹掌國政卻不親臨國事，委之於姻亞，欺君罔民，禍亂迭起。〈小雅·青蠅〉，詩人以綠頭蒼蠅斥責讒毀者害人誤國。是故，憂國詩早已有之，以屈原作為中國文學史上第一位最具代表性的愛國詩人，屈原「存君興國」的「美致」理想及其深沉執著的愛國精神，深深影響後人。杜甫有愛國詩人之稱，其思想仍繼承了屈原和儒家的「忠君」愛國傳統。正因為愛國所以憂國。憂國之詩大都出於王朝季世。以陸游為例，其愛國心更激切：北望中原仍壯心未已。痛恨南宋未有人為國出力，「中原北望氣如山」，對收復中原仍滿懷激切。就是到了八十二歲，垂暮之年「一聞戰鼓意氣生」也要走上戰場，可見其抗金之堅決。到八十五歲彌留時仍不忘寫〈示兒詩〉：「死去原知萬事空，但悲不見九州同；王師北定中原日，家祭勿忘告乃翁。」告訴兒子收復中原時，切記拈一枝香告訴老爹。反觀，清季末世，寄禪不也憂國麼！

一、憂國詩

　　覆巢之下無完卵，個體在所處的環境下感受前途或生命受到影響與威脅，無形中的不安潛存在意識中，時而隱現。將此思緒形諸詩，以謀求某種程度上的抒解。這就是憂國詩，其出現在季世居多，尤以金風肅殺的末年最為悲沉。

（一）憂國之背景

　　清朝從聖祖入關後國勢如日中天，到中葉漸衰弱，至清末更衰亂。清末憂國之背景有三：其一、大環境的不安。十八世紀末十九世紀初英國工業革命後，機器代替人力，急於尋找海外市場；物產豐富、人口眾多的中國成為眾國垂涎的對象。原本封閉的中國突然面臨外夷

的叩關，連最基本的國防都無力可守，何況外來的船堅炮利；中國門戶一扇一扇被打開。敗仗連連，好不容易打一次勝仗仍去與人議和。以寄禪出生（咸豐元年）算起，外夷陸續佔領中國土地。同治六年彼時蘇俄已開始強畫中國烏蘇里江以東、以北的土地。又強畫西部一些土地，同治十年更強佔伊犂。同治十三年，日軍侵佔台灣。此時寄禪二十四歲，清楚國家、人民面臨的處境。

其二、經濟的蕭條。自鴉片傳入中國後，僅止上流社會才吸食鴉片，造成的問題仍不明顯。從道光年間起鴉片大量銷入，吸食人口加多，銀元大把大把外出。不平等條約造成的經濟負擔轉嫁給人民，民生經濟更困難。連與世無爭的廟產也受到覬覦。連續的戰敗，與壓垮經濟的不平等條約，促使財政越捉襟見肘，連廟產都被提撥，「岩谷容吾輩，天朝雨露偏；只緣充學費，遂議割僧田⋯⋯」（〈感事〉）當局有意割僧田充學費。有識者縈繞在心裡的孤忠、赤誠無法宣洩，僅止空憂憤，「寂寂不成寐，神州恐陸沉。」（〈杭州白衣寺苦雨不寐〉）光是經濟受外來因素箝制，中國不用戰自然受制於人。「四海日凋瘵」，民生更形困難。愛國不落人後的寄禪，「可憐衰晚世，苦憶聖明朝。」「時危爭作將，國變幸爲僧。」寄禪不知該慶幸自己的出家與否，作將領有作將領的報國方式。國亂經濟困乏之際，當局已動到寺產，連最基本的出家人生活所需都會被充公；寄禪不也爲十方寺廟疲於奔命麼！

其三、政治的內鬥。滿清叩關入主中國，一邊安撫前朝遺老，一邊以漢制漢；乾康雍正之期政治達高峰。正當工業革命成功、航海技術發達，無形中國與國拉近距離，中國緩慢的步調面臨空前的劇變。一切都在變，政府當局如何應變？以光緒帝而言，其在位三十四年卻受制於西太后，朝廷上下陽奉陰違。當外夷入侵北京，垂簾聽政的慈禧不免倉皇西走。

對國家的赤誠忠肝無處排遣、對國家的存滅興盛無處效勞，感而抒憤，蓄孤憤而形之於詠。這是清末文人普遍的民族意識之表現。清末黃遵憲的〈感事〉：「俄羅英法聯翩起，四鄰逼外環相伺；著鞭空讓

他人先，臥榻一任旁側睡。」外夷伺機而動，八國聯軍入京，國家處境如風雨飄搖中的枝巢。李慈銘〈庚午書事〉：「孤憤千秋在，狂呼一擊中；夷酋方喪魄，廷議急和戎。殲敵誠非易，要盟豈有終！宋金殷鑑近，幸莫恃成功。」這一首「夷酋方喪魄，廷議急和戎。」痛斥戰勝仍去議和之事，能不憤麼！譚嗣同〈有感一章〉：「四萬萬人齊下淚，天涯何處是神州。」和寄禪的「神舟恐陸沉」不謀而應，能不感慨麼！救國主義的愛國思潮於焉注于詩思。

（二）八指頭陀憂國之詩

寄禪也像杜甫愛家愛國，更像陸游恨不能帶兵打仗，滿腔熱血，大海愁煮。頭陀憂時，其一生正逢清朝季世侮頻繁，其詩「憂時無寸補，慚愧事空王」。佛法不離世間法，身為頭陀當然要救人救世，否則與時無補，當然慚愧事佛祖。清末時局動盪、國家紛亂、民不聊生、毀寺奪廟產，這一連串的憂總歸於國衰祚薄。在一八八四年八月法艦襲擊台灣基隆及福建閩江口消息傳至寧波。出家之身的寄禪，三十四歲，正臥病延慶寺一聽到此消息，憤怒之極，思謀禦敵之法不得，出見敵人，欲以徒手奮擊，為友所阻。又聽聞中國的七十老翁馮子材大破法軍于鎮南關（廣西省），繼續前進，克復諒山，傷法軍統領尼意立（de Neglir），斃法軍數百，恢復原有陣地。寄禪有喜有怒：

> 神州論險要，台嶠信孤懸；海闊魚龍夜，
>
> 心傷戰伐年。曾聞木罌渡，〔註2〕竟過水雷前；
>
> 虎穴身能入，英風尚凜然。（其一）
>
> 小丑寧難滅？王師豈在多？初傳橫海捷，仍許郅支和。〔註3〕
>
> 太息援邊詔，空揮返日戈；披圖話陳迹，淒惻漢山河。
>
> （其二）（〈題王菇農觀察《台警夜度圖》〉）〔註4〕

〔註2〕 「木罌」是一種用木柝煩縛眾罌而成的浮渡工具，寬筏。指法軍渡海而來。參見辭源。

〔註3〕 「郅支」是匈奴單于名號，曾背叛漢朝，殺漢朝使者，侵擾漢之西陲，後為漢西域副都護攻殺。「郅支和」指郅支戰敗來求和。參見辭源。

〔註4〕 見《詩文集》，頁142。

喜的是諒山大捷，怒的是「初傳橫海捷，仍許郊支和」；戰勝卻仍和人議和。神州有台灣做爲第一防線，在海域安全上有所屏障；寬闊海洋最適合魚龍夜夜優游，詩人卻哀傷征戰年年。談起陳年舊事，嘆息當今朝廷上下的昏庸，政令失策、遣調無度；海域守備英勇的表現，卻未能斬將搴旗。「籌邊空畫策，恨未斬長鯨。」（〈挽彭剛直詩〉）充分道盡對朝廷贏兵又議和的憤事：

> 北京方面並不因諒山之捷改變態度，李鴻章謂「此時平心
> 與和，可無大損；」曾紀澤亦稱「如能和中國極體面，稍
> 讓亦合算」遂宣示中法言和，停戰撤兵。張之洞力言不可
> 撤兵。……頗能道出當局者於軍事勝利後仍然謀和的內
> 情。〔註5〕

此時李鴻章認爲「平心與和，可無大損」；曾紀澤也認爲「能和中國極體面，稍讓亦合算」；此豈不荒誕麼！何以非評估「孤軍深入」的問題，惟有帶兵作戰者最清楚。此時「張之洞力言不可撤兵」，寄禪也認爲打勝仗不該再去議和。尤其到甲午戰爭，割地賠款，有志者因憤生勵，群思補救，欲挽既倒之狂瀾。

有憤無處發，在晚清封建制度，以慈禧爲代表之投降路線的控制下，廣大仁人志士報國無門，空有一腔熱血，枉負濟世之才，只能旁觀嘆息而已。類此忠憤的愛國詩非僅清末才有，如前所述宋朝的陸游、金朝的元遺山，不也都有愛國的忠憤詩麼！陸游生於北宋被金國滅亡，朝廷南遷後仍受其威脅的時代；元遺山也是生逢金朝滅亡之際！清末：

> 甲午戰敗後，中國的變法運動正式揭開，孫中山的反滿革
> 命起義自是開始，康有爲的變法維新活動自是轉急。一八
> 九八年十二月，梁啓超在日本橫濱創刊《清議報》，醜詆慈
> 禧，頌揚光緒。稍後讀日人編譯西書，又時與孫中山往還。
> 孫與暢談革命，始知「近世各國之興，未有不先以破壞時
> 代者，」轉而大聲疾呼「破壞主義之不可以已。」所謂破

〔註5〕郭廷以：《近代中國史綱》，台北：曉園出版，1994年，頁283。

壞，就是排滿革命，伸張民權自由，尤強調民族主義，斥
滿清「逆黨」，呼清廷爲「僞政府」，言論與前判若兩人，
激烈不下於革命黨。……梁再創《新民叢報》，於民族、民
權主義宣揚愈力，謂中國之亡於異族，在乏國家思想。要
救中國必須徹底摧毀專制政體，革命爲今日救中國獨一無
二的法門。〔註6〕

所謂破壞，是指排滿革命；惟有摧毀專制政體才能救中國。寄禪不
也正逢清末民初之際，歷史的推移，旁觀者清，能不悲憤麼！不平
等條約重挫仁人志士的雄心。知識份子亟思救中國；這熱血終而轉
於詩論。湘軍愛國，有諸多將領是湘人，身爲湘人的寄禪，愛國不
落人後；更因結交達官貴人，對國是頗多知悉。滿腔空憂對陸漁笙
太史吐露：

> 相逢休話永嘉年，痛哭金甌缺不圓；佛眼亦因塵劫閉，
> 禪心如在滾油煎！七分擬割花宮地，一線憂存杞國天；
> 太息江河今日下，中流砥柱賴公賢。(其一)
>
> 不幸同生衰晚年，腥羶分布地球圓；蝸頭有利都爭括，
> 龜背無毛尚苦煎。縱是魯連難蹈海，若非靈運定生天；
> 知公便死猶瞠目，王室中興望後賢。(《奉訪陸太史，次前韻二
> 首》)(其二)〔註7〕

首聯「永嘉」，指西晉之年號，「金甌」，指疆土之完固；與太史酬作，
不忍再提西晉末時事；對不平等條約割地的割地，國土已無完整，頷
聯嘆息連佛眼也緊閉不忍看此塵劫。「七分擬割花宮地」，「花宮」指
佛寺，當時議定僧寺田產十分抽七分充學堂經費。「一線憂存杞國
天」。〔註8〕對此清季世，嘆息國勢如江河日下，然而仍亟奮勉太史爲
中流砥柱。第二首，嘆息生此衰世，塵土滿布腥羶之氣；痛斥外夷強
行搜括，慨歎縱使像魯連有蹈海之神通也難使得上力氣。若不是像謝

〔註6〕 郭廷以：《近代中國史綱》，台北：曉園出版社，1994 年，頁 425。
〔註7〕 見《詩文集》，頁 295。
〔註8〕 「杞國」，古國名，相傳周武王封夏禹後人于杞，後爲楚所滅。參見
　　　　辭源。

靈運〔註9〕一般關懷國是必早早生天了。寄禪讚嘆太史忠貞，是國家興盛仰仗的人才。然而止不住自己憂國之心：

> 秋雨已成霖，晚稻猶未穫；茅茨斷炊煙，啼飢喧鳥雀。
>
> 盜賊恐縱橫，王風益蕭索；客塵昏擾擾，元氣隱凋削。
>
> ……悵望蒼天高，浮雲紛漠漠。(〈古詩八首〉)(其三)〔註10〕

憂國事、憂時局、憂天公不作美，秋雨成霖，晚稻未穫；民家斷炊。在此青黃不接，斷炊啼飢，飢寒起盜心。不僅寄禪憂國憂時，其好友也憂時局的不堪，他們只能共吐心聲，「高懷直欲小昆崙，雲夢胸中八九吞；獨抱孤忠憂晚事，力排邪說吐清論。愁聞電埌傳邊警，忍見銅人泣露痕！厝火燃薪時已至，治安徒有賈生言。」(〈贈葉吏部〉)每每電埌預警有狀況則不免提心吊膽！國亂時將變，何忍見宗廟前的銅人流淚呢！時勢迫在眉睫，國無禦侮之力，空有賈宜治安冊。不免腦海閃現歷代亡國先聲；當亡國遺老是一種苦悶。「東籬黃菊在，猶似義熙年」(〈贈別蕭漱雲太史並序〉)，此刻，惟有淵明最是知音。「時事滄桑百變新，忘機鷗鳥亦傷神；腥羶滿地難容足，願作維摩畫裡人。」(〈次東眉子廣文見贈原韻〉)愛國詩僧一言一句刻劃歷史的滄桑。

（三）八指頭陀憂國詩的特色

　　八指頭陀憂國詩的特色有二：其一、至情至性的表現。由下列一則事蹟可看出寄禪對國之至情。在一八八四年八月法艦襲擊台灣基隆及福建閩江口消息傳至寧波。三十四歲的寄禪正臥病延慶寺，憤怒之極，思謀禦敵之法不得，出見敵人，欲以徒手奮擊，為友所阻。可見寄禪之激之怒。最激憤的莫過於「初傳橫海捷，仍許郅支和」，戰勝議和之事。八國聯軍入侵北京，慈禧與光緒西奔，當局混亂至極，「今夜月明初駐蹕，翠華何處宿民家。」萬人之上的皇帝都不能自保，升斗小民何處找庇護呢！人禍尚且如此，天災仍不稍歇。寄禪憂民，「秋

〔註9〕　《謝靈運傳》：「太守孟顗事佛精懇，而爲靈運所輕。嘗爲顗曰：『得道應須慧業，丈人生天當在靈運前，成佛必在靈運後。』」參見辭源。
〔註10〕　見《詩文集》，頁214。

雨已成霖,晚稻猶未穫;茅茨斷炊煙,啼飢喧鳥雀。盜賊恐縱橫」。
天災是不得已的,無收成則飢寒起盜心;加上人禍,「心傷戰伐年」。
爭戰連連,民不聊生。國家生計困難,難免動寺產的腦筋,所以憂教,
「七分擬割花宮地」毀廟奪寺產,連佛門也不保。「神州恐陸沉」這
是寄禪所預料的。已無家,今又無國,「有身成大患」何能不憂!是
故,憂時、憂國、憂民、憂教,縈繞寄禪的一生。

　　小乘出家人只當自了漢;寄禪是大乘人,有悲憤、有熱血,卻施
不上力,只有憂,只有愁。比起杜甫、陸游,寄禪的憂國激烈多了;
杜甫的憂極富柔性。陸游的憂盡其個人所能的一份力量,連到八十二
高齡都想上戰場,到死還以詩「王師北定中原日,家祭勿忘告乃翁」
示兒。寄禪之憂卻是憤極而憂,憂到自築冷香塔,如何無縫而自沉。

　　其二,內心衝突掙扎的再現。目睹外夷爭相瓜分,朝廷腐敗、不
爭氣。寄禪不免「蝸爭蠻觸任紛紛,時事於今漸懶聞。」(〈吾生〉)
由於身分的特殊,是僧人,應該都希望能生天成佛;寄禪受其師父恆
志和尚熏陶甌深,頗具儒家思想,對清王室仍愛戴不已;「我不願成
佛,亦不樂生天」,希望「普雨粟與棉,大眾盡溫飽」。所以掙扎在懶
聞時事與希望大眾盡溫飽中。西學東漸,民智日開,改革勢在必行,
有僧人隱伏僧寺進行革命活動被補,寄禪曾去向當局保釋疏通。所以
又掙扎在要清室長存,又去幫助革命活動。這些掙扎的行徑一一在寄
禪的詩中隱現。

二、詠史與古蹟之詩

　　詠史與古蹟有時是密不可分的。常常古蹟之處就是一段歷史,詩
人歌詠它。

(一)詠史與古蹟詩的思緒

　　詠史,最早以詠史詩命名的當推東漢班固的五言詩〈咏史〉。但
是西晉詩人左思的咏史詩又比較被推崇,劉彥和《文心雕龍》贊曰:
「左思奇才,業深覃思,盡銳于〈三都〉,拔萃於〈咏史〉」。什麼叫

做咏史？咏史、咏懷有人主張嚴格分開，但是如嚴格分開又無法涵括
「懷古」、古地名、「行」、「經」某古蹟等爲題的詩歌；所以認爲它很
難分清界線的，以施蟄存爲代表。施氏對詠史的定義：

> 詠史詩不是一種特定形式的詩而是一種特定題材的詩。凡
> 是歌詠某一歷史人物或歷史事實的詩，都是詠史詩。〔註11〕

施氏將詠史定義得比較寬泛；亦即咏史詩與懷古詩很難分清界線，就
以寄禪的詩爲例，像〈九日過屈子祠〉、〈過孤山寺林逋舊遊處〉、〈謁岳
武忠公祠〉，這些都可算是詠史詩。詠史詩有三種基本類型：

> 歸納爲感史詩、述史詩、和議史詩這三種類型。……
>
> （一）感史詩，這類詠史詩更多依賴直觀感悟……抒寫者
> 也往往藉史生情。（二）述史詩，這類詠史詩……并不把自
> 己的主觀歷史態度明顯的表露在詩句當中。（三）議史
> 詩，……強調以理性思辨的方式來剖析歷史……卻相應的
> 弱化了詩歌中最爲本質的情感因素。〔註12〕

詠史的三個基本類型：感史詩、述史詩、議史詩。其中感史詩，無所
顧忌地表露出自己的歷史態度和個人好惡。述史詩，雖然也克制作者
的情意宣洩，但是也有相當程度的揭示歷史，極適合詩的抒發己見。
倒是議史詩強調以理性思辨來剖析歷史，卻弱化了詩歌中最爲本質的
情感因素。這三類型是非常微妙的。以杜甫的詠史與古蹟的詩爲例：

> 禹廟空山裡，秋風落日斜；荒庭垂橘柚，古屋畫龍蛇。
> 雲氣生虛碧，江聲走白沙；早知乘四載，疏鑿控三巴。
>
> （杜甫〈禹廟〉）〔註13〕

景色荒涼、屋舍斑駁讓禹廟靜態淋漓，「生」、「走」也讓禹廟動態盡
致。杜甫把禹廟的古舊與四周交通，「乘四載」：水乘舟，陸乘車，泥
乘楯，山乘樏，作清楚的呈現。再以陸游的詠史與古蹟的詩爲例，陸

〔註11〕施蟄存：《唐詩百首》，台北：文史哲，1994年，頁744。
〔註12〕李眞瑜，常楠：〈中國古代詠史詩的歷史闡釋方式與歷史觀念〉，《湖
　　　　南文理學院學報》，社會科學報，湖南省常德市，第34卷，第2期，
　　　　雙月刊，2009年3月，頁88～94。
〔註13〕見《杜詩鏡銓》，頁567。

游以詠史爲詩名的詩不多，但有抒懷之詩：

> 英雄自古埋秋草，世上兒童共笑狂；射賊曾飛白羽箭，
>
> 閉門空枕綠沉槍。隆中高臥人千載，易水悲歌淚數行；
>
> 讀盡青編窗日晚，一尊聊復弔興亡。(陸游〈讀史有感〉)〔註14〕

詩人清楚人生終極目標，從「埋秋草」、「共笑狂」這種相對的對比，就是一種不得不的錯愕。諸葛、荊軻已如秋草，然而藉由青史，一代一代舞動著他們高超的情懷。

（二）寄禪詠史與古蹟的詩

寄禪生長于湘潭，對吳國的事蹟感慨深刻，有多首詠史詩。古蹟（古跡），古代遺跡。只要是前人建造或形成的一個建築或場所都是日後追思、談論的題材。寄禪詩中有關古跡的詩不算多，但是有幾首頗具特色。這是光緒三十三年春天，寄禪當天童寺的住持已二任，雖然國家多難，最切近的問題，廟產岌岌不保。此時的寄禪各方面都已達到純熟、豐派，尤其是人脈方面。從詩集中可看出這一年寄禪到維揚，經過梅花嶺謁史閣部墓，登北固山，遊鎮江的金山、焦山，過常州天寧寺，遊蘇州虎丘，遍遊吳中山水，所到之處皆有詩作。像詩集中有〈曉登靈岩山〉〈日暮靈岩望太湖〉，早也晃靈岩山，晚也晃靈岩山，愛國的寄禪晃出了歷史陳跡：

> 日暮登闔門，長歌生古憂；夫差愚且憨，釋囚忘父仇。
>
> 哀哉伍子胥！忠誠爲國謀；奈何拒不納，自刎抉其眸。
>
> 忍見越師來，寒濤挾怒流；峨峨姑蘇台，一炬成荒丘。〔註15〕

〔註14〕楊家駱編：《陸放翁全集》，劍南詩稿，卷二十四，世界書局，1990年，頁408。

〔註15〕《史記·伍子胥列傳第六》：越王勾踐迎擊，敗吳于姑蘇，傷闔廬指頭；當闔廬病創將死，告訴太子夫差：「爾忘句踐殺爾父乎」，後來就死了。夫差立爲王，以伯嚭爲宰相，過二年打敗越國，越王句踐叫大夫文種求和，求和的條件：其一厚幣，其二委國爲臣妾。吳太宰伯嚭答應了；但是伍胥諫曰：「越王爲人能辛苦，今不滅，將會後悔」。吳王夫差不聽，打贏又和人談和。過五年（齊景公死，大臣爭寵）吳伐齊；伍胥又諫曰：「句踐食不重味，弔死問疾，是有目的的。」句踐不死，吳

　　吳國既爲沼，吳王寧用愁？至今頭白烏，啼斷吳宮秋。

　　（〈閶門懷古〉）〔註16〕

「至今頭白烏，啼斷吳宮秋」，這句充滿意象。白烏啼斷吳國的霸業，
吳宮已成荒塚。對照這段歷史，會發現詩中每一句都是歷史事件。寄
禪逢此家國戰亂，無奈，不禁對這段歷史感同身受。有關吳國一連串
的古蹟詩：

　　闔廬葬骨此佳城，霸業銷忘息戰爭；

　　獨有雄心猶未泯，不教寶劍與秦嬴。（〈虎丘〉）〔註17〕

　　闔閭有神劍，龍虎不敢窺；未能勝勾踐，持此欲何爲！

　　祖龍亦大愚，取劍留此池；丹岩空受鑿，長貽山靈悲。

　　（〈劍池〉）〔註18〕

吳伐鄰國皆百戰百勝，唯獨伐越，「越王勾踐迎擊，敗吳于姑蘇，傷
闔廬指頭」。在闔閭掌政時代，伍胥即已在吳輔佐，使吳伐鄰國常勝。
詩中的「神劍」有二意，明喻，確有此神劍「鑭鏤之劍」。隱喻，此
神劍可比伍子胥，「龍虎」可比越。「未能勝勾踐」是指「吳越姑蘇之
役」，闔廬指頭戰傷，吳王夫差繼王位如「祖龍」。「取劍」，吳王賜伍
胥「鑭鏤之劍」，要其自殺。吳國人憐憫他，爲其立祠於太湖邊，命
名爲胥山；而今丹岩長悲。再回觀吳國時代留下的古蹟，館娃館、西

　　國仍會有像越這樣的禍患，就像人「有腹心疾」，您不先制服越國，竟
　　去打齊國，這是錯誤的。吳王不聽，……反而把伍胥遣回齊國。失望
　　的伍胥告訴兒子：「一、吳國會亡國。二、你和吳國俱亡，實在不智；
　　逃到齊的鮑牧吧，——算是報答吳國」。吳太宰嚭又讒伍胥，於是吳王
　　賜伍胥「鑭鏤之劍」，要其自殺。伍胥仰天嘆曰：「必樹吾墓以梓。抉
　　吾眼懸吳東門之上，以觀越寇之入，滅吳」於是伍子胥自己挖掉眼睛，
　　「寒濤抉怒流」，這是很毒的重誓，然後自殺了，吳王聽了大怒，『取
　　其尸，盛以鴟夷革，投江。』伍胥尸浮於江中，吳國人憐憫他，立祠
　　於江上。命名爲胥山，此山在太湖邊。此後約過十年「越師來」。闔閭
　　　（或夫差）所築的「姑蘇臺」，經勾踐一把火，已成「荒丘」矣。越王
　　勾踐滅吳，殺吳王夫差，誅太宰嚭，以其不忠。

〔註16〕見《詩文集》，頁355。

〔註17〕見《詩文集》，頁355。

〔註18〕見《詩文集》，頁355。

施洞、石城、琴台，不難嗅出吳國曾輝煌過。寄禪昔日東遊吳越，足跡踏遍吳國每一寸土地，對這些古蹟賦予生命，渾然入詩：

靈岩咏古四首〔註19〕

一片斜陽裡，還憐舊館娃；歌塵微度梵，宮鬢只餘鴉。
宰相惟工媚，君王不戒奢；樵人談往事，猶自怨夫差。
（〈館娃宮〉）

岩下西施洞，吳王舊幸頻；遠山橫黛碧，初月畫眉新。
水底香脂滑，舟中伎樂陳；一從五湖去，寂寞苎蘿春。
（〈西施洞〉）

吳王造此城，何曾拒越兵？徒勞萬夫力，媚此一人情。
惟剩采香迹，寧聞步屧聲；山花亦何意？猶學舞衣輕。
（〈石城〉）

琴台高突兀，翠玉石城陰；但惜笙歌耳，那知山水音！
故宮餘蔓草，落日滿空林；冷侵吳江水，浮雲變古今。
（〈琴台〉）

上述的古蹟詩充滿詠史的味道。「冷侵吳江水，浮雲變古今」，在時間的推移下，長江後浪推前浪，寄禪心中感慨的不離禾叔之悲、國家處境之歎。

（三）寄禪詠史與古蹟之詩的特色

寄禪詠史與古蹟之詩的特色有二，其一、熟讀各朝史典。寄禪能詩能文，吾人只知他會作詩，不知他熟讀各朝代歷史；從其詩文集看其用典，對各朝代歷史瞭若指掌。對近湘地的吳越古蹟如數家珍。清朝從

〔註19〕苎蘿山在浙江諸暨縣南，相傳為西施的出生地；而今西施住到館娃宮。館娃宮，是春秋吳國宮殿名，吳王夫差在江蘇吳縣西南的靈岩山上，有一處叫硯石山造的宮殿，是給西施住的，吳國人叫美女為娃，所以叫館娃。「岩下西施洞」。「水底香脂滑，舟中伎樂陳」那時有香水溪、脂粉塘，可想見美女擦紅抹綠把溪水染紅了，把池塘染綠了。夫差建造青龍舟，舟上載乘樂妓，與西施戲水的盛況。吳王建造此石城，館娃宮以館西施，又有采香徑、響屧廊，所謂「響屧廊」就是靈岩山上吳王宮中的廊名。參見辭源。

聖祖、康熙、乾隆這三朝為盛世，爾後日見沒落；道光、光緒其間更快速走下坡。寄禪生此末敗之世，報國無門，對古蹟更能表達心中感慨。

　　其二、尚友忠貞之士。寄禪詩中詠史與古蹟的詩，對忠貞之士是緬懷與讚賞，例如，〈九日過屈子祠〉、〈過某顯宦祠有感〉、〈謁岳武穆祠有感〉、〈謁岳武忠公祠〉、〈題嚴子陵釣臺〉。對不善者亦能以詩譴責，例如〈五人墓〉：「魏閹竊權日，氣焰欲薰天；舉國畏其勢，五人殊不然。青山埋俠骨，朱戶冷荒煙；壞土亦云幸，名隨烈士傳。」此首詩整體而言，寄禪是歌詠忠貞之士。〈五人墓〉是魏忠賢生祠故址，《古文觀止・五人墓碑記》：「五人者，蓋當蓼洲周公之被捕，激於義而死焉者也。」〔註20〕寄禪藉由五人不畏權勢、不隨汙苟且，在不肖者的故址竟因五人的義行而芬芳，是以「壞土亦云幸，名隨烈士傳」。其詠史與古蹟的詩都以正面呈現，和杜甫、陸游相較，其更具教忠教孝的精神。

三、陵廟之詩

　　陵廟，主要以墳墓為主體。在寄禪的詩中談到有關墳墓、影堂，自己營造自己的堵波，作為將來大寂滅場。宣統二年，時局已不可逆轉，整個局勢已是孤臣無力可回天，連佛教的廟產亦不保。故寄禪自述「余自題冷香塔詩二章，以代塔銘，活埋計就……」。所以寄禪自築墳墓，也自寫墓誌銘；現在談談自製墓誌銘。

（一）陵廟詩的思緒

　　什麼是「墓誌銘」？古代人死後埋葬時，封土隆起的叫坟，平的

〔註20〕〈五人墓碑記〉因由：五人指顏佩韋、楊念如、馬杰、沈揚、周文元五人皆蘇州之平民。「蓼洲周公」姓周，名順昌，號蓼洲，吳縣人，進士。起初宦官魏忠賢亂政，有一官員魏大中彈劾他，被捕；經過蘇州，周順昌與之飲酒三日，答應以季女嫁其孫，魏忠賢聞之，甚怒。江蘇巡撫毛一鷺，魏黨也，誣周順昌有怨言，密報忠賢，遣官騎來捕，吳人不服，憤起擊官騎，官騎抱頭鼠竄，毛一鷺匿廟中得免。後忠賢發兵來蘇，五人毅然出認，於是只誅五人，吳人得免。見謝冰瑩等譯註：《古文觀止》，台北：三民，1989年，頁779。

叫墓。埋於墓前或墓中的石碑稱墓碑。墓碑上的志墓文,叫做墓誌銘。
墓誌銘一般由志和銘兩部分組成。亦即墓誌銘指放在墓中的志文銘
辭,又有墓志、壙銘,壙紀、埋銘的別稱。記述死者姓名和生平者爲
「志」;用以對死者的讚揚和悼念者爲「銘」。其起源自秦代已有雛形,
到東晉時期,墓志銘仍未定型。他們是磚刻或石製,文字大多簡略,
到了南朝梁朝,墓誌銘才開始成熟。墓誌銘的內容主要是,墓主家世、
生平傳略。作爲陵谷變遷後好辨異,到今日成爲習俗而有一些歌功頌
德的成分。以杜甫的詩爲例:「他鄉復行役,駐馬別孤墳;近淚無乾
土,低空有斷雲。對棋陪謝傅,把劍覓徐君;惟見林花落,鶯啼送客
聞。」(杜甫〈別房太尉墓〉)這首描寫房琯自閬赴成都就任刑部尚書
途中,遇疾卒於僧舍,杜甫到此孤墳傷感「近淚無乾土,低空有斷雲」,
心中哀戚。回想當年謝安圍棋,季札挂劍,而今經此房太尉墓只見林
花悠悠空落,與送客的鶯啼聲。

(二)寄禪陵廟類的詩

寄禪的〈自題冷香塔二首並序〉也是這樣的作用,但其最深沉的
仍是在「內憂法衰,外傷國弱」,這種人天同泣的苦,局勢非人所能
扭轉,在其〈感事二十一截句附題冷香塔並序〉述說最深切:

> 余既自題冷香塔詩二章,以代塔銘,活埋計就,泥洹何
> 營?……忽閱邸報,驚悉日俄協約,日韓合并,屬國新亡,
> 強鄰益迫,內憂法衰,外傷國弱,……大海愁煮,全身血
> 熾。復得七截二十一章,並書堵波,以了末後。嗚呼!君
> 親未報,象教垂危,髑髏將枯,虛空欲碎。擲筆三嘆,唱
> 矣長冥!

生此衰世,蒿睹外夷壓境,國勢盡去,「大海愁煮,全身血熾」,滿腔
熱血沸騰!寄禪的墳墓之詩皆是對忠義之士的追思,或是對高潔之士
的景仰,例如〈題孤山林處士墓壙〉、〈題孤山林典史墓〉對墓主的高
潔有所讚賞,或受屈辱而亡之士。〈禰衡墓〉:「羽毛既爲禍,文彩安足
珍?」皆表「懷古薦芳蘋」。就連題蘇小小坟,寄禪也都有感而賦詩:

　　油壁香車不再逢，六朝如夢水流東；風流回首餘青冢，

　　始信從來色是空。芳草萋萋小小坟，往來多少吊斜曛？

　　美人畢竟成黃土，莫向湖邊泣暮雲。(〈題蘇小小坟二首〉)〔註21〕

一個大丈夫，應該不會重視一個無名小卒，何況一個僧人，更不會注
意到一個妓女之身的女性；然而寄禪卻為蘇小小題坟了。曾有詩人
說：我沒辦法留名，但是藉由這麼一個妓女蘇小小，我因而名留青史。
所以寄禪也會名留青史。其另一首也是寫名妓真娘的墳墓：

　　真娘古名妓，埋玉此山前；應聽生公法，能空色界緣。

　　白蓮香自淨，翠竹悟皆禪；好學散花女，殷勤禮覺仙。

　　(〈真娘墓與生公講台對峙，下有白蓮池〉)〔註22〕

在詩僧的眼裡是妓與否已不重要，《五燈會〔元〕卷三》：「青青翠竹
總是法身，郁郁黃花無非般若。」是故真娘墓對著生公講台，有幸聽
經聞法、能空色界，有如白蓮出汙泥。對比一位讀書人對同一座墳墓
的看待：「柳眉空吐效顰葉，榆莢還飛買笑錢。」(李商隱〈和人題真
娘墓〉)，〔註23〕詩人以豐富之想像力看見真娘挑動著柳葉眉似是東施
笑顰一般，連墳上長的榆樹，豆莢飛舞煞是真娘賣笑交易的銅板，李
商隱譏之以負面；方顯寄禪心地之純淨，能空色界。

　　寄禪詩中談到有關墳墓的詩共有十九首，過屈子祠有二首，一首
是〈九日過屈子祠〉一八七四年，另一首是〈過湘陰屈子祠〉一八九
九年，前後相差二十五年。將二首詩對比，不難看出寄禪對屈原的千
古追思：

　　野徑斜陽上綠苔，經過此地不勝哀；千年感慨遺湘水，

　　萬古〈離騷〉識楚才。澤畔行吟還憶昨，庭前諫草已成灰；

　　我來濁世懷高潔，不奠黃花酒一杯。(〈九日過屈子祠〉)〔註24〕

　　湖上微霜踏葉過，荒祠寥落倚巖阿；湘娥隔浦啼秋竹，

〔註21〕見《詩文集》，頁22。

〔註22〕見《詩文集》，頁356。

〔註23〕見《全唐詩》卷五百四十一，冊8，頁6230。

〔註24〕見《詩文集》，頁13。

山鬼迷烟帶女蘿。異代惟留騷客恨，獨清其奈濁流何！
當年不作〈懷沙賦〉，終古無人吊汨羅。(〈過湘陰屈子祠〉)
〔註25〕

就是有〈離騷〉、就是有〈懷沙賦〉，異代的我們才能認識屈原的高潔。
隔了二十五年，寄禪對同一座祠所作的兩首詩，情感一樣的深刻，其
中「異代惟留騷客恨，獨清其奈濁流何」和「我來濁世懷高潔，不奠
黃花酒一杯」，是哀屈原，亦是哀自己生此濁世。其中的忠貞、高潔
之思是千古同源。屈子祠的「祠」是不是墳墓？暫且按下。寄禪詩中
談到有關墳墓的有「塔」，或「影堂」，例如〈禮岐山恆志老人塔〉、〈磨
鏡台禮大慧禪塔〉，〈潙山題大圓禪師影堂〉。現在看看三者的關係：

家廟就是祖先的牌位祭祀的宗廟，唐制中天子五廟……南
宋朱熹《家禮》中提倡正式設立祠堂，五代以內的祖先在
祠堂舉行祭祀活動……附隨家廟和祠堂，墓祠和影堂也出
現。墓祠就是在墓前坟寺設制祠堂……影堂就是祭奠祖先
遺像的祠堂……，家廟作爲代替設施被使用。〔註26〕

「家廟就是祖先的牌位祭祀的宗廟」，「影堂就是祭奠祖先遺像的祠
堂」，影堂〔註27〕就是家廟的別稱。所以「祠」、「祠堂」、「影堂」三
者和「墳墓」有別。又〈禮岐山恆志老人塔〉，這個「塔」〔註28〕是
不是「坟墓」，或和墳墓有關？〈禮岐山恆志老人塔〉的塔，就是保
存僧人遺體所在：

〔註25〕見《詩文集》，頁248。
〔註26〕遠藤隆俊：〈宋元宗族的墳墓和祠堂〉，《中國社會歷史評論》，第九
卷，年刊，天津市，主辦單位：南開大學中國社會歷史評論，2006
年，頁63～77。
〔註27〕影堂范仲淹詩：「影堂在此，已買好本事，造尺三小間，但責堅久也。」
懸掛先人遺像的靈堂，也稱影堂。《古今小説》：「門上有牌面寫到：
韓國夫人影堂。」僧寺中安放佛祖眞影之室也稱爲影堂。例如，齊
己詩《全唐詩》：「秋風明月下，齋日影堂前」參見辭源。
〔註28〕塔，佛教建築形式。梵語窣睹坡，又稱浮屠、浮圖，晉宋譯經時造
爲「塔」字。初見於晉葛洪《字苑》、南朝梁顧野王〈玉篇〉等書。
最初爲恭奉佛骨之用，後來也用於供奉佛像，收藏佛經或保存僧人
遺體。參見辭源。

秋風一蕭瑟，落葉滿秋林；碧蘚侵階長，青松覆塔陰。

空聞遺教偈，誰識不傳心？獨禮虛堂月，無言淚滿襟。

（〈禮岐山恆志老人塔〉）〔註29〕

蘭若居高處，孤遊愛晚登；長松夾亂石，峭壁走枯藤。

獨禮空山塔，惟餘古殿燈；如何雲窟裡，不見六朝僧。

（〈鍾山經志公塔院〉）〔註30〕

寄禪曾在岐山跟隨恆志老人參禪、修頭陀行，受益於志老的人格修養，此時寄禪三十七歲，出家近十九年，小有名氣，「余曾侍師巾拂，親承棒喝」（〈岐山中興恆志來和尚〉），回去禮塔，感念這位父執輩的教導，「獨禮虛堂月」。重情重義，感念友情。兩年後經過志公塔院，「獨禮空山塔……不見六朝僧」，仍深情懷念。再看其過友人徐酡仙之墓，前後二首，

落日荒村裡，來尋處士墳；儻君猶在世，與我細論文。

掛劍嗟何及，遺琴愴欲焚；平生知己淚，霑洒向寒雲。

（〈過徐酡仙墓〉）〔註31〕

三茅舊遊地，一步一傷心；故人多葬此，墓木已成陰。

白社復誰在？青山獨至今。春風草又綠，對此益沾巾。

（〈重過茅山寺遙望徐酡仙……諸亡友墓，泫然有作〉）〔註32〕

像處士一般，有如文人雅士的徐酡仙會與寄禪吟詩作對，是一個知己；寄禪初過徐酡仙的墓，五臟欲焚。再過二十三年，胡樵硯、呂文舟、楊雪門也相繼過世，經過他們的墓，「一步一傷心；故人多葬此」，寄禪仍是感慨萬千。

（三）寄禪陵廟類之詩的特色

　　寄禪陵廟類之詩的特色有二，其一、懷舊憶往。寄禪是更像詩人的僧人，三十九歲時過茅山寺遙望徐酡仙、胡樵硯、呂文舟、楊雪門

〔註29〕見《詩文集》，頁119。

〔註30〕見《詩文集》，頁147。

〔註31〕見《詩文集》，頁149。

〔註32〕見《詩文集》，頁440。

諸亡友的墓仍「一步一傷心」,「霑洒向寒雲」、「對此益沾巾」,深於情。禮岐山恆志老人的塔,都能由景生情,「空聞遺教偈……獨禮虛堂月,無言淚滿襟。」也是深於情。

其二、瞻仰忠孝古德。寄禪對毫無一面之緣的人,觀其陵廟,皆能由其事跡而生出情愫。這種抒幽之情、景仰之愫,是一種天賦。窺見其送別詩深於情、悼念詩也深於情;詩集中所提到的:名妓蘇小小、名妓眞娘、孝女曹娥、林逋、岳飛、岳飛之女、鄭虔、禰衡、伍子胥、陶淵明、屈原等,不因其人物大小,對他們都是如在周遭、如親如友。和前人相較,寄禪的陵廟詩以「深於情」譬之。

寄禪對生者「深於情」,對死者亦「深於情」,死生如此親切,又自築堵坡;死對寄禪應無所畏懼。寄禪自評:「傳杜詩之神」。杜甫被冠以愛國詩人,寄禪也被冠以愛國詩僧。同處亂世,寄禪處境比杜甫不堪,當了亡國遺民還得為民北上請願。是故被辱那雯那,當晚示寂,是「山河戀夕陽」抑或阿彌陀佛「金手引同歸」?

第二節 倫情之詩

說文解字:「倫,輩也。從人侖聲一曰道也。」有人倫、五倫、倫常。「倫情」是人與人之間的情誼。日常生活中對親人與朋友有所感懷,形之於詩篇,皆是倫情的詩。茲將寄禪倫情詩分為親人之情與朋友之情兩類:

一、親人之情

傳統的中國是一個極注重親情的社會,儒家思想教忠教孝,天地君親師,「親」就是五倫之一;五倫的結構就是人與人的關係。親情是人類最自然、最珍貴的情感,是文學作品謳歌的主題之一。《詩經》有三十篇反應親情方面的內容,其已被賦予相當的教化功能。如〈毛詩序〉所謂:「故正得失、動天地、感鬼神,莫近於詩。先王以是經夫婦、成孝敬、厚人倫、美教化、移風俗。」《詩經》教化的內容之

一就是親情，「邇之事父」即表明對天倫、親情的重視：

> 常棣之花……莫如兄弟。死喪之威，兄弟孔懷。原隰裒矣，
> 兄弟求矣。鶺鴒在原，兄弟急難……兄弟鬩牆，外禦其務。
> 每有良朋，烝也無戎。喪亂既平，既安且寧。雖有兄弟，
> 不如友生……兄弟既具，和樂且孺。妻子好合，如鼓瑟琴。
> 兄弟既翕，和樂且湛。《詩經·常棣》〔註33〕

常棣之詩表現兄弟之情的重要，死喪、急難、外侮須兄弟共同抵禦；
兄弟合，則妻子幸福，家庭歡樂，家族和睦。「鶺鴒在原，兄弟急難」，
〔註34〕反之，若不合，則連朋友都不如。

　　寄禪七歲喪母，十一歲喪父，十七歲出家；從喪母到出家，寄禪
一直是孤苦無依，雖說出家應該拜別父母，不再染世情。然而，幼年
失怙，親情對寄禪而言太奢求了。胞弟子成依食於族伯，也沒機會讀
書，謀食困難。寄禪提到子成的詩共有七處，提到舅舅有二次、表兄
一次，在序中言「子成幼小依食於族伯」，這句話提到族伯，歸納而
言，其家庭背景是弱勢的。一個出家人是否要割捨俗家親情呢？愛惜
手足之情是違背僧人之情嗎：

> 如是我聞。一時佛在忉利天，為母說法。〔註35〕

釋迦牟尼佛到忉利天為母說法，這是佛教對親情的體現。認為對父母
只有「孝養」和「孝敬」這些世間的「孝」是還不夠的，最重要的是
要以佛法開導父母，使父母接受佛教的信仰而一起修行，成就無上智
慧，最後獲得解脫，這才是報答父母養育之恩，才是真正孝行。寄禪
早孤，能帶好弟弟，也算是孝順父母：

> 最苦清明三月天，懷鄉心事倍淒然，
> 不知故里雙親墓，又是何人掛紙錢？（〈清明傷懷〉）〔註36〕

〔註33〕《十三經文·小雅·鹿鳴之什·皇皇者華》，台灣開明書店，1991 年，
　　　　頁 41。
〔註34〕鶺鴒，鳥名，飛則共鳴，行則搖尾，有急難相共之意。「鶺鴒詩」表
　　　　示兄弟之詩。參見辭源。
〔註35〕《地藏經》卷一，〈忉利天宮神通品第一〉，《大正藏》卷十三，頁 777
　　　　下。

弟弟謀職困難，連清明掃墓都有困難；雙親墓，會有誰去探望。俗家
親人已無幾：

> 歲暮鄉心切，雲山道路賒；別來惟有淚，歸去已無家。
>
> 親舊漸寥落，流年換鬢髮；艱難憶吾舅，隕涕望長沙。
>
> （〈歲暮奉懷舅氏〉）〔註37〕
>
> 十年別離苦，況是渭陽親？偶與骨肉會，難禁淚涕頻。
>
> 蒼茫雲水意，衰病薜蘿身；共話斜陽裏，還疑夢未真。
>
> （〈重晤舅氏有感〉）〔註38〕
>
> 天涯一分手，相見十年遲；親舊誰復在？淒然心自悲。
>
> 與君俱老大，忍話少年時；明日拂衣去，青山何處期？
>
> （〈與表兄張五話舊〉）〔註39〕

寄禪談到家人的詩皆有些微落寂，唯和舅舅有歡笑的一首詩：「笑課
子孫書，……種花新雨餘。」（〈舅氏攜家歸里，喜賦〉）。家？七歲喪
母，十一歲喪父；十七歲出家的寄禪，根本無家：

> 幼與吾廬別，今來鬢已華；園荒頻易主，樹老半無花。
>
> 相見幾人識，欲語還自嗟；卅年真一夢，還憶聚恆沙。
>
> （〈過故居〉）〔註40〕

「豈為無家乃出家。」（〈祝髮示弟補作〉）對『家』之印象是遙遠的，
離家三十年，對這個『廬』還能憶起的，惟小時的一幕幕，如恆河沙
數點點滴滴。弟弟原本依食於族伯亦無受教育，長大後之生活沒有出
家的哥哥自在，寄禪仍得背個大包袱：

> 欲語淚沾襟，天涯客遠情；
>
> 君行休作別，不忍見君行。（〈甬江送子卿歸里〉）〔註41〕

子卿（即子成），這對兄弟已三十好幾了，寄禪詩名滿江湖，子成才剛

〔註36〕見《詩文集》，頁 29。

〔註37〕見《詩文集》，頁 92。

〔註38〕見《詩文集》，頁 99。

〔註39〕見《詩文集》，頁 136。

〔註40〕見《詩文集》，頁 98。

〔註41〕見《詩文集》，頁 92。

起步，步步要哥哥的關照，只要弟弟一來信，前塵往事一併湧上心頭：

> 難分家室累，忍讀鶺鴒詩。(〈秋夜憶弟〉)〔註42〕

子成弟弟來信求助哥哥，加上蟋蟀啼叫聲，寄禪更加睡不著；慨歎「人生處一世，樂少苦恆多；童顏忽已改，不忍見恆河。故人棄我去，零落歸山阿；而況骨肉情，哀痛當如何！」(〈古意八首呈寶覺居士〉)寄禪頗掛懷這個俗家弟弟：

> 山中一雨過，池樹早生涼；坐石忘朝夕，看雲憶弟兄。
>
> 歡愉猶昨日，寥落不勝情；寂寂千峰裏，唯聞猿嘯聲。
>
> (〈雨後秋懷〉)〔註43〕

長兄如父，出了家進入一個更大的家，憂國憂時憂民憂教，仍割捨不下弟弟：

> 寧知風雨夕，忽有鶺鴒哀。(〈九日寄程子大永順〉)〔註44〕

寄禪收不到弟弟的消息，心中忐忑不安。原來子成輾轉流落謀食江南：

> 因之憫吾弟，無計慰蹉跎。(〈辛丑夏，俞壽臣既歸江南……〉)
>
> 〔註45〕

只為了給弟弟謀一份工作，寄禪厚著老臉拜託老朋友：

> 請以愛我厚，轉為憐弟貧。(〈送俞壽臣觀察之江南。時舍弟子成
>
> 方謀食江淮，並及之〉)〔註46〕

回想兄弟倆自小成孤，寄禪約十一歲，為人牧牛。在這困苦的成長過程，讓寄禪感受到有一絲絲母愛的，就是周孺人。周孺人是寄禪同里人李春圃的母親，她知道寄禪是孤兒，寄禪為人牧牛時總會經過她家門口，周孺人常常出來和寄禪說說話，親自為寄禪縫縫衣服、梳洗頭髮，非常慈愛。寄禪出家了，某日，周孺人看到寄禪，竟然哭著說：「孩子啊！為何要這樣做呢！」這其間的不捨唯有失母愛的寄禪感受深刻。當寄禪稍有成就後，回家省親，探望父母墳，主動探問起周孺

〔註42〕見《詩文集》，頁106。
〔註43〕見《詩文集》，頁135。
〔註44〕見《詩文集》，頁138。
〔註45〕見《詩文集》，頁270。
〔註46〕見《詩文集》，頁275。

人，唯孺人已逝十年，寄禪詩以哭之：

　　昔人感一飯，千金報其恩；〔註47〕

　　我懷李母德，袈裟拜墓門。(其一)

　　未拜涕先流，兒時此牧牛；

　　憫我無母兒，時常梳我頭。(其二)

　　稚年失怙時，捨母無所依；

　　我飢飽我食，我寒溫我衣。(其三)

　　欲去復躊躇，遺恨此山隅；

　　惟將雙淚痕，流作報恩珠。〔註48〕(其四)

　　(〈姜市掃周孺人墓〉五絕四章))〔註49〕

寄禪感念李母的恩情，將此淚「流作報恩珠」。其中「袈裟拜墓門」顯示非常特殊的行徑：

　　在佛教中，出家得度的儀式之前，首先要拜別國王和雙親，切斷君臣、親子的俗緣，才可成為僧侶。《碧嚴錄・三》提到「五帝三皇是何物」，結果觸犯了歷代朝廷的忌諱，使得碧嚴錄永遠無法入藏(收入《大藏經》之中)。可是也不便自稱「臣僧某某」等，那就等於喪失了佛門弟子的本分。〔註50〕

出家要「切斷君臣、親子的俗緣」，連父母之情也要拜別。反而，寄禪重視周孺人，將其當作母親一樣的感懷。從這一點見出寄禪的孝思與懷念。出家的寄禪苦學、勤奮，漸漸在方外有一片天地，以詩交友，頗有人脈。反而子成落魄江南：

　　多謝鳳凰台畔客，春風猶念鶺鴒寒。(〈寄懷俞恪士觀察江南……〉之四)〔註51〕

〔註47〕用韓信千金報答漂母一飯之恩。參見辭源。

〔註48〕傳說漢時有人釣魚於昆明池，絕倫而去。魚通夢於武帝，求去其鈎。明日，帝遊戲於池，見大魚銜索，曰：「豈夢所見耶？」取魚去鈎而放之，後魚池邊得明珠，帝曰：「豈非魚之報耶？」參見辭源。

〔註49〕見《詩文集》，頁281。

〔註50〕龍珉編：《一日一禪》，台北：國家出版，1993年，第143則，頁157。

〔註51〕見《詩文集》，頁290。

寄禪感激俞恪士接濟子成,「春風猶念鶺鴒寒」。爾後,又請求俞恪士協助,同時也拜託朱菊尊,希望二位友人一伸援手:

> 我生實不辰;幼小失怙恃,托足於空門。有弟長乖違,乞食恆依人……馳驅計一歲,溫飽能几旬;況有失乳兒,嗷嗷待哺頻。儻皆凍餓死,宗祀永斬焉……願施升斗水,活彼涸轍鱗。(〈寄朱菊尊、俞恪士二觀察〉)〔註52〕

這是寄給在江寧當鹽道官的朱菊尊,談弟弟謀食困難,盼能得援助:

> 我之同胞弟,姓黃名子成;幼孤早廢讀,貧無薄田耕。飢驅走四方,久客困金陵;衣食恆不給,凍餓迫頹齡。其妻病已歿,暴骸於榛莉;遺下兩男女,嗷嗷猶待乳……聊借一枝棲;全家得溫飽,不使生別離。(〈寄朱菊尊、俞恪士二觀察〉)〔註53〕

這一首是寄給俞觀察。訴說弟妹病逝,「況有失乳兒,嗷嗷待哺頻」。弟弟幼兒時的困境,竟然在孩子的身上重演。已出家的寄禪能不心痛著急麼!寄禪前後共寫給俞觀察的詩有三首。第二首(1903年)子成來金陵,盛稱俞觀察的雅意。第三首是在(1906年),這時子成喪妻,無人照顧幼子,更是貧困,急待伸援。不久寄禪接到印魁和尚的書信:

> 松關微月黯無光,印上人書報汝亡;
> 翻悔平時多切責,遂令此痛更難忘。
> 生前喪婦頭先白,死後遺孤口尚黃;
> 兄弟之情吾已愧,空山徒有淚千行!(〈三月初四,印魁和尚由金陵寄書報子成弟病歿於毗盧寺……〉)〔註54〕

自責的寄禪沒想到弟弟會早他離世;過的生活比他還艱辛!唯一的手足已歿:

> 看雲憶弟人何在?……一漾清涼舊山色,春風淒斷鶺鴒聲。(〈重至金陵毗盧寺,陳伯嚴吏部步月見顧,話及亡弟子成……〉)〔註55〕

〔註52〕見《詩文集》,頁335。
〔註53〕見《詩文集》,頁335。
〔註54〕見《詩文集》,頁339。
〔註55〕見《詩文集》,頁342。

比之三年前「春風猶念鶺鴒寒」，而今……矣！「感公意不淺，我弟
在時貧；柴米頻分贈，飢寒轉與親。妻亡還助葬，女弱又施仁；出世
難酬德，唯將淚灑巾。」(〈贈李心荷太守〉) 太守幫忙處理弟妹喪葬。
早孤的寄禪憶起失怙之慟：

> 萬疊雲山一衲寒，淚痕和血曬難乾；
>
> 羨君負米還鄉去，猶勸高堂白髮餐。
>
> (〈送善法上人還鄉省母，回憶先慈，不覺泣下〉) 〔註56〕
>
> 嗟余七歲作孤兒，我弟呱呱斷乳時！
>
> 度母生蓮常自誓，乞鄰借米每啼飢。
>
> 傷心故里辭親愛，祝髮空門賴佛慈；
>
> 畢竟深恩難報答，披圖不覺淚如絲。
>
> (〈題李藝淵觀察《慕萊堂圖》〉) 〔註57〕

看到朋友背著一袋米回去探望老母親，寄禪不襟血淚和流，尤其送友
人還鄉省母：

> 使我吞聲哭，萱庭幼已違。(〈江南送張聽雲還鄉省母〉) 〔註58〕

寄禪看到他人孝行必流淚，痛哭子欲養，親不待也！從這些自傳詩看
出寄禪幼時失親之痛，成長後兄代父職，為弟乞求人，及喪手足之痛，
看雲憶弟，無一不是和淚吞聲哭。

　　整體而言，寄禪的倫情之詩有三個特色，其一、失落的母愛。七
歲喪母、十一歲喪父，『母親』這一角色給寄禪的印象應該非常淡薄
的；然而觸發寄禪懷親之詩的，幾乎都是「母親」這一身分；反而「父
親」這一身分觸發其思親之詩的僅兩首：

> 寂寞桃花無主開，舊遊回首不勝哀；
>
> 傷心二十年前事，曾為阿爹買藥來。(〈重過楊家橋〉) 〔註59〕
>
> 去歲展先塋，路憩桑樹邊；村老向我言：「此桑齊汝年，汝

〔註56〕見《詩文集》，頁58。
〔註57〕見《詩文集》，頁302。
〔註58〕見《詩文集》，頁439。
〔註59〕見《詩文集》，頁117。

父昔在時，耕此桑下田。人牛今無迹，茲意復誰憐？感此
不能語，涕下如流泉。(〈詠懷十首〉之六)〔註60〕

一八八七年，寄禪三十七歲，回想昔日尚未出家，「傷心二十年前事」，
曾爲阿爹買藥經過楊家橋；而今再次經過楊家橋，物是人非。第二首
詩作於一八八八年，三十八歲，小有名氣了，堅辭上林寺法席。是年
寄禪回鄉掃墓，和村老話舊，「人牛今無迹」，物是人非。總觀，寄禪
因他人的孝行而思母之作比較多。如：〈姜市掃周孺人墓〉，所談的周
孺人爲鄉里人李春圃之母，〈題李藝淵觀察《慕萊堂圖》〉：「度母生蓮
常自誓」可知所懷者也是「母親」。從〈江南送張聽雲還鄉省母〉，也
是「省母」二字觸動寄禪「萱庭幼已違」而放聲大哭。七歲失母的寄
禪，其內心對「母愛」二字，不因出家的割捨而淡薄，仍潛藏心中。

其二、長兄如父。除了舅氏、表兄之外，唯一的手足子成。從「因
之憫吾弟，無計慰蹉跎」、「多謝鳳凰台畔客，春風猶念鶺鴒寒」，到
「有弟長乖違，乞食恆依人」與「衣食恆不給……舍弟望提攜」。可
知寄禪極感謝俞恪士、陳伯嚴、朱菊尊等伸以援手，以寄禪寫詩從不
假手他人，基本上是不求人的。

其三、自責。由於早孤，寄禪與弟弟皆沒受什麼教育，寄禪努力
自學，苦讀有成，在詩壇頗有成就；或許得力於出家，師長賞識，當
住持，人脈豐富，對佛教非常有貢獻。子成就沒哥哥的因緣，當寄禪
收到印魁和尚的來信說子成病歿，寄禪不捨對弟弟「平時多切責」、「喪
婦」、「頭先白」、「遺孤口尚黃」，心中充滿自責。寄禪要爲弟乞食於
人，「請以愛我厚轉爲憐弟貧」；僧人是不著相的，無我相、人相、眾
生相、壽者相，但是「求人」就得著相，苦甚於修頭陀行。

二、朋友之情

只要談到人與人之間的情誼，或有所感懷的詩都算是倫情之詩。
寄禪詩中談到的朋友非常多，僧俗皆有，爲官之友更不少；像唱和俞

恪士觀察的詩有十一題二十三首，唱和陸漁笙太史的有十三首，唱和易實甫觀察的有十五首，談到張謇翁的有五首，談到徐酡仙的有七首，談到楊靈荃社友的有九首。以及其他多人。

　　寄禪的親情之詩情感綿密，他的朋友之情如何？以徐酡仙爲例。酡仙是詩社社友，第一次談到徐酡仙是一八七七年，寄禪是在一八七三年開始寫詩，也就是學寫詩五年了，寄禪向酡仙吐露心中話：

　　　　我本煙波一釣徒，偶然除髮學浮圖；

　　　　無由更得金麟價，換取人間酒一壺。(〈次韻徐酡仙社友〉)〔註61〕

出家本不是寄禪的人生規劃之一，而今出家了。無端的有此好機會認識好友徐酡仙；酡仙，善飲，工書，自號「四明醉客」。在寄禪心目中徐酡仙是一壺美酒：

　　　　帶笑黃花滿院開，山神昨夜報君來；

　　　　清晨即起呼童子，石徑忙忙掃綠苔。(〈喜徐酡仙過訪〉)〔註62〕

社友來訪，寄禪的親愛之情溢於言表。某日心血來潮，寄禪望著驃騎山上的雪，竟想起這位社友：

　　　　欲識豐年瑞，閑園一遠觀；銀花鋪暮樹，柳樹舞層巒。

　　　　冷艷欺梅白，清光借月寒；遙憐徐處士，高臥似袁安。

　　　　〔註63〕(〈日暮望驃騎山雪，有懷徐酡仙社友〉)〔註64〕

在寄禪詩中堪稱爲處士者不多，林逋是其中一人。寄禪以徐處士稱呼徐酡仙，可見酡仙人品的高潔，更以袁安爲比擬，自是不同凡響。這一切在在顯示寄禪對徐酡仙的惺惺相惜。更視酡仙情同骨肉，而今：

　　　　十年蓮社共栖遲，君醉逃禪我賦詩；一種情懷同骨肉，

　　　　那堪中道忽分離。訃音遙遞到天台，山色泉聲也動哀；

　　　　正擬龍湫觀瀑去，爲君遊興一時灰。文章誤爾命何如？

　　　　身後空存萬卷書；那得牛眠慰泉下，清明時節倍躊躇。

〔註61〕見《詩文集》，頁28。

〔註62〕見《詩文集》，頁37。

〔註63〕袁安，東漢人，爲人嚴謹，州里敬重，當過孝廉，平反某家族冤案，守正不屈者。參見辭源。

〔註64〕見《詩文集》，頁47。

> 不取高聲痛哭君，憐君老母不堪聞；暗將數點交情淚，
> 洒下茹峰山下雲！（〈哭社友徐酏仙四首〉）〔註65〕

與徐酏仙的情誼十年，情同骨肉，此時寄禪三十三歲，想到酏仙上有八十歲老母，寄禪不敢高聲哭。隔年經過酏仙的家，寄禪仍思念不已：

> 門共蕭條長綠蕪，流鶯猶似勸提壺；野棠含雨梨花白，
> 不見高陽舊酒徒。（〈過徐酏仙故宅〉）〔註66〕

過了六年，寄禪遊天童寺，特別經過徐酏仙的墓，傷痛之情仍五內俱焚：

> 落日荒村裡，來尋處士墳；儻君猶在世，與我細論文。
> 挂劍嗟何及，遺琴愴欲焚；平生知己淚，霑洒向寒雲。
>
> （〈過徐酏仙墓〉）〔註67〕

何以寄禪與酏仙如此投契，由「身後空存萬卷書」知，酏仙是讀書人，能與寄禪「細論文」。到一九一二年寄禪再度到茅山寺時，遙望徐酏仙的墓仍滿懷傷感：

> 三茅舊遊地，一步一傷心；故人多葬此，墓木已成陰。
> 白社復誰在？青山猶至今；春風草又綠，對此益沾巾。
>
> （〈重過茅山寺遙望徐酏仙……〉）〔註68〕

這一首詩主要是望酏仙之墓而感懷，何以如此之說？因為在寄禪詩集中提到胡、呂二人的詩沒有徐的多、提到楊的次數有九次，比徐多。但，從詩的內容來看，寄禪最心儀的還是酏仙。縱觀這七首詩，「十年蓮社共栖遲」，十年，或取其整數。寄禪認識酏仙僅十年，思念之情卻長達一輩子，從一八七七年到一九一二年，前後有三十五年，寄禪陸續以詩提到酏仙。古時有季札挂劍，「挂劍嗟何及，遺琴愴欲焚」，見出酏仙在寄禪心目中的比重，顯示寄禪深於情。

〔註65〕見《詩文集》，頁88。
〔註66〕見《詩文集》，頁94。
〔註67〕見《詩文集》，頁149。
〔註68〕見《詩文集》，頁440。

第三節　自然景物與田園之詩

一、田園之詩

談田園就是回歸自然，可是又不是全然爲自然；田園有自然的依存又不迫害自然規律，是靠一己微渺的力量在大地中求得一小片的安頓天地；取之于大地與大地共存、共賞、共榮。對這一分依存的天地所感所懷，抒之以文字、行諸詩篇。

（一）田園詩之背景

要說明田園詩就得從陶淵明說起。陶淵明因長期歸隱、躬耕田園的生活實踐，創作了不少田園詩，成爲文學史上第一位田園詩人：

> 《詩經》中有農事詩……而非田園詩，因爲這並非後世寄寓士大夫別樣生活情趣追求的詩……相比之下，陶淵明……從某種意義上說……是中國文學史上第一位放下架子挽起褲管，扛起鋤頭走向田間地頭，躬耕田園，體驗稼穡之艱辛的士大夫；並且是陶淵明的田園詩完成了《詩經》時代集體的「飢者歌其食，勞者歌其事」的寫實歌唱……達到「可居可賞的」境界。〔註69〕

《詩經》時的農事詩，到陶淵明時才具體呈現以士大夫個性化、可居可賞的寫意詩。唐朝有更多的田園詩人：孟浩然、王維。

陶淵明是典型的田園詩代表，尤其〈歸園田居〉更是經典之作，「少無世俗韻，性本愛丘山」。又〈詠貧士〉：「……傾壺絕餘瀝，闚竈不見烟；詩書塞座外，日昃不遑研。閑居非陳厄，竊有慍見言；何以慰吾懷？賴古多此賢。」顯示淵明積糧絕、竈冷無食，詩書隨處放，久無梳理，在在顯現「貧」字，惟一可慰懷者乃交友古人。又〈移居〉：「……聞多素心人，樂與數晨夕。……奇文共欣賞，疑義相與析」，卜宅以「素心人」爲選擇條件，素心人心地淡泊故樂與數晨夕。有好

〔註69〕趙紅：〈陶淵明田園詩藝術魅力探析〉，《新疆師大學報》，哲學社會科學報，新疆維吾爾自治區烏魯木齊市，季刊，第30卷第3期，2009年9月，頁130～133。

鄰居，樂與高談，奇文共欣賞之趣。〈勸農〉：「民生在勤，勤則不匱。」有形的「勤則不匱」，無形的順性而爲。

　　孟浩然的〈過故人莊〉：「故人具雞黍，邀我至田家……待到重陽日，還來就菊花。」田家邀飲，和賓主之間的純眞友誼，渾然天成。王維〈田園樂〉：「牛羊自歸村巷，童稚不識衣冠。」是古樸純厚的田園風情，有反樸歸眞之感。在這如世外桃源般的山村，已看不到名利的追逐，所顯現的是自然率眞的情趣。

　　王維〈田家〉：「舊穀行將盡，良苗未可希；老年方愛粥，卒歲且無衣。雀乳青苔井，雞鳴白板扉；柴車駕羸牸，草屩牧豪豨。多雨紅榴折，新秋綠芋肥，餉田桑下憩，旁舍草中歸。住處名愚谷，何煩問是非。」寫田家衣食的匱乏，穀物青黃不接；「老年方愛粥，卒歲且無衣。」是縮食的委婉的表現，可惜無衣過多。是陶淵明〈有會而作〉：「舊穀既沒，新穀未登，頗爲老農，而值年災……登歲之功，既不可希，朝夕所資，烟火裁通」序意的概括。五、六句「紅榴」、「綠芋」描述田家景況，順應自然；七、八句「羸牸」、「豪豨」瘦弱的母牛、瘦小的山豬顯示田家生活的不豐厚。末四句說明田家的辛勞，中午在地頭的桑樹下用飯與稍作休憩；尾聯寫田夫住愚谷，不問世事，流露詩人對農家的同情與對時政的不滿。

（二）八指頭陀的田園之詩

　　出家人逐山林水涯，自耕。寄禪初出家修頭陀行，墾荒地是常事。俗家在江畲，亦世代務農，種農對寄禪而言，極熟稔。何況出家人也要自給自足，生活所需常是就地取材。從他的山中生活或題畫詩可以看出他的田園風格，晴耕雨讀。歷代讀書人亦耕讀。這些田園詩寫在寫詩的初期，是表達他當時的生活狀況。在岐山修苦行、住重巖、挑野菜、補破衲、結僧鞋，這是基本功夫；經年不入街，與世隔絕。談不上娛樂；果眞有娛樂，大約就是讀《金經》，欣賞野花香：

　　　　重巖我卜住……裁雲補破衲，

剪草結僧鞋……經年不入街。(〈山居偶成〉)〔註70〕

紅泥肥紫芋。(〈山中漫興〉)〔註71〕

十日山居九絕糧。(〈山中絕糧〉)〔註72〕

閒拾枯松煮野菜。(〈山中言志〉)〔註73〕

荷鋤日日去耕耘,農事辛勤不可聞;

薄暮歸來何所有,一肩明月半籃雲。(〈農夫暮歸圖〉)〔註74〕

一卷《金經》方讀罷,案頭風送野花香。(〈春山漫興〉)〔註75〕

野菜帶雲挑。(〈自遣〉)〔註76〕

十日九絕糧,是處在如淵明一般,「闚竈不見煙」(陶淵明〈詠貧士〉)
常常斷炊的情況。生活是拮据的,讀經之餘大約就是張羅日常所需;
墾荒地,與鋤頭為伍的生活:

數椽茅屋牽蘿補……生涯盡在钁頭邊……火種刀耕效昔
賢。(〈山居〉)〔註77〕

一室蕭然懶計年……火種刀耕效昔賢。(〈山居二首,五六疊
韻〉)〔註78〕

為了增加耕地「火種刀耕」。無論是晴耕雨讀或是「舜既躬耕,禹亦
稼穡」(陶淵明〈勸農〉),淵明仿效古聖先賢;同樣地寄禪也「效昔
賢」。對寄禪而言,淵明是古聖先賢;是故,田園耕讀帶給寄禪是美
好的意念,這也說明寄禪出家的早期,是辛勤的。畢竟是詩僧,在其
詩集中所讚美的人物不是公忠體國者就是品行潔淨者,如:堯、舜、
岳飛、陶淵明、鄭虔(唐朝)、林處士等。寄禪一直以古聖先賢為榜

〔註70〕見《詩文集》,頁3。
〔註71〕見《詩文集》,頁3。
〔註72〕見《詩文集》,頁14。
〔註73〕見《詩文集》,頁14。
〔註74〕見《詩文集》,頁46。
〔註75〕見《詩文集》,頁19。
〔註76〕見《詩文集》,頁71。
〔註77〕見《詩文集》,頁39。
〔註78〕見《詩文集》,頁296。

樣。若僅止於田園作息亦不是寄禪所願，而是亦耕亦讀；以耕養讀才是寄禪所求。從寄禪給湘陰郭增頤的信可看出這一傾向：

> 增頤社兄足下：
>
> 　　自家山分袂……然君家惟善惟寶，定不以區區田園而慮，所謂塞翁失馬，不爲憂也。但願足下及令弟輩奮志讀書，不辭勞倦，他日名齊五桂，才并二蘇，繼高風於往哲，留玉帶於金山，而區區田園何足道哉。〔註79〕

寄禪略知湘陰郭增頤府上家務有些滄桑之變，以信安慰區區田園喪失無妨，鼓勵兄弟二人以讀書爲要，來日繼高風於往哲。這一點顯示寄禪傾向仍以讀書爲重。這一心性頗似淵明〈移居〉：「抗言談在昔；奇文共欣賞，疑義相與析。」是要有所談、有奇文共賞，才是所要的。淵明這一特點在寄禪身上展露無遺：

> 詩文小道耳，壯夫所不爲，而我酷好之，豈非大愚癡？
> 儻隨大化滅，榮名復何知？辛苦一生內，歐血成可悲。
> 不如田舍翁，終日百無思。所思在隴畝，風雨無愆期。
> 草稀稻苗秀，眼前綠參差。入秋望有成，聊得遂其私。
> 但取衣食足，過此非所需。善哉淵明言，力耕不吾欺。
>
> （寄禪〈觀田家春耕晚歸〉）〔註80〕

「善哉淵明言，力耕不吾欺」信守淵明的教導。〔註81〕再看寄禪的田園題畫詩，其觀察他人之畫所表達的詩，雖非親身經歷，但是心有所感，亦可說是自己內在思想的反射：

> 峨峨瀉山高，湛湛瀉水流；中有素心人，愛此林壑幽。
> 豈忘稼穡難？繞屋皆田疇。田夫力作苦，歲時無少休。
> 晨光猶未晞，烟中聞叱牛；山人憫其勞，壺漿每見酬。

〔註79〕見《詩文集》，頁 446。

〔註80〕見《詩文集》，頁 159。

〔註81〕陶詩是「千秋萬歲後，誰知榮與辱」、「感吾生之行休」、「草盛豆苗稀」（〈歸園田居〉）。〈移居〉：「聞多素心人」、「衣食當需紀，力耕不吾欺」。參見逯欽立校注：《陶淵明集》，台北：里仁，1985 年，頁40，頁 56。

　　曰農聽余言，富貴豈外求？勿辭四體勤，五穀豐有秋。

　　披圖識深意，望雲心悠悠。(〈題劉樸堂觀察《白雲課耕圖》〉)

　〔註82〕

有淵明〈勸農〉：「民生在勤，勤則不匱」之意。先決條件，寄禪與淵
明皆為素心人。撇開耕作，看寄禪的另一面田園風光：

　　道人活計自天然，何用營求涉世緣？碧水灣灣如帶曲，

　　青山個個似螺旋。黃鶯小坐濕難飛，昨夜溪痕上釣磯；

　　試出萬松關外望，春田都似水田衣。(〈春山漫興〉)　〔註83〕

純天然不受時政干擾，「青山個個似螺旋……春田都似水田衣」這一
樸實生動的擬人譬喻現出詩僧的眼界，更是一個人心性的顯現。

（三）八指頭陀田園詩的特色

　　八指頭陀之田園詩有三個特色，其一、與田園共生共榮。其詩側
重於對田園的共生共榮；再困苦，山野田園可供給療飢之資：「閒拾
枯松煮野菜」、「若無下酒物，山中多蕨苗」、「我贈鹽梅兼芋子」、「自
挑野菜自煎茶」、「春山筍蕨肥」、「時煨野芋留雲餉，自汲寒潭掃葉
煎」、「苦筍香芹頓頓燒」，善用自然資源，靠山吃山。寄禪詩中提到
的常吃植物或食物：「野菜」、「蕨苗」、「芋子」、「茶」、「鹽梅」、「筍」、
「香芹」、「寒潭水」。以及饑荒時所食的橡栗，皆取之於山。

　　其二、有古德之風。寄禪的田園詩是一種緬懷昔時賢人，火種刀
耕效昔賢，詩可以創作，然而創作的精神源於古德仁人之風。古德之人，
堯、舜等也曾開山闢地耕田畝。從唐朝田園詩起，王維、孟浩然的田園
詩深受淵明的影響，但是他們多少會在詩中流露出對時局的不滿，比之
陶詩則多一點抱怨。反觀寄禪之田園詩更接近淵明，幾乎純粹對田園的
共鳴，「田夫力作苦」、「烟中聞叱牛；山人憫其勞」、「勿辭四體勤」，從
田園散發人與自然的一往一復之情感；田園工作亟辛苦，只要四體勤，
力耕必有收成，這種古德之風又緊緊扣住與田園共生共榮。

〔註82〕見《詩文集》，頁264。

〔註83〕見《詩文集》，頁205。

其三、與自然爲同儕之美。寄禪的田園詩充滿「自然」二字,與自然爲伍。「薄暮歸來何所有,一肩明月半籃雲」,遠在天邊的雲與月都是寄禪的收成之一,一天的辛勞所得皆因心性的淡薄而富足;「一卷《金經》方讀罷,案頭風送野花香」、「青山個個似螺旋」、「春田都似水田衣」,這一人文的心思也融入自然中。寄禪的田園詩所佔分量雖不多,但極能反映其心思的純潔。這一點契合「採菊東籬下,悠然見南山」之風。王維、孟浩然的田園詩摻有幾許評時政的意味。寄禪的田園詩不摻入時政,所顯現的是自然、田園給人美好的一面,比較接近陶淵明的風味。

二、與季節或植物有關的詩

以該季節最具意象的動物、植物入於詩,就會呈現春夏秋多之詩。詩人最愛描寫的昆蟲如蝶、螢、蟬、促織等,大都是代表某一季節性的蟲豸,他們有著明顯的四季特色。這些細微的昆蟲一出現,或者發光發聲,或者飛翔棲伏,將隱微不著的節候轉變,作先驅預告,驚悚著詩人的耳目!限於篇幅,只談寄禪詩集中與季節、植物有關的詩而又有其特殊意涵者。

(一)夏日類的詩

夏日是季節之一,春夏秋多四時景、物等有其特色或特有之某些意象;對這該季節的屬物或意象有所感悟、啓發,形之于篇章。

1、夏日類詩之範圍

夏天給人第一個反應是「熱」,翻看前人諸詩,有趣的共通性是談「熱」;「熱」不僅困擾現代人,也困擾古人。春夏秋多各具特色,就是這個「夏熱」另人咋舌。熱、熱、熱,連詩聖杜甫都爲熱所苦,其詩集有多首有關熱的詩:

> 雷霆空霹靂,雲雨竟虛無;炎赫衣流汗,低垂氣不蘇。
> 乞爲寒水玉,願作冷秋菰;何似兒童歲,風涼出舞雩。
>
> (其一)

瘴雲終不滅，瀘水復西來；閉戶人高臥，歸林鳥卻回。

峽中都似火，江上只空雷；想見陰宮雪，風門颯沓開。

（其二）

朱李沉不冷，彫胡炊屢新；將衰骨盡痛，被褐昧空頻。

欻翕炎蒸景，飄颻征戍人；十年可解甲，爲爾一霑巾。

（其三）（杜甫〈熱三首〉）〔註84〕

七月六日苦炎熱，對食暫餐還不能……束帶發狂欲大叫。

（〈早秋苦熱堆案相仍〉）〔註85〕

雷大無雨，當個寒涼的水晶、當個秋天的菰米、或像孩童時舞雩祈雨，求個風來涼一些也罷。熱、熱、熱，熱到人不想出門、鳥兒不敢出樹林、江峽上只響空雷，熱到君王不可見，下情未能上達。一把老骨頭又酸又痛，想到東奔西竄的征人要服役十年才可解甲歸田，不禁老淚縱橫。

第二首，熱到穿不住官服；杜甫熱時仍會關懷民瘼，非常生動又頗帶言外之意。再看陸游的苦熱詩：

炎歊行中天，曼膚汗翻水；纖絺薄如霧，不異鎧被體。

散髮垂兩肩，萬事棄不理；寸陰若度歲，日暮何可俟。

頗聞交廣間，暑又烈於此；此如不可耐，彼豈皆暍死。

聊當扶短策，北澗弄清泚；豈必拜賜冰，恩光動閭里。

（〈苦熱〉）〔註86〕

萬瓦鱗鱗若火龍，日車不動汗珠融；無因羽翮氛埃外，

坐覺蒸炊斧甑中。石硯寒泉空有夢，冰壺團扇欲無功；

餘威向晚猶堪畏，欲罷斜陽滿野紅。（〈苦熱〉）〔註87〕

陸游熱到連穿著薄薄如霧般的葛布衣，也像披鎧甲一般熱，什麼時候才會日落黃昏呢！聽說交州、廣州比這兒還熱。如果朝廷能賞賜冰

〔註84〕見《杜詩鏡銓》，頁616。

〔註85〕見《杜詩鏡銓》，頁199。

〔註86〕楊家駱編：《陸放翁全集》，劍南詩稿，卷七十二，世界書局，1990年，頁995。以下用到陸游的詩則在註後以《劍南詩稿》某頁表示，不再註明出處。

〔註87〕《劍南詩稿》卷二，頁35。

塊，這份崇恩必驚動大街小巷。陸游的熱詩，似魚鱗的屋瓦、紅咚咚的像一條條火龍，太陽馬車盤旋高空不下；好不容易，西沉的太陽餘威仍存，照得野外紅通通。此詩顯出火紅的太陽燠熱！

2、寄禪夏日類之詩

前面所舉前人夏日詩皆熱；寄禪的夏日詩讓人很消暑，有一種動態的涼意，雖為僧人，處處有雅逸：

六月林深暑不侵，松風萬壑似鳴琴；

願持一鉢冷泉水，洗盡人間熱惱心。（〈夏日題靈隱寺〉）〔註88〕

焰焰火宅出無方，熱惱何時得暫涼？

遙想如來清淨土，微風吹動藕花香。（〈苦夏懷淨土〉）〔註89〕

碧梧葉淨自生涼，三兩幽禽語夕陽；

閑卷疏簾坐微雨，藕花風透衲衣香。（〈初伏日題宿雲律師禪房〉）

〔註90〕

涼生蒲葉雨，香送藕花風。（〈辛丑夏，俞壽臣……〉）〔註91〕

荷花香送窗三面，楊柳陰藏屋半間。（〈過顧石公居〉）〔註92〕

白藕香清暑氣微，綠陰畫靜客來稀。（〈日本滑川達澹如……〉）

〔註93〕

畫橋西畔柳陰東，十里平湖水接空；

不似人間苦炎熱，衲衣閑坐藕花風。（〈碧湖消夏〉）〔註94〕

這是心靜自然涼的消暑方法。就連初伏日題禪房也以自然涼為上品，寄禪的夏日詩斯文雅致，花香風動，但求一鉢冷泉水，洗盡人間熱惱心。寄禪盡是想到涼而美的景致，有比馬龍之作用，或是修禪的功能。

機括獨行，研交無地。如是一類，名無熱天。〔註95〕

〔註88〕見《詩文集》，頁24。
〔註89〕見《詩文集》，頁25。
〔註90〕見《詩文集》，頁255。
〔註91〕見《詩文集》，頁270。
〔註92〕見《詩文集》，頁302。
〔註93〕見《詩文集》，頁331。
〔註94〕見《詩文集》，頁99。

「無熱天」是「五不還天」的第二天，其第一天是無煩天，是苦樂未亡時，則欣厭二心，交戰胸中故煩躁。今苦樂兩忘則心不交鬥，漸入冷淡，故無煩躁。到了第二天，「機括獨行」，機者發動也，括者收斂也。指心之或發或止，毫無苦樂繫著，前面的心不交鬥，卻仍有交地，今連心之交地亦無，研磨殆盡，心如止水，故言無熱天。無論有形無形的熱，只要第一步不以熱爲熱，想一些清涼的：「林深暑不侵」、「松風」、「冷泉水」、「如來清淨土」、「柳陰」、「微風吹動藕花香」、「水接空」、「藕花風」，機括獨行，則有不可言喻的效果。又：

> 十里荷花水盡香；門外綠楊門內竹，到來心地自清涼。(〈壬午夏訪超群和尚過旌教寺作〉)〔註96〕
>
> 日無長事掩岩扉，沉水香清暑氣微。(〈坐夏偶占〉)〔註97〕
>
> 雨過炎威欲受降，陰陰夏木影搖窗；
> 日斜風定池波淨，白鳥飛來時一雙。(〈夏日即事〉)〔註98〕
>
> 炎炎火宅郁無涼……白蓮隔水但聞香。(〈易實甫觀察……〉)
> 〔註99〕

上述諸詩都以夏日植物藕花爲媒介，令人心淨目悅。寄禪的苦熱詩非常斯文，僅點到爲止，眞的要形容熱，也極雅致，「大暑日流金，聞君白雪吟」(〈再答澹如〉)；除了植物藕花之外，更以香來解熱：

> 香嚴童子，……我時辭佛，宴晦清齋，見諸比丘燒沉水香，香氣寂然來入鼻中。我觀此氣，非木非空，非烟非火，去無所著，來無所從。由是意銷，發明無漏，如來印我得香嚴號。塵氣倏滅，妙香密圓。〔註100〕

香嚴童子於晦日在靜室宴坐，因沉水香而悟。寄禪也藉此沉水香而「塵氣倏滅」。藉此香氣由是意銷，狂心自歇。眼耳鼻舌身意都是消暑的

〔註95〕《楞嚴經》卷九，《大正藏》卷十九，頁146中。
〔註96〕見《詩文集》，頁80。
〔註97〕見《詩文集》，頁195。
〔註98〕見《詩文集》，頁378。
〔註99〕見《詩文集》，頁416。
〔註100〕《楞嚴經》卷五，《大正藏》卷十九，頁125下。

方法，透過鼻子的嗅覺、眼的視覺所產生的效果，像樹影搖窗，白鳥的顏色，不知不覺產生了涼意。

3、寄禪夏日詩的特色

寄禪夏日詩的特色有二：其一、一鉢冷泉水。出家雖拜別父母，斬斷紅塵欲望；只為降低七情六慾，僧人確已作到。對自然的天候所想的也只有「一鉢冷泉水」來「洗盡人間熱惱心」，這已有更多的象徵意義；「人間熱惱心」，無非是貪嗔癡；莫非僧人認為貪涼，也是一種貪。四季為天候之一，莫非受熱就是娑婆世界的一樣考驗。

其二、風動花香。修禪的功能成為僧人行世之一，不像杜甫、陸游直呼熱熱熱，連「詩名」也鑲嵌上一個熱字。反之，寄禪則不然，寄禪的家鄉湘潭，湘潭以蓮花出名，是湖南最大的蓮之故鄉。故寄禪以蓮來入詩是很自然的。其以「水盡香」、「沉水香」、「但聞香」、「池波淨」、「陰陰夏木影搖窗」、「白藕香清」、「碧梧葉淨」、「藕花香」等來期待涼。先不談眼前的熱，而是用一種期待來看陰涼之處或會有陰涼的感覺。最終以世尊的教導，「遙想如來清淨土」來導引心境，所謂「清淨土」：

> 長者子寶積……願聞得佛國土清淨……眾生之類，是菩薩淨土……菩薩隨所化眾生而取佛土；隨所調伏眾生而取佛土；隨諸眾生應以何國入佛智慧而取佛土；隨眾生，應以何國起菩薩根而取佛土。……隨成就眾生，則佛土淨，隨佛土淨……隨其心淨，則一切功德淨。是故、寶積！若菩薩欲得淨土，當淨其心，隨其心淨，則佛土淨。〔註101〕

心地清淨則佛土淨，寄禪以想「如來清淨土」來更堅固自己心地清淨，則置身之境亦隨之而淨，淨而後涼：

> 從前佛世時，印度有個梵志，聽到佛將要過境，想把道路填平給佛走，表示敬意，可是填到佛來到時，仍未填平，以為自己誠心不足，頗抱歉疚似的，佛乃開示他道：「梵志！心平則地平，你的內心未平，外界的地是永遠也填不平

〔註101〕《維摩詰經》卷一，〈佛國品〉，《大正藏》卷十四，頁538上。

　　的」！梵志聽得開悟了。這「心平地平」，正和現在「心淨
　　土淨」的道理一樣。〔註102〕

「心平地平」、「心淨土淨」，先治心，則周遭環境也因而改變了。是
故，寄禪也是用心涼則境涼來改變環境。相較於杜甫、陸游，寄禪的
苦熱詩斯文、含蓄，沒有杜甫、陸游的狂飆與熱。杜、陸的熱詩是以
熱寫熱、正面的、積極的熱。寄禪是以陰、涼、風，來襯托熱。二者
是兩極的感受。

（二）節序類的詩

　　節序是民俗時序，節序有其春夏秋冬等四時景、物，與民俗風土
的來源。有其特色，有其意象；對這該節序的屬物或意象有所感悟、
啓發，形之于篇章。

1、節序類（重陽與菊）詩的思緒

　　節序類主要包含春節、清明、中秋、重陽節。雖是出家人不過節
日，寄禪早歲出家，何況幾乎無俗家；節日對寄禪而言應非常淡薄的，
與其說是節序不如說是思鄉，或與該節序有關的人文之思。

　　節序中的重陽節，例如「庭前甘菊移時晚，青蕊重陽不堪摘；明
日蕭條醉盡醒，殘花爛漫開何益。籬邊野外多眾芳，采擷細瑣升中堂；
念茲空長大枝葉，結根失所纏風霜。」（杜甫〈歎庭前甘菊花〉）甘菊
移植時已晚，無法來得及重陽節應景；過時才開得燦爛，野花尚且能
擺在中堂。顯現杜甫有自嘆不合時宜，懷才不遇。

　　重陽節是文人的大節，談到重陽則登高、飲菊花酒、佩茱萸不可
免。有菊有酒，意象鮮明，於是又回到陶淵明的身上。

　　重陽又稱重九。最早重陽景況出現在柳永的〈應天長〉：「殘蟬漸
絕，傍碧砌修梧，敗葉微脫。風露淒清，正是登高時節。東籬霜乍結，
綻金蕊，嫩香堪折。聚宴處，落帽風流，未饒前哲。」這首詞將重陽特
有的情景呈現，「登高」、「東籬、金蕊、嫩香」、「聚宴、落帽」、「前哲」，

〔註102〕釋竺摩：《維摩經講話》，佛光出版社，1992 年，頁 83。

可知這是文人已成俗的活動。登高，望鄉思歸；東籬、金蕊、嫩香皆指菊。賞菊，退避山林；古人認爲菊能延年益壽，因而稱其爲「延壽客」。落帽，指孟嘉落帽之典；聚宴飲酒，希望酒達到延壽長生。

　　「菊，他不在春花中競艷，偏在秋霜中抖擻。在詩人眼中，他沒有趨時的習性，具有幽人隱逸的標格；沒有臨難苟免的念頭，兼具著烈士受難的精神。」〔註103〕晉代袁山松對菊的標榜：「春露不染色，秋霜不改條」。春露不染色，是隱士；秋霜不改條，是堅毅的受難者。陶淵明對菊的歌頌：「秋菊有佳色，裛露掇其英」（〈飲酒〉）。「三徑就荒，松菊猶存」（〈歸去來兮辭〉），菊、松並稱，顯示自己貞秀卓絕的品德與人格。「芳菊開林耀，青松冠岩列」（〈和郭主簿〉），淵明將菊與松並列，視菊等同青松。反觀他人的菊花詩：

> 籬畔霜前偶得存，苦教遲晚避蘭蓀；
> 能銷造化幾多力，不受陽和一點恩。
> 生處豈容依玉砌，要時還許上金樽；
> 陶公歿後無知己，露滴幽叢見淚痕。
>
> （羅隱〈登高詠菊盡〉）〔註104〕

> 籬落歲云暮，數枝聊自芳；
> 雪栽纖蕊密，金折小苞香。
> 千載白衣酒，一生青女霜；〔註105〕
> 春叢莫輕薄，彼此有行藏。（羅隱〈菊〉）〔註106〕

菊的高尚品格，不受陽和恩澤卻能在僻落的籬落間迎風霜、抗拒寒冷，傲然怒放。以籬菊與春芳對比，白衣送酒更凸顯菊的隱逸，是對陶淵明價值觀念的認同。再看陸游的菊花詩：

> 蒲柳如懦夫，望秋已凋黃；菊花如志士，過時有餘香。

〔註103〕 黃永武：《中國詩學》，巨流圖書，1980年，頁32。
〔註104〕 《全唐詩》卷六百五十七，冊十，頁7548。
〔註105〕 神話中霜雪之神。淮南子天文：「至秋三月，……青女乃出，以降霜雪。」注：青女，天神，青霜玉女，主霜雪也。「白衣」平民布衣。菊花不似牡丹爲富貴人家所擁有。參見辭源。
〔註106〕 《全唐詩》卷六百五十七，冊十，頁7566。

> 眷言東籬下，數株弄秋光；粲粲滋夕露，英英傲晨霜。
> 高人寄幽情，采以泛酒觴；投分眞耐久，歲晚歸枕囊。
>
> （陸游〈晚菊〉）〔註107〕
>
> 翠羽金錢夢已闌，空餘殘榮抱枝乾；紛紛輕薄隨流水，
> 黃與姚花一樣看。積雪嚴霜轉眼空，春回無處不春風；
> 欲知造物無窮妙，但看萱根與菊叢。
>
> （陸游〈枯菊〉）（其一）（其二）〔註108〕

以蒲柳與菊花對比；「采以泛酒觴」聯想重陽文人雅士，菊花一生給人這麼美好，不捨棄之而枕囊。〈枯菊〉，很奇妙，妙在菊花殘後和桃花一樣隨流水的凄美；菊叢卻再展現再生的生命力。綜觀前二位詩人對菊的觀感是美好的，有淵明的遺蹤。

2、寄禪節序類（重陽與菊）詩

寄禪愛重陽節「佳節愛重陽」、「佳節愛重九」，重陽節與菊花合併談。其詩有牽扯到重陽二字者共二十一首，在詩句中，「重陽」表示一個時間：「到家恰好是重陽」；重陽表示借代：例如閒話家常，「與君相對話重陽」；在重陽日，很正式的聚會倒是不多，只有「黃菊艷餘金。歲宴興未闌」、及與玉池老人「十年再展重陽會」。以下是寄禪有關重陽詩句：

> 欲待東籬黃菊放，與君相對話重陽。（〈答楊靈荃社友〉）〔註109〕
>
> 留伴重陽看菊花。（〈贈九華玉忠和尚〉）〔註110〕
>
> 滿城風雨動幽思，正是重陽菊放時。（〈九日寄天童秋林老宿〉）
>
> 〔註111〕
>
> 孤館逢佳節……黃花爲寫眞。（〈重九病中寄勵季龍〉）〔註112〕

〔註107〕《劍南詩稿》，卷六十九，頁958。

〔註108〕《劍南詩稿》，卷六十一，頁860。

〔註109〕見《詩文集》，頁30。

〔註110〕見《詩文集》，頁42。

〔註111〕見《詩文集》，頁51。

〔註112〕見《詩文集》，頁92。

到家恰好是重陽。(〈甲申八月，自四明歸長沙〉)〔註113〕

菊放重陽後，梅開小雪前。(〈山居志喜〉)〔註114〕

佳節愛重九，相攜此地遊……紅葉經霜艷，黃花過雨秋。

(〈世退庵廉訪……〉)〔註115〕

扶桑到日應重九，何處登高對菊花？(〈羅順循大令……〉)

〔註116〕

孤城細雨重陽後。(〈小雪日過王翊鈞茂才觚齋戲題〉)〔註117〕

黃菊艷餘金。歲宴興未闌。(〈郭詞白大令……〉)〔註118〕

十年再展重陽會。(〈前詩未竟其意，復紀一律〉)〔註119〕

年年重九菊，不向故園看。(〈江樓夜坐〉)〔註120〕

重陽久無日。(〈天童坐雨懷陸漁笙……〉)〔註121〕

去年九日使君來，今歲重陽安在哉？黃菊有情應墮淚。

(〈重陽追挽世伯先廉訪並序〉)〔註122〕

坐對黃花晚……喜近重陽節，高樓掃葉迎。(〈江南重晤李梅

庵……〉)〔註123〕

不醉黃花酒。(〈重陽前三日登掃葉樓有感〉)〔註124〕

九日重來上此樓，……強折黃花笑將插。(〈重陽日……〉)

〔註125〕

〔註113〕見《詩文集》，頁96。
〔註114〕見《詩文集》，頁201。
〔註115〕見《詩文集》，頁346。
〔註116〕見《詩文集》，頁263。
〔註117〕見《詩文集》，頁264。
〔註118〕見《詩文集》，頁277。
〔註119〕見《詩文集》，頁277。
〔註120〕見《詩文集》，頁213。
〔註121〕見《詩文集》，頁351。
〔註122〕見《詩文集》，頁361。
〔註123〕見《詩文集》，頁418。
〔註124〕見《詩文集》，頁419。
〔註125〕見《詩文集》，頁419。

今日重陽節，……菊花還自插。(〈九日懷王益吾祭酒〉) 〔註 126〕

問訊重陽節，登高何處樓？白衣應送酒，〔註 127〕曾插菊花
不？ (〈重陽後一日……〉) 〔註 128〕

黃浦江邊秋正好，一籬瘦菊坐吟豪。(〈招樊雲門、陳伯嚴……〉)
〔註 129〕

雲廚幾日無齋供，欲向籬邊采菊花。(〈前題〉) 〔註 130〕

東籬黃菊在，猶似義熙年。(〈贈別蕭漱雲太史并序〉) 〔註 131〕

冬看梅花秋看菊，更無別事可商量。(〈次韻季蓉栽孝廉〉) 〔註 132〕

杪秋天氣佳，時菊猶芬芳。(〈杪秋偕照僧……〉) 〔註 133〕

地寒黃菊瘦，僧病白雲秋。(〈山居秋暝〉) 〔註 134〕

十年心事負黃花。(〈俞恪士歸自甘肅……〉) 〔註 135〕

看罷深黃又淺黃，枝枝葉葉竟斜陽；

似邀萬億陶彭澤，同到江南醉晚香。(〈又觀菊花會〉) 〔註 136〕

寄禪詩中出現的花不多，除了桃、梅之外，最常提到的就是菊花。將菊
花以各種不同的名稱出現，例如「東籬黃菊」、「菊花」、「重陽菊」、「黃
花」、「重九菊」、「一籬瘦菊」、「似邀萬億陶彭澤」中的「陶彭澤」等。

3、寄禪重陽與菊詩的特色

寄禪重陽與菊詩的特色有三：其一、佳節是重九。清明節思親思
鄉、春節與大眾同樂，隨順教化大眾，「爆竹一聲翻自笑，今年人是去

〔註 126〕見《詩文集》，頁 422。
〔註 127〕「白衣送酒」：沈約《宋書·隱逸傳》：「嘗九月九日無酒，出宅邊
菊叢中坐久，值弘送酒至之事，亦即九日坐菊的典故。」參見辭源。
〔註 128〕見《詩文集》，頁 423。
〔註 129〕見《詩文集》，頁 443。
〔註 130〕見《詩文集》，頁 14。
〔註 131〕見《詩文集》，頁 442。
〔註 132〕見《詩文集》，頁 71。
〔註 133〕見《詩文集》，頁 199。
〔註 134〕見《詩文集》，頁 212。
〔註 135〕見《詩文集》，頁 443。
〔註 136〕見《詩文集》，頁 418。

年人」和大眾拉近距離。唯有重九最期待；寄禪性喜作詩，重九，有聚會，從其遠因又可與陶淵明相連繫，所有節日中，重九最深得寄禪之性。

其二、重九之菊。菊給寄禪是美好的。當年寄禪二十四歲過屈子祠時，對屈原的懷念也以黃花述懷：「我來濁世懷高潔，不奠黃花酒一杯」。到五十七歲，也以黃菊作追挽之花，「黃菊有情應墮淚」（〈重陽追挽世伯先廉訪並序〉）。顯然菊在寄禪心中有其特殊地位。

其三、菊花有梅花的地位。梅花是寄禪的生命之花；菊花除了有其文人的歷史背景之外，又是重陽節不可少的，重陽節是文人雅士相聚的大日，作詩必不可免，「菊花不減梅花，而賦者絕少，此淵明之所以無第二人也。」〔註137〕因為寄禪喜歡作詩，所以菊花有其隱微的身分。從「冬看梅花秋看菊」（〈次韻季蓉裁孝廉〉）而言，顯示菊花有梅花的地位；在季節上幾乎有前後傳承的意象。和前人相較，寄禪的菊花詩比陸游等有大格局；「東籬黃菊在，猶似義熙年」，〔註138〕直追陶詩。寄禪將「梅」與「菊」等同地位，這一認知經由方回《瀛奎律髓》的點出，使得寄禪對菊的認知又與陶淵明更接近了。

從會寫詩到為佛事而北京法源寺之行，寄禪對菊有些許的愧疚，從早期的「冬看梅花秋看菊」到「菊放重陽後，梅開小雪前」再到「杪秋天氣佳，時菊猶芬芳」，對菊百般讚賞；過渡到其人生的中晚期，已「地寒黃菊瘦」，緊接著是「年年重九菊，不向故園看」到末年「十年心事負黃花」，對這朵曾屹立在寒風中的草本植物顯現出一絲絲的愧疚。前後三十年，菊是寄禪的心花，僅次於最愛的白梅花。

（三）芋頭類的詩

主要以芋為描寫的對象，以其特色、意象，甚至引發之感慨，抒

〔註137〕元・方回：《瀛奎律髓》，景印《文淵閣四庫全書》，總集類，集部三五，台灣商務，1983 年，冊 1366，頁 376 上。

〔註138〕「東籬黃菊在，猶似義熙年。」淵明自〔西晉〕亡國後即不再稱年號。寄禪寫這首詩時已是民國元年，他們都當了亡國遺民，蕭漱雲太史更是前朝遺臣，這種身分情何以堪！

之於懷，形之於篇章。「芋」，植物名。一名蹲鴟。俗稱芋奶、芋艿、芋頭。《史記・項羽紀》：「今歲饑民貧，士卒食芋叔。」可知「芋」不是貴重食物，甚至是饑荒時，饑民與士卒活命之物。以其特性：饑荒時其他作物不生長，「芋」能生長；非貴重物卻能活眾人之命的糧食。中國有飢荒，主要是旱災或水災，或蟲害。芋能夠生長在貧瘠土壤中，連多石子或少水的山土都能生長，就因此特性，故能活眾人之命。

芋頭營養價值高，它既可當糧食，又可作蔬菜，是老幼咸宜的食物。如此看來，芋頭還是一樣「貴重」活命的食物。芋頭食用的方法很多，煮、蒸、煨、烤、燒、炒、燴均可，在寄禪詩中看到的方法是「煨」。何謂「煨」？謂「埋在熱灰裡烤熟」。「煨芋」，置芋於熱灰，煨之令熟。

1、芋頭類詩的思緒

李蘩芋頭預言，〔註139〕顯示唐僧懶殘時即已流行煨芋。故煨芋對僧人寄禪而言不足為奇。以陸游芋頭詩為例：

陸生晝臥腹便便，歎息何時食萬錢；

莫誚蹲鴟〔註140〕少風味，賴渠撐拄過凶年。

（陸游〈蔬園雜詠・芋〉）〔註141〕

芋頭躺著時像孕婦大腹便便、「蹲」著時像一隻圓滾滾的貓頭鷹，僅止普羅化的價錢；芋頭養人有其大功勞。好比今之甘藷，養人活命不擔功勞。

2、寄禪芋頭類的詩

「芋」是山僧的食糧之一，寄禪詩中出現的芋，都是「煨芋」，都是和食有關；是一種克難式的食物。芋也是山中簡便充飢食物。有遠行山中，有了煨好的芋頭隨時可充飢，又攜帶方便；的確是山中方

〔註139〕唐朝李蘩〈鄴侯家傳〉：「（唐李）泌在衡嶽，有僧明瓚，號懶殘，泌察其非凡人也，中夜前往謁焉。懶殘命坐，發火煨芋以啗之曰：勿多言，領取十年宰相。」參見辭源。

〔註140〕「蹲鴟」，指大芋。《史記》卷129：「吾聞汶山之下，沃野，下有蹲鴟，至死不飢。」頁1329。

〔註141〕《劍南詩稿》，卷14，頁234。

便之食物。山僧寄禪送李梅痴太史入都也會想到送個芋頭好讓太史在
山路上有果腹之物：

　　　紅泥肥紫芋，白石瘦青山。（〈山中漫興〉）〔註142〕

　　　多栽紅芋仍充飯，淡煮黃齏不著鹽。（〈憶天台茅屋〉）〔註143〕

　　　臨別殷勤煨芋贈，十年個味要親嘗。（〈送陳伯屏方伯入鄞〉）
　　　〔註144〕

　　　南岳失芳鄰，煨芋竟誰贈？〈陳仲鹿觀察需次湖北……〉）
　　　〔註145〕

　　　朱陵福地記曾登，煨芋留飧愧老僧。（〈寄呈江督魏午莊宮
　　　保……〉）〔註146〕

　　　平日只言別，今朝果送行……欲持煨芋贈，恥近懶殘名。
　　　（〈梅痴子將入都……〉）〔註147〕

贈一包煨芋，邊走邊咀嚼，友誼的香味越遠越眷念。「芋」除了當贈
別時的伴手禮，亦是寄禪的人生哲學，其一、煨芋話山水：

　　　他時雲窟裡，煨芋待君嘗。（〈過湯泉少保第……〉）〔註148〕

　　　衡山本是鄞侯鄉，煨芋親嘗個味長。（〈奉題俞廙軒中丞……〉）
　　　〔註149〕

　　　他日寒岩煨芋熱，可能來踐懶殘言？（〈贈陳默廬觀察〉）〔註150〕

　　　爐中煨芋從君啖，個味能嘗焉用愁？（〈甲辰臘杪……〉）〔註151〕

　　　流泉供清賞，煨芋許平分。（〈乙巳秋……〉）〔註152〕

〔註142〕見《詩文集》，頁 4。
〔註143〕見《詩文集》，頁 248。
〔註144〕見《詩文集》，頁 273。
〔註145〕見《詩文集》，頁 258。
〔註146〕見《詩文集》，頁 305。
〔註147〕見《詩文集》，頁 219。
〔註148〕見《詩文集》，頁 209。
〔註149〕見《詩文集》，頁 235。
〔註150〕見《詩文集》，頁 250。
〔註151〕見《詩文集》，頁 327。
〔註152〕見《詩文集》，頁 329。

煨芋能嘗個味眞，清風一拂物皆春。(〈去夏閒遊吳門……〉)
〔註153〕

儻能爲我一一皆圖畫，吾當燒筍煨芋酌以美酒盈金罍。
(〈乞何詩蓀舍人畫吳越山水歌〉)〔註154〕

煨芋酌以美酒，嘗芋個中味，是寄禪與山中野人或高官友人的聊聚小趣。其二、煨芋澆心頭塊壘：

思量明日事，飯染芋頭蒸。(〈秋夜偶得〉)〔註155〕

明朝歸臥衡山雲，寒岩煨芋與誰分？(〈浩園雅集〉)〔註156〕

欲學懶殘煨芋贈，肯將鐘鼎換林泉。(〈陸漁笙太史七旬誕辰〉)
〔註157〕

時煨野芋留雲餉，自汲寒潭掃葉煎。(〈山居〉)〔註158〕

與友人話山水聊煙雲，「煨芋」展現的友誼卻不分身分高下，「十年宰相歸來後，還取山僧芋半邊。」(〈送殷君之京師〉)所呈現的感情逾於一對兒時之難兄難弟。其三、煨芋知天命：

故人應有停雲作，懶衲還存煨芋緣。(〈趙仲青二尹……〉)〔註159〕

芋火生涯容我懶，木樨公案復誰參？(〈僅次黃鞠友司馬……〉)
〔註160〕

衡岩煨芋一枯禪，破衲離披懶問年。(〈次東眉子廣文見贈原韻〉)
〔註161〕

芋香懶衲蒙頭臥，柯爛仙樵戀手談。(〈山中即事〉)〔註162〕

煨芋延殘息，寫經臨燦柴。(〈廣律師于玲瓏岩……〉)〔註163〕

〔註153〕見《詩文集》，頁374。
〔註154〕見《詩文集》，頁171。
〔註155〕見《詩文集》，頁227。
〔註156〕見《詩文集》，頁241。
〔註157〕見《詩文集》，頁305。
〔註158〕見《詩文集》，頁296。
〔註159〕見《詩文集》，頁292。
〔註160〕見《詩文集》，頁297。
〔註161〕見《詩文集》，頁305。
〔註162〕見《詩文集》，頁366。

兒時不出家無以得到生命的出口，反而造就了寄禪，初出家後受恆志老和尚精神震鑠，寄禪稟承愛國心，「天雞驚我雲端墜，芋子煨殘月滿庭。」（〈夢衡岳〉）可想見煨芋時分寄禪滿懷家國之思。在庚戌湘亂時，愛鄉的寄禪眼看湘中鬧饑荒，莊醒庵中丞不忍加誅，遂爲總督瑞澂所彈劾。中丞罷官之日，湘人扶老攜幼，哭送其行。過不久寄禪來到毗陵，喜見中丞仍健在，復悲世變，「煨芋殘僧來訪舊，沾衣如讀峴山碑。」（〈常州重晤莊醒庵中丞〉），雲海一孤僧、寄禪以「煨芋殘僧」自許；珍視中丞的行徑，美其高風亮節譬之如峴山碑。

> 芋火岩高契懶殘，捫蘿遠躡碧雲端。（〈懶殘岩〉）〔註164〕

> 芋火岩高香尚在，石頭路滑道誰論？（〈答李佛翼公孫〉）〔註165〕

> 憶昔芋園叟，……著書以自娛……片言折群論，狂瀾爲不揚。留飱聊撥爐中芋，煮茗遙分洞口泉。（〈吳中丞登岳，即贈〉）
> 〔註166〕

用「芋」來取名字，例如「芋火岩」，這是一八九三年寄禪爲上封寺的住持，遊方廣寺、高台寺、己公岩等，「芋火岩高契懶殘」，對著一座岩石，寄禪都能抒發情感。有煨芋的芋香又是詩人與朋友參禪論道的地方。愛屋及烏，連居所都以芋來取名，「芋香山館」，這是吳中丞的故宅。寄禪和吳中丞頗爲知交，詩中多次提到中丞，稱呼他爲「芋園叟」。對他多所稱許，是聊吐時事的對象。有一天公孫師曾偕寄禪至廉夫故居。當時是二月，梧桐樹葉仍未茂盛，禿立雨中，了無生氣。寄禪對景懷人，不勝榮枯今昔之感，於是涕下。公孫師曾詢知其故，因而爲寄禪作《桐院感舊圖》，師曾特別囑咐寄禪要作詩以紀其事。於是寄禪寫這首詩，「……空持懶殘芋，獨自倚斜曛」。「……懷人無限意，都在雨聲中。」（〈題《桐院感舊圖》並序〉）對故友吳中丞多所懷念。

〔註163〕　見《詩文集》，頁394。
〔註164〕　見《詩文集》，頁171。
〔註165〕　見《詩文集》，頁241。
〔註166〕　見《詩文集》，頁170。

3、寄禪芋頭類詩的特色

寄禪芋頭類詩的特色有二,其一、煨芋果腹。芋頭是很好的活命糧食,主要是不挑生長環境,比水稻、小麥、小米等更抗旱。中國幅員遼闊,持續水災時無物可留存,持續乾旱時無物可生長;寄禪生逢清季末世,在光緒二十一、二年持續大旱,「多栽紅芋仍充飯」,這時芋頭扮演重要角色。

其二、煨芋話山水。寄禪交遊廣闊,朋友會面除了吟詩賞景,煨芋佐話談時事,一吐心中曲,「衡山本是鄭侯鄉,煨芋親嘗個味長」。「留飧聊撥爐中芋,煮茗遙分洞口泉。」如果說煮茗論天下事是雅興,煨芋論時事亦是雅趣!「十年宰相歸來後,還取山僧芋半邊」(〈送殷君之京師〉)見其友誼之深厚。所以莫驚奇「煨芋」在寄禪詩中扮演重要的角色。

(四)蓮之詩

主要以蓮花爲描寫的對象,以特色、意象,甚至引發之感慨抒懷等形諸篇章。

1、蓮的意象和前人諸詩

詩經中幾乎沒談以「蓮」爲意象的詩,〈國風鄭風・山有扶蘇〉:「隰有荷華」是約會之所。〈國風陳風・澤陂〉:「彼澤之陂有蒲與荷」,是美女所在之處。王維〈胡居士臥病遺迷因贈〉:「徒言蓮華目,豈惡楊枝肘。」「蓮華目」指佛,因爲佛眼細長如蓮華瓣;又「蓮花法藏心懸悟,貝葉經文手自書。」(〈苑舍人能書梵字兼達梵音皆盡其妙戲爲之贈〉王維),「蓮花法藏」指佛書。「買香然綠桂,乞火踏紅蓮。」(〈遊悟眞寺〉王維)「紅蓮」,一種早稻。「池上青蓮宇,林間白馬泉」(〈過景空寺故融公蘭若〉孟浩然),「青蓮宇」指寺廟。李白〈僧伽歌〉:「戒得長天秋月明,心如世上青蓮色。」這是指心似秋月的明朗、心似蓮瓣青白明淨。佛經上的蓮花:

> 極樂國土,有七寶池,八功德水充滿其中,……池中蓮花,

大如車輪；青色青光，黃色黃光，赤色赤光，白色白光，

微妙香潔。〔註 167〕

在極樂世界裡有七寶池，池中種植蓮花，其花色有青、黃、赤、白四色，蓮極其特殊，能在佛經上被舉例，可見蓮花何等莊嚴，何等神聖。

2、寄禪的蓮之詩

寄禪詩集中有關蓮的詩很少，倒是有提到「藕花」、「荷花」；而且都用在夏日，藕花風、藕花香，掃盡夏日的炎熱。「蓮」、「藕」、「荷」，三者無有不同〔註 168〕但在寄禪詩中卻稍有區分，作爲藕花風、藕花香或白蓮隔水但聞香，都作爲夏日去熱的美好植物：

不似人間苦炎熱，衲衣閒坐藕花風。（〈碧湖消夏〉）〔註 169〕

遙想如來清淨土，微風吹動藕花香。（〈苦夏懷淨土〉）〔註 170〕

閒卷疏簾坐微雨，藕花風透衲衣香。（〈初伏日題宿雲律師禪房〉）

〔註 171〕

涼生蒲葉雨，香送藕花風。（〈辛丑夏，俞壽臣……〉）〔註 172〕

荷花香送窗三面，楊柳陰藏屋半間。（〈過顧石公居〉）〔註 173〕

白藕香清暑氣微，綠陰晝靜客來稀。（〈日本滑川達澹如……〉）

〔註 174〕

〔註 167〕《佛說阿彌陀經》卷一，《大正藏》卷十二，頁 346 下。

〔註 168〕「蓮」、「藕」、「荷」，三者有何不同？「荷」，荷花，一名夫渠、芙蕖。生淺水中，夏月開花，有紅白等色。實曰蓮，地下莖曰藕，皆爲食品。「藕」，《說文》作「蕅」。蓮的地下莖，可食。《爾雅·釋草》：「荷，芙蕖。……其根藕。」藕爲蓮的地下莖，古誤以爲根。「蓮」，荷，又名芙蓮、菡萏。《爾雅·釋草》：「荷，芙蕖。……其華菡萏，其實蓮，其根藕。」疏：「芙蕖其總名也，別名芙蓉；江東呼荷；菡萏，蓮華也。」又「荷……其實蓮。」注：「蓮謂房也。」今稱蓮蓬。所以說三者是一種植物。參見《辭源》。

〔註 169〕見《詩文集》，頁 99。

〔註 170〕見《詩文集》，頁 25。

〔註 171〕見《詩文集》，頁 255。

〔註 172〕見《詩文集》，頁 270。

〔註 173〕見《詩文集》，頁 302。

〔註 174〕見《詩文集》，頁 331。

扁舟一葉泛滄浪，十里荷花水盡香。(〈壬午夏訪超群和尚過旌
教寺作〉) 〔註175〕

赤日當天不知暑，白蓮隔水但聞香。(〈易實甫觀察自肇慶道署
寄贈……〉) 〔註176〕

以上這些詩句提到「荷」、「藕」有某些共同特性，是指一般植物名。
然而提到以『蓮』字稱這一種植物者，以下的詩句幾乎與佛或其事蹟
有關：

園種芭蕉池種蓮；種蓮開白社。(〈偶吟〉) 〔註177〕

袈裟換得人間酒，醉倒青蓮我便休。(〈李炳甫茂才〉) 〔註178〕

吾愛童子身，蓮花不染塵。(〈童子〉) 〔註179〕

樵路行忽盡，青蓮擁化城。(〈國清寺〉) 〔註180〕

惟開蓮社〔註181〕會，思與謝公逢。(〈雪中酬徐淑鴻郎中見懷之
作〉) 〔註182〕

聽斷蓮花漏滴聲。(〈懷黃孟樂大令江南〉) 〔註183〕

惟于陶令偏相念，曾作蓮花社里人。(〈長沙黃仲蘇……〉) 〔註184〕

玉泉法脈最汪洋，中有蓮花萬古香。(〈天童結夏，請玉泉祖
師……〉) 〔註185〕

〔註175〕 見《詩文集》，頁80。
〔註176〕 見《詩文集》，頁416。
〔註177〕 見《詩文集》，頁554。
〔註178〕 見《詩文集》，頁29。
〔註179〕 見《詩文集》，頁40。
〔註180〕 見《詩文集》，頁85。
〔註181〕 「蓮社」，是東晉僧慧遠居廬山東林寺，與劉遺民雷次宗等十八人
同修淨土，中有白蓮池，號蓮社，亦曰白蓮社。「蓮花漏」，古代的
計時器。晉釋慧遠居廬山，其弟子以山中不知更漏，乃取銅葉製器，
狀如蓮花，置盆水上，底孔漏水，半之則沉，每晝夜十二沉，雖冬
夏短長，雲陰月黑，皆無差錯，其後不傳。參見辭源。
〔註182〕 見《詩文集》，頁114。
〔註183〕 見《詩文集》，頁234。
〔註184〕 見《詩文集》，頁265。
〔註185〕 見《詩文集》，頁307。

兜率天中猶有漏，好歸佛國證金蓮。（〈再挽文學士五絕句〉）
〔註186〕

金池一朵蓮花外，兜率無心況海山。（〈余盡日養痾天童……〉）
〔註187〕

蓮花出水湛然潔，寶樹成行不假栽。（〈淨土詩，仍次前韻〉）
〔註188〕

東林蓮社久追陪，忍酹淵明酒一杯。（〈挽屠云孫明府〉）〔註189〕

蓮爲大士出塵相，海是空王度世心。（〈禪寂中憶遊普陀〉）〔註190〕

兜率蓬萊俱不著，蓮花佛國息吾肩。（〈十月初三夜，夢中得詩
一首〉）〔註191〕

以上這些詩句有某些共同特性，即「蓮」已非一般植物。這些都以蓮
爲象徵意義，以蓮爲佛國。蓮有出汙泥不染，有潔淨芬芳之姿，喻人
居處困境仍能挺立丰姿或幽姿獨絕；可遠觀不可近褻，喻有德君子不
可褻瀆；〔註192〕或以「蓮社」表示與慧遠等事典有關，或計數時間
如「蓮花漏」；或以蓮爲大士，「大士」，菩薩的通稱。士是事的意思，
指成辦上求佛果，下化眾生的大事業之人，如觀世音菩薩即叫觀音大
士。「青蓮」〔註193〕或青蓮花指優鉢羅花。眞正咏蓮的詩只有一首：

濂溪一賞後，〔註194〕君子德彌芳；

〔註186〕 見《詩文集》，頁322。
〔註187〕 見《詩文集》，頁326。
〔註188〕 見《詩文集》，頁342。
〔註189〕 見《詩文集》，頁333。
〔註190〕 見《詩文集》，頁385。
〔註191〕 見《詩文集》，頁275。
〔註192〕 林淑貞：《中國詠物詩「託物言志」析論》，萬卷樓圖書公司，2002
　　　　年，頁160。
〔註193〕 「青蓮」一詞與佛有關，「青蓮」，青色的蓮花，瓣長而廣，青白分
　　　　明，故佛書多以爲眼目之喻，或譬喻佛的眼睛。《藝文類聚77 南朝
　　　　梁簡文帝·釋迦文佛像銘》：「滿月爲面，青蓮在眸。」也藉指僧、
　　　　寺等。參見辭原。
〔註194〕 周敦頤四十五歲卜居廬山時，選擇蓮花峰下生長有茂盛蓮花的水溪
　　　　畔，修築居室，因家鄉有濂溪，因而以「濂溪」稱呼這條小溪，也把

　　果落心猶苦，花開水亦香。(〈詠蓮〉)〔註195〕

「君子德彌芳」，寄禪認同以君子來形容蓮。尤其「果落心猶苦，花開水亦香」，「果落」是佛的化身，「心猶苦」，是大慈大悲。「花開水亦香」，好比「掬水月在手，弄花香滿衣」，佛度有緣人，更象徵佛法的熏習，人人法喜。

3、寄禪蓮之詩的特色

　　寄禪蓮之詩的特色有二：其一、以『荷』稱之。皆與清爽有關，例如「藕花風」、「藕花香」、「白藕香清」，是驅除夏熱的美好植物。其二、以『蓮』稱之。大都具有佛教上的意義，例如「青蓮」、「蓮爲大士出塵相」。這多少意味著寄禪在稱呼上有此分別，除了《阿彌陀經》：「極樂國土裡的七寶池中有八功德水，種了蓮花，大如車輪。」蓮花這麼莊嚴，這麼神聖。他在佛經的特殊意義：

　　　　西方極樂世界的蓮花……同車輪盤一樣的大……照觀無量
　　　　壽佛經上說……西方極樂世界的蓮花，團團圓圓，有十二
　　　　由旬大。那就是一朵花，有四百八十里的大了。照無量壽
　　　　經上說起來，西方極樂世界池裡頭的蓮花，大小很是不同
　　　　的。有的是一由旬大，有的竟然有一百由旬，或是一千由
　　　　旬的大……一朵蓮花，有幾百幾千億的花瓣……一朵一種
　　　　顏色，就放出一種顏色的光來。有些華，一朵就有無窮無
　　　　盡種種的顏色。就放出無窮無盡種種的光來。並且每一種
　　　　光裡頭，又會現出無窮無盡的佛。這些佛，又各各講說種
　　　　種的佛法，給他們自己世界裡頭的眾生聽。我們這個世界
　　　　上的人，若是有發心念佛的。那西方極樂世界的七寶池裡
　　　　頭，就會生出一朵蓮花來的。有十個人念佛就會生出十朵
　　　　蓮花……念佛的人越念越高興，越念越誠心，那麼這朵蓮

　　居室取名爲「濂溪書堂」。四十七歲寫〈愛蓮說〉，鐫刻在書堂壁上。
　　蓮之出汙泥而不染，濯清蓮而不妖；蓮，花之君子者也。參見鄧永芳：
　　〈《愛蓮說》及蓮文化中的佛說因緣〉，《現代語文文學研究版》，山東
　　省曲阜市，主辦單位：曲阜師範大學，月刊，第三期，2008 年 3 月。
〔註195〕見《詩文集》，頁55。

> 花，就會一天光明一天，一天鮮豔一天。到了這個念佛的
> 人，差不多要死的時候，阿彌陀佛、同了觀世音菩薩、大
> 勢至菩薩，就拿這朵蓮花接引這個人到西方極樂世界
> 去……倘然起初念佛的心，是很勤懇切實的，念到後來，
> 念佛的心漸漸退下來了。那麼這朵蓮花就會漸漸的乾枯
> 了。發出來的光也會漸漸不鮮明了。若是竟然不念佛了，
> 那麼這朵蓮花，也就會消滅沒有了。〔註196〕

發心念佛，則極樂世界會開一朵專屬於自己的蓮花，念佛越誠意則這
朵象徵自己的蓮花則越光明；反之，懈怠或終至不念佛則蓮花暗淡終
至消失。『蓮花』表清淨，又表染淨不二，因果同時。開花是因，蓮
蓬中同時結蓮子是果。在一般植物中，是先開花後結果，因果不同時，
唯獨蓮花因果同時。又表因中有果、果中有因，有許多表法的意思，
都是暗示宇宙人生的真相如是如是。我們學習，最重要的就是出汙泥
而不染。蓮花，根從泥中生長，莖在水中，花開在水上面。佛將污泥
比喻六道；水比喻四聖法界：聲聞、緣覺、菩薩、佛；花開在水面上，
比喻超越十法界，到達一真法界。雖超越十法界，根仍在汙泥中，又
表十法界與一真法界是一不是二。」〔註197〕這就是佛經取譬蓮花的
重要意義。『荷』、『蓮』雖同一種植物，在佛經中用到這種植物幾乎
是以蓮名之，例如：「南海「蓮」池會」。「剎那念盡恆沙佛，便是『蓮』
花國裡人」。「願生西方淨土中，上品『蓮』花為父母。」以及《楞嚴
經》中的「即時天雨百寶蓮花，青黃赤白間錯紛糅。」（卷六）「願立
道場……鏡外建立十六蓮花」（卷七）「十方如來乘此咒心，坐寶蓮華。」
（卷七）由此稍可理解寄禪對「荷」與「蓮」的區別了。

（五）梅花詩

　　主要以梅花為描寫的對象，以其特色、意象，甚至引發之感慨抒

〔註196〕黃智海居士述、釋印光鑑定：《阿彌陀經白話解釋》，淨土善書流通
　　　　處，2004年，頁59。
〔註197〕釋淨空講述：《華嚴演義》（冊二），2005年，頁42。

懷等的啓發，形諸篇章。

1、梅花詩的思緒

中國文學肇始於《詩經》。《詩經》爲我國第一部文學總集，在文學上價值最大，其後諸文學，多由其變化而來，猶西方文學源於聖經。《詩經‧摽有梅》：「摽有梅，其實七兮。求我庶士，迨其吉兮。」是最早談到梅的詩。梅，酸梅，吾人容易吃到；倒是不容易看到梅花，「冷艷寒香梅先知」：

> 梅花……有些獨特之處，在其他花還沒有開放、氣候仍然寒冷的時候它先開，這就與眾不同。但是寒冷是相對的，在十分寒冷滴水成冰的地方，它便又無法生長了。不要說在冰天雪地的黑龍江、蒙古草原……即使以北京來說吧，梅花在戶外也是種不活的，或是種活也很難開花的。〔註198〕

「寒冷是相對的」，「天寒地凍、滴水成冰」之處是長不了梅花，或說不易生長梅花；世界寒冷之處占極大的比例，不長梅花。《詩經‧秦風》：「終南何有，有條有梅。」指陝西終南山之南，接近長江流域的氣候，所以有梅。梅花是江南地帶特有的花，「十月先開嶺上梅」，這是指大瘐嶺的梅花，地近亞熱帶開的最早。若再往南，熱帶氣候，到海南島，有梅花就不足爲奇。梅花正要的是江南的清冷，氣候潮濕，冬天不地凍三尺、不滴水成冰，零度上下的氣候，這樣它開出來的花朵，冷艷寒香。這就是梅花所要的氣候，也是梅的特徵。

梅，果木名，早春開花，色有紅白二種。開花後生葉。果實味酸，立夏後熟。生者青色，叫青梅；熟者黃色，叫黃梅。這是以花色來說。若以梅的種類而言，根據范成大《梅普》記載：「有江梅、早梅、官城梅、消梅、古梅、重葉梅、綠萼梅、百葉緗梅、紅梅、鴛鴦梅、杏梅等品種。」所謂綠萼梅，花萼碧綠，開後變白，但也稍泛綠光。而白梅，未開時，花萼緋紅，開後顏色變淡，成爲稍泛緋韻的白色。寄禪這麼愛梅，尤其愛白梅，上述白梅花開後呈現「稍泛緋韻的白色」，

〔註198〕鄧雲香：《花鳥蟲魚誌》，台北：實學社出版，2004 年，頁 24～27。

清淡之色不失冷雅。以杜甫梅類詩爲例：

> 梅蕊臘前破，梅花年後多；絕知春意好，最奈客愁何？
>
> 雪樹元同色，江風亦自波；故園不可見，巫岫鬱嵯峨。
>
> （杜甫〈江梅〉）〔註199〕

年前梅開花，隨著江風波浪起伏讓人分不出是雪抑或是白梅，杜甫看著梅，心想著家園。再看看陸游的梅花詩：

> 造物作梅花，毫髮無遺恨；
>
> 楚人稱芳蘭，細看終不近。（其一）
>
> 五年作竹梢，十年作梅枝；
>
> 九泉子廉子，此語今誰知。（其二）
>
> 欲與梅爲友，常憂不稱渠；
>
> 從今斷火食，飲水讀僊書。（其三）
>
> 春信今年早，江頭昨夜寒；
>
> 已教清澈骨，更向月中看。（其四）
>
> 江上梅花吐，山頭霜月明；
>
> 摩挲古藤枝，三友可同盟。（其五）（陸游〈梅花〉）〔註200〕

梅花天生得妙，楚國人稱呼梅花爲「芳香的蘭花」。杜甫、陸游的梅花皆有淡而柔的意象，惟杜甫因梅而觸動家園之思；陸游與梅結爲歲寒三友，對造物的巧妙，已向梅俯首稱臣，欲學不食人間煙火僅飲水而讀仙書。

2、寄禪的梅花詩

所有植物中，寄禪最愛梅，尤其愛白梅。紅梅艷，白梅冷寒，透明到無影。梅最出名的是在鄧尉。鄧尉有「香雪海」〔註201〕之稱；

〔註199〕見《杜詩鏡銓》，頁737。

〔註200〕《劍南詩稿》卷四十四，頁657。

〔註201〕「香雪海」，鄧尉山位於蘇州，橫塘連著運河、石湖，湖邊上就是楞伽山、天平山、鄧尉山。鄧尉山是古代著名的梅花風景區。由今蘇州市呈區向西大約二十八公里。山在古鎮南，南北走向。舊名大尖，東漢鄧尉隱居山中，始有是名。後晉青州刺史郁泰玄葬此，故又名玄墓。鄧尉山是兩峰連體，北峰稱爲鄧尉，南峰比較

寄禪有關鄧尉山之詩：

鄧尉知名久，我來梅巳花；空思香雪海，洗我舊袈裟。

樹密蟬聲沸，庭陰日影斜；終須罷行腳，長住白雲家。

（〈題鄧尉香雪海〉）〔註202〕

一個蒲團外，禪心絕點瑕；當門五湖水，繞屋萬梅花。

行苦因持律，詩清爲飲茶；何時結茅屋，相伴老煙霞？

（〈題鄧尉諾瞿和尚《一蒲團外萬梅花圖》〉）〔註203〕

見說探梅鄧尉遊，冷香如月淡難收；

碧沙籠內新詩在，不羨山門玉帶留。（〈去夏閒遊吳門〉）〔註204〕

城中春尚早，林際雪微明；月向高枝隱，香從冷處清。

有詩尋不見，無意句還成；識得春來處，何須鄧尉行？

（〈題多竹山太守《香雪尋詩圖》〉）〔註205〕

久聞光福地，疏冷得春多；十里花迎袂，連林玉作柯。

繁枝殘月墜，清影淡烟和；欲踏香雪去，無如荊棘何！

（〈將往光福〔註206〕看梅，聞其地有警不果行〉）〔註207〕

寄禪思以香雪海，洗舊袈裟，想像置身梅花海中的神奇。梅，古代用之作調味品。《尚書·說命（下）》：「若作和羹，爾惟鹽梅。」古時的梅作調味品。梅也是節候名，初夏江南氣候濕潤多雨，適當黃梅成熟，俗稱此時爲梅天。寄禪詩中有梅字出現的句子共一百一十六句，其意象約有六種：堅貞、孤絜、時間、詩興、懷人、生命力。臚列數首寄

高叫玄墓。旁邊三面環湖者爲光福鎮，都是種梅區。「香雪海」是江南最出名的看梅花的地方。參見程杰：〈蘇州鄧尉「香雪海」研究——中國古代梅花名勝叢考之一〉，《蘇州大學學報》，哲學社會科學版，江蘇省蘇州市，雙月刊，第三期，2006年5月，頁97～104。

〔註202〕見《詩文集》，頁358。

〔註203〕見《詩文集》，頁358。

〔註204〕見《詩文集》，頁374。

〔註205〕見《詩文集》，頁423。

〔註206〕「光福」，人們所稱的鄧尉或光福山水，是指光福鎮方圓五十公里，皆是賞梅勝區。參見註567。

〔註207〕見《詩文集》，頁437。

禪的梅詩：

> 積雪浩初晴，探尋策杖行；寒依古岸發，靜覺暗香生。
> 瘦影扶烟立，清光背月明；無人契孤絜，一笑自含情。
>
> （〈雪後尋梅〉）〔註208〕
>
> 了與人境絕，寒山也自榮；孤烟淡將夕，微月照還明。
> 空際若無影，香中如有情；素心正宜此，聊用慰平生。
>
> （〈咏白梅〉）〔註209〕
>
> 垂釣板橋東，雪壓蓑衣冷；江寒水不流，魚嚼梅花影。
>
> （〈題《寒江釣雪圖》〉）〔註210〕

「人境絕」、「寒山」令梅孤清。「空際若無影」，空而不無；「淡」、「微月」顯出白梅的透明到「無影」，無而不空：

> 公子前身綠萼華，樊山應是赤城霞；
> 老僧自抱冰霜質，碧霧朱塵沒一些。
> 白梅和尚出山村，來上紅梅布政言；
> 桃李紛紛亂春色，暗香疏影欲銷魂。
>
> （〈贈樊雲門方伯四絕句〉）（其一）（其三）〔註211〕
>
> 紅梅太艷綠梅嬌，鬥韻爭妍寄興遙；
> 應笑白梅甘冷淡，獨吟微月向溪橋。
>
> （〈答夏公子〉）（其二）〔註212〕

寄禪自稱為「白梅和尚」。「桃李紛紛亂春色」，桃花紅李花白，桃紅艷麗有餘，惟有「暗香疏影欲銷魂」的白梅才暗符詩人內在個性。又「紅梅太艷綠梅嬌」。總歸而言「自抱冰霜質」、「白梅甘冷淡」。一語道盡詩人心性。寄禪喜梅愛梅把自己的詩錄為《嚼梅吟》詩集。又：

> 傳心一明月，埋骨萬梅花。（〈自題冷香塔〉）〔註213〕

〔註208〕見《詩文集》，頁297。
〔註209〕見《詩文集》，頁208。
〔註210〕見《詩文集》，頁95。
〔註211〕見《詩文集》，頁402。
〔註212〕見《詩文集》，頁407。

霜鐘搖落溪山月，惟有梅花冷自香。(〈感事二十一截句附題冷
香塔〉) 〔註214〕

殘雪暗添衰鬢色，梅花應爲老僧羞。(〈殘臘登掃葉樓……〉)
〔註215〕

塵世興亡都不問，梅花開落卻關心。(〈常州重晤庄醒庵中
丞……〉) 〔註216〕

「梅花應爲老僧羞」何謂也？是自築堵坡？也罷！就當亡國遺民。既
已無自身的憂慮，苟活之身，卻關心梅花開落。如何爲國奔走才是人
生之路。「高枝寒更花」、「花伴枯禪發」象徵其生命的強韌；寄禪愛
梅、愛白梅，其自述：

惟留澹泊身；意中惟有雪，花外欲無春……清如遺世人。

淡然於冷處，卓爾見高枝……都緣一白奇。

偶從溪上過，忽見竹邊明。花冷方能潔，香多不損清。

(〈梅痴子乞陳詩曾爲白梅寫影〉其一、其二、其三) 〔註217〕

寄禪是「澹泊身」、「清如遺世人」，自道「都緣一白奇」，「花冷方能潔，
香多不損清」，這是對自己喜梅愛白梅的自述。看到程姓友人爲其《白
梅詩》寫跋：「寄公出示《白梅詩》卷，予評其『意中惟有雪，花外欲
無春』爲梅之神；『淡然於冷處，卓爾見高枝』爲梅之骨；『偶從溪上過，
忽見竹邊明』爲梅之格；『孤烟淡將夕，微月照還明』爲梅之韻；『爭姿
寧遜雪，冷抱尚嫌花』爲梅之理；『三冬無暖氣，一悟見春心』爲梅之
解脫。寄公大喜，囑予志之。」〔註218〕現出喜梅愛梅，時人皆知。

3、寄禪梅詩的特色

寄禪梅之詩的特色有二，其一、梅是高潔的。能在寄禪詩中出現

〔註213〕見《詩文集》，頁412。
〔註214〕見《詩文集》，頁412。
〔註215〕見《詩文集》，頁425。
〔註216〕見《詩文集》，頁438。
〔註217〕見《詩文集》，頁238。
〔註218〕〈《白梅詩》鄭跋〉，《詩文集》，頁538。

的人物不是愛國就是忠貞，能讓寄禪書寫在梅花詩中的人物更是皎潔如淡梅，其中以林處士（林和靖）為最具代表，和靖更是愛梅之士，其名句：「疏影橫斜水清淺，暗香浮動月黃昏」、「雪後園林才半樹，水邊籬落忽橫枝」。同樣的，寄禪有關梅的詩也突具特色。例如「花冷方能潔，香多不損清」。

　　其二、梅是清香、淡無影的。昔人張子野有「張三影」〔註219〕之稱。寄禪也有「三影和尚」〔註220〕之稱：

　　　　魚嚼梅花影。(〈題《寒江釣雪圖》〉)〔註221〕

　　　　空際若無影，香中如有情。(〈詠白梅〉)〔註222〕

　　　　瘦影扶烟立，清光背月明。(〈雪後尋梅〉)〔註223〕

影是依他而立，梅花倒映江水中，魚兒以為是食物而咀嚼之。其實寄禪談到「影」字的詩有多首，也嘗稱為「百影和尚」。〔註224〕寄禪這麼多『影』字詩，惟惜沒有全傳下來。其詩中的「無影」、「瘦影」指的是白梅。「凡詠梅多詠白」〔註225〕寄禪詩中談紅梅、白梅、綠梅、官梅四種。紅梅太艷，綠梅嬌滴滴，官梅仍無法凌駕白梅。「白梅甘冷淡」，由這隱微之處透露寄禪的個性。再回看杜甫的梅也和雪花一樣冷一樣白；陸游也希望和梅一樣的高潔。在前人的襯托之下，方知

〔註219〕張子野有「張三影」之稱：「浮萍斷處見山影」、「雲破月來花弄影」（長短句）、「隔牆送過鞦韆影」（長短句）。參見魏慶之：《詩人玉屑》，台灣商務印書館，1980年，頁332。

〔註220〕「三影和尚」：寄禪在阿育王寺當家，某日，大夥聊天：有一操湘音者微吟曰：「一步一步緊。」旁一人曰：「行過育王嶺，」相與大笑。上人應聲續曰：「夕陽在寒山，馬蹄踏人影。」皆為之拍案叫絕。又有以〈寒江釣雪圖〉像上人索題者，題曰：「垂釣板橋東，雪壓蓑衣冷；寒江水不流，魚嚼梅花影。」與人遊岳麓，援筆吟曰：「意行隨所適，佳處輒心領；林聲闃無人，清溪鑑孤影。」以是人稱之為三影和尚。參見《詩文集》，頁529。

〔註221〕見《詩文集》，頁95。

〔註222〕見《詩文集》，頁208。

〔註223〕見《詩文集》，頁297。

〔註224〕彭楚珩：《歷代高僧故事》，第五輯，永裕印刷，1987年，頁61。

〔註225〕魏慶之撰《詩人玉屑》，台灣商務印書館，1980年，頁307。

寄禪的梅由「瘦影」而「無影」，顯得更冷更白更透明。

　　寄禪以自然題材入詩的作品甚多。以動物入詩者有：鷗鳥、蟋蟀、鷓鴣、鶴等，其中以鷓鴣入詩次數較多而有特殊意義。植物入詩者有桃梅蘭竹菊蓮等。除梅之外專詠該項植物者極少，專詠蓮者一首，有一兩首詩寫到竹。梅是寄禪的生命之花，所占篇幅甚多。蓮有其特殊的背景，故在寄禪心目中，以蓮呼之，或以荷或藕呼之，正如本小節所析，是有所不同的。

第四節　紀夢詩

一、紀夢詩的思緒

　　所謂夢詩可分爲二類：一類是在詩中使用『夢』字的詩，這一類詩大致不包括作夢的具體內容。另一類是記述夢的內容，本單元所要談的是記述夢的內容。

　　《莊子‧大宗師》：「古之眞人，其寢不夢。」註：「其寢不夢，神定也，所謂至人無夢是也。」要作到「至人無夢」是不容易的。物我兩忘「嗒焉若喪其耦」（《莊子‧齊物論》）。日有所思夜有所夢，古人一有作夢，次日則找人解夢。這一章節紀夢詩，即所謂記述夢的內容；從不同的角度顯示夢主的某些心事、觀念或思想。蘇格拉底說：夢「代表良心的聲音」；晚清詩人潘德輿《驅夢賦》：「不蹈夢區，不燭心境」，揭示了「夢吐眞情」的特點。

　　夢是內心隱密處的結，這個結無所施展，於是在夢境若隱若現，它無法脫離現實生活而單獨存在。夢，夢想，一個很抽象的名字，抓不住，醒來就忘了。中國古時即有占夢的記載：

> 觀天地之會，辨陰陽之氣，以日月星辰，占六夢之吉凶，
> 一曰正夢、二曰惡夢、三曰思夢、四曰寤夢、五曰喜夢、
> 六曰懼夢。〔註226〕

〔註226〕《十三經‧周禮‧春官‧宗伯》，臺灣開明書店，1991年，頁38。

這是將夢分成上述六種。但是學佛者認為夢有二階段，第一階段是，眾生的夢，第二階段是諸佛的夢。其實諸佛無夢，永嘉證道歌：「夢裡明明有六趣，覺後空空無大千」。為應眾生所求而入眾生之夢。現在就談眾生之夢：

> 學佛之前，所作的都是迷夢；學佛之後，作的便是半醒半迷的夢。常人的作夢經驗，不外乎，一、歷歷分明的清明夢，醒後夢竟宛然，仍在腦海裡盤旋縈繞，久久難以忘懷。二、似清若濁的夢，夢時彷彿清楚，醒後卻難以捕捉。三、混濁的糊塗夢，夢時非常吃力，醒來身心疲累，知道曾經做夢，想不起來，到底作些什麼夢。四、預感性的夢，夢境會在未來的一段時日發生。〔註227〕

眾生之夢有上述四種。寄禪的夢是第一種，「歷歷分明的清明夢，醒後夢境宛然，仍在腦海裡盤旋縈繞，久久難以忘懷。」所以才能融入於詩中。例如《詩經·關雎》就是一篇通過夢境的描寫，展現一位青年對意中人朝思暮想的愛情；在現實中求之不得的憂思，轉化成夢中深切的思慕。從經典得知古人也作夢，屈原、李白、蘇軾、陸游、李清照、龔自珍等都寫過紀夢詩。所以作夢是不足為奇的，奇的是他們能將夢境保存下來，則成「紀夢詩」。作夢是有呈現某種「念」，所以就某種程度而言，作夢是非常好的內在出口。以陸游而論：陸游詩中涉及夢境的約有百首，是中國古代詩壇夢詩之最多：

> 夢裡都忘困晚途，縱橫草書論邊都；
> 不知盡挽銀河水，洗得平生息氣無。(陸游〈紀夢〉)〔註228〕

> 夢裡遇奇士，高樓酣且歌；霸圖輕管樂，王道探丘軻。
> 大指如符卷，微瑕互啄磨；相知殊恨晚，所得不勝多。
> 勝算關天定，精忠壓虜和；真當起莘渭，何止復關河。
> 陣法參奇正，戎旃相蕩摩；覺來空兩泣，壯志已蹉跎。

> (陸游〈二月一日夜夢〉)〔註229〕

〔註227〕釋聖嚴：《禪與悟·夢中說夢》，東初出版社，1991年，頁77。
〔註228〕《劍南詩抄》卷二，1990年，頁32。

「縱橫草書論遷都」和南宋偏安成對比。在中國歷代中，宋朝是較弱朝代，宋朝向遼稱臣、進貢；金滅北宋，南宋偏安江南一隅，朝廷是主和派，陸游是主戰派，希望能北伐收復失土，卻屢遭主和派打擊，因而心懷悲憤。陸游在現實人生報國無期、壯志難酬，然而在夢裡雄心壯志有「霸圖」，行孔孟之道、與奇士相知恨晚，指揮若定收復山河、旗正飄飄，誰知一覺醒來，壯志如洩氣的皮球。陸游的壯志在現實環境裡受阻，其深沉的憂憤無以宣洩而轉入夢中，經由夢境得以實現而安定。陸游的紀夢詩，幾乎都是由現實人生轉入夢境尋求慰藉。這種「不蹈夢區，不燭心境」，藉由「詩」來保留「夢吐眞情」。所以夢就是一個人眞實世界的某一「不燭心境」，藉由夢，也藉由詩人的意願將此夢境記載入詩。且看龔定安的紀夢詩：

> 持問胭脂色，南人同不同；饃餬綃帕褶，慘憺唾盂中。
>
> 我有靈均淚，將毋各樣紅；星星私語罷，出鞘一刀風。
>
> （龔定安〈紀夢〉）〔註230〕

龔定安的紀夢詩主要是對國家的憂患意識，「我有靈均淚」也顯示龔定安的憂國，「出鞘一刀風」，只能在夢中一展雄姿。

二、寄禪的紀夢詩

寄禪都能清楚回憶夢境，他的夢應屬「眾生之夢」中的第一種夢。其紀夢詩共十四首，稍以時間及性質區分，略分為其一、何人忽吹笛，呼我松間醒。其二、覺時明月在，失卻碧桃花。其三、豈無載酒題糕興？以有攀天蹈海愁。其四、振錫深山解虎鬥，求珠滄海驚龍眠。對有關洞庭湖的夢詩計五首：

> 天地忽異色，元陰合一湖；迅雷翻地軸，高浪蹴天衢。
>
> 風雨作還止，魚龍喘未蘇；但令膏澤遍，何敢怨泥途。

〔註229〕同上，卷六十五，頁919。

〔註230〕《龔定安全集類編》卷十七，集外未刻詩，台北：世界書局，1973年，頁411。

(〈夢登岳陽樓觀湖中大雨作〉)〔註231〕

寄禪夢中對洞庭湖水的觀感：「迅雷翻地軸，高浪蹴天衢」，好大的氣
勢，洞庭湖水好似在巨人的碗公中給翻跟斗了。

　　洞庭匯眾壑，雲夢氣能吞；吳楚星辰濕，風濤日月翻。

　　遙看青草浪，混作碧天痕；莫恃重湖闊，終須到海門。

(〈夢洞庭作〉)〔註232〕

遠遠一望洞庭湖像穿著一條滾著青彩帶的波浪裙。即便如此，任浪裙
多麼飄舞，終歸地平線。「吳楚星辰濕，風濤日月翻」，氣勢上不下於
杜甫〈登岳陽樓〉：「吳楚東南坼，乾坤日夜浮」。

　　萬頃烟波一葉行，一波未了一波生；

　　無端夜宿蘆花岸，錯認蘆花是月明。(〈七夕夢中偶作〉)〔註233〕

　　山翠濃如潑，憑虛排萬峰；川原迷遠近，岩壑見孤雄。

　　虎吼將崩石，雲扶欲倒松；溪行正幽絕，何處一聲鐘？

(〈六月朔……〉)〔註234〕

　　昨夢汲洞庭，君山青入瓶；倒之煮團月，還以浴繁星。

　　一鶴從受戒，群龍來聽經；何人忽吹笛，呼我松間醒。

(〈夢洞庭〉)〔註235〕

　　昨夢浮杯渡洞庭，湖波汩汩雲冥冥；

　　岳陽樓上坐吹笛，飄落君山一髮青。(〈夢洞庭得句〉)〔註236〕

寄禪兩次的夢洞庭都以「吹笛」作結，不禁令人想到「成仙」或「隱
居」。又「錯認蘆花是月明」，夢境優美。看其他幾首紀夢詩幾乎都有
隱居的意味，例如：

　　日含瓜步雨，風拒海門潮；鷲嶺春常在，龍宮土不焦；

　　江山有如此，何用訪松橋。(〈五月二十七夜，夢中重游焦山〉)

〔註231〕見《詩文集》，頁160。
〔註232〕見《詩文集》，頁196。
〔註233〕見《詩文集》，頁204。
〔註234〕見《詩文集》，頁244。
〔註235〕見《詩文集》，頁398。
〔註236〕見《詩文集》，頁271。

〔註237〕

漢末焦先隱居於焦山，寄禪遊焦山計二次都有賦詩，有像焦山這麼好
的地方，根本不用再去尋找赤松子和王子喬兩位仙人了。下一首紀夢
詩是登山，頗具仙味：

　　　忽到祝融頂，青天手可捫；雲霞飛寶蓋，日月浴金盆。

　　　異彩紛難狀，群峰各自尊；仙風吹夢失，欲覓了無痕。

　　（〈予夢登天姥之七夕，忽夢登祝融〉）〔註238〕

這一首是夢中之夢，在高高觸頂的祝融峰上，手可摸到青天，采雲像
一頂一頂的帽子一般飄過，看著太陽和月兒浴在金盆裡！一座座富麗
的山！霎那，一陣仙風吹過，吹散了他們；夢境了無痕。這是寄禪壯
美的夢。

　　　仙山不可到，而我自何來？絕壑雲扶雨，晴空瀑吼雷。

　　　更從清嶂出，遙見碧桃開；忽忽晨鐘動，方驚夢裡回。

　　（〈紀夢詩一首並序〉）〔註239〕

這是一八九八年二月十四夜，寄禪夢與曹蔭萱、徐孟虎、俞壽辰及其
侄慎修，冒雨同至一山，飛流界道，峭石橫雲，迥非人境。于烟靄中
見林表碧桃初花，擬攀蘿往折。忽晨鐘驚醒，簷溜猶滴，窗全曙矣。
這一首值得提出來，因為「而我自何來？」及「遙見碧桃開」。回想
當年見籬上桃花為暴雨摧殘而慨然出塵，而今隔三十年，見林表碧桃
初花，一實一夢，此與兒時印記成鮮明對比。整個生命的歷程可藉王
國維的三種境界：

　　　昨夜西風凋碧樹。獨上高樓，望盡天涯路，此第一境也。衣
　　帶漸寬終不悔，為伊消得人憔悴。此第二境也。眾裡尋他千
　　百度，回頭驀見，那人正在燈火闌珊處。此第三境也。〔註240〕

無以資生而出家，有如第一境。一山一山參禪修行，有如第二境。回

〔註237〕見《詩文集》，頁207。

〔註238〕見《詩文集》，頁237。

〔註239〕見《詩文集》，頁221。

〔註240〕王國維：《人間詞話新注》，里仁書局，1994年，頁28。

首三十年，方驚夢裡回，有如第三境。寄禪回首生命的軌跡，對此碧桃花更有特殊的意義：

> 不信越人語，天台去路賒；且攜滄海日，來看赤城霞。
>
> 暫把浮丘袂，仍回長者車；覺時明月在，失卻碧桃花。
>
> （〈二月丙申夕，夢與一道士……〉）〔註241〕

「覺時明月在，失卻碧桃花」，兩次夢中出現「碧桃花」，莫非「碧桃花」是一個象徵，或是曾給初涉世的寄禪一種啟示。從《詩經·桃夭》：「桃之夭夭，灼灼其華」開始，由桃花聯想：

> 從「紅粉妝」、「人面桃花」、桃花江、桃花運……從這個思想的路線延伸下來，桃花從春色、女色，而淪落為肉慾的象徵了。……桃花往紅塵低處引申其含意，既成為「色慾」，但往煙霞高處引申其含意，又成為「仙境」。從隱士的桃花源，到道士的桃花觀、西王母的仙桃園……從這個思想的路線溯洄上去，桃花又成為一種純潔超脫的禁慾世界。試看唐伯虎的〈桃花庵歌〉，就混淆著引而上與引而下的矛盾意識……他住在原該是充滿情慾的桃花庵，卻又昇華到桃花仙那邊去，……形成了相反相成「兩極化」的含意。將「桃花」從肉慾色情的境界中提升，走向高超的精神國度，那遺世獨立的「桃花源」就是教人嚮往的精神國度。雖然說陶淵明所寫的桃花源乃是人間的實境，斷不是迷幻的仙境，但至少可以把它看作實際生活裡未曾得到順利滿足的一個補償世界。〔註242〕

「桃花」往上提升是高超的精神世界，寄禪的碧桃花就是往上提升的精神世界；這麼美的碧桃花之夢，卻被鐘聲給叫醒了：

> 虎吼將崩石，雲扶欲倒松；溪行正幽絕，何處一聲鐘？
>
> （〈六月朔，夢至一山……〉）〔註243〕
>
> 昨夜夢痕凌紫氣，袖中七十二峰青，
>
> 天雞驚我雲端墜，芋子煨殘月滿庭。（〈夢衡岳〉）〔註244〕

〔註241〕 見《詩文集》，頁160。

〔註242〕 黃永武：《中國詩學思想篇》，台北：巨流，1980年，頁36～37。

〔註243〕 見《詩文集》，頁244。

一鐘敲醒夢中人，一陣雞鳴也叫醒夢中人。這些紀夢詩的共通性，夢境幽美，嚮往隱居。顯現寄禪最絕美的一面。也看看他奮起的一面，卻是憂國的。一八八八年寄禪堅辭住持上林寺，曰：「大道久淪沒，賢聖亦肥遁；振興在來哲，余也誠不敏……平生烟霞心……」（〈辭上林寺法席……〉）到一九零一年住持上林寺，從「平生烟霞心」到「大千劫火一時燃」，這十二、三年來的轉變可謂不小，連夢中詩都憂時憂國：

> 大千劫火一時燃，鐵骨于中煉已堅；
> 振錫深山解虎鬥，求珠滄海驚龍眠。
> 萬家香飯歸禪鉢，八部花雲散法筵，
> 兜率蓬萊俱不著，蓮花佛國息吾肩。

　　　（〈十月初三夜，夢中得詩一首〉）〔註245〕

這是鉅額賠款的辛丑年，民不聊生，當局已虎視各地廟產。寄禪馬不停蹄奔走，奮勇情懷，「鐵骨于中煉已堅」，煉就一精神的銅筋鐵骨；卻揮不掉憂國淚：

> 九日重來上此樓，青山如舊葉皆秋；
> 豈無載酒題糕興？以有攀天蹈海愁。
> 強折黃花笑將插，卻搔白髮短還羞；
> 群公應報匡時策，早使新亭涕淚收。

　　　（〈重陽日夢與王梧生……並志夢痕〉）〔註246〕

詩人心緒低沉，國愁深淵，已築冷香塔。宣統二年（1910年），清朝滅亡幾成定局，江山一片模糊，最愛作詩的寄禪坐困愁城「豈無載酒題糕興？」「以有攀天蹈海愁」，時局動盪；連夢中都搖晃起來。

三、寄禪紀夢詩的特色

　　寄禪的紀夢詩有二個特色，其一、奔波後待休息。其紀夢詩隱約透露奔波後想歇息，「無端夜宿蘆花岸，錯認蘆花是月明」、「何人忽

〔註244〕見《詩文集》，頁398。
〔註245〕見《詩文集》，頁275。
〔註246〕見《詩文集》，頁419。

吹笛，呼我松間醒」、「蓮花佛國息吾肩」。寄禪從出家後到岐山參禪，修苦行。除那五年比較固定住在岐山之外，從光緒元年（1875 年）寄禪二十五歲起，一年之中幾乎常「遷徙」，所謂遷徙，是指沒有在固定的一個地方住上一年半載。以其年表之一爲例：

> 光緒元年（乙亥 1875）二十五歲。春住湘陰祖寺。夏秋離開湖南，東遊吳越。曾重遊岳陽樓，登黃鶴樓，于楓橋夜泊在鎮江金山寺結夏，參大定密源禪師。經蘇州，曾小住常州天寧寺。〔註247〕

看出寄禪來來去去。就是一八八九年，三十九歲，開始當住持後仍四處奔波，所以紀夢詩中隱約透露仙人之跡。夢境幽美，嚮往隱居。

其二、憂國。「大千劫火一時燃」，寄禪生逢衰世，又滿腔熱血。交遊廣闊，所結交者諸多官友，知朝廷與時事；目睹朝廷的無能，夷敵的強勁，「攀天蹈海愁」，只有一個「憂」字可比擬。顯然現實中報效無門，只有托諸夢境，生命才得以找到出口。其心境和陸游、龔定安頗類似。

第五節　山水之詩

一、登　覽

僧人雲遊，逐山林水澤，登高山，居高臨下，借此開拓不同的視野，體驗不同的心境。像現代人搭飛機，在機上俯瞰；地面一切景物渺小了，甚至不見了；飄在身旁的雲裏著飛機；古人只能藉由登高來體驗這種感覺。是故登覽借由改變某個環境，那怕只是高度的改變，都會讓個體經歷不同的心境。

寄禪愛登山，其好友楊靈荃在《嚼梅吟》楊跋〉說：「吾友寄禪子，性愛山，每躋攀必凌絕頂，務得奇觀。逢岩洞幽邃處，便吟詠其間，竟日忘歸。飢渴時，但飲寒泉啖古柏而已。若隆冬，即于澗底敲

〔註247〕見《詩文集》，頁 547。

冰和梅花嚼之,故其詩帶雲霞色,無煙火氣,蓋有得乎山川之助云。」
見出寄禪讀萬卷書行萬里路,開拓視野,蓄積于胸,書于詩。

(一)登覽類詩作的思緒

臨水而歌,登高能賦,自古有不少傳頌的詩作誕生於綠水之濱、
高山之巔。登高致思分三個基本階段,泰山心境、高唐心境、鸛雀樓
心境。「泰山心境」,以「壯語」言之,抒寫青春意氣、仰天大笑的凌
雲之志;「高唐心境」,以「情語」言之,傾吐人到中年、風雨旅途的
感傷情懷;「鸛雀樓心境」,以「理語」言之,包含飽經風霜、回家途
中的人生智慧。不同階段、不同境遇、不同經歷的人,各有其審美心
境。先看杜甫的登覽詩:

風急天高猿嘯哀,渚清沙白鳥飛回;

無邊落木蕭蕭下,不盡長江滾滾來。

萬里悲秋常作客,百年多病獨登臺;

艱難苦恨繁霜鬢,潦倒新停濁酒杯。(杜甫〈登高〉)〔註248〕

昔聞洞庭水,今上岳陽樓;吳楚東南坼,乾坤日夜浮。

親朋無一字,老病有孤舟;戎馬關山北,憑軒涕泗流。

(杜甫〈登岳陽樓〉)〔註249〕

第一首詩被譽為第一愁詩,全詩卻不著一個「愁」字。夔州位於長江
之濱,三峽之首的瞿塘峽之口,素來以風大著稱。當落葉飄零,巫峽
多猿,鳴聲淒厲。詩人易感、年華易逝、歲暮傷時。第二首,不過四
十字,氣象閎放,涵蓄深遠;「吳楚東南坼,乾坤日夜浮」寫洞庭只
兩句,卻雄跨今古。這是「鸛雀樓心境」的登高詩。

(二)寄禪的登覽類詩

遊山登高,對出家人是尋常事,對寄禪而言是愉悅的事,二十四
歲自從修畢頭陀行離開岐山回湘陰法華寺,秋曾遊溈山、神鼎山。次
年東遊吳越,「凡海市秋潮,見未曾有遇,巖古幽邃,輒歗詠其中。饑

〔註248〕見《杜詩鏡銓》,頁842。
〔註249〕見《杜詩鏡銓》,頁952。

渴時飲泉和柏葉下之，喜以楞嚴、圓覺雜莊騷以歌，人目爲狂。嘗冒
雪登天台華頂峰，「雲海蕩胸，振衣長嘯。」壯志高飛，見出寄禪登峰
的愉悅。登覽的詩章，以登高爲主，如登高山，或登樓、登高亭，視
野由高而下，可以俯瞰、遠眺。寄禪性喜登山，「老僧好奇險，古洞夜
深探」（〈夜登玲瓏岩〉）沿路享受山景，「一步一回首，細領烟蘿容」（〈登
玲瓏岩〉），寄禪有五十首登覽的詩章。其第一首詩〈登岳麓山呈笠雲
長老〉：「……拈花曾示我，微笑證前緣。」帶給寄禪是美好的：

> 層巒疊嶂碧摩空，引我登臨思不窮；三徑黃花疏雨外，
> 一林紅葉淡烟中。雲封古洞無僧住，翠鎖寒松有路通；
> 踏破芒鞋遊未遍，夕陽西下聽鳴鴻。（〈登湘陰神鼎山〉）〔註250〕

登高思無窮、望遠思鄉，「三徑黃花疏雨外，一林紅葉淡烟中。」不
管是家鄉的疏雨黃花，或是眼前的紅葉淡烟；寄禪這首詩有柳暗花明
又一村的明亮。其登覽詩作頗具陽光與興致：

> 平生愛佳趣，千里此尋幽；地闢塵難到，山深翠欲流。
> 閑雲眠古寺，野竹上高樓。不盡登臨興，題詩贈惠休。
>
> （〈登靈峰寺呈嘯溪和尚〉）〔註251〕
>
> 平湖月似洞庭秋，瓶鉢巴陵憶舊遊；
> 檻外湖山無限好，恍然如坐岳陽樓。
>
> （〈登平湖秋月樓懷舊〉）〔註252〕
>
> 不辭楚水吳山遠，直到千峰絕頂邊；
> 樹色經霜紅欲滴，苔痕過雨綠猶妍。
> 雲封古洞疑無路，烟鎖寒岩別有天；
> 願結三間茅屋住，萬松關里坐枯禪。（〈遊四明天童〉）〔註253〕
>
> 高閣凌霄漢，登臨見大荒；輕烟凝遠樹，疏雨澹斜陽。
> 江淨寒潮白，秋高木葉黃；憑欄不欲去，明月照衣裳。
>
> （〈暮秋茹峰山閣晚眺〉）〔註254〕

〔註250〕見《詩文集》，頁12。
〔註251〕見《詩文集》，頁21。
〔註252〕見《詩文集》，頁25。
〔註253〕見《詩文集》，頁31。

寄禪的登高詩頗有興致，無論是登山或是登樓都有美好的經驗與回憶，
「不盡登臨興」、「如坐岳陽樓」、「雲封古洞疑無路，烟鎖寒岩別有天」，
登平湖秋月樓恍然如坐岳陽樓，何以說對「岳陽樓」有美好的經驗與回
憶。昔時回鄉省舅，路過洞庭湖，而神來一念「洞庭波送一僧來」。直
到初會做詩時，再把初遊洞庭的靈感捕捉起來，於是有〈遊岳陽樓〉：「危
樓百尺臨江渚，多少遊人去不回；今日扁舟誰更上？洞庭波送一僧來。」
幾許王勃〈滕王閣序〉的味道，幾許意氣風發的壯志。「雲封古洞疑無
路，烟鎖寒岩別有天」和上一首「柳暗花明」意味頗雷同。

> 長松匝地絕塵埃，才入名山眼界開；
> 萬點峰巒青未了，一聲鐘過白雲來。（〈遊大磊山〉）〔註255〕
>
> 久羨茲峰勝，登臨日欲西；鳥隨紅葉下，人與白雲齊。
> 怪石立如鬼，巉岩陡若梯；不從高處望，誰信萬山低。
> （〈登天姥峰〉）〔註256〕
>
> 腳底聽流泉，人來飛鳥邊；群峰盡如蟻，片石欲撐天。
> 吳越雲中盡，星河樹杪懸；登臨愜懷抱，飽看萬山川。
> （〈登華頂峰〉）〔註257〕
>
> 白雲扶我下蓬萊，為訪長庚得得來；
> 幽谷虎過苔有迹，澄潭月印鏡無埃。
> 山從拄杖頭邊出，花在遊人腳底開；
> 海闊天空豁懷抱，此身疑向九霄回。（〈登太白山〉）〔註258〕

上述的登覽詩，見出寄禪登覽時對大自然的景仰與高昂的興致。司空圖
《詩品·勁健》：「行神如空，行氣如虹，巫峽千尋，走雲連風。飲真茹
強，蓄素守中，喻彼行健，是謂存雄。天地與立，神化攸同，期之以實，
御之以終。」「真」指「健」，「強」指「勁」。「『飲真茹強』要人們經常

〔註254〕見《詩文集》，頁38。
〔註255〕見《詩文集》，頁62。
〔註256〕見《詩文集》，頁84。
〔註257〕見《詩文集》，頁85。
〔註258〕見《詩文集》，頁95。

不斷地在『勁健』二字上下功夫……一個作家要永無止息地『素處以默』……仔細地觀察，審慎地思維，熱情地嚮往，嚴肅地執筆。一句話：就是要善於蓄積、善於構思、善於表達。」〔註259〕寄禪登高覽勝有如寫詩文，一一品味蓄積，處處有新境。感得天地近在身邊，「……登臨翻訝鳥低飛；蓬山咫尺通呼吸……」。《易經‧乾卦》：「天行健，君子以自強不息。」無論是有形的腰腳健，或是無形的開余襟，都能嗅出寄禪的登覽詩意興湍飛，有「泰山心境」。修畢頭陀行的寄禪，也才學會做詩，出遊高山古亭，心中充滿著的無非梵音與禪性：

> 紫雲最高處，飛錫共登臨；秋老山容瘦，天寒木葉深。
> 西風孤鶴唳，流水道人心；坐久林塘晚，寥寥鐘梵音。
> （〈暮秋偕諸子登衡陽紫雲峰〉）〔註260〕

景中帶情，人到了一個境界，感受自有不同。秋風瑟瑟，道人的心像流水一樣，優遊自在。閒適自若，這是寄禪由景抒情。又如：

> 太白峰頭望海庵，望中何處有山三？
> 越人天姥猶眞語，海客瀛洲總妄談。
> 賀監高風今尚在，謝公遊興昔曾酣；
> 錘幽鑿險功非淺，論賞宜封一等男。（〈太白峰望海〉）〔註261〕

唐人賀知章，曾爲進士，當過秘書監，亦稱爲賀監，晚年自號「四明狂客」。南朝宋謝靈運博覽群書，工書畫，曾爲太尉參軍，後貶爲永嘉太守。好山水，既已不得意，便肆意遨遊，各處題詠。「錘幽鑿險」登山常著有齒木屐，〔註262〕「腳著謝公屐，身登青雲梯」（〈夢遊天姥吟留別〉李白），而今喜好登覽的寄禪封其爲「一等男」。

　　中國古詩中都是登高望鄉、念友。何以有時登此高閣會有茫然感，此一時彼一時；詩以言志、緣情爲主，詩的展現最終言志；情無景不生，景無情不發，所以情、景相倚相伏：

〔註259〕詹幼馨：《司空圖《詩品》衍繹》，台北：仁愛印刷，1985年，頁21。
〔註260〕見《詩文集》，頁7。
〔註261〕見《詩文集》，頁368。
〔註262〕謝公屐，有齒的木屐，底有釘子的木鞋，後來俗稱謝公屐。參見辭源。

昨上毗盧頂，今登遠目樓；梅峰雲外矗，沅水檻前流。

木落千山瘦，天空一雁秋；鄉園杳何處？憑眺客心愁。

　　（〈登溈山遠目樓〉）〔註263〕

（1874年）二十四歲的寄禪，從岐山修頭陀行回到湘陰法華寺。秋天遊寧鄉的溈山，「鄉園杳何處？」其心中頗懷念家鄉，「木落千山瘦，天空一雁秋」，在這葉落山瘦的深秋，自己如孤雁，想著家鄉。家鄉除弟弟之外，已然空無所有。到一八七七年登驃騎山仍有茫茫然古今愁：

憑眺斜陽裡，茫茫愁古今。(〈重陽後一日偕水月上人登慈溪驃騎

山〉)〔註264〕

故鄉不可見，愁絕暮猿哀。(〈秋日登伏龍山〉)〔註265〕

時聞吹鐵笛，一洗古今愁。(〈登黃鶴樓〉)〔註266〕

鄉關杳何處？向晚客愁生。(〈登金山留玉閣〉)〔註267〕

兵火餘殘壘，誰招壯士魂？(〈登潤州城閣〉)〔註268〕

這些登覽詩已嗅不出「高昂的興致」。不同時間登同一座山，寄禪先後兩次的感受有些許不同，但是其中有些字句竟然一模一樣，例如：

為尋焦隱迹，〔註269〕憑眺此岩阿；帆影懸青嶂，

漁謳入綠蘿。潮平滄海闊，山爛白雲多；

老樹藏秋色，斜陽淡細波。孤城浮水出，

一雁叫霜過；對月懷高士，臨風發號歌。

古人今已矣，末世復如何？吾亦潛丘壑，

修真養太和。(〈秋日蕉山晚眺有感〉〔註270〕1875年)

〔註263〕見《詩文集》，頁10。

〔註264〕見《詩文集》，頁36。

〔註265〕見《詩文集》，頁44。

〔註266〕見《詩文集》，頁107。

〔註267〕見《詩文集》，頁108。

〔註268〕見《詩文集》，頁339。

〔註269〕焦先，三國時魏隱士，河東人。漢末嘗於荒野河邊結草廬獨居，見人不語，冬夏不著一衣，臥不設席，滿身垢污，數日始一食，傳說死時百餘歲。參見辭原。

〔註270〕見《詩文集》，頁18。

> 焦公栖隱處，落日獨經過；帆影懸青嶂，鐘聲出碧蘿。
> 潮生京口闊，山赴海門多；昔人不可見，惆悵此岩阿。
> （〈焦山〉〔註271〕1886年）

寄禪初出茅廬只願像焦先一般潛丘壑，修眞養太和。卻由於自己的愛國、能詩能文，終而舉足輕重於佛教界。藉由登高遠眺，能偷得浮生半日閒卻憂時憂國憂教皆不無表現在詩文。寄禪的登覽詩，寧靜，有沖淡的美感，司空圖《詩品・沖淡》：「素處以默，妙機其微，飲之太和，獨鶴與飛。猶之惠風，苒苒在衣，閱音修篁，美曰載歸。遇之匪深，即之愈希，脫有形似，握手已違。」「雄渾」的氣勢，容易感受；「沖淡」的情懷，難於體驗。「沖」有「深遠」、「虛寂」、「和合」等涵義；「淡」有「淺近」、「平易」的涵義。……深遠而恬靜，是「沖淡」的主要內涵。細緻的說，那就是：「一首詩，看似淺近，其實意境深遠；看似虛無寂滅，其實於恬靜中顯精神；看似不著邊際，其實調和融合，意在言外。」〔註272〕除了太和之氣，萬物各得其所。心中一份淡然之情，似無卻有，即有若淡。

　　詩情藉由景物自語，第一首詩是寄禪出家八、九年後作的，那時剛在岐山結束頭陀行，東遊吳越，四處參訪大德高僧；焦先是寄禪心目中的高士，所以「吾亦潛丘壑，修眞養太和。」過十一年，寄禪再遊焦山，峰景依舊，兩首詩皆用「帆影懸青嶂」，第一首用「潮平滄海闊」，第二首用「潮生京口闊」。又第一首「古人今已矣」第二首「昔人不可見」，到末了卻寄語惆悵。詩言志、抒情，這代表寄禪有所躊躇了。

　　辛亥革命成功，湖南、浙江等十四省宣告獨立，成立革命軍政府，袁世凱爲總理大臣。舊的體制瓦解，新的體制未成形，未來何去何從？各地時有毀佛像奪廟產，人心惶惶。民國元年寄禪赴南京謁見臨時總統孫中山，請予保護廟產。爲了四月各地佛教徒代表集于上海留雲寺，籌組中華佛教總會；三月中旬寄禪即已動身，經過茅山登茹峯亭，

〔註271〕見《詩文集》，頁108。
〔註272〕詹幼馨：《司空圖《詩品》衍繹》，仁愛印刷，1985年，頁12。

於是寫下這首詩：

> 攀夢重上茹峯亭，滿目瘡痍涕自零；
> 欲拔靈茅滄海去，中原一髮袖中青。
>
> （〈茅山登茹峯亭，次響琴韻〉）〔註273〕

蒿睊家國滿目瘡痍，佛寺廟產岌岌不保，以《易經‧泰卦初九》入詩期盼有好運兆：

> 拔茅茹，以其彙，征吉。（《易經‧泰卦初九》）〔註274〕

「滄海去」，滄海指東海，寄禪有上海之行，各地佛教徒代表集于上海留雲寺，籌組中華佛教總會。結果，公推寄禪為會長。設本部于上海靜安寺，設機關部于北京法源寺。「中原一髮袖中青。」對整個大團體而言，中華佛教總會的成立是一大成就。此際寄禪寄望新政府對待佛教寺產，仍存有一絲絲希望。萬萬沒料到，九月是他生命的末月。

（三）寄禪的登覽類詩的特色

寄禪登覽類詩的特色有二，其一、登覽時意興湍飛。年輕的白髮小頭陀出家早年積極修禪，一山攀過一山，一寺遊過一寺，「不從高處望，誰信萬山低」，從登覽中體會不同的境界有不同的感受，造物者何其妙！

其二、登高望遠更憂國。「臨風一揮涕，不獨為悲秋」，登高遠眺躊躇滿志；何以會和早年登高時的「意興湍飛」有截然不同的感受：

> 若人心淨，使見此土功德莊嚴。〔註275〕

這是「心平地平」、「心淨土淨」的道理。這不是說寄禪心不淨，此時的「淨」，應指「安寧」：

〔註273〕見《詩文集》，頁440。

〔註274〕自力救濟。「茹，相牽引貌，彙，其義為類。泰的基本作用，在上下交通……他們都想跟進，就像拔茅一樣，他的根往往是連帶而起，故曰拔茅茹，物之相隨而動者必為同類……故他們的上進，乃是以類相從，故曰以其彙。」參見傅隸樸：《周易理解》，台灣商務，1985年，頁114。

〔註275〕《維摩詰所說經》卷一，〈佛國品第一〉，《大正藏》卷十四，頁538下。

　　為化差別有三：一、變境從心，二、變心從境，三、境心
　　俱變。〔註276〕

因為『憂』，國家蕩亂，釋子無能伸展報國之心，總歸自己太多情，
太關心國是。誠如李漁叔《魚千里齋隨筆・天童上人》所言，寄禪「深
於情」。是詩人非僧人的特質，故有如此的登覽前後差異。這一點和
杜甫的關懷國是「戎馬關山北，憑軒涕泗流。」倒是很接近。

二、遊　湖

　　遊湖，有「湖」則有水，仁者樂山智者樂水；親近水的這一分波
濤、柔軟與廣袤；水天一色的茫然、曠達之感。

（一）遊湖類詩的思緒

　　湖南省最大的湖泊是洞庭湖，洞庭湖附近最有名氣的景觀之一就
是岳陽樓。岳陽樓屬於岳陽縣，是江南三大名樓之一，最負盛名。寄
禪有多首有關岳陽樓的詩。歷史文化名城岳陽，為荊州之城，三國時
東吳派魯肅率萬人屯駐在此，修巴丘邸閣城。晉太康時建立巴陵縣。
南朝宋置巴陵郡；于是岳陽又名巴陵。「羿屠巴蛇于洞庭，其骨若陵，
故曰巴陵。」（《太平寰宇記》）神話傳說：后羿在洞庭邊射殺巴蛇，
為民除害。巨大的蛇骨堆積如山，人們稱作巴陵、巴丘；這是岳陽古
名的由來。

　　岳陽樓面臨水天一色、風月無邊的洞庭湖，視野廣闊，登樓遠眺，
隱約可見湖中的君山島。君山島總面積 0.96 平方公里，是由大小七
十二座山峰組成。這一湖、一樓、一山相得益彰，相映成趣，使寄禪
的詩更幽美。君山上有軒轅台、飛升台，是皇帝鑄鼎、乘龍飛升之處。
以及二妃墓、湘妃祠，是娥皇、女英的墓地和祭祀地，常為詩人吟詠
的地標。以孟浩然漾舟為例：

　　羊公峴山下，神女漢皋曲；雪罷冰復開，春潭千丈綠。
　　輕舟恣來往，探玩無厭足；波影搖妓釵，沙光逐人目。

〔註276〕釋竺摩：《維摩經講話》，台北：佛光書局，1992 年，頁 84。

　　　傾杯魚鳥醉，聯句鶯花續；良會難再逢，日入須秉燭。

　　　（孟浩然〈初春漢中漾舟〉）〔註 277〕

　　　北澗流恆滿，泛舟觸處通；岩迴自有趣，何必五湖中。

　　　（孟浩然〈北澗泛舟〉）〔註 278〕

初春天氣，冰開潭綠，與知己攜妓當舟吟詩賦聯。三江五湖是古代不
得志士人的隱逸避世之所。北澗雖小，清流常滿，泛舟其中，亦可得
自在之趣。

（二）寄禪的遊湖類詩

　　寄禪遊湖的詩作約莫有十五首，這些水指的是洞庭湖、西湖、碧
湖，其中以洞庭湖給寄禪最大的靈感：

　　　樓頭仙笛數聲遠，湖面君山一點青；

　　　到此風波壯詩膽，狂歌驚起老龍聽！（〈過洞庭湖〉）〔註 279〕

　　　寒鴉旅雁暮天飛，半落平沙半翠微；

　　　最好湖山看不盡，洞庭船載夕陽歸。（〈君山返棹〉）〔註 280〕

　　　洞庭秋望水冥冥，猶是君山一髮青；

　　　今夜重湖波浪靜，月明吹笛吊湘靈。（〈望君山〉）〔註 281〕

　　　八百烟波一葉舟，重來又值洞庭秋；

　　　朗吟飛過無人識，明月清風是舊遊。（〈重過洞庭湖〉）〔註 282〕

這是寄禪出家五年，二十三歲，仍在岐山修頭陀行，溯湘江住長沙麓
山寺，拜訪笠雲長老後經過洞庭湖所作，他們前後的感情是連貫的。
遠望可看到君山景致「湖面君山一點青」，「洞庭秋望水冥冥，猶是君
山一髮青」，「飄落君山一髮青」（〈夢洞庭得句〉）樹木的翠綠佈滿君
山島，寄禪初到洞庭湖是二十一歲，望著洞庭湖水，神來一念「洞庭

〔註 277〕《全唐詩》卷一百五十九，冊三，頁 1624。
〔註 278〕《全唐詩》卷一百六十，冊三，頁 1667。
〔註 279〕見《詩文集》，頁 16。
〔註 280〕見《詩文集》，頁 5。
〔註 281〕見《詩文集》，頁 144。
〔註 282〕見《詩文集》，頁 4。

波送一僧來」。

　　此後寄禪開始學作詩，洞庭湖水給寄禪靈感，「到此風波壯詩膽」，只要看到洞庭湖水，寄禪的詩膽越大壯、越想作詩。二十五歲東遊吳越，上高山，岩谷幽邃則嘯詠其中，喜以《楞嚴》《圓覺》雜莊騷以歌。遊湖或泛棹，寄禪「狂歌驚起老龍聽！」過了兩年再遊洞庭湖，仍是狂歌不歇。無人知道寄禪每到此都詩興大作，狂嘯以歌，以清風爲侶、以明月爲友，他們爲寄禪和歌。洞庭湖這麼大的魅力：

> 島嶼連巴蜀，風濤界楚吳；水長帆影怯，天遠雁聲孤。
> 落日自明滅，遙山時有無；黃陵秋草遍，何處是蒼梧。
>
> （〈洞庭〉）〔註283〕

由地理位置、時序的流動，演出日夜的變奏曲，轉而帶出歷史的告白，洞庭湖的生命氣象淡然而出。下一首置身在洞庭舟中，身歷其境：

> 洞庭信雲廣，茫茫吾何向？激電越洪流，忠信宿所仗。
> 風雲忽異色，波濤自相蕩。空碧澄遠流，虛翠潤寒嶂；
> 游龍喜深潛，翔雁悲寥曠。伏枕聆驚瀾，憑虛玩秋漲。
> 派分九江遙，氣接三山王，返觀契靈異，心目得融漾。
>
> （〈洞庭舟中，次白香翁原韻〉）〔註284〕

劉勰《文心雕龍‧原道》：「文之爲德也大矣，與天地並生者何哉？……日月疊璧，以垂麗天之象；山川煥綺，以鋪理地之形。……惟人參之，性靈所鍾，是爲三才。爲五行之秀，實天地之心。……傍及萬品，動植皆文」，從寄禪的自問自答中，前八句，風濤、翠潤勾勒出洞庭的麗天之象，後八句不也說出游龍喜深潛、翔雁眷寥曠，是性靈所鍾。令人感受洞庭的涵深蓄廣！動植皆文！這就是洞庭湖帶給寄禪的靈感。洞庭除外，約莫以西湖最令人清涼，西湖湖光山色，曾是清朝全盛期康熙、雍正、乾隆三朝的行宮，而今：

> 孤山猶見五雲遮，父老年年望翠華；
> 水殿無人秋寂寞，清溪開遍白蓮花。

〔註283〕見《詩文集》，頁144。
〔註284〕見《詩文集》，頁144。

夾岸青青御柳垂，朱甍碧瓦壓湖湄；

斜陽輦路多秋草，卻憶三朝全盛時。(〈西湖行宮二首〉)〔註285〕

南北峰前飛鳥沒，白蘇堤上行人絕；

釣艇來游夜已深，竿頭點破湖心月。(〈夜遊湖心亭〉)〔註286〕

當地「父老年年望翠華」，希望能再造盛極一時的輝煌，而今「輦路
多秋草」，衰敗殘像。

　　是遊湖或是遊亭，姑且不論，湖、亭並存帶給詩人詩興，參與自
然的一個角色，「竿頭點破湖心月」充滿禪的境界。「豈爲無家乃出家」
(〈祝法示弟補作〉)，寄禪從修畢頭陀行離開岐山後，隨處參禪處處無
家處處家：

綠楊深處有漁舟；神仙只在桃源裡，無奈時人向外求。(〈春
江圖〉)〔註287〕

爲問烟波垂釣叟，綠楊陰裡是誰家。(〈甬江春泛〉)〔註288〕

小艇遙穿蘆荻花……青山紅樹幾人家。(〈秋江泛棹〉)〔註289〕

西風亂颭荻颼颼，欲繫孤篷不自由……雲煙到處隨行腳，

霜雪欺人欲上頭；我本無家任漂泊，又隨明月過滄州。(〈舟
中秋暮〉)〔註290〕

寄禪詩中出現「綠楊深處」、「綠楊陰裡」、「幾人家」，都是一個象徵，
一個桃源世界！此時寄禪出家十五年，「西風亂颭荻颼颼」雖是一個
暮秋的實像，也是寄禪生命的一個歷程，這一年，一八八三年寄禪辭
掉生命中第一個當住持的機會，「萬壑千岩深復深」(〈辭明州太
守……〉)，太守不死心，又再三的懇請，寄禪又作一詩：「多年枯木
已無枝，那得猶蒙大匠知；只合寒岩煨芋用，法門梁棟總非宜。」(〈太

〔註285〕見《詩文集》，頁22。

〔註286〕見《詩文集》，頁23。

〔註287〕見《詩文集》，頁59。

〔註288〕見《詩文集》，頁59。

〔註289〕見《詩文集》，頁82。

〔註290〕見《詩文集》，頁90。

守得儇，堅請不已……〉）想到太守的美意，卻又「欲繫孤篷不自由」（〈八月十五夜海上望月，有懷明果師弟〉），寄禪仍希望隨處行腳，暫且不願被綑綁：

> 畫橋西畔柳陰東，十里平湖水接空；
> 不似人間苦炎熱，衲衣閑坐藕花風。（〈碧湖消夏〉）〔註291〕

> 湘春門外馬王宮，五代荒涼霸業空；
> 閱盡繁華成老衲，漫將時事問漁翁。
> 湖山亦逐滄桑變，天地徒看日月同；
> 塵世興亡何足論？且攜長笛弄松風。（〈碧湖懷古〉）〔註292〕

> 涼風改炎序……飛輪下荊吳，解纜辭橘州；波濤吐洪音，靜聽心悠悠。……委懷于元漠，非但美遨遊。（〈七月十九乘懷慶輪，船發長沙〉）〔註293〕

這些遊湖帶給寄禪甚愉悅，希望一次次到此一遊「獨居殊寡味……愿言屢重經。」（〈初春遊碧亭〉），遊湖除了消暑外，最主要的是雅集。「盛侶忽相引，扁舟泛碧湖。」（〈……湘綺先生泛舟碧湖〉）即使有滄桑，也都能隨「長笛弄松風」而逝。

（三）寄禪遊湖類詩的特色

遊湖詩，除了「萬里青天無片雲，此時望月最思君。」（〈……海上望月〉）和〈西湖行宮〉：「斜陽輦路多秋草，卻憶三朝全盛時。」大環境給寄禪霎那的沉思之外，登覽、遊湖是一體的，難作明確的切割；基本而言，寄禪遊湖詩以遊洞庭湖為最豪放與狂嘯，顯然洞庭湖接近寄禪家鄉，與「洞庭波送一僧來」給寄禪生命支柱、作詩的原動力。寄禪嗜作詩，「朗吟飛過無人識，明月清風是舊遊。」顯示寄禪在馳騁的船上高聲狂吟，生命早已融入湖水、明月、清風，三者一體的溶液中。遊西湖則沒有洞庭的狂嘯與湍興。然而西湖布滿荷花、有

〔註291〕見《詩文集》，頁99。
〔註292〕見《詩文集》，頁278。
〔註293〕見《詩文集》，頁143。

聚會賦詩，只要有水涯，無不給寄禪賦詩的氣息。與前人（孟浩然）相較，他們都充滿遊湖的樂趣，孟氏是眾樂之樂，是不要塵囂之樂；惟寄禪是「閱盡繁華成老衲」，是一種寂樂。

第六章　八指頭陀詩的風格分析

　　詩者，詩人內心的表現。《文心雕龍‧體性》：「各師成心，其異如面。」這些表現構成詩人的風格。風格有所根源，也會有所轉變。寄禪是出家人，又酷愛寫詩，是詩僧。在中國詩歌史上對僧詩的看待，自中唐以來，詩僧輩出：靈一、清江、皎然、齊己、貫休輩等，這些名僧的詩歌也不能擺脫清苦之色。所謂清苦：其一、是指語言上的刻意精工、苦加錘鍊；其二、是指詩歌境界狹小清寒、冷僻苦澀。宋以後文人對唐代僧詩的清苦風格則大加鞭笞，以蔬筍氣、鉢盂氣、山林氣、酸餡氣、衲氣、僧態等詞語指稱僧詩過於清寂、清苦的詩風。

　　僧詩在語言方面，禪語、通俗、五言詩居多。歐陽修《六一詩話》載許洞刁難九僧之事：「有進士許洞者，善為詞章，俊逸之士也。因會諸詩僧，分題出一紙，約曰：『不得犯此一字。其字乃山、水、風、雲、竹、石、花、草、雪、霜、星、月、禽、鳥之類，於是諸僧皆擱筆』九僧詩材蓋不出山林雲烟、草木蟲魚之景」，不叫他寫這些，他要寫那一些？詩僧寄禪的詩歌題材又是哪些？

第一節　詩風的轉變

　　寄禪的詩自然無飾，眼所見全入詩。所見者何物？詩人生活在僻

靜的山中，所見的無非自然景物，山川大地、一草一木自然入詩。是一種取材的自然與情感的自然；就以上述許洞刁難九僧『不得犯此一字。其字乃山、水、風、雲、竹、石、花、草、雪、霜、星、月、禽、鳥之類，』的題材來看寄禪之詩，其所呈現的詩可分為：一、自然無飾。二、幾絲豪放之貌。三、幾許雄渾之概。

一、自然無飾

司空圖的《詩品·自然》：「俯拾即是，不取諸鄰，俱道適往，著手成春。如逢花開，如瞻歲新，眞與不奪。強得易貧。幽人空山，過水采蘋，薄言情悟。」詩的情感是自然流露，容不得一絲絲虛假，好比花到開放時自然開放，歲月自然地一來一往地更換，一點兒也強求不得；強求的事物不久常。這一切太自然了，好比山中居人過水採青蘋。這是悟了自然之道。《莊子·齊物論》：「是以聖人和之以是非，而休乎天鈞。」天道運行不息，像轉動的輪軸一樣。就以「俯拾即是」而論，以雲為例，看雲在詩詞中的意象。

（一）前人的雲之意象

《詩經》中雲的意象，以雲作比，喻某種事物多而美：「鬒髮如雲，不屑髢也。」（《詩經·鄘·君子偕老》），毛傳：「如雲，言美長也。」以雲作比，前者形容頭髮又長又多又美。以雲起興：「英英白雲，露彼菅茅，天步艱難，之子不猶。」（《詩經·白華》）以白雲之於菅茅皆覆露之無所擇，言於天道艱難之際，夫乃不能如白雲之覆物而棄之。意即於今時運不濟之時，你乃不能如白雲之潤物，而遠棄我。以雲起興，申義。

《楚辭》中的「雲」是鬼魅飄忽的神話世界中神人的御具和衣衫，具有人格象徵意味的勢力。又：「吾令鳳鳥飛騰兮，繼之以日夜。飄風屯其相離兮，帥雲霓而來御。」（《離騷》）此處的「雲霓」好比一個神，具有勢力。再而演變：「卒痛蔽此浮雲兮，下暗漠而無光。」（〈九辯〉）此時的浮雲遮掩了明月和白日，使得世界暗淡無光。這象

徵著主人因小人的阻礙而有志不能顯，有忠不能盡，從而陷入悲憤絕望的境地。

　　王維的雲意象：「雲霞成伴侶，虛白侍衣巾。」（〈戲贈張五弟澄〉王維）詩境遠離塵俗，淡泊超然。不再問人事，與雲相依相伴，此時雲的意象是「淡泊自在」。另一首「行到水窮處，坐看雲起時；偶然值林叟，談笑無還期。」（〈終南別業〉王維）「詩佛」王維藉由自然界的景物，由外而內，導引其內在心境；也藉由內在的修養，而能審美、觀照自然界；其雲的意象是一種「自在自如」。

　　李白詩中雲的意象，「竄逐勿復衰，慚君問寒灰；浮雲本無意，吹落章華台。遠別淚空盡，長愁心已摧；二年吟澤畔，憔悴幾時回。」（〈贈別鄭判官〉李白）李白是豪放的，然此時詩意是「失意落泊的自我形象」。自喻如「浮雲」為狂風吹得七零八落，東飄西蕩。

　　僅此一個「雲」字，在不同的前後語詞中衍生不同的意思。這就是筆者要來細參寄禪詩中雲的意象；參究之前，再以杜甫、齊己二人，一俗一僧的詩各列多首來對照，則更能體會出「雲」在中國詩人眼中的妙用：

　　以雲神格化，例如「雲神」：

　　　　安得誅雲師，疇能補天漏。（杜甫〈九日寄岑參〉）〔註1〕

以雲喻「反覆無常」，或天壤之別：

　　　　翻手作雲覆手雨，紛紛輕薄何須數。（杜甫〈貧交行〉）〔註2〕

「雲」，雲合而雨散，一番覆手間，雲雨已判，甚言交道之不可久也。

　　　　夫子欻通貴，雲泥相望懸。（杜甫〈送韋書記赴安西〉）〔註3〕

「雲泥」雲在天、泥在地，喻人地位懸隔，道路有異。又以雲的意象是代名詞。

　　　　芒碭雲一去，雁鶩空相呼。（杜甫〈遣懷〉）〔註4〕

〔註1〕　《杜詩鏡銓》，頁79。
〔註2〕　《杜詩鏡銓》，頁46。
〔註3〕　《杜詩鏡銓》，頁53。
〔註4〕　《杜詩鏡銓》，頁702。

「芒碭雲」，高祖隱於芒碭山，所居上常有雲氣。在此作代詞。又以雲的意象「圖案、彩繪」。

　　蓬萊織女回雲車，指點虛無引歸路。

　　　（杜甫〈送孔巢父謝病歸……〉）〔註5〕

　　裁縫雲霧成御衣，拜跪題封賀端午。

　　　（杜甫〈惜別行送向卿進奉……〉）〔註6〕

「雲車」，繪飾雲采的車。「雲霧成御衣」，指御衣上像雲霧的圖案。杜甫詩中用到的雲的意象多，是天文的現象、地名、代詞、鬢髮、雲母、雲神豐隆……這些雲字襯托詩的廣度，頗有自己的氣勢。

　　再以齊己的「雲」看其意象：

　　未得凌雲價，何慚所買真。

　　　（齊己〈賣松者〉，〔註7〕「凌雲價」，高價。）

　　雲勢嶮於峰，金流斷竹風。

　　　（齊己〈苦熱〉，〔註8〕「雲勢」，燠熱。）

　　望闕雲天近，朝宗水路長。

　　　（齊己〈送徐秀才之吳〉，〔註9〕「雲天」，距離。）

　　雲夢千行去，瀟湘一夜空。

　　　（齊己〈歸雁〉，〔註10〕「雲夢」，指雁。）

　　風吹窗樹老，日曬竇雲乾。

　　　（齊己〈題終南山隱者室〉，〔註11〕「竇雲」，地穴四周。）

　　雲龍相得起，風電一時來。

　　　（齊己〈春雨〉，〔註12〕「雲龍」，龍。雲從龍，風從虎。）

〔註5〕　《杜詩鏡銓》，頁32。

〔註6〕　《杜詩鏡銓》，頁919。

〔註7〕　《全唐詩》卷八百三十八，冊十二，頁9449。

〔註8〕　《全唐詩》卷八百三十八，冊十二，頁9453。

〔註9〕　《全唐詩》卷八百三十八，冊十二，頁9454。

〔註10〕　《全唐詩》卷八百三十九，冊十二，頁9457。

〔註11〕　《全唐詩》卷八百三十九，冊十二，頁9460。

〔註12〕　《全唐詩》卷八百四十，冊十二，頁9478。

> 塵中名利熱，鳥外水雲閒。
>
> （齊己〈送惠空上人歸〉，〔註13〕「水雲」，霧。與名利相對應。）

齊己的雲的意象，是天文的現象、地名、代詞、與名利相對應、雲母、登科之意……這些雲字襯托詩的意涵，也有他自己的風格。齊己的雲比較幽閒，沒有杜甫的氣勢。

（二）寄禪的自然之詩作

寄禪之詩的取材，「俯拾即是」，皆是身邊景物，以植物爲詩材或用到這些字眼，有梅、松、桃、柳、菊、竹、蓮、蘆葦。以動物爲詩材或用到這些字眼，有蟋蟀、鶴、鷗、鳴蛙，然使用頻率不多。以及日月星辰，尤其青山、白雲，綠草、流水，連登山登閣，甚至訪友、過古蹟、禮墳塔皆一一入詩，詩材豐盛。所作的詩以五絕、七絕居多，自然、無飾。寄禪的詩總共一千九百九十三首，詩中有「雲」的詩共六百九十八首。統計如下：

年齡（歲）	詩數（首）	有雲的（首）	年齡（歲）	詩數（首）	有雲的（首）
23	29	8	44	31	17
24	32	11	45	15	7
25	5	3	46	55	25
26	44	8	47	67	28
27	61	28	48	92	31
28	31	16	49	47	22
29	44	13	50	67	22
30	56	17	51	55	23
31	31	12	52	52	19
32	58	18	53	118	33
33	28	9	54	79	30
34	16	5	55	27	15
35	31	10	56	50	26

〔註13〕《全唐詩》卷八百三十九，冊十二，頁 9462。

36	31	11	57	66	19
37	80	28	58	106	34
38	57	15	59	57	23
39	32	12	60	132	29
40	27	10	61	39	10
41	20	8	62	57	16
42	23	5			
43	35	13			

　　約三到四首詩就有一首有雲字的詩，以「雲」為主，來看寄禪之詩。

　　雲，最原始的象是「自然現象」的雲，其特質是流動的、不具固定形狀、色澤。從《詩經》時代被賦予生命，作比作興，經歷代詩人的雕塑後意象生動。同樣的，寄禪也寄託比興，對雲百寫不厭：

　　　　浮雲匪定質，變換誰能測？氤氳翳太虛，飛散窮頃刻。

　　　　寒潤若有施，觀空了無得；前塵雖云妄，轉用資神識。

　　　　（〈擬謝康樂《維摩經》十譬贊，浮雲〉）〔註14〕

浮雲的形態「匪定質」，變化多端，無能預測，「若有施」卻「了無得」，在這時刻變化的塵世，惟「神識」、「真如本性」不變。無論以空間烘托時間，或視野由一點推移到整個宇宙，可視為寄禪對雲的概念。雲在寄禪詩中繁複多變，其一就是上述所言的「雲」，是自然現象的雲。

　　其二，作為「借代」視雲為代名詞，「自己」、「你」或某物某處等，所占比例極多。「自己」像孤雲一樣隨緣。一般雲後會加上一個水字，「雲水」，何謂佛教中的雲水？《佛光大辭典》「雲水」〔註15〕條曰：「雲水又稱『雲水僧』，『雲眾水眾』，『雲兄水弟』，『行腳僧』、『雲衲』。」指為尋師求道，至各地行腳參學之出家人。以其居無定所，悠然自在，如行雲流水，故以雲水喻之。深入的說，雲水之性柔順自如、無所不克，具有解脫、自然、謙卑等性質，故用

〔註14〕 見《詩文集》，頁 139。
〔註15〕 《佛光大辭典》，高雄：佛光出版社，頁 5328。

以喻指有德之行腳僧。又有以雲喻衲衣，以霞喻衣袂，而稱之為雲
衲霞袂。所以，「雲水」喻其柔順自如、有德性。更以宗教佛禪的
面向來看其意義：

> 不應住色生心，不應住聲、香、味、觸、法生心；應無所
> 住而生其心。〔註16〕

「無所住」即不執著，一切法無有自性，所以禪心「應無所住」。雲
是浮動的，水是流逝的，他們都是無住的，呈現於人眼前的雲水時刻
在變化，永不停息。以下盧列寄禪有關雲的詩：

1. 視雲為「茫茫」之意：
   雲封古洞無僧住，翠鎖寒松有路通。(〈登湘陰神鼎山〉)〔註17〕
   愁聽江天雲霧裡，一聲玉笛落梅花。(〈聞梅坡上人訃信〉)〔註18〕

2. 雲借代為「隱居；雲房，僧道或隱者所居之室」：
   何時衡岳下，歸掩白雲關。(〈秋日有感〉)〔註19〕
   自憐碧海浮杯客，三宿雲房鬢欲斑。(〈重宿天童山寺〉)〔註20〕

3. 雲借代為「地方」之意：
   為尋殊勝境，來到白雲邊。(〈遊阿育王寺〉)〔註21〕
   殷勤特向故人道，為覓雲山挂衲衣。(〈與諶大笠山〉)〔註22〕

4. 視雲為「眾多」之意：
   山居寂寞病頭陀，勝友如雲不我過。(〈暮春懷友〉)〔註23〕
   萬疊雲山兩芒屨，百重烟水一身閒。(〈將之跨塘禪院，留別秦
   鹿笙明府〉)〔註24〕

〔註16〕《金剛般若波羅蜜經》卷一，《大正藏》卷八，頁749下。
〔註17〕見《詩文集》，頁2。
〔註18〕見《詩文集》，頁33。
〔註19〕見《詩文集》，頁36。
〔註20〕見《詩文集》，頁50。
〔註21〕見《詩文集》，頁36。
〔註22〕見《詩文集》，頁104。
〔註23〕見《詩文集》，頁41。
〔註24〕見《詩文集》，頁49。

5. 視雲爲「清寂」之意：

和雲耕綠野，過雨看青山。(〈寄題天童秋林老宿禪房〉)〔註25〕

兩袖白雲隨遠客，一肩明月在孤舟。(〈航海〉)〔註26〕

6. 雲借代爲「雲霧」之意：

采藥尋幽徑，披雲穿亂山。(〈關中漫興〉)〔註27〕

雲煙遮箬笠，嵐翠滴袈裟。(〈暮春過金馭仙茂才居〉)〔註28〕

7. 雲借代爲「佛法，佛界譬喻，無常，無知」之意：

雲影幻成彌勒閣，溪聲演出妙伽陀。(〈付囑雲溪上人代〉)〔註29〕

半肩行李逐雲忙，兩岸梅花撲棹香。(〈辛巳二月初八送開慧禪伯歸西湖〉)〔註30〕

8. 雲借代爲「時間久」之意：

習定不妨雲入座，看山最愛日斜天。(〈贈南岳半芋禪友〉)〔註31〕

不食人間葷腥味，儼然雲窟一頭陀。(〈贈陳槐庭明府〉)〔註32〕

9. 雲借代「山嵐濕氣」之意：

垂釣月明蘆荻岸，采芝雲濕薜蘿衣。(〈贈屠寄梅〉)〔註33〕

溪聲清枕席，雲氣濕袈裟。(〈卜築衡岳烟霞峰……〉)〔註34〕

10. 雲借代爲「浮世」之意：

結念屬雲海，鼓枻浮湘沅。(〈夜遊袁叔瑜瑤華山館〉)〔註35〕

借問看雲意，能無出岫心？(〈贈漱石和尚〉)〔註36〕

〔註25〕見《詩文集》，頁43。
〔註26〕見《詩文集》，頁53。
〔註27〕見《詩文集》，頁47。
〔註28〕見《詩文集》，頁76。
〔註29〕見《詩文集》，頁56。
〔註30〕見《詩文集》，頁56。
〔註31〕見《詩文集》，頁57。
〔註32〕見《詩文集》，頁60。
〔註33〕見《詩文集》，頁63。
〔註34〕見《詩文集》，頁63。
〔註35〕見《詩文集》，頁117。
〔註36〕見《詩文集》，頁163。

11. 雲借代爲「障礙」之意：

開士審其要，排雲建飛樓。(〈靖港紫雲宮明淨法師建鏡湘樓成……〉)〔註37〕

自掃白雲遲客至，不將丹訣與人論。(〈呈笠雲本師〉)〔註38〕

12. 雲借代爲「時事」之意：

落日青山遠，浮雲白晝昏。(〈感事〉)〔註39〕

定中流水自清冷，身外浮雲任卷舒。(〈戲答沈炯甫〉)〔註40〕

13. 雲借代爲「雲遊」之意：

偶遂水雲性，因與煙巒辭。(〈歧山感舊詩一首並序〉)〔註41〕

不謂水雲身，逢君亦有因。(〈長沙重晤秦子質侍讀〉)〔註42〕

14. 雲借代爲「物體」之意：

裁雲補破衲，剪草結僧鞋。(〈山居偶成〉)〔註43〕

薄暮歸來何所有？一肩明月半籃雲。(〈農夫暮歸圖〉)〔註44〕

15. 雲借代爲「國事」之意：

倦鳥初還惜羽衣，白雲心事與時違。(〈昭陵道俗請主獅子峰……〉)〔註45〕

孤樹花空發，浮雲事屢牽。(〈與黃芷陵孝廉話舊〉)〔註46〕

16. 雲借代爲「詩作、詩思」之意：

千年詩思碧雲新，不羨湯休句有神。(〈漫興〉)〔註47〕

遍窮岩壑勝，遠帶水雲回。(〈戊申夏六月，為易哭庵……〉)

〔註37〕見《詩文集》，頁138。
〔註38〕見《詩文集》，頁245。
〔註39〕見《詩文集》，頁156。
〔註40〕見《詩文集》，頁250。
〔註41〕見《詩文集》，頁161。
〔註42〕見《詩文集》，頁167。
〔註43〕見《詩文集》，頁3。
〔註44〕見《詩文集》，頁46。
〔註45〕見《詩文集》，頁169。
〔註46〕見《詩文集》，頁174。
〔註47〕見《詩文集》，頁305。

〔註48〕

17. 雲借代為「心情孤寂」之意：
   太息故人今隔世，青山冷抱白雲來。(〈挽屠雲孫明府〉) 〔註49〕
   披雲悵孤往，把卷一長吟。(〈前作意猶未盡，再題五律一首〉)
   〔註50〕

18. 雲借代為「高高山頂上，深山高遠雲起之處」：
   芋火岩高契懶殘，捫蘿遠躡碧雲端。(〈懶殘岩〉) 〔註51〕

19. 雲借代為「閒話家常」之意：
   挂席自茲去，何時話白雲。(〈送文大令緯之官蜀中〉) 〔註52〕
   入道輕朱紱，尋僧話白雲。(〈贈沈炯甫，即次葛倦翁原韻〉)
   〔註53〕

20. 雲借代為「心事」之意：
   一葉生秋思，重雲阻嘯歌。(〈秋日懷林芷江〉) 〔註54〕
   卻抱白雲還絕巘，忍看蒼海作橫流。(〈還山書懷〉) 〔註55〕

21. 雲借代為「友伴」之意：
   舊遊可憶白雲侶，近事應傷碧海魂。(〈懷義寧陳吏部三立〉)
   〔註56〕
   雲海離襟老不堪，夢痕和月墮江南。(〈懷江南友人〉) 〔註57〕

22. 雲借代為「荒寒」之意：
   雲廚苦淡薄，留君何所待？(〈喜劉甫臣過訪〉) 〔註58〕

〔註48〕 見《詩文集》，頁305。
〔註49〕 見《詩文集》，頁333。
〔註50〕 見《詩文集》，頁338。
〔註51〕 見《詩文集》，頁171。
〔註52〕 見《詩文集》，頁171。
〔註53〕 見《詩文集》，頁162。
〔註54〕 見《詩文集》，頁211。
〔註55〕 見《詩文集》，頁226。
〔註56〕 見《詩文集》，頁279。
〔註57〕 見《詩文集》，頁336。
〔註58〕 見《詩文集》，頁3。

雲廚幾日無齋供，欲向籬邊採菊花。(〈前題〉)〔註59〕

23. 雲借代爲「理想、目標」之意：
生平不受人間供，自牧泥牛耕白雲。(〈贈耕耘堂又法和尚〉)
〔註60〕
高懷直欲小昆崙，雲夢胸中八九吞。(〈贈葉吏部〉)〔註61〕

24. 雲借代爲「記憶」之意：
筆底常翻三峽浪，囊中猶貯九華雲。(〈贈九華玉忠和尚〉)〔註62〕
思親他日淚，應落九華雲。(〈贈別黃子賁〉)〔註63〕

25. 雲借代爲「雨」之意：
洗菜莫教流去葉，搬柴生怕帶來雲。(〈述懷呈玉忠和尚〉)〔註64〕
萬家香飯歸禪鉢，八部花雲散法筵。(〈十月初三夜，夢中得詩
一首〉)〔註65〕

26. 雲借代爲「遙遠」之意：
挑柴雲邊賣，可以供酒瓢。(〈西湖退省庵主人……〉)〔註66〕

27. 雲借代爲「乘載」之意：
安能一杖挑雲至？同牧潙山水牯牛。(〈歸山寄證禪師弟〉)〔註67〕
終當訪祖師，一杖挑雲去。(〈贈嶺南獻純上人〉)〔註68〕

28. 雲借代爲「聽經聞法者」：
浮雲一飛散，寂寞支公房。(〈岐山禮懶放禪師塔一首並序〉)
〔註69〕

〔註59〕見《詩文集》，頁14。
〔註60〕見《詩文集》，頁31。
〔註61〕見《詩文集》，頁243。
〔註62〕見《詩文集》，頁32。
〔註63〕見《詩文集》，頁64。
〔註64〕見《詩文集》，頁32。
〔註65〕見《詩文集》，頁275。
〔註66〕見《詩文集》，頁20。
〔註67〕見《詩文集》，頁10。
〔註68〕見《詩文集》，頁14。
〔註69〕見《詩文集》，頁161。

29. 雲借代爲「人才」之意：

　　好雲都出岫，幽谷苦求蘭。(〈南岳雜感〉)〔註70〕

　　雲鶴自高舉，雞蟲何足論！(〈送按察使蔡公罷官歸里〉)〔註71〕

30. 雲借代爲「其他同類」之意：

　　法師此栖趾，精廬冠雲岑。(〈題法師講堂〉)〔註72〕

　　屢閱浮雲變，仍看寶月明。(〈金山大定長老八旬傳戒〉)〔註73〕

31. 雲借代爲「杖錫」：

　　白雲扶我下蓬萊，爲訪長庚的的來。(〈登太白山〉)〔註74〕

32. 雲借代爲「塔」之意：

　　如何雲窟里，不見六朝僧？(〈鍾山經志公塔院〉)〔註75〕

33. 雲借代爲「居官」之意：

　　黃郎美少年，著身青雲端。(〈戲題黃蓉瑞秋柳詩後〉)〔註76〕

34. 雲借代爲「預兆，辨吉凶」之意：

　　孤山猶見五雲遮，父老年年望翠華。(〈西湖行宮〉)〔註77〕

35. 雲借代爲「一份子」之意：

　　終爲廬阜雲，恥作王城乞。(〈和張子虞一首〉)〔註78〕

36. 雲借代爲「大德」之意：

　　俯仰雲煙念今昔，杖藜無語對秋山。(〈裴公庵〉)〔註79〕

37. 雲借代爲「聚會」之意：

　　黃鵠一冲舉，白雲安可期。(〈長沙重晤崔貞史大令〉)〔註80〕

〔註70〕見《詩文集》，頁168。
〔註71〕見《詩文集》，頁240。
〔註72〕見《詩文集》，頁159。
〔註73〕見《詩文集》，頁307。
〔註74〕見《詩文集》，頁95。
〔註75〕見《詩文集》，頁147。
〔註76〕見《詩文集》，頁112。
〔註77〕見《詩文集》，頁22。
〔註78〕見《詩文集》，頁179。
〔註79〕見《詩文集》，頁196。
〔註80〕見《詩文集》，頁201。

38. 雲借代爲「背景」之意：

　　水清魚嚼月，山靜鳥眠雲。(〈訪育王心長老作〉) 〔註81〕

39. 雲借代爲「士氣」之意：

　　折足將軍勇且豪，牛庄一戰陣雲高。(〈書胡志學守戎牛庄戰事后〉) 〔註82〕

　　蛟龍戰苦陣雲身，黃埔猶聞白雪吟。(〈陳子言由申江以詩見寄〉) 〔註83〕

40. 雲借代爲「仙氣」之意：

　　采芝纏滿一身雲，寒松瘦石清誰味？(〈寄吳彥復〉) 〔註84〕

41. 雲借代爲「畫畫」之意：

　　雲煙生筆底，天地入詩中。(〈陳海瓢茂才入山……〉) 〔註85〕

42. 雲借代爲「幽密處」：

　　明朝別君還甬東，安禪欲更尋雲竇。(〈次韻答鄭蘇堪京卿〉) 〔註86〕

43. 雲喻爲「去世」之意：

　　寒月西風颯鬢絲，故人雲逝不多時。(〈冬月十一，夜飯張讓三宅……〉) 〔註87〕

44. 雲借代爲「山川景物」：

　　結伴到天童，雲霞爲改容。(〈己酉六月，宮保岑雲階……〉之二) 〔註88〕

45. 雲借代爲「荒郊野外」之意：

　　如何王者佐，閑散野雲鄉？(〈己酉六月，宮保岑雲……〉之五)

〔註81〕見《詩文集》，頁 51。
〔註82〕見《詩文集》，頁 231。
〔註83〕見《詩文集》，頁 231。
〔註84〕見《詩文集》，頁 324。
〔註85〕見《詩文集》，頁 342。
〔註86〕見《詩文集》，頁 345。
〔註87〕見《詩文集》，頁 338。
〔註88〕見《詩文集》，頁 393。

〔註89〕

46. 雲借代爲「名聲」之意：

浮雲身外事，一笑且登樓。(〈九日懷王益吾祭酒〉) 〔註90〕

讀者會怪異雲怎麼有這麼多意象，爲了說明故套用修辭學的名詞。應該說成「以一個『雲』字，在不同句中『借代』爲不同之物、事、意涵，由前後文的衍化，承載的意思自有不同，讓句意廣博、蘊含、生動、傳神。」正因爲有雲來做比作興，使得詩不直接、不黏膩，有一段距離，不一眼穿透；更因爲雲的特性：流動、漫遊，是無住性；像山嵐，彌漫整座山，可厚可薄，變幻無定質，在詩句中自然生出一種言外的氣勢。以「浮雲身外事，一笑且登樓。」爲例。把「浮雲」直接改爲「名聲」，試看「名聲身外事，一笑且登樓。」詩句的廣厚感消失，有黏皮帶骨之憾。

寄禪之雲和杜甫之雲在意象上的確大有不同；寄禪的雲比較孤冷清寒。比較接近齊己，但是比齊己更富變幻。

將寄禪詩分成早中晚三期，上述所舉雲字詩，散布在寄禪詩的每一個時期。除了雲的意象繁富，也說明詩人就近取物以入詩，每一時期無有偏減。

二、幾絲豪放之貌

司空圖《詩品·豪放》：「觀花匪禁，吞吐大荒。由道返氣，處得以狂。天風浪浪，海山蒼蒼，眞力彌滿，萬象在旁。前招三辰，後引鳳凰，曉策六鰲，濯足扶桑。」這一品的關鍵在於三、四兩句「由道返氣，處得以狂」爲主，七八兩句是輔，其餘爲這主輔的陪襯。什麼是道：

「道是根本」，「氣由道生」。「道」指孕育在作家頭腦中的思想感情，「氣」指作品反映出來的足以表現作家氣質的精

〔註89〕見《詩文集》，頁393。
〔註90〕見《詩文集》，頁422。

神。〔註91〕

思想感情有所異，則氣質精神有所別。是故道與氣就是內在思想投射在外的精神。「由道返氣」有由內到外；這說明「氣」是受制於「道」，而「道」又是積氣所成。而「處得以狂」：

> 人生在世，總有得有失。有的人患得患失，有的人忘懷得失。患得患失的人思想決不會開朗，往往微不足道，不可能流露豪放之態。有人有時志得意滿，在他躊躇滿志的時候，也會有豪放之態流露出來，但一旦失利，又會垂頭喪氣。只有忘懷得失的人，才能經常流露出豪放之態。〔註92〕

是故忘懷得失才能處得以狂，已盡其在我，不有患得患失之捆手捆腳。所以「觀花匪禁，吞吐大荒」，想觀花就去觀花，誰也阻止不了我。我欲有所得（觀花），則誰也阻止不了我（匪禁），何以我有這種力量呢？因爲我主宰一切，吞吐大荒，不受制於人。所以「天風浪浪，海山蒼蒼」，放曠不受拘束；「眞力彌滿，萬象在旁」神清氣飽；「前招三辰，後引鳳凰，曉策六鰲，濯足扶桑。」日月星三辰招之使來，引鳳凰隨行；要行要止，聽命於我；策之則前行，止之則濯足，任我意，隨我行，多豪放啊！寄禪的詩自然無飾，連情感的表達也自然流露；每一時期皆有情感自然宣洩、豪放無攔之作：

> 樓頭仙笛數聲遠，湖面君山一點清；到此風波壯詩膽，
> 狂歌驚起老龍聽。（〈過洞庭湖〉）〔註93〕

寄禪的詩明朗易懂，情感自然流露，無半點僞裝。吾人感受詩人在洞庭湖高歌、狂吟狂嘯，旁若無人，卻把沉眠湖底的老蛟龍給吵醒。

> 一錫遙臨翰墨場，滿腔詩興若癲狂；袈裟混入儒冠裡，
> 錯認書囊作鉢囊。（〈過巴陵毛陵山茂才書齋〉）〔註94〕

讓人聯想到一個初會讀書識字的孩童之興奮。

〔註91〕詹幼馨：《司空圖《詩品》衍繹》，仁愛印刷，1985 年，頁 25。
〔註92〕同上，頁 26。
〔註93〕見《詩文集》，頁 4。
〔註94〕見《詩文集》，頁 5。

　　　十日山居九絕糧，拾些橡〔註95〕粒點饑腸；

　　　自憐清味無人識，分與牧童樵客嘗。(〈山中絕糧〉)〔註96〕

山中絕糧應該感到難過憤怒，然而寄禪能撿拾橡粒來充飢，分給牧童樵夫嚐嚐，這一種大方心思、苦中作樂，非豪放人不足以爲之：

　　　山僧好詩如好禪，興來長夜不能眠；擊鉢狂吟山月墜，鳴
　　　鐘得句意欣然。盧山遠公與懷素，園種芭蕉池種蓮；種蓮
　　　開白社，種蕉成綠天。二者雖云遙，追隨如在前。君不見
　　　古來有志事竟成，我何執業無一全？但乞一指天龍禪，三
　　　生受用差安便。(〈偶吟〉)〔註97〕

前四句讓人感受到詩人的瘋狂，中四句點出詩人的目標，「二者雖云遙，追隨如在前」，寫出可以一箭中的之口氣；末兩句又謙虛述說所求不多；這是寄禪一八七五年，才二十五歲，寫在前往南海聽經聞法的前夕，看出詩人詩興高亢，以及求道的使命。

　　　金陵不到忽三載，訪古重踏清涼門；蕭梁往事如敗葉，
　　　登樓欲掃俱無痕。道人觀世猶浮雲，古今變幻何紛紛！
　　　願放心光照沙界，彈指破盡無明昏。寶志不作達摩死，
　　　西來大意誰復言？與子且臥松下石，笑看落月翻金盆。
　　　大千一法了無著，區區成敗何足論？(〈正月二十夜登掃葉樓
　　　作，示星悟禪弟〉)〔註98〕

前四句，空追索南朝梁佛教的盛況；中四句，對世局瞭若指掌，對修

〔註95〕此首詩梅季收集的版本是「橡」，字典無顯示橡可食用。「橡」與「橡」
　　　字形極像。《晉書‧庾袞傳》：「又與邑人入山拾橡。」橡是櫟樹的果
　　　實，即橡粟。似粟而小。《莊子‧盜跖》：「晝拾橡粟，暮栖木上，故
　　　命曰有巢氏之民。」《新唐書‧杜甫傳》：「負薪採橡粟自給。」橡粟
　　　又叫橡果。《韓非子‧外儲》：「秦大饑，應侯請曰：五苑之草著，蔬
　　　菜、橡果、棗粟，足以活民，請發之。」橡粟，通名橡實。《晉書‧
　　　摯虞傳》：「糧絕饑甚，拾橡實食之。」而且寄禪的另一首詩「此日
　　　天人爭送供，當時橡粟拾爲糧」(〈題大潙密印寺〉四之一) 指在大
　　　潙象龍蹴踏法會興隆，雖飢荒，人民雖拾橡粟爲糧，仍爭著供佛，
　　　所以「橡」爲「橡」之誤。參見《辭源》。
〔註96〕見《詩文集》，頁14。
〔註97〕見《詩文集》，頁15。
〔註98〕見《詩文集》，頁401。

學的徹悟；末六句概言寶志公與達摩等大德已杳，吾人當體悟世無有一法，放下，再放下！以上這些詩都是情感自然宣洩、直奔，無有受阻。隱約顯示寄禪活潑開朗的個性。

　　若將寄禪的詩期分成早中晚三期，上述所列舉的詩偏重在早期，到中晚期明顯偏少。

三、幾許雄渾之槪

　　司空圖《詩品・雄渾》：「大用外腓，眞體內充，反虛入渾，積健爲雄。具備萬物橫絕太空，荒荒油雲，寥寥長風。超以象外，得其環中，持之匪強，來之無窮。」是由外伸展震撼之力，能超以象外，又能得其環中，雄渾之氣自然而生。

　　韓愈在〈進學解〉中說：「先生之於文，可謂閎其中而肆其外矣」。閎其中，就是司空圖說的「眞體內充」；肆其外，就是「大用外腓」。所以先具內涵，養其根而竢其實，加其膏而希其光。等根茂實遂，膏沃光曄，詩質自然雄渾壯大。

　　蘊蓄宏富才能用筆豪放；如何去蘊蓄宏富，好好養根固基，等待果實茁壯；給與養分，自然根茂實遂，有光澤。所以培養內在宏大的氣象，有了豐富的內容（體眞），如何顯露出來（外腓）。就靠「反虛入渾，積健爲雄」。

　　《文心雕龍・神思》：「文之思也，其神遠矣。故寂然凝慮，思接千載……神通萬里；……神與物遊。神居胸臆……是以陶鈞文思，貴在虛靜，疏瀹五臟，澡雪精神。」文章展現內在的動靜。所謂「『思接千載』，是就時間而言；所謂『神通萬里』，是就空間而言。時空交織，匯爲宇宙。宇宙爲『虛』。……『返虛』是手段，『入渾』才是目的。『虛』……他有本源、核心、實質、全局等等涵義，是這些涵義的綜合體。『返虛』就是要統觀全局、抓住實質，回到核心，探索本源。就創作而言，就是要立意高遠，主題深邃。『渾』，有純淨、專一、完美、融洽、充沛、豐滿等等涵義，是這些涵義的綜合體。『入渾』

就是要充實、完善、純一。就創作而言，就是要渾然天成，得心應手。」
〔註99〕

統觀全局、有本有源，於是返虛入渾，眞體實充。思想境界高了，
能情滿於山、意溢於海，與風雲並駕齊驅，雄渾的篇章必能問世。能
具備萬物，就可以洞察世界，宜左宜右，橫絕太空。

像杜甫的「無邊落木蕭蕭下，不盡長江滾滾來」（〈登高〉）被稱
喻「古今獨步，高渾一氣」。一種厚而多的氣勢。又蘇東坡的「遊人
腳底一聲雷，滿座頑雲撥不開。天外黑風吹海立，浙東飛雨過江來」。
（〈有美堂暴雨〉）都把海給吹站起來了、把浙東的雨給吹到浙西來
了；風勢的強勁帶出詩人雷霆萬鈞的筆勢。寄禪也有這種氣勢的作品：

> 洞庭匯眾壑，雲夢氣能吞；吳楚星辰濕，風濤日月翻。
> 遙看清草浪，混作碧天痕；莫恃重湖闊，終須到海門。
>
> （〈夢洞庭作〉）〔註100〕

> 不蕩雲海胸，焉壯平生觀！明發犯霜露，豈不憚嚴寒！
> 羊腸既曲折，鳥道一旋盤；俯窺懼霧豹，仰視慚風翰。
> 振衣一長嘯，誰謂行路難！憑高豁遠眺，天地青漫漫。
> 洞庭皎素練，滄海躍紅丸；遙川六龍舞，遠岫千蟲攢。
> 星辰爲我珮，雲霞爲我冠；岳靈視余笑，招邀敦古歡。
> 回矚人間世，喟然起長嘆。（〈登祝融峰〉）〔註101〕

> 拔劍高歌對酒卮，酒酣爲說戍邊時；
> 夢隨關月還家遠，馬踏河冰出塞遲。
> 青冢至今餘漢碣，黃沙終古陷秦師；
> 憐君萬里封侯願，贏得西風兩鬢絲。（〈贈易與凡〉）〔註102〕

寄禪這幾首詩皆有幾許杜甫的味道，第一首〈夢洞庭作〉寫洞庭如海洋
納百川之廣大，湖水染濕星辰、湖風翻轉日月的氣勢。然而，湖水再廣、

〔註99〕詹幼馨：《司空圖《詩品》衍繹》，仁愛印刷，1985 年，頁 6。
〔註100〕見《詩文集》，頁 196。
〔註101〕見《詩文集》，頁 122。
〔註102〕見《詩文集》，頁 133。

湖風再勁，終將入海而逝，其中「吳楚星辰濕，風濤日月翻。」直追杜甫〈登岳陽樓〉：「吳楚東南坼，乾坤日月浮」的磅礡。同樣的〈登祝融峰〉亦頗有杜甫〈望嶽〉：「盪胸生層雲，決眥入歸鳥」的遠大。藉由「洞庭皎素練，滄海躍紅丸；遙川六龍舞，遠岫千蟲攢。」把居高臨下的氣勢，一托而出。第三首柔中帶渾厚，藉由「西風兩鬢絲」顯出往昔的氣勢與艱困，若要說戰果，「青冢至今餘漢碣，黃沙終古陷秦師」直如杜甫的〈諸將〉：「炎風朔雪天王地，只在忠臣翊聖朝」。

若非一席僧衣覆身，寄禪是帶兵之將領；詩中所顯示的雄渾之氣非僧詩酸餡氣所可一概而論的。原因之一，正如杜甫愛國之心「致君堯舜上，再使風俗淳」，是一顆熱騰騰的、早已潛藏的赤心。從其出家修頭陀行磨練起，到遍踏吳越山水的印證，漸有雄渾的氣勢。若將寄禪詩分成初中晚三期，以上所舉的詩來自中晚期。

四、八指頭陀詩風的轉向

寄禪對己詩自評：「傳杜之神，取陶之意，得賈孟之氣體，此吾為詩之宗法焉。」從上小節所述寄禪的詩取材自一草一木，日月山川，是「俯拾皆是」的身邊景物。早期寫詩如此，到中晚期寫詩也是以身邊景物入詩；前後無有特別的變化。動物入詩的約有麋鹿、野鳥、林鳥、鶺鴒、鳴鴻、鷗鷺、粉蝶、魚、蟋蟀、鷗鳥、鳴蛙、鶴、鴉、猿、孤雁、鵠、孔雀等。這些動物入詩的次數不多或者僅止於一個用到的名詞而已。真的對寄禪比較具象徵意義的動物入詩的是：鶺鴒。「難分家室累，忍讀鶺鴒詩。」「寧知風雨夕，忽有鶺鴒哀。」「春風猶念鶺鴒寒。」「春風淒斷鶺鴒聲。」以及一句「蟋蟀爾休啼」。這些都是牽扯到弟弟子成時出現的詩。

植物入詩的有松、柏、柳、橡、梅、蘭蕙、竹、菊、蓮、荷、藕、桃、芋、筍、藤蘿、蘆花、苔、草、蕨等。同樣地，這些植物入詩的次數不多或僅止於一個用到的名詞而已。真的對寄禪比較具象徵意義的植物入詩的是：梅、菊、蓮、荷、藕，桃。

梅淡而無影,白梅是寄禪的最愛,「空際若無影」,是寄禪的生命之花;也是墳前供花。其自築冷香塔,塔四周環植梅;所謂的冷香,是梅之白之冷的氣息。

菊是與淵明相繫之花,「東籬黃菊在,猶似義熙年」,僅次於白梅的地位。蓮是與佛相通的意象,「蓮花佛國息吾肩」,「蓮」字是寄禪不隨意用到的一個字眼。荷、藕是風、涼的意象,「十里荷花水盡香」,是息心修道的象徵。桃花是一個生命的啟示,從「籬間桃花為暴風雨摧敗」,過度「寂寞桃花無主開」到「遙見碧桃開」,是寄禪精神世界的轉折。

同樣地,寄禪詩風不有酸餡氣,從早期的自然而逐步有幾許豪放之氣,到中晚期轉趨幾許雄渾之勢,這是生命的一種轉變,隱微顯示在詩中。

第二節　詩中的幾許風霜

《文心雕龍》:「各師成心,其異如面」。詩人寄禪由出家之始學詩,因僧人身分,不免詩風被聯想「酸餡氣」。然而隨著閱歷的增加,詩人挾其豐富的情感佐以赤子之心,詩風漸有所轉變;詩人自己也意識到詩風的轉變,「人到中年增識量,詩非晚節不精神。」(〈有感〉)其實這不足為奇,宋朝蘇東坡、歐陽修等人認為唐僧詩滿是「酸餡氣」。詩僧接觸面無非山林川澤,不參與農政,所見所聞隨季節變化心中自了了罷了。唐朝的邊塞詩大都雄渾,因為邊塞風煙不同;環境有別詩風自有異。反觀寄禪也不脫離山林川澤,但是他交遊廣闊,喜好與文士雅集,酬唱和詩外;更奇特的是他的愛國心,展現在詩風中卻深沉、悲壯,因為心境不同,沉鬱之氣吐之於詩,不知不覺「酸餡氣」少了,倒是一股深沈悲痛。

一、情意的深沉

司空圖《詩品‧沉著》:「綠杉野屋,落日氣清,脫巾獨步,時聞

鳥聲。鴻雁不來，之子遠行，所思不遠，若爲平生。海風碧雲，夜渚月明，如有佳語，大河前橫。」司空圖對沉著的定義，看似閒淡，其實，仔細體會，感情卻極深厚，思慮縝密。前四句托出景，中四句寫出所懷之人明明已行遠卻說其不遠，又老擔著怎麼不見梢來消息呢！所懷者好像平常所見一般清析生動，在在顯出深情潛藏其中；雖是對人而喻，亦可視爲對心目中之事物而喻。後四句，忽見雲隨風而馳，明月夜、空曠海邊，情深切，獨步至此，行有盡而意無窮。如此心中懷無人訴說，寄禪不也是麼！對朋友對國家充滿無盡的關切。這一意念隨著國家的衰亂而愈加沉重，看下面詩可略知一二：

> 白首尚談兵，恩深任死生；大旗翻亂雪，歸馬怯空城。
>
> 漢將日寥落，匈奴掃未平；黃雲連朔漠，辛苦且長征。
>
> （〈邊將〉）〔註103〕
>
> 折足將軍勇且豪，牛庄一戰陣雲高；
> 前軍已報元戎死，猶自單刀越賊濠。（其一）
>
> 海城六月久羈留，誰解南冠客思憂；
> 夜半啾啾聞鬼雨，一天霜月洒骷髏。（其二）
>
> 一紙官書到海濱，國愁未報恥休兵；
> 回看部卒今何在，滿目新墳是舊營。（其三）
>
> （〈書胡志學守戎牛庄戰事后五絕句並序〉）〔註104〕

第一首詩寫於一八八八年，是年國家大事，鄭州黃河潰堤、康有爲上書請求變法圖強。首、頷聯寫出邊將的青春及對朝廷的效忠；工作辛勞，歸來物是人非。頸、尾聯，不捨直斥當今朝廷，邊防未靖，何以未培植人才。充滿欲吐無言。第二首，胡志學爲左文襄部屬，積功至守備。牛庄之役胡背負營主屍體、力殺數賊，中炮折足，遂擒，羈海城。六月和議成才返回，西方的醫學幫胡接上一條木腿。數年後胡到長沙會晤寄禪，出示木足及身上槍痕；寄禪不捨而爲之泣下；寫下這

〔註103〕見《詩文集》，頁134。
〔註104〕見《詩文集》，頁231。

首詩，「回看部卒今何在」，滿腔唏噓。再看：

> 故人不相見，幾度薊門秋；忽奉秦中詔，還爲湘上遊。
>
> 白雲聊共話，滄海尚橫流；一掬傷心淚，南來洒未休。
>
> （其一）
>
> 煙塵方傾洞，朝士半偷生；念子將王命，慚余憩化城。
>
> 空云龍象力，難息虎狼爭；欲上祝融頂，迢遙哭帝京。
>
> （其二）
>
> 強鄰何太酷，荼炭我生靈；北地嗟成赤，西山慘不青。
>
> 陵園今牧馬，宮殿只飛螢；太息蘆溝水，惟餘戰血腥。
>
> （其三）
>
> 聞說西巡日，慈輿涕淚頻；可憐堆白骨，只是痛黃巾！
>
> 邊地猶防寇，長途不見人；倉皇二百里，供帳始微臣。
>
> （其四）
>
> 莫小懷來縣，曾停帝后車；園蔬充御膳，官舍奉宸居。
>
> 奇遇人皆說，忠臣聖所譽；不知沾雨露，感激更何如！
>
> （其五）
>
> 天涯歲云暮，王路復馳驅；絕塞一鴻遠，遙天片月孤。
>
> 行吟辭白社，歸夢繞黃圖；回首衡雲隔，還能相憶無？
>
> （其六）（〈贈吳漁川太守〉六首並序）〔註105〕

上述一題六首，都有一痛；其一、滄海橫流，無能順導。其二、朝士偷生，詩人自慚憩化城亦有偷生之嫌。其三、赤地連綿，五穀青黃不接。談的是戰爭，誰人想到百姓？其四、慈禧西奔二百里不見一人，見出民不聊生。其五、天地顛倒而奇遇。其六、「絕塞一鴻遠，遙天片月孤」對友人深念。深沉之痛無可言喻。寄禪亦自認爲其詩晚年更佳，「身閑心似遠，詩境老逾佳。」（〈天童坐雨懷陸漁笙……〉四首之四）。和初寫詩時相比，詩境大大提升，是人生境界的昇華：

> 一解簪纓累，能爲汗漫遊；三山青入袖，五岳翠盈眸。
>
> 遠別雲中鳳，閑尋海上鷗；可憐憂國淚，偏對老僧流。

〔註105〕見《詩文集》，頁262。

　　　（〈己酉六月，宮保岑雲階……〉）〔註106〕

回首天地間，一情一意皆是憂時淚；國未破、山河未顛倒，惟時局如
奔東之江河。老友的憂國淚映照著寄禪的心聲。

二、情意的悲慨

　　司空圖《詩品・悲慨》：「大風卷水，林木爲摧，適苦欲死，招憩
不來。百歲如流，富貴冷灰。大道日喪，若爲雄才？壯士拂劍，浩然
彌哀。蕭蕭落葉，漏雨蒼苔。」「悲慨」可以理解爲「悲痛、感慨」。
把三到六句視爲一段，解說爲遭遇苦痛幾乎到死去活來，連一霎那的
休息也不可得；長命百歲、富貴豪華轉眼煙消雲散。再把七到十句視
爲一段，解說爲整個國家民族的命脈日日沉淪，有識之士何在？壯士
高舉長劍，仰天長嘯。再回頭看「大風卷水，林木爲摧……蕭蕭落葉，
漏雨蒼苔。」時勢的猖狂如風捲水，木摧倒，區區的我任蕭蕭落葉吹
拂、任點點雨水敲打。這是一股不平之氣。

　　試看陸游的〈書憤〉：「鏡裡流年兩鬢殘，寸心自許尙如丹；衰遲
罷試戎衣窄，悲憤猶爭寶劍寒。遠戍十年臨的博，壯圖萬里戰皋蘭；
關河自古無窮事，誰料如今袖手看！」這首詩一二兩句，文字平靜，
骨子裡非尋常，到三四兩句，悲憤之情湧現；五六兩句，萬丈雄心，
誰知七八兩句，寫出想插手已無餘地。這一份悲慨之情無處申訴。反
觀，寄禪亦有此慨歎；最能表現寄禪悲慨的，應該是他的矛盾心情。
尤其晚年，生此衰世，激切的愛國心無力施展：

　　　月黑雨傾盆，牽衣夜打門；欲將吃禿意，來與寒翁論。

　　　水月定中影，山河夢裡痕；一燈寒自照，了了更何言。

　　　（〈五月朔，冒雨尋張寒翁夜話有作〉）〔註107〕

　　　滿眼黃埃焉足云？古懷郁郁試告君；

　　　山林有時得壯士，岩壑無底眠孤雲。

　　　岳靈朝亡谷神醉，秋鬼夜哭春人聞；

〔註106〕見《詩文集》，頁393。
〔註107〕見《詩文集》，頁406。

欲驅雷火掃荊棘，使我蘭桂長清芬。

（〈述懷一首呈張謇翁〉）〔註108〕

第一首，半夜敲門找張謇翁，談些什麼？也不過對山河夢痕的殘破作咀嚼。第二首，一二兩句，時局紛亂如秋風落葉；三四兩句有壯士拂劍之氣；五六兩句有蕭蕭落葉、雨落蒼苔之感；因而驅使七八兩句，承接三四句的一鼓作氣「欲驅雷火掃荊棘」。但是餘氣已無，詩人不是主宰者，僅是述懷者，只是一吐胸中鬱氣罷了。悲慨之情換回矛盾的心緒。累積的空憂醞釀成消極的情思，於是自造堵坡，從〈自題冷香塔二首並序〉：「庚戌孟秋，余卜天童青龍岡營造堵坡，爲將來大寂滅場……」可知寄禪的行徑，一直擺盪在憂時憂國欲振無能的泥淖中。尤其〈感事二十一截句附題冷香塔並序〉：「余既自題冷香塔詩二章，以代塔銘，活埋計就……」更顯示寄禪的沉痛，「黃土穴爲文字塚，青龍岡作涅槃城。」一切就緒矣！茲列〈感事二十一截句附題冷香塔並序〉：

> 余既自題冷香塔詩二章，以代塔銘，活埋計就，泥洹何營？
> 一息雖存，萬緣已寂。忽閱邸報，驚悉日俄協約，日韓合併，
> 屬國新亡，強鄰益迫，內憂法衰，外傷國弱，人天交泣，百
> 感中來，影事前塵，一時頓現，大海愁煮，全身血熾。復得
> 七截二十一章，並書堵坡，以了末後。嗚呼！君親未報，象
> 教垂危，髑髏將枯，虛空欲碎。執筆三嘆，喟矣長冥！

此時此刻的寄禪「大海愁煮，全身血熾」，源於「內憂法衰，外傷國弱」欲振無能，執筆三嘆。

三、情意的高超

情意的高超，司空圖《詩品・超詣》：「匪神之靈，匪機之微。如將白雲，清風與歸。遠引若至，臨之已非。少有道氣，終與俗違。亂山喬木，碧苔芳暉。誦之思之，其聲愈希。」前四句，可理解爲不是來自神的意旨、不是來自未卜先知，而是一種在生活實踐中，有所感受，觸動靈機，產生一種不吐不快的欲望，於是落筆成文；好像追隨白雲遠遊，

〔註108〕見《詩文集》，頁409。

再隨清風而回。中四句，這種對生活的觸動，從遠處牽引而發，在眼前真的捕捉，即之卻無，有道氣卻無拘束於道，是不與塵俗同流。後四句，看似不規則的山之大木，卻又茂綠中有暉澤；再三回味，不可得聞之音。

　　寄禪貴為僧人，卻十足的詩人氛圍；談佛興致高，論詩更有神。出家解救寄禪的生命，談詩解放寄禪的人生，詩帶給寄禪動力，「五字吟難穩，詩魂夜不安。」（〈送周卜萯……〉）寄禪早歲與王闓運遊，加入碧湖詩社。廣交海內名流，詩宗唐人；葉德輝稱其「詩格駘宕，不主故常，駸駸乎有與鄧（輔綸）、王（闓運）犄角之意。」的確，單單看寄禪的詩，你會辨別不出何朝何人所為：

　　　　昨夜汲洞庭，君山青入瓶；倒之煮團月，還以浴繁星。

　　　　一鶴從受戒，群龍來聽經；何人忽吹笛，使我松間醒。

　　　（〈夢洞庭〉）〔註109〕

梅季在《八指頭陀詩文集》中說寄禪的詩到中晚年轉趨雄渾；錢仲聯說寄禪晚年詩境更加成熟。寫這首〈夢洞庭〉時寄禪已五十九歲，隔年自築堵坡——冷香塔，寄禪清楚時局，更體悟佛法，以他的個性、奔波、積勞成疾，早已了知天年。從這首詩看到，貫穿全詩的是一個高僧，即作者自己。這把年紀還能作詩，實在是佛光眷顧，算是人生惟一的娛樂。錢仲聯評其〈夢洞庭〉有六奇：〔註110〕夜來汲洞庭之水，一奇；連青秀的君山也被汲入瓶中，二奇。把瓶中之水倒出來，用以烹煮水中的圓月，三奇；倒出來的湖水，給數不清的星星沐浴，四奇；來受戒的只有一隻鶴，顯得僧徒的孤高，五奇；來聽經的卻有一群龍，六奇。忽然聽到笛聲，卻不知是什麼人吹笛，笛聲喚人醒，回應了首句昨夜的夢，可謂奇中奇。連青翠的君山也和星月共聚。借助錢氏將寄禪夢中，眼所見的倒影的實景一一勾勒出來，顯出整首詩超然物外、飄逸不群；有仙味，又不失其人間味。其實，晚年的寄禪有許多這麼超詣的詩境，例如：

　　　　昨夜夢痕凌紫氣，袖中七十二峰青；

　　〔註109〕　見《詩文集》，頁398。

　　〔註110〕　見錢仲聯：《明清詩精選》，江蘇古籍出版社，1993年，頁251。

天鷄驚我雲端墜，芋子煨殘月滿庭。（〈夢衡岳〉）〔註111〕
整首詩像《愛麗絲夢遊仙境》，頸聯的天鷄，連接夢境與實境，盡責
的一啼，把作者接回人間世，猶記得自己一下子駕著紫雲輕飄飄，四
處遊歷，一下子碩大無比，把衡陽的七十二峰輕巧的裝入袖囊中；牝
鷄司晨，詩人煨芋的殘火已熄，明月晃晃灑滿庭院。虛實兩相襯，顯
示寄禪不再侷限一格矣！昔時大力維護清王室，潛意識不作亡朝遺
民，寄禪連堵坡都造好了；而今壑然通矣，「三分事業且休言，赤壁
何因下白門？要與臥龍通一語，莫從形勝論中原。」（〈又觀所狀赤
壁⋯⋯〉）亡朝遺民也罷，盡其在我，莫從形勝論中原。

　何以寄禪詩風大大的轉變？綜觀寄禪，背負太多家國之思，只有
天下最純眞的人才背負它，因爲他的赤子之心，是一顆佛家所謂的直
心。這種「情意的高超」莫非是與生俱來，表現在一千九百餘首詩中，
歡也詩、哭也詩，成如寄禪所言「我亦哀時客，詩成有哭聲」（〈感懷〉）。
整體而言，寄禪的詩風，豐富而多樣。

第三節　八指頭陀詩中常用的意象與顏色分析

　寄禪詩中常用的意象有雲和顏色。這一小節談意象與顏色，僧詩
中的顏色，由顏色看詩風。以借他物烘托己物來說明；舉唐詩僧齊己爲
陪襯，齊己詩中常有「苔蘚」、「青山」、「烟蘿」或「薜蘿」之類的字眼：

　　「苔蘚」，是齊己詩中最大量的意象，揣其詩意，不止是山
　　景的描摹而已，常常是暗喻心中禪悟的痕跡，是「春」訊，
　　也是「道」的消息，是他靜坐或經行心象，應是齊己心田
　　靈山百草中的一抹抹鮮綠。〔註112〕

齊己的詩取象自然，唯有澄靜的心靈才能與宇宙萬物最隱微的綠意共
呼吸。反觀寄禪之詩，寄禪和齊己都是詩僧，他們的詩有相近之處，

〔註111〕見《詩文集》，頁398。
〔註112〕蕭麗華著，傅偉勳、楊惠南主編：《唐代詩歌與禪學》，東大圖書，
　　　　2000年，頁194。

更有相異之處。例如寄禪詩中常用到「煙霞」、「翠微」、「梅花」。寄禪詩中的顏色以「青」、「白」佔多數；以「白」色 461 次爲最多，其次是「青色」332 次：

> 把色彩巧妙地應用在詩中，如果色彩調和與色彩的秩序，
> 能符合色彩學的原則，那麼所引起的色彩感覺一定格外靈
> 動，所造成的氣氛就非常美。〔註113〕

顏色用得當，色彩的靈動躍然紙上、氣氛更美。反觀，寄禪詩中用的色彩以「青」、「白」爲最多，二者不相上下，兩樣加起來約佔所有色彩的一半，詩中「青」色常和「山」連用，例如「青山」、「青嶂」。「白」色則常和「鬢髮」連用，例如「鬢白」或「白雲」之類。以下盧列寄禪詩中有關「青」和「白」的摘句：

> 澗草青承屐，溪雲白上衣。(〈春日靈峰途中即景〉) 〔註114〕
>
> 白髮吏情淡，青山道味眞。(〈贈朱筠樵出家〉) 〔註115〕
>
> 羨師修淨業，頭白在青山。(〈題沁慧禪友關房〉) 〔註116〕
>
> 青山碧水情難盡，白髮蒼顏志未摧。(〈和天童秋林老宿見寄原韻〉) 〔註117〕
>
> 問余兮何往？歸青山兮臥白雲。(〈賦得還山吟別燦雲禪友〉) 〔註118〕
>
> 萬點峰巒青未了，一聲鐘過白雲來。(〈游大磊山〉) 〔註119〕
>
> 憑欄一望青無際，萬竹參天掃白雲。(〈題世上人山樓〉) 〔註120〕
>
> 白雲如絮覆青山。(〈題華頂寺〉) 〔註121〕

〔註113〕黃永武：《詩與美》，洪範書店，1997 年，頁 21。
〔註114〕見《詩文集》，頁 21。
〔註115〕見《詩文集》，頁 26。
〔註116〕見《詩文集》，頁 26。
〔註117〕見《詩文集》，頁 43。
〔註118〕見《詩文集》，頁 55。
〔註119〕見《詩文集》，頁 62。
〔註120〕見《詩文集》，頁 79。
〔註121〕見《詩文集》，頁 85。

長安不見悵如何，雲白山青萬里餘。(〈懷郭菊蓀司馬〉)〔註122〕

落日青山遠，浮雲白畫昏。(〈感事〉)〔註123〕

漱公法門舊，頭白臥青岑。(〈贈漱石和尚〉)〔註124〕

未減青霞想，其如白髮生。(〈宿峋嶁，感而有作〉)〔註125〕

青蓮方馥郁，白業豈緇磷？(〈贈天上人〉)〔註126〕

漲痕窺戶白，樹色過牆青。(〈山居四首〉)〔註127〕

以《全唐詩》齊己的詩，出現的顏色次數和寄禪詩中顏色次數對照如下：

詩總數	寄禪 1900 餘首	齊己 800 餘首	寄禪的倍數
青	332	23	6
白	461	41	4.7
綠	101	7	6
黃	168	12	5.8
紅	81	41	0.83
紫	37	9	1.7
碧	162	14	4.8
黑	11	5	0.9
赤	19		
金	76		
丹	48		
朱	23	2	5
翠	105		
藍	10	1	4.2
赭	3		
烏	3		

〔註122〕見《詩文集》，頁 90。
〔註123〕見《詩文集》，頁 156。
〔註124〕見《詩文集》，頁 163。
〔註125〕見《詩文集》，頁 163。
〔註126〕見《詩文集》，頁 170。
〔註127〕見《詩文集》，頁 175。

　　雖然寄禪詩總數爲齊己的兩倍多，仍可以看出寄禪詩中「青色」和「綠色」所使用的次數大約是齊己的六倍，而齊己詩中「紅色」和「黑色」所使用的次數大約是寄禪的一倍：

　　　　色彩也與時代背景有關，世之將亂，人群心裡喜歡奢華靡
　　　　爛，也喜歡彩色鮮豔的刺激。例如詩到晚唐，色彩字忽然
　　　　增多起來，這與心靈空虛時，喜歡注意小巧精緻的外物裝
　　　　飾一樣，當道德式微時唯美的文學就會興起。〔註128〕

詩人對色彩的運用與其時代、生活環境、個性有關係。齊己是晚唐詩僧，色彩的確豐富，寄禪是清末詩僧，詩中的色彩更豐富，難道眞的「色彩也與時代背景有關，世之將亂，人群心裡喜歡奢華靡爛，也喜歡彩色鮮豔的刺激」嗎？在整部《八指頭陀詩文集》中看不出「彩色鮮豔的刺激」，這就是寄禪和齊己不同之處，在寄禪詩中當句對中常出現顏色對，以「青對白」爲最多，其次爲「青對其他顏色」。齊己的詩中的顏色比寄禪的鮮豔，像「黑對紅」、「白對紅」，亮麗而鮮艷。齊己的詩，如下：

　　　　畫雨懸帆黑，殘陽泊島紅。（〈送中觀進公歸巴陵〉）〔註129〕

　　　　墨沾吟石黑，苔染釣船青。（〈鄭谷郎中幽棲之什〉）〔註130〕

　　　　乍紅縈急電，微白露殘陽。（〈夏雨〉）〔註131〕

　　　　楓葉紅遮店，芒花白滿坡。（〈宜陽道中作〉）〔註132〕

正因爲齊己「黑、紅」，「黑、青」，「紅、白」如此之尋常，所以更顯出寄禪的詩不是「色彩鮮艷」的感覺。其次是寄禪詩中「綠」、「翠」或「碧」三色總共368次，佔得五分之一，色彩是詩人心情的反映，「青」、「白」、「綠」、「翠」、「碧」是一種清涼，寒色；故寄禪的詩也屬於較寒的感覺，比較接近「郊寒島瘦」，不豐腴。

　　再羅列寄禪詩中有關「青」和「白」的摘句如下：

〔註128〕黃永武：《詩與美》，洪範書店，1997 年，頁 193。
〔註129〕《全唐詩》卷八百三十八，冊十二，頁 9456。
〔註130〕《全唐詩》卷八百四十，冊十二，頁 9475。
〔註131〕《全唐詩》卷八百三十八，冊十二，頁 9455。
〔註132〕《全唐詩》卷八百四十，冊十二，頁 9474。

兩岸丹楓醉欲眠，…白蘋紅蓼一漁船。(〈楓橋夜泊，和唐人韻〉)
〔註133〕

白露橫江水接天。(〈楓橋夜泊，和唐人韻〉)〔註134〕

帆影懸青嶂，漁謳入綠蘿……山爛白雲多。(〈秋日焦山晚眺
有感〉)〔註135〕

澗草青承屐，溪雲白上衣。(〈春日靈風途中即景〉)〔註136〕

白髮吏情淡，青山道味眞。(〈贈朱筠槎出家〉)〔註137〕

草露芒鞋濕，青山綠水遙。(〈由風林寺早發五雲山〉)〔註138〕

羨師修淨業，頭白在青山。(〈題沁慧禪友關房〉)〔註139〕

第四節　句法與用典之分析

詩緣情綺靡，感春而思，遇秋而嘆；形諸吟詠，託之比興。沉鬱之志聿宣，炳烺之詞斯著。善詩者，鏗鏘足以動金石，幽眇足以感鬼神。古典詩有其句法與對仗等，在此不述；這一章節談寄禪詩中一眼讓人感受某個突出之處。此突出之處，有其特殊效果。

一、鍊　意

鍊意，極典雅的名詞，簡化的說就是醞釀。如蜂兒釀蜜，從無到有。換句話說，就是構思：

> 夫詩之為物，無論何體，俱以意為主。意者帥也，無帥之
> 兵，謂之烏合，故詩貴鍊意，句意佳妙，乃躋作者之堂，
> 否則徒求句子之工巧，則優孟衣冠而已。〔註140〕

〔註133〕見《詩文集》，頁17。
〔註134〕見《詩文集》，頁17。
〔註135〕見《詩文集》，頁18。
〔註136〕見《詩文集》，頁21。
〔註137〕見《詩文集》，頁26。
〔註138〕見《詩文集》，頁26。
〔註139〕見《詩文集》，頁26。
〔註140〕張夢機：《近體詩發凡》，台灣中華書局，1970年，頁1。以下引用

說明一首詩不管是哪一種體式都以立意為上選。以情意為主，文詞次之，聲調又次之，格法最下。是故沒有情意，即使文詞再優美亦無法為上乘之作。

（一）命　意

王國維《人間詞話》：「詩人對於宇宙人生，須入乎內，又須出乎其外，入乎其內，故能寫之，出乎其外，故能觀之。」這是言文學要能擄己、要能感人，意與境達於上乘。例如楊萬里的〈甲申上元前西歸見梅〉：「官路桐江西復西，野梅千樹壓疏籬；昨來都下筠籃底，三百青錢買一枝。」敘述在桐江的千樹梅花無人顧盼，在都城竟值一株三百錢。這是命意特殊之處。反觀寄禪之詩：

> 和尚風流也出群，卻來花下伴紅裙；
>
> 那知醉倒笙歌裡，還似青山臥白雲。（〈題濟顛遊戲圖〉）〔註141〕

這首詩寫出一個真理。《法華經》有謂，佛度人時，應以什麼身得度者則現什麼身。出家人是弘法利生，其一言一行乃至身相皆是一種說法。濟顛和尚雖遊戲人間，不沾染塵世俗情。好比維摩詰老居士出入茶樓酒肆，先有同理心後再慢慢引導中下階層者，其手法是同一道理。

（二）平淡有理趣

吟詠詩歌有其組織，其手法或精巧或清麗，都是詩人內心的意象所呈現，惟最難者，是平淡二字。世人皆以為老嫗能解是為平淡，有時往往流於儈俗。所謂理趣，「常由舉一反三之法，然所舉者事物，所反者道理，譬之鳥語花香，而浩蕩之春寓焉，眉梢眼角，而芳悱之情傳焉，舉萬殊之一殊，以見一貫之無不貫。」〔註142〕因為，理趣中無不貫穿一點一滴，隱約頻笑傳情，眼眉微顯，如水中鹽、蜜中花。例如杜詩「水流心不競，雲在意俱遲」（杜甫〈江亭〉）。著語不多，理趣

該書則註以《近體詩發凡》某頁，而不再註明出處。
〔註141〕見《詩文集》，頁76。
〔註142〕《近體詩發凡》，頁5。

全備。又賀知章的「少小離家老大回，鄉音無改鬢毛摧；兒童相見不相識，笑問客從何處來。」皆有其微妙的理趣。反觀寄禪理趣之作：

> 我本煙波一釣徒，偶然除髮學浮屠；
>
> 無由更得金鱗價，換取人間酒一壺。(〈次韻徐酡仙社友〉) [註143]

此詩透露得知己之樂，徐酡仙是寄禪最最知交，惟英年早逝。在寄禪眼中，酡仙珍貴無比。此詩意平淡有其微妙的理趣。

（三）無理而妙

「寫情能到眞處好，能到癡處亦好。癡者，思慮發於無端也。情深則往往因無端之事，作有關之想，使詩意無理而愈妙也。」[註144]這是言寫情能到眞是上乘，能到癡亦是上乘。情深而因無端卻能做有關之思，因而詩意無理而妙愈佳。例如李益「嫁得瞿塘賈，朝朝誤妾期；早知潮有信，嫁與弄潮兒。」劇中人自嫁瞿塘之賈，誰知他去經商，竟常年不返。朝朝誤妾期，何其不信！竟比不上海潮有信用，早知道就嫁與弄潮兒。詩人爲其感嘆虛度良宵，無理而妙。反觀寄禪之作：

> 擊鉢發狂興，深宵獨睡遲；吟殘半窗月，只得兩行詩。
>
> (〈夜來得「殘雲低入戶，涼月冷窺人」句，喜賦〉) [註145]

半夜狂興想必詩興大發，必是好詩連篇。結果，一整晚卻只得詩兩行。無理而妙，吾人當想到更深一層：吟詩不易啊！得好詩更不易啊！

> 焰焰火宅出無方，熱惱何時得暫涼？
>
> 遙想如來清淨土，微風吹動藕花香。(〈苦夏懷淨土〉) [註146]

既是火，很熱，當然想到的應是涼水來解熱，然而想的卻是「如來清淨土」，心淨則土淨，心「淨」自然涼，就有意想不到的效果，豈非「微風吹動藕花香」麼！地水火風，四大本無，心清淨自無熱與涼。這不也無理而妙麼！

〔註143〕見《詩文集》，頁28。
〔註144〕《近體詩發凡》，頁5。
〔註145〕見《詩文集》，頁25。
〔註146〕見《詩文集》，頁25。

（四）託比興以見委婉

「詩兼比興，重在取喻，能喻則意無不曲，筆無不達，鍾榮詩品謂詩有三義：曰興、曰比、曰賦；又謂文已盡而意有餘，興也；因物喻意，比也。」〔註147〕詩中只要能用比興則意曲辭達。簡言之，比與興，都是託物寓情而爲之。作詩如果正言直述，則易於窮盡而難於感發；若有所寓託、形容摹寫、反覆諷詠，則言有盡而意無窮。比，即比喻。以彼比此。興，發也，取譬引類，起發自己心思。比喻又分：

1、直　喻

以類似事物比他事物。句中常常附有「如、若、猶、比、同、似」諸字，一眼便可看出。李益詩：「回樂峰前沙似雪，受降城外月如霜。」這類詩，其喻體與喻依清楚分明。

其一、喻體，指被比喻之對象。例如「沙」、「月」。

其二、喻依，指作比喻之材料。例如「雪」、「霜」。

寄禪之作：

> 去歲逢君在病中，今年又在病中逢；
> 嗟余兩度相逢日，心似寒灰貌似松。
>
> （〈病中重逢精一、光明二禪友〉）〔註148〕

喻體，指「心」、「貌」。喻依，指「寒灰」、「松」。

> 蓮爲大士出塵相，海是空王度世心。
>
> （〈禪寂中憶遊普陀〉）〔註149〕

喻體，指「蓮」、「海」。喻依，指「出塵相」、「度世心」。

2、隱　喻

喻體喻依，泯然無跡，但是又不使原義晦暗不明。李義山：「春蠶到死絲方盡，蠟炬成灰淚始乾。」喻體，指「春蠶」、「蠟炬」。喻依，指「絲方盡」、「淚始乾」。反觀寄禪之作：

〔註147〕《近體詩發凡》，頁13。
〔註148〕見《詩文集》，頁26。
〔註149〕見《詩文集》，頁385。

　　天涯作客動經春，野寺閒吟獨愴神；

　　舊雨相逢空有夢，新詩欲寫苦無人。(〈春日客舍偶城〉)〔註150〕

喻體，指「舊雨」、「新詩」。喻依，指「空有夢」、「苦無人」。

　　法侶簷前樹，禪心雨後山。(〈住山吟，為與了上人作〉)〔註151〕

喻體，指「法侶」、「禪心」。喻依，指「簷前樹」、「雨後山」。興，起
也。先言他物，以引起所詠之詞。例如，「樹頭樹底覓殘紅，一片西
飛一片東；自是桃花貪結子，錯教人恨五更風。」(王建〈宮詞〉)這
是一篇比而興的詩。以「殘紅」喻色衰；東西分飛喻君與己之相背離。
貪，愛慕也。結子，有寵有成。五更風，指君心之飄忽。整首詩意謂
「若我不貪慕寵遇而入宮，怎麼會有今日之憂愁；故不可以恨君。」
反觀寄禪之詩：

　　紅葉滿秋山，孤雲尚未還；聞君歌古調，

　　鄉思欲潸潸。(〈次韻與了上人歸三茅山……〉)〔註152〕

一、二句起興，第三句一轉，而引起「思鄉」。

　　幾行雁影沉寒水，數杵鐘聲送夕陽；帶雪老梅將破朵，

　　傲霜殘菊尚餘香。(〈冬日即事〉)〔註153〕

寒水中的雁影、夕陽中的鐘聲起興，第三句領路尋思，帶出主角「菊
香」。

二、含　蓄

　　含蓄，指包容，隱藏；或藏深意而不顯露。婉轉包容於中，不使
突兀。意在言外，有想象的空間。直接的說，就是達意不露骨。用在
詩作上：

　　詩以語近情遙為尚，語近則平澹易曉、情遙則聲有餘響，

　　雖著語不多，亦寄興無窮。〔註154〕

<hr>

〔註150〕見《詩文集》，頁 27。
〔註151〕見《詩文集》，頁 39。
〔註152〕見《詩文集》，45。
〔註153〕見《詩文集》，頁 55。
〔註154〕《近體詩發凡》頁 20。

詩貴含蓄，最忌諱直情逕行，如若吐之殆盡，則風趣全無，味同嚼蠟。要使其能藏鋒不露、音在弦外，則如鹽滲水中，無痕有味，由讀者自行揣摩。

（一）藏鋒不露

無論律詩與絕句貴意在言外，由讀者從字裡行間領味。杜甫〈春望〉：「國破山河在，城春草木深；感時花濺淚，恨別鳥驚心。」山河在，表明無其他之物。草木深，表明無人賞娛之樂。令人見之而泣，聞之而悲，可知時局，或動盪或不安；這就是藏鋒不露。觀看寄禪之詩：

> 也知忍辱是波羅，世事如雲一笑過；
>
> 我吃十方君十一，老僧翻爲作檀那。（〈靈峰解嘲〉）〔註155〕

「檀那」，施主。「供僧」，是福氣之舉，是故寺廟之一切是十方來的，如今政府想動用寺產，要從「老僧」處取財作國用，時局之壞，不平等條約壓垮經濟可知。

（二）善用側筆

「側」，旁邊，偏，不是正向或正面；不是主體，不是主軸。指非迎面而來。用在作品上，是指陪襯之物。

> 詩中之意，貴在無字句處，善用側筆，不犯正位，襯說以
>
> 取神韻，所謂索之於驪黃之外者，是傳神之妙也。〔註156〕

例如，杜詩「春雲去殿低」、「山月臨窗近」，寫宮殿高反而襯之以雲低，寫山嶺之高反而襯之以月見來烘托。這是一種筆式變化後所達到的效果。反觀寄禪的詩：

> 天雞驚我雲端墜，芋子煨殘月滿庭。（〈夢衡岳〉）〔註157〕

原本高掛的月亮，到天亮了，卻反襯煨芋到西沉，言時間點滴的過去。

> 登山雲在屐，汲澗月來瓶。（〈過瑞岩寺……〉）〔註158〕

〔註155〕見《詩文集》，頁391。

〔註156〕《近體詩發凡》，頁24。

〔註157〕見《詩文集》，頁398。

言登之高反襯以雲被踩在鞋下。瓶中有水反襯以月在瓶中。

> 月湖湖上有人家，十五雛姬鬢始鴉；不許紅塵侵玉骨，
>
> 野風吹落白蓮花。(〈包協如舍人以其友……〉) 〔註159〕

以第四句的香消玉殞來反襯第三句，為了不受紅塵侵犯。這都是不用正面，故作反筆、側筆，使得語氣加強。

三、用　典

用典，指運用一個故事或一個事項，作為說明。借助別樣事物，包括作品或行徑等以達到說明貼切精準。

> 詩之用典，亦謂之用故實，舉凡前代之文章成語與夫人物
>
> 典故皆屬之，善使事者，不徒可以增加其高華瑋麗之風致，
>
> 抑且可以化繁為簡，攝難達之意。〔註160〕

一句詩才五字或七字，詩中短短二十字，發抒情性，裁剪事意，所含融的意思將因字數限制而很有限，有時絕非三五字可道盡；如能用典故，取況古人、假借史事，用申己意、運化無跡，使人聞之無不足暢，則詩意更能延伸到前所未含融的境地。有典故的加持，詩更豐派、有含意、更深遠厚實、也更傳神。此用典之妙。用典之法有明用、暗用與活用。

（一）明　用

所謂明用，「詩中徵引典實，或明言其人，或明引其事者，是為明用。」例如杜詩「對棋陪謝傅，把劍覓徐君。」是引用「謝玄大破苻堅之兵，捷報至，謝安方對客圍棋，了無喜色」。以及用季札掛劍之事：「季札聘晉過徐，心知徐君愛其寶劍，及還，徐君已沒，遂解劍繫其家橋而去」。簡明的說，詩中呈現典中之人物之名或事。例如上述詩中的「謝傅」、「徐君」。反觀寄禪之詩：

〔註158〕見《詩文集》，頁 427。

〔註159〕見《詩文集》，頁 426。

〔註160〕《近體詩發凡》，頁 74。

1、買　山

有愛都妨道，無心更買山。（〈暮秋書懷〉）〔註161〕

劉長卿的〈送上人〉：「孤雲將野鶴，豈向人間住？莫買沃洲山，時人已知處。」白居易有〈沃州山禪院記〉；沃州山，在今浙江縣東，相傳晉高僧支盾放鶴養馬處。「莫買沃洲山」，點出僧人好住名山巨剎，乃求終南捷徑耳。寄禪是隨緣者，「已作浮杯客，隨緣即是家。」處處與山有約，「我與青山有宿緣，住山不要買山錢」，顯出寄禪的個性，那會買個山來讓自己不自在。

2、客星犯主星

既然爲隱士，何必著羊裘；

遂令富春渚，翻成名利舟。（〈題嚴子陵釣台〉）〔註162〕

艷說嚴陵有遠孫，雲台已邈客星存；披圖如見羊裘叟，

猶覺桐江釣石溫。（〈題嚴小舫觀察《春江意釣圖》〉）〔註163〕

飽讀詩書的寄禪所作之詩，用字淺顯，卻用典甚多，像這一首詩，用了二個典。首聯「嚴陵」指嚴子陵，和頷聯的「客星」是同一典故。《後漢書八三・嚴光傳》：「（光武帝）復引光入，論道舊故，……因共偃臥，光以足加帝腹上，明日太史奏，客星犯御座甚急。帝笑曰：朕故人共臥耳。」客星犯主星，這裡的客星當然指嚴小舫。

「雲台」，漢朝宮中的一個高臺名，《後漢書三二・陰興傳》：「後以興領侍中，受顧命於雲臺廣室」，注，洛陽南宮有雲臺・廣德殿。明帝圖畫中興功臣三十二人於雲臺。前二句稱讚嚴小舫觀察有才，頸聯的「羊裘」指漢朝的羊仲與裘仲的合稱。《初學記・〔漢〕趙歧三輔決錄》一：「蔣詡字元卿，舍中三徑，惟羊仲求仲從之遊。二人皆推廉逃名之士。」後二句稱讚嚴小舫觀察有德。小小的四句藉由二個典故，把嚴小舫觀察的才德展現無遺。

〔註161〕見《詩文集》，頁213。

〔註162〕見《詩文集》，頁45。

〔註163〕見《詩文集》，頁312。

3、「碧紗籠」

寄禪用到「碧紗籠」這個語詞的詩如下：

遮莫年華似流水，碧紗長護好詩留。(〈甲辰臘杪，水賓笙茂
才……〉) 〔註164〕

憐君題好句，應得碧紗籠。(〈陳海瓢茂才……〉) 〔註165〕

碧紗籠內新詩在，不羨山門玉帶留。(〈去夏閑遊吳門……〉)

〔註166〕

壁上肯能題秀句，山僧也用碧紗籠。(〈贈俞蕙清進士〉) 〔註167〕

「碧紗籠」是一個典故。〔五代〕王定保《唐摭言・起自寒苦》：「唐
王播少孤貧，客居揚州・惠昭寺・木蘭苑，隨僧齋食，爲諸僧所不禮。
後播貴，重遊舊地，見昔日在該寺壁上所題詩句，僧用碧紗蓋護，因
題曰：二十年來塵撲面，如今使得碧紗籠。」又〔宋〕魏野嘗從寇準
遊陝府僧舍，各有留題。後復同遊，見準詩，已用碧紗籠蓋護，而野
詩獨否，塵昏滿壁，從行官妓即以袂拂塵，野徐曰：「若得常將紅袖
拂，也應勝似碧紗籠。」無論好友詩作得好不好，好歹也是個「茂才」，
所以就給個碧紗籠。

寄禪交遊廣闊，不乏達官貴人，他們都有一特點，喜愛作詩。「憐
君題好句，應得碧紗籠。」寄禪送友入山，酬謝好友以詩，首聯描述
友人氣韻十足，頸聯說明二人的同好、習氣。頷聯讚美友人的才調，
故尾聯「應得碧紗籠。」

4、「劉伶荷揷」

我愛江南顧石公，苦吟終日坐松風；

大瓢一醉龍潭月，便與劉伶荷揷同。(〈挽三公〉) 〔註168〕

「劉伶荷揷」，劉伶，晉沛國人，字伯倫，與阮籍嵇康等友好，稱竹

〔註164〕見《詩文集》，頁327。
〔註165〕見《詩文集》，頁342。
〔註166〕見《詩文集》，頁374。
〔註167〕見《詩文集》，頁29。
〔註168〕見《詩文集》，頁344。

林七賢。縱酒放達，乘鹿車，攜一壺酒，使人荷插相隨，說：「死後便埋我。」嘗著〈酒德頌〉，自稱「惟酒是務，焉知其餘。」劉伶嗜酒，隨身攜帶一瓶酒，鹿車上隨時備有一把圓鍬，醉死，或醉了摔死，這把「圓鍬」是使人隨時隨地埋葬罷了，就算放達人生吧！

　　寄禪讚賞顧石公的這一份縱情。然而自己卻無法像顧石公的縱情；此時是一九零六年，寄禪五十六歲，天童寺的住持。弟弟子成又於該年病逝，過四年其冷香塔建成。從這些細節可感受出寄禪心中的矛盾與衝突。像這種明用典之作，寄禪詩中比比皆是。

（二）暗　用

　　暗用，顧名思義，偷偷的使用，不為人所知。亦即暗中的使用達到功效，然外表不著痕跡。像加一把鹽，肉眼看不出，淺嚐即知味。

> 暗用典者，宛轉晴空、渾然無跡、縱橫變化、莫測端倪。
> 昔人謂：作詩用典，要如禪家語『水中著鹽，飲水乃知鹽味。』」〔註169〕

引用典要有典意卻不能明目張膽點出名姓、事跡。例如杜甫詩：「五更鼓角聲悲壯，三峽星河影動搖。」用禰衡傳：「撾漁陽摻，聲悲壯。」漢武帝事：「星辰動搖，東方朔謂民勞之應。」且看杜詩，捕風捉影，看不出痕跡。反觀寄禪之作：

> 落日荒村裡，來尋處士墳；倘君猶在世，與我細論文。
> 挂劍嗟何及，遺琴悵欲焚，平生知己淚，霑洒向寒雲。
>
> 〈過徐酡仙墓〉〔註170〕

以「季札掛劍」與「伯牙善鼓琴」讓詩人情感豐沛。寄禪詩集顯露酡仙是寄禪所有好友中最最知己，卻英年早逝，寄禪有七首詩是懷念他。

　　像這種暗用典之作非常多。例如：寄禪的「二水白爭趨偃口，四山青約赴簷頭。」（〈過徐山人溪居納涼〉）出典自李白〈登金陵鳳凰臺〉：「三山半落青天外，二水中分白鷺洲」。另一首「日暮登閶門，……啼

〔註169〕《近體詩發凡》，頁 80。
〔註170〕見《詩文集》，頁 149。

斷吳宮秋。」（〈閶門懷古〉）出典自《史記·伍子胥列傳第六》的事蹟。又「日月波中出，乾坤檻外浮。」（〈登松寥閣〉）出典自杜甫〈登岳陽樓〉：「吳楚東南坼，乾坤日夜浮。」像「甬上詩人黃忏庵，夜吟對月影成三。」（〈贈黃忏庵司馬〉）出典自李白〈月下獨酌〉「舉杯邀明月，對影成三人。」再看寄禪的「太息蘭芷地，風騷失舊音」（〈長沙小憩，仍歸天童，感事〉）出典自屈原〈離騷〉：「余既滋蘭之九畹兮，又樹蕙之百畝……雜杜衡與芳芷。」有的是整個意涵直接承襲，例如「東籬黃菊在，猶似義熙年。」（〈贈別蕭漱雲太史並序〉）詩意的骨與肉出典自陶淵明的事跡。怪不得寄禪自評：「傳杜之神，擬陶之意」。

（三）反　用

把典故帶出，以相反方式陳述所要達成的目標。讀者要多一隻眼睛才能心領神會。

> 文人用故事，有直用其事者，有反其意而用之者，詩中謂
> 之翻案法，最爲奇警。〔註171〕

李商隱詩：「可憐夜半虛前席，不問蒼生問鬼神。」這是指賈誼爲漢文帝時的博士，積極於政事，其治安冊，陳政事、言時弊，卻爲其他大臣所忌。商隱反其義而用諷刺上位者施政不納諍言，不以百姓利益爲上卻問起鬼神來。這是反用典，用典以直用其事爲易，要反用非有相當功力無以爲之。寄禪這方面的詩似乎比較少。

四、用　字

用字，指在一個文句中所使用的字，或爲了達到某一個目的或效果而特別安排使用某個字眼。這一小節談用字或鍊字，這樣取名或者不是很貼切，但是這一感觸是筆者在寄禪詩中特有的發現。

（一）用「一……一」入詩

我們會質疑，五言詩、七言詩，也不過那幾句在變，不是寫春花

〔註171〕《近體詩發凡》，頁 82。

就是寫秋月，僧人再多也只不過是在山上打滾。用字或句意難免會有雷同，況且，寄禪的詩有一千九百九十三首，大概是大同小異吧！這可未必，同句法卻有其不同的韻律。

> 李白的〈宣城見杜鵑〉：「蜀國曾聞子規鳥，宣城還見杜鵑花；一叫一回腸一斷，三春三月憶三巴。」以一「聞」一「見」生出「憶」字，迴互生情。〔註172〕

以「一……一」入詩，讀起來生動有力，簡單、卻情意深厚。反觀寄禪的作品：

> 一瓶一鉢暮山過，載月孤身入薜蘿。(〈途中述懷〉)〔註173〕

> 清酒一杯詩一篇，送君千里遠朝天。(〈送殷君之京師〉)〔註174〕

> 一瓶一鉢一詩囊，十里荷花兩袖香。(〈暑月訪龍潭山寄禪上人〉)〔註175〕

> 一度傷師一斷魂，不堪憑吊向孤村。(〈吊精一禪友〉)〔註176〕

> 一籃魚換一壺酒，懶向桃源去問津。(〈漁翁換酒圖〉)〔註177〕

> 尚有行踪在綠苔，一回相見一回哀。(〈代皈依和尚挽陳建科先生〉)〔註178〕

> 最愛龐公栖隱處，半窗風雪半窗梅。(〈上元雪霽，過呂文舟處士宅〉)〔註179〕

> 紅蓼花疏，白蘋秋老。一瓢一笠，幽齋復造。(〈題胡槐芳茂才書屋〉)〔註180〕

> 最苦孤兒悲失恃，一聲爹罷一聲娘。(〈代阮鏡蓉挽妻胡氏〉)

〔註172〕富壽孫選注：《唐人絕句評注》，宏業書局，1982 年，頁 61。
〔註173〕見《詩文集》，頁 6。
〔註174〕見《詩文集》，頁 6。
〔註175〕見《詩文集》，頁 10。
〔註176〕見《詩文集》，頁 26。
〔註177〕見《詩文集》，頁 46。
〔註178〕見《詩文集》，頁 56。
〔註179〕見《詩文集》，頁 58。
〔註180〕見《詩文集》，頁 61。

〔註181〕

事事如雲變幻新，一回感慨一沾襟。（〈有感〉）〔註182〕

十年俱老大，一見一傷神。（〈與淡雲和尚夜話〉）〔註183〕

指日荷花誕靈秀，一花一葉一童男。（〈王益吾祭酒賦庵男韻……〉）〔註184〕

一步一回首，細領烟蘿容。（〈登玲瓏岩，戲效一首〉）〔註185〕

一瓶一鉢入京師，雲水飄然海鶴姿。（〈贈尊美律師〉）〔註186〕

三茅舊遊地，一步一傷心。（〈重過茅山寺遙望徐酡仙……〉）
〔註187〕

上述詩句「一瓶一鉢暮山過，載月孤身入薜蘿。」（〈途中述懷〉）「瓶」與「鉢」是「僧人」特有之物，這三者巧妙構成一幅圖，加上明心見性的孤月，這幅圖高與天齊。「暮山」，不如理解為時間，「薜蘿」，可視為空間；時空俱足，無寧是個宇宙。被視為酸餡氣的僧詩，有其簡單、原始、節奏的美感。每一首的「一……一」的用法，無寧有他強力之處。

（二）山翠滴衣寒

「山翠滴衣寒」源自王維〈藍田煙雨圖〉：「藍田白石出，玉川紅葉稀；山路原無雨，空翠濕人衣。」蘇軾的評：「藍田白石出，玉川紅葉稀」，可以畫出來成為一幅清奇冷艷的畫，但是「山路原無雨，空翠濕人衣。」二句卻是不能在畫面上直接畫出來的。山青翠到像液體一樣滴到衣服上，讀者都能感受這分寒意。類似這種潮濕、濕度「不能在畫面上直接畫出來的」這種詩句，寄禪也奪胎得毫無斧鑿痕。像這種的例句：

〔註181〕見《詩文集》，頁73。

〔註182〕見《詩文集》，頁88。

〔註183〕見《詩文集》，頁114。

〔註184〕見《詩文集》，頁364。

〔註185〕見《詩文集》，頁394。

〔註186〕見《詩文集》，頁410。

〔註187〕見《詩文集》，頁440。

　　嶺雲穿腳冷，山翠滴衣寒。(〈客有自峨嵋至者，因賦〉) 〔註188〕

　　波上千峰翠欲流，桃花兩岸送行舟。(〈題畫〉) 〔註189〕

　　今日因君動清興，欲磨山翠寫新詩。(〈答天童獻純上人〉) 〔註190〕

　　波上千峰翠欲流，綠楊深處有漁舟。(〈春江圖〉) 〔註191〕

　　雲煙遮箬笠，嵐翠滴袈裟。(〈暮春過金馭仙茂才居〉) 〔註192〕

　　室白雲生棟，衣寒翠染松。(〈雨中遣悶〉) 〔註193〕

　　雲封古洞無僧住，翠鎖寒松有路通。(〈登湘陰神鼎山〉) 〔註194〕

　　門鎖青松映碧流，雲邊片石久相留。(〈甲辰臘杪……〉之二)

　　萬壑寒松翠欲流，此中隨意可勾留。(〈甲辰臘杪……〉之三)

　　〔註195〕

像這種「山翠滴衣寒」、「翠欲流」、「磨山翠寫新詩」、「嵐翠滴袈裟」、「寒翠染松」都讓人覺得這個「翠」是液體的，清冷的，可以染衣服，也可流動在山坡上；翠濃到可以磨出汁液來寫詩，這種文房四寶之一，巧奪天工。

（三）萬竹分青上衲衣

　　這是一種人如畫中的一物，也可視人與自然的溶合；這已有禪境了。早在宋代一位博學家沈括在他名著《夢溪筆談》裡就曾譏評大畫家李成採用透視立場「仰畫飛簷」，而主張「以大觀小之法」。他說：「李成畫山上亭館及樓閣之類，皆仰畫飛簷。其說以為『自下望上如人平地望塔簷間，見其榱桷』。此論非也。大都山水之法，蓋以大觀小，如人觀假山耳。若同眞山之法，以下望上，只合見一重山，豈可

〔註188〕 見《詩文集》，頁125。
〔註189〕 見《詩文集》，頁53。
〔註190〕 見《詩文集》，頁53。
〔註191〕 見《詩文集》，頁59。
〔註192〕 見《詩文集》，頁76。
〔註193〕 見《詩文集》，頁300。
〔註194〕 見《詩文集》，頁12。
〔註195〕 見《詩文集》，頁327。

重重悉見？兼不應見其溪谷間事。若人在東立，則山西便合是遠境。
人在西立，則山東卻合是遠境。似此如何成畫？李君蓋不知以大觀小
之法，其間折高折遠，自有妙理。豈在掀屋角也？」

> 沈括以為畫家畫山水⋯⋯是用心靈的眼，籠罩全景，從全
> 體來看部分，「以大觀小」。把全部景界組織成一幅氣韻生
> 動，有節奏有和諧的藝術畫面。不是機械的照相。這畫面
> 上的空間組織，是受著畫中全部節奏及表情所支配。「其間
> 折高折遠，自有妙理。」〔註196〕

以上是宗白華以沈括的《夢溪筆談》來談中國詩畫的空間意識；主旨
是在「以大觀小」，即以畫中全部節奏及表情來支配空間組織，「其間
折高折遠，自有妙理」，如何剪裁，就是心靈之眼的運用了。又說：

> 全幅畫面所表現的空間意識，是大自然的節奏與和諧。畫
> 家的眼睛不是從固定角度集中於一個透視的焦點，而是流
> 動飄瞥上下四方，一目千里，把握全境的陰陽開闔高下起
> 伏的節奏。中國最大詩人杜甫有兩句詩表出這時空意識
> 說：「乾坤萬里眼，時序百年心」。《中庸》上也曾說：「詩
> 云：鳶飛戾天，魚躍于淵，言其上下察也」。〔註197〕

以上更清楚說明時空意識。乾坤，不光是指天地，更是如《易》所言
屬於陰陽的範疇，是宇宙的原始物質，他們的相互對立，相互交感，
相互制約，推動事物的發生和變化。所以要洞澈他們，更得憑心眼。
寄禪也有這樣的心眼，例如：

> 雨餘茅屋冷，苔色上人衣。(〈題悟真禪有山房〉) 〔註198〕
>
> 歸到茅屋天已晚，一痕新月上袈裟。(〈冬月初三坐胡飛鵬茂
> 才⋯⋯〉) 〔註199〕
>
> 一雨綠生穿徑草，萬山青上坐禪衣。(〈坐夏偶占〉) 〔註200〕

〔註196〕宗白華：《美從何處尋》，駱駝出版，1987年，頁87。
〔註197〕同上。
〔註198〕見《詩文集》，頁64。
〔註199〕見《詩文集》，頁67。
〔註200〕見《詩文集》，頁195。

雨餘山色轉明淨，萬竹分青上衲衣。(〈天童坐雨，呈鞠友司馬〉)
〔註201〕

料得玉堂清醒夢，萬山青上兩眉尖。(〈懷陸太史〉) 〔註202〕
所以寄禪的「苔色上人衣」，則把前詩「雨餘茅屋冷」的「冷」，點染
出來了。

　　寄禪詩作除傳杜詩之神外，字句、句法無意中也擷取杜詩之意。
（如本文第三章所舉）；也模仿脫胎齊己的一首詩（如本文第四章所
舉），綜觀其詩仍宗唐之風。王闓運曾把寄禪早期的詩比賈島、姚合。
寄禪爲破「只能島瘦不能郊寒」的評語，晚年曾戲效孟郊體，有詩云：
「瘦月黃生魂，肥雲冷作肌；夜吟燈焰綠，窺窗鬼聽詩。」的確，令
人毛骨悚然。

〔註201〕見《詩文集》，頁298。
〔註202〕見《詩文集》，頁351。

－265－

第七章　結　論

　　寄禪是清末民初人，僅跨足到民國一年，他甚不為人所知；然其貢獻有相當可觀的一面。以個性而言，他知足、真實、康朗；以行動而言，他具體、真誠。這一切全由詩顯現出來。是故，本論文以從其詩中耙梳、抽絲剝繭，綜合所得作一個結論。

第一節　八指頭陀詩作的風格與意趣

　　得壽六十二年的寄禪，僧臘四十五年，有二十二年的住持經驗。童稚時期就喜聽仙佛故事，厭茹葷，常常口中念念有詞。或在更早時，其母親禱白衣大士而生下他。其本身對佛法就是一位修行者，由於某種微妙的認知，例如「嗜作詩與修佛兩相矛盾」交織其一生。這種微妙的衝突意識舞動其生命的主軸。

一、作詩對寄禪的意義

　　在本論文研究動機中提到「有聽說過戒酒戒菸、戒賭戒毒，就沒聽說過戒詩，……會有戒詩之舉，莫非這就是一個病灶」，是生命個體成長過程的一項引人深思之癥結。的確，從寄禪詩中隱含的蛛絲馬跡，串聯起來，發現這個癥結牽扯寄禪一輩子。

　　從本論文逐一探究到的做綜合論述，詩對寄禪大有意義，是生命

的命脈。在其未出家前，寄禪放牧避雨時聽到私塾童生頌唐詩「少孤
爲客早」，眼淚撲簌簌流下的那一霎那，表示這孩子的敏感度。不是
每一個孤兒聽到這一句話或遇到這個際遇都會有這個反應，這是遠因
之一。出家後在洞庭湖邊凝視湖水得句「洞庭波送一僧來」；被謂爲
於詩有宿根，於是開始習詩，這是遠因之二。

　　出家後，看到寺院中的維那精一禪師以詩自娛，以及麓山寺的
笠雲本師能詩能禪，以詩傳禪。這一切莫不有形無形的感召著寄禪，
這是近因之一。尤其有一句話給寄禪莫大的動力；當寄禪看到精一
吟詩時，則譏笑曰「出家人不究本分上事，乃有閒功夫學世諦文子。」
精一回答：「汝髫齡精進，他日成佛未可量。至於文字般若三昧恐今
生未能證得。」寄禪在乎的就是這句話「文字般若三昧恐今生未能
證得」。這句話正從寄禪的腦門打下去。殊不知寄禪正由於看他人讀
書，自己早孤無以維生，更別說讀書了。沒得讀書是心中永遠的痛，
偏偏你精一又要搵他的痛，又斬釘截鋼的說「恐今生未得」；這不是
在傷口灑鹽，說他這輩子不識字麼！這是一個不易說出的隱因。

　　這個隱因的動力大到寄禪亦不能估量。正好緊接著「洞庭波送
一僧來」，郭菊蓀神妙的解讀，極力勸寄禪爲學，又主動啓蒙唐詩，
這是近因。五年後，郭菊蓀要教授以諸子百家等。起先寄禪也不答
應，「余恐世諦文字有妨禪業，因力辭」（《《嚼梅吟》自敘》），菊蓀
不許，寄禪拗不過，於是寄禪也開始「略事推敲」諸子百家。可見
寄禪默默的自學。

二、歸納寄禪的認知

　　寄禪出家第一年跟東林長老。長老待寄禪好，寄禪視之如父。第
二年跟志老，志老的人格特質是愛國，「連穆宗毅皇帝哀詔傳至山林
水澤，志老都遵制蓄髮」；道行修養高，是一個「再來人」。寄禪泡在
岐山志老身邊的五年修頭陀行，型塑他的思想、人格。寄禪承襲前段
所言這些遠因、近因、隱因，對寫詩、對佛法精進不懈。這些遠因、

近因、隱因潛然地薰習。日夜薰習五年下來，寄禪發現不對了，多寫兩首詩就會少念幾卷經；一天才十二時辰，寺務不曾少過，鐵打的人也多不出兩份時間。在郭菊蓀引領下已自讀諸子百家三年，寄禪就主動廢讀了。這是光緒六年的事，此時寄禪三十歲，寫了〈戒詩〉一首，取寮房爲「戒詩山房」。這一年有詩作五十六首，爲了方便歸納說明，這一年的關鍵詩臚列如下：

桃源如再入，慎物戀塵寰。(〈贈魚者〉)〔註1〕

神仙只在桃源裡，無奈時人向外求。(〈春江圖〉)〔註2〕

忽解翻身作活計，詩名贏得滿江湖。(三之一))

說法談經慚北秀，倩人書偈愧南能。(三之二))

青年白髮小頭陀，嘯月吟風寄興多。(〈自題擊鉢苦吟圖〉(三之三))〔註3〕

生來傲骨不低眉，每到求人爲寫詩；

畢竟苦吟成底事？十年博得鬢如絲。

得句曾鳴夜半鍾，一生心血在詩中；

思量文字眞糟粕，欲逼生蛇去化龍。(〈感懷〉二首)〔註4〕

久客他鄉思故鄉，故鄉遠在洞庭旁……滿湖風月入詩囊。

(〈懷鄉曲〉)〔註5〕

薄暮行吟趣有餘……清風來翻貝葉書。(〈冬日薄暮即事〉)〔註6〕

古有君子，殺身成仁；我之無德，枉勞精神。(〈感遇〉三之一)

鳳兮鳳兮，巢於千仞；胡不飛兮？以待時命。(〈感遇〉三之二)

〔註7〕

〔註1〕 見《詩文集》，頁 58。
〔註2〕 見《詩文集》，頁 59。
〔註3〕 見《詩文集》，頁 59。
〔註4〕 見《詩文集》，頁 63。
〔註5〕 見《詩文集》，頁 65。
〔註6〕 見《詩文集》，頁 67。
〔註7〕 見《詩文集》，頁 68。

賦就面減紅顏，詩成頭生白髮；從今石爛松枯，不復吟風嘯月。(〈戒詩〉) 〔註8〕

不難看出寄禪的衝擊：第一「飽讀經書，專事講經說法的神秀卻由其師宣判未證道。反倒是不識之無的惠能證道」。

第二「欲逼生蛇去化龍」，「蛇」表欲望，喜歡做的事；寄禪想做的事當然是「寫詩」。「龍」，龍象，指佛法慧業。可見花在寫詩的無論是時間、心神已凌駕事佛。或念經時靈感來了，或是讀經時的經文就是啟發他靈感的泉源。

第三「忽解翻身作活計」，寄禪做詩開竅了。

第四「嘯月吟風寄興多」，顯示寄禪有所感時能分享的『人』就是「寫詩」。要常有「興」書之於詩者，是某種程度上的「創作」者，美其名自我概念深者。他會趨向自己的心性表現自己想表達的意念。從其「行吟趣有餘……清風來翻貝葉書」，攤開著貝葉書，人跑到哪兒去了，顯出「行吟」比「讀經」有趣。從寄禪向知己酏仙表示自己出家是「偶然除髮學浮圖」，以及〈述懷〉詩表示「十六辭家事世尊」的苦，相較於當初，顯見，出家是不得不的選擇。如果寄禪有像郭菊蓀的家世，想必是會成為一個書生，是一個當大「司馬」做官人。

「胡不飛兮？以待時命」，應是一個想出諸口又不敢企望的伏筆。寄禪曾辭掉多所寺廟的住持，在其二十七歲於阿育王寺佛塔前燃指事佛。已來回於天童寺十二回，也在天童題壁「願求一丈結茅居」。這顯示雖然出家不是青少年期的寄禪會做的選擇，但已出家，也深思過「百年迅速等朝昏」(〈述懷〉)，生命的本質是什麼呢！故「探究這生命的本質」無形中是一種責任，當年世尊不也捨家探究起人生的本質麼！所以這個責任依存在佛法慧業上。於是堅信事佛才是正道。做詩這等雕蟲小技就放下吧！

雖然放下了，但是生命中這些前述的遠因、近因、隱因，持續流動在寄禪的血管裡，漂浮在腦海中，身邊的一草一木、日月山川卻天

〔註8〕見《詩文集》，頁69。

天在招手，給寄禪的「寄興多」。這種「堅信事佛才是正道」與「寄興多」同時在一個個體。如果兩者平均分配時間倒也罷，偏偏「說法談經慚北秀，倩人書偈愧南能」，反倒是目不識丁的惠能非神秀傳禪宗法脈，這到底是什麼道理呢？所以矛盾、衝突和寄禪長相左右了。

這種衝突潛存在觀念裡，反映在外的行為有「詩與禪」的矛盾掙扎、「具足莊子的身影與消失了莊子的身影」的行徑上、「要清室長存卻又去疏通保釋革命被捕的分子」的微妙情境中。如果「全然耕耘詩」、「全然於禪」或「詩禪同存」的任一情況皆無不可。因為「認知」的緣故。筆者認為這部分留待後人以心理學的角度來研究。

認知「要禪」時，一種無明因由就是「想詩」出現了，兩相交絆，所以衝突了。找不出原因；所以寄禪歸諸喜詩愛詩是前習。磨了一輩子，寄禪終於開悟了，與其『兩相交絆』，不如『兩相交伴』，背了廿廿年的這顆石頭放下了：選擇寫詩就是作自己行為的主人。

回首本論文緒論開場白：「人一旦進入塵世，他就享有絕對的自由，就要對所做的一切負責，就是自己行為的主人。」

三、寄禪詩風的轉變

寄禪自評：「傳杜之神，取陶之意，得賈孟之氣體，此吾為詩之宗法焉。」其詩清晰可讀。充滿自然的意象，以山上的一草一木，日月山川入詩，無論是取材自然，連情感的表現也自然無飾。

若將寄禪的詩齡分成早中晚三期，則早期的詩呈現的是一種自然，與四時景物共鳴、同作生命的呼吸。偶爾也一兩首有幾許豪放之態，到中期詩也是充滿自然意象的居多，時有禪味；中期詩比較有力道，已有雄渾之勢。有更多佛禪入詩的旨趣。筆者無法全然說出某一時期的詩全然是雄渾的，或全然是豪放的。雖然不是每一首詩都如此豪放或雄渾，但是只要有那麼幾首出現，亦能顯示詩風有所不同。

然而其詩中也頗有深沉之詩，或悲慨之詩。這種詩出現在中、晚期，尤其晚期更多，寄禪憂國、憂時、憂教充滿詩中，顯現心情的沉

鬱，因而詩風有所轉變。整體而言，寄禪詩風是多樣的。

　　寄禪的詩幾無僧詩的「酸餡氣」。以五言、七言居多，詩中所用的顏色以「青」和「白」最多，「綠」、「翠」「碧」次之，這些涼色系色彩讓寄禪之詩呈現較寒的感覺，不豐腴。這些色彩散布在初中晚期。以色系言個性，寄禪是奈得住寂莫的。然而寄禪有兩首詩令筆者感受其性格康朗，一首是〈元旦示眾〉：「爆竹一聲翻自笑，今年人是去年人。」一首是笑自己胖重，連輿夫也不想賺他一毛錢。

　　詩言志，寄禪的詩與山林同居同感，共享山林的源泉，穿流佛法的餘香，背負禾叔之悲。

四、隱約中給人佛法的信念

　　從出家非本願開始，到深入經藏，到信解行，再到證就是寄禪的一輩子。雖然早期看不出寄禪對佛法的積極行動，反倒是個人努力事佛的決心。〔註9〕由於喜做詩，作品中漸露佛禪佛理。寄禪東遊吳越，時而嘯咏《楞嚴》、《圓覺》雜莊騷以歌於山林水澤。不知覺中其詩多所隱含《楞嚴》大趣，也常涉及《維摩詰經》的旨趣。與白衣緇素往來的詩不無佛禪妙理。

　　寄禪有二十二年住持歲月，對一般僧寺大眾，寄禪示眾〔註10〕充滿積極鼓勵：

> 大千一氣轉洪鈞，枯木花開象外春；爆竹聲中翻自笑，今年人是去年人。諸仁者，元旦為三百六十日之始，二十四氣之初。斗柄春回，又見山河新歲月；椒花頌獻，群沾雨露聖明君。洪惟一人有慶，兆民共賴。雖居岩谷，俱荷生成。欲報有道之恩，須助無為之化。但使山川育德，草木生香，性海流慈，蛟龍斂毒。忍辱之室，即揖讓之鄉；如意之珠，乃少欲之念。心地若平，世途皆坦。一真不動，

〔註9〕寄禪二十七歲時於阿育王寺佛塔前燃二指事佛。
〔註10〕示眾詩文：「元旦夕普茶示眾」、「除夕示眾」、「立春示眾」、〈結冬示眾〉等。見《詩文集》，頁400～401。

萬國咸寧。佛日與舜日齊輝，法輪並金輪共轉。如是，復
何物我之間、眞俗之分乎？（顧左右云）且道新年頭佛法，
作麼舉揚？元日山家也自忙，打鐘隨俗慶年芳；道人不飲
屠蘇酒，細嚼梅花味更香。〔註11〕

寄禪的元旦示眾重點有五。其一、要忠君愛國。其二、要感應道交。
其三、要忍辱心。其四、少欲知足。其五、要心淨土淨。寄禪把六波
羅蜜的忍辱灌漑在大眾的腦海裡，「忍辱之室，即揖讓之鄉」，在一個
團體裡人人能做到忍辱則和諧。再把「三毒」的貪再少欲，少欲，磨
出如意之珠。很柔和的示眾之語，不像說教。

　　此原文〔註12〕是寄禪在宣統二年（1910 年）所做，此時清朝餘
暉已闇，但是身爲一長老仍是要對國有期待、對下有鼓勵。眞的亡國
了，仍要人人思善感得天地鬼神，令一草一木吉祥翠綠。個己能忍辱，
少欲，無論改朝與否，則堯舜之年當再來。這就是寄禪要布施給大家
的「枯木花開象外春」；是一種枯木龍吟，在死亡的終極產生一線生
氣，在枯木之洞從風中帶出龍吟之聲，在禪定的靜中有了起死回生的
氣息，轉而有智慧、有覺悟。

五、藉詩歌以示悟道

　　縱觀寄禪的詩，一千九百餘首詩中，如其所言，雖非句句好詩，
但可讀性甚高，其思想源自儒、釋、道三教，其詩頗含佛禪之思。

　　一八六八年寄禪迫於困頓而出家，由「譏精一律師不究本務工
作」。到「洞庭波送一僧來」，到「錯認書囊作鉢囊」（〈過巴陵毛靈山
茂才書齋〉）。骨子裡自以爲是讀書人。到「推敲夜不眠；狂歌對明月，
得句問青天。」（〈詩興〉）夜不眠，嗜作詩如命。想到自己出家之身，
「思量文字眞糟粕，欲逼生蛇去化龍。」〈感懷〉於是有戒詩之舉；愛

〔註11〕寄禪：〈元旦示眾〉，見《詩文集》，頁518。
〔註12〕寄禪取前後頭各四句成「元旦示眾」：「大千一氣轉洪鈞，枯木花開
　　　　象外春；爆竹一聲翻自笑，今年人是去年人」、「元日山家也自忙，
　　　　打鐘隨俗慶年芳；道人不飲屠蘇酒，細嚼梅花味更香。」

詩、戒詩，如此反反覆覆。反覆在「殷勤事法王」與「興來長夜不能眠」。這個過程幾乎從學會作詩到中年，一直如此矛盾與糾葛。到一九○三年，五十三歲，寄禪之詩、禪已較能相融，「此法能傳有幾人，百千萬劫坐禪身；虛空粉碎無餘事，佛祖猶爲鏡上塵。」顯現此際詩禪的掙扎已能釋懷。

　　到一九○四年，寄禪反而喜以有詩相伴，「惆悵未陪林下語，歸來惟讀壁間詩。」（〈秋晚劉海臣太守……〉）只有以詩傳禪，不同時空的人才能傳心。感嘆「此生豈分作詩囚」（〈暮秋閱報奉懷〉）。到此寄禪不再害怕不究本務了。給吳彥復的詩曾訴說近況，「山中何事可相聞，日夕閒情說與君；擊缽吟殘千嶂月，采芝纏滿一身雲。」（〈寄吳彥復〉）隨著興致，不再壓抑，睡不著就吟詩！「禪房鐘梵歇，不寐聽猿吟；幽興老難遣，詩魔病益侵。移床就明月，得句底黃金；早識浮名妄，其如此夜心。」（〈不寐〉）千迴百轉，通透明亮。萬法惟心造，隨順眞如本性，「吳越千山隔，迢遙寄苦吟。」（〈寄太史李梅痴觀察江南〉）「苦被詩魔擾，沉吟殊未閑。」（〈賀師旦來山賦詩〉）雖詩中談到苦被擾，這個苦與其說是被擾，不如說是滿足、成就感的「樂源」。

　　禪定淺深，無量無邊。「粗衣淡飯隨緣過，我是他非總不分。」（〈述懷呈蕙亭茂才〉）若眞修道人不見世間過，浸淫佛法已多年，是有相當悟道之人。「大道本無文字象。」（〈少嵐上人……〉）：

> 須菩提，汝勿謂如來做是念，我當有所說法，莫作是念。
> 何以故，若人言如來有所說法，即爲謗佛，不能解我所說故。〔註13〕

佛說法四十九年，卻說他一句法也沒有說；反之，寄禪以身示法，其僧臘漂泊四十五年，就是一種說法，說而無說，無說而說。

六、以詩勾勒人生歸路

　　光緒十四年（1888 年），從這一年起所顯示的詩更多佛禪之思，例

〔註13〕《金剛般若波羅蜜經》卷一，《大正藏》卷八，頁 756 下。

如〈擬謝康樂《維摩經》十譬贊〉八首：聚沫泡合、焰、芭蕉、聚幻、夢、影響合、浮雲、電，與〈西方三聖贊〉三首：無量壽佛、觀世音菩薩、大勢至菩薩，這些詩闡發象的不久留，惟心所變、惟識所現。時三十八歲的寄禪，浸淫在佛法已二十年，對自己，對人何以爲人，已了了澄明，其自評「余生秉微尚，塊獨甘雲栖；幽途盛荊棘……眞如既不變，萬有徒紛馳。將捨有漏身，一飽豺虎飢。」(〈咏懷詩〉之七) 了解自己的稟賦。其對人生的修行「吾欽忍辱仙，運心仁且慈……冤親普平等，焦芽同時滋……永爲天人師。」(〈咏懷詩〉之八) 給自己莫大的期許。

　　寄禪的詩比較接近禪宗，其詩顯示悟道是在一念之間，是屬於頓悟。學佛是在修心，要能「無緣大慈，同體大悲」，行六波羅蜜；圓滿「清淨、平等、覺」，使能像佛，最後達到是佛。不再執著、妄想，找回自己眞如本性，不再受輪迴之苦；曾以詩勾勒出《彌陀經》的一景一物：

　　　　我聞安養國，賢聖俱栖遲；講堂極壯麗，行樹相因依。
　　　　湛湛七寶池，矯矯珍禽飛；金繩界道明，天樂隨風移。
　　　　衣食應念至，不假人力爲；文殊既戾止，慈氏亦來儀。
　　　　長揖三界苦，永絕四流悲；逝辭五濁世，金手引同歸。
　　　　(〈咏懷詩〉之十)〔註14〕

所謂「安養國」是西方極樂世界，是凡聖同居土，是故「賢聖俱栖遲」。講堂壯麗，殿宇宏大，「七重欄楯，七重羅網」，一塵不染。「行樹相因依」即所謂「七重行樹」。有「七寶池，八功德水」。「池底純以金沙布地，」是故「金繩界道明」。「彼佛國土，常作天樂」。也談極樂世界大眾的生活：色界天以上即無食慾，及其以下欲界天都不能避免五欲，色界天初禪以上五欲均無，以禪悅爲食。「衣食應念至，不假人力爲」。極樂世界有帶業往生的凡夫仍有習氣未斷，當有吃飯的念頭，念頭一起，境界即現前，一切受用隨念而生，不假安排。食畢鉢去，根本不勞撤鍋、不勞洗碗筷。連文殊、彌勒佛都來極樂世界，不

―――――――――――――――――
〔註14〕見《詩文集》，頁136。

希望再回到三界輪迴之苦，也不希望有四大的聚合，希望永遠離開五濁惡世：

> 兜率天中猶有漏，好歸佛國證金蓮。(〈再挽文學士五絕句〉)
> 〔註15〕

寄禪更精確辨別出兜率天仍是有漏之地，務必要到佛國；所以，爲友挽詩，強調是到安養國。無論如何是安養國：

> 老病龍鍾只閉關，西方佛國待余還；
> 金池一朵蓮花外，兜率無心況海山。(〈余近日養疴天童〉)〔註16〕

寄禪病重時，希望到安養國，到金池中有一朵專屬於自己的佛國。兜率天仍是有漏之地，都不想去，哪會想去不究竟的海山這等仙鄉。就是要到佛國，坐上蓮花寶座。這麼大的願力，虔誠要阿彌陀佛來接引：

> 稽首釋迦尊，皈命十方佛……身業恒清淨，不染邪非觸；
> 常披忍辱衣，常處法空座。(其一)

> 願口恒清淨，遠離四種失；常演妙蓮香，……速成廣長舌；
> 遍覆大千界，說法度一切。(其二)

> 願意恒清淨，不起貪嗔痴；勤修八聖道，遠離諸邪見……
> 盡此一□身，往生安樂國。(其三)(〈發願偈三章〉)〔註17〕

往生西方極樂世界，〔清〕蕅益大師《佛說阿彌陀經要解》、〔明〕蓮池大師《阿彌陀經要解、疏鈔、通讚疏》皆明言不得不「信、願、行」。首先信要切；再者要發願，願去彼國；故，寄禪〈發願偈三章〉就是誓言，唯願「金手引同歸」。

寄禪因詩得名，因名得人脈；豐派的人脈將寄禪推向佛法的慧業。無論世間的高位與榮辱，寄禪還是希望往生安樂國。「無上甚深微妙法，百千萬劫難遭遇，我今見聞得受持，願解如來眞實意。」人身難得，佛法難聞。願修身、口、意，祈能像《彌陀經》所言，也能廣長舌，遍覆大千世界，說法度一切。

〔註15〕見《詩文集》，322 頁。
〔註16〕見《詩文集》，326 頁。
〔註17〕見《詩文集》，157 頁。

第二節　八指頭陀詩對當代的啓發意義

　　由寄禪之詩看其一生的歷程，這一歷程經由寄禪一山一山的遊歷、一寺一寺的穿梭，連綴當時的人事物。寄禪所扮演的角色，經由詩展露其對家國的憂心、對民瘼的關懷、對時代的啓發，頗有其當代的意義。

一、憂國憂民

　　寄禪是詩僧，有愛國詩僧之稱。其詩甚多對國家的關懷，有屈原的憂思、有陶淵明式的情懷、更有杜甫的關懷。杜甫是典型的愛國詩人，其思想秉持堯舜禹湯文武周公的道統，滿懷抱負；「致君堯舜上，再使風俗淳」，是杜甫一生典型儒家思想的最佳代言人。同樣地，寄禪秉持這一思想，不因其出家之身而有所不足。對文官武將更有一份惺惺相惜，「憐君萬里封侯願，贏得西風兩鬢絲」（〈贈易與凡〉）、「黃雲連朔漠，辛苦且長征」（〈邊將〉）。就連聽到四川有亂民，「忽報蜀中亂，遙征海上兵」（〈聞蜀亂有感〉），無不憂從中來。

　　在寄禪詩集中無不顯示其對家國的憂心，那裡有亂，那裡有木罌渡，寄禪無不關懷；從山到海，從沿海到內陸，都讓寄禪反側難眠。就連遠在蠶叢（四川）的蜀亂，頭陀何能安然度日；寄禪四處來回奔走，對那時代的民風、時勢、瞭若指掌。自己何嘗不是像邊將一樣「贏得西風兩鬢絲」。

二、關懷民瘼

　　寄禪關懷國家更關懷百姓，哪怕刮風下雨或旱魃爲虐，或「……斗海玉龍興方酣，嘶風鐵馬愁欲絕；三農計日動春耕，六出非時豈云吉？老禪憂世畏年荒，咏絮無心苦民疾。」（〈二月一日，金陵對雪〉）無不與民共呼吸。其對民瘼的關心不僅表現在直接對農人、農作物的關懷，也表現在人民的父母官上；像陪秦鹿笙明府遊山：「憂國憂民兩鬢斑，此心常在玉壺間；最憐聽政多勤苦……停車野外問桑麻……

到處關心民疾苦，無分廊廟與烟霞。」（〈壬午立夏后一日陪秦鹿笙明府遊雪竇〉）正因為詩僧對民間的注意，才會留意到為官的朋友也這麼關心民間疾苦與關心出家人。

父母官要照顧到農民衣食，衣食來自看天雨不雨，不下雨苦，真的下太多也苦。「雲如潑墨濃，雨似傾盆洩；田疇水已盈，稻苗花已墜」（〈苦雨〉）。農夫看天吃飯，無雨苗不長，禾苗吐穗揚花時傾盆大雨，則花蕊掉落無法結實，一顆小小的米粒除了一滴血汗外，更要老天賞臉；老天不賞臉，則父母官的德性是要受到考評的。〔註18〕「太守清廉民鼓腹，一城滿種四時花」（〈出山謁明州宗湘文太守〉）。關懷人民，而留意到引導人民的父母官。太守清廉愛民，人民才有飽滿之態、市城才有妍麗之景。一個出家人能深入觀察，具體言出父母官之體民愛民，憂民之憂，苦民之苦，非真正關心民瘼者何能如此。

三、對當代的改革

寄禪人脈豐廣，主要是寄禪長於詩文，共有九十三首送別詩；在他四十年的寫詩生涯中，行行走走，一年大約有三首送別詩。送玄松上人歸日本，送羅順循大令自直隸新歸，送蔡公按察使罷官歸里等，與社會上流階層人士往來；除了寄禪開朗的人格特質結交諸多好友，彼此酬唱，憑添往來的情誼。以詩會友成為一種最好的交際。正因為這些豐厚的人脈創造往後生涯高峰。

正法時期，有情眾生與佛共同修行。像法時期，有情眾生依教奉行。末法時期卻有毀廟奪寺產。寄禪在清末民初，大環境混亂，連佛教修行的寺廟也屢遭騷擾。逢此衰世，目睹法難，僧伽屍諫。入世有入世的煩惱，出世亦有出世的困擾；多頭馬車的佛教界也法海波濤。寄禪曾傾訴委屈，例如「法門望重比崑崙，法海波瀾滿腹吞。」（〈呈

〔註18〕杜甫詩：「上天久無雷，無乃號令乖？」（〈夏日嘆〉）天的不配合乃是為官者或王者號令乖。

笠雲本師〉）、「平生積謗聳崑崙，……曰魔曰佛任公言。」（〈呈葉吏部〉）、「出世尚爲人所忌，浮名終與道相妨。」（〈感懷呈蔡伯浩觀察〉）。「欲白空王先痛哭，可憐歷劫已恆沙！」所受莫大委屈，唯有對佛傾吐，感嘆復感嘆。

國難當頭，法界亦不和諧。佛教面臨各省以辦地方自治的新政，佔寺奪產；以及佛教各團體爭領導地位。爭產正熾，爭權亦不甘示弱。當時有釋太虛的佛教協進會，謝無量的佛教大同會，李正綱等的佛教會，以及寄禪領導的中華佛教總會。寄禪爲「保教扶宗，興立學校」奔走不歇。寧郡僧教育會成立時，寄禪被推選爲會長。首辦寧波僧眾小學、民眾小學，這是我國佛教辦學之始。

此外，寄禪亦爲革命志士大大出力。保釋隱伏僧寺進行革命活動被捕入獄的栖雲和尚，爾後也保釋圓瑛和尚。

一九一二年，寄禪前往上海留雲寺，籌組中華佛教總會，被推選爲會長，設本部於上海靜安寺，設機關部於北京法源寺。其所領導中華佛教總會則依各省縣僧原有的僧教育會改組爲分支部。已有成爲全國佛教團體的趨勢。此時各省佔寺奪產之風熾；而中華佛教總會尚未得到北京臨時政府批准。與嗣法弟子道階前往內務部會見禮俗司司長，根據《約法》要求政府下令各地禁止侵奪寺產，反被侮辱，寄禪憤而辭出，當晚回法源寺，胸膈作痛，示寂。

爾後，詩友熊希齡等以其事聞袁大總統，遂用教令公布中華佛教總會章程，會章始生效。幸有詩友熊希齡之助；這莫不歸功於寄禪能詩能文，結交志同道合之友的一臂之力。

除此有形的奔走外，寄禪爲佛教界作更大愛才與忍辱；放下身段找釋太虛共同爲佛教而努力。或是，自知憂國憂時，「大海愁煮，身心血熾」，是一種託遺事的行徑！由太虛的一句話方顯寄禪的偉大：

> 民國初年，我二十四歲，以所辦佛教協進會的失敗，繼以
> 八指頭陀的逝世，對於佛教的前途頗抱悲觀。……然終不
> 與佛教絕緣者，則道誼上有八指頭陀曾喚我入其丈室，誦

孟子「天將降大任」一章以勗。〔註19〕

以寄禪的身分、地位，由上述可知寄禪非常放下身段，極鼓勵、盼望太虛能爲佛教盡心力。寄禪凡事留三分，「山大白雲遮不住，長留面目與人看」（〈足成二絕〉）作人處事都能盡己之力。從默默無名的白髮小頭陀到大寺廟的住持，一住十一年；無形中是擔負如來家業的上選；從紛亂的時局，爭奪寺產，到組織佛教總會，到爭取合法的保護行徑，寄禪有其不可磨滅的辛勞；不自私、不自利、不妄語，是眞正的修行。受盡天下百般氣，養就胸中一段春。雖然犧牲了，但是精神長存。

再回顧寄禪的一生：孤苦無依，曾放牧，慨嘆生命的凋殘而出家；修頭陀行，雲遊各山寺。擺盪在詩與禪的衝突，入世與出世的衝突，愛國與國衰改革的衝突，是一個同時具足莊子身影與消失莊子身影的個體。遊走在詩禪的世界，結束在佛法的慧業，死得其所。

回首本論文緒論開場語：「生命本身沒有意義，你必須賦予它意義；而其價值也透過你所選擇的意義而彰顯出來。」

〔註19〕大乘精舍印經：《太虛大師傳記及人生佛教思想的啓發》，大乘精舍，1986 年，頁 35。

參考書目

一、書　籍

1. 《大正新脩大藏經》(以下稱《大正藏》)，東京：大藏出版株式會社，1924～1934。

2. 《楞伽阿跋多羅寶經》，〔明〕臨濟正宗中都沙門圓珂會譯，《大正藏》卷一，經號 0008。

3. 《雜阿含經》，〔宋〕天竺三藏求那拔陀羅譯，《大正藏》卷二，經號 0099。

4. 《金剛般若波羅蜜經》，姚秦・天竺三藏鳩摩羅什譯，《大正藏》卷八，經號 0235。

5. 《妙法蓮華經》，〔後秦〕龜茲國三藏法師鳩摩羅什譯，《大正藏》卷九，經號 0262。

6. 《大方廣佛華嚴經》，于闐國・三藏實叉難陀譯，《大正藏》卷十頁，經號 0279。

7. 《佛說阿彌陀經》，姚秦・龜茲國三藏法師鳩摩羅什譯，《大正藏》卷十二，經號 0362。

8. 《地藏菩薩本願經》，〔唐〕于闐國三藏實叉難陀譯，《大正藏》卷十三，經號 0412。

9. 《維摩詰所說經》，〔吳〕月氏優婆塞支謙譯《大正藏》，卷十四，經號 0474。

10. 《楞嚴經》，〔唐〕天竺沙門般剌蜜諦譯，《大正藏》卷十九，經號 0945。

11. 《大智度論》，龍樹造，後秦・龜茲國三藏鳩摩羅什譯：《大正藏》

卷二十五，經號 1509。

12. 《首楞嚴義疏注經》，〔宋〕長水沙門子璿集：《大正藏》卷三十九，經號 1799。

13. 《六祖大師法寶壇經》，風旛報恩光孝禪寺住持嗣祖比丘宗寶編：《大正藏》，卷四十八，經號 2008。

14. 竺摩法師：《唯摩經講話》，佛光出版社，1992 年 4 月。

15. 淨空法師倡印：《佛說阿彌陀經要解疏鈔通贊疏》，台北：益誠印刷公司。

16. 〔漢〕司馬遷著／瀧川龜太郎注：《史記會注考證》，台灣：宏業書局，1972 年。

17. 〔梁〕劉勰著／王更生注譯：《文心雕龍讀本》，文史哲出版社，2004 年 10 月。

18. 〔唐〕杜甫著／〔清〕楊倫箋注：《杜詩鏡銓》，里仁書局，1981 年 10 月。

19. 〔唐〕司空圖原著／陳國球導讀：《二十四詩品》，金楓出版社，1999 年。

20. 〔宋〕黃庭堅著／〔宋〕任淵／史容／史季溫注，黃寶華點校：《山谷詩集注》，上海古籍出版社，2003 年 12 月。

21. 〔宋〕陸游著／楊家駱主編：《陸放翁全集》，世界書局，1990 年。

22. 〔宋〕羅大經：《鶴林玉露補遺》，北京：北京市：中華書局，1985 年。

23. 〔元〕方回：《瀛奎律髓》，景印《文淵閣四庫全書》，台灣商務，1983 年

24. 〔明〕金聖嘆選批：《聖嘆選批杜詩》，台北：盤庚出版社，1978 年 9 月。

25. 〔清〕聖祖御製：《全唐詩》，明倫出版，1976 年 5 月。

26. 〔清〕龔自珍撰／年譜，〔清〕吳昌綬撰／楊家駱主編：《龔定安全集類編》，台北：世界書局，1973 年。

27. 〔清〕龔自珍撰／劉逸生注：《龔自珍己亥雜詩注》，北京：中華書局，1999 年。

28. 〔清〕續修四庫全書編纂委員會編，顧廷龍主編：《續修四庫全書》，上海市：上海古集，1995 年。

29. 〔清〕郭慶藩編／王孝魚整理：《莊子集釋》，台北：萬卷樓，1993 年。

30. 《斷句十三經經文》，台灣開明書店，1991 年 3 月。

31. 王幼安校：《蕙風詞話人間詞話》，河洛圖書出版社，1980 年。

32. 王國維著／滕咸惠校注：《人間詞話新注》，里仁書局，1994 年 11 月。

33. 古芳禪師標註：《標註 碧巖錄》，天華出版，1989 年 12 月。

34. 朱守亮：《詩經評釋》，台灣學生書局，1984 年 10 月。

35. 李漁叔：《魚千里齋隨筆》，台灣中華書局，1970 年 5 月。

36. 李淼編著／王偉勇編審：《唐詩三百首譯析》，祺齡出版社，1994 年 12 月。

37. 吳汝鈞：《佛學研究方法論》，台北：學生書局，1996 年。

38. 宗白華：《美學的散步》，洪範書局，1987 年 3 月。

39. 宗白華：《美從何處尋》，駱駝出版社，1987 年 8 月。

40. 施蟄存：《唐詩百首》，台北：文史哲，1994 年 3 月。

41. 校訂本：《中國文學發展史》，華正書局，1984 年。

42. 張夢機：《近體詩發凡》，台灣中華書局，1978 年 10 月。

43. 郭廷以：《近代中國史綱》，曉園出版社，1994 年 5 月。

44. 黃永武：《中國詩學》，巨流圖書公司，1980 年 5 月。

45. 黃永武：《詩與美》，洪範書店，1997 年 4 月。

46. 陳永明：《莫信詩人竟平澹——陶淵明心路歷程新探》，台灣書店，1998 年。

47. 梅季點輯／趙樸初署：《八指頭陀詩文集》，長沙：岳麓書社，1984 年。

48. 陳慧劍考證：《寒山子研究》，東大圖書，2003 年 2 月。

49. 黃篤書編著：《黃山谷全傳》，五洲出版社，1998 年。

50. 黃懺華：《中國佛教史》，法嚴寺出版社，1998 年 5 月。

51. 彭楚炘：《歷代高僧故事》，佛學語體文化社，1987 年 2 月。

52. 富壽孫選注：《唐人絕句評注》，宏業書局，1982 年。

53. 傅偉勳：《從創造的詮釋學到大乘的佛學》，東大圖書公司，1990 年 7 月。

54. 傅隸樸：《易經》，台灣商務印書館，1985 年 2 月。

55. 傅佩榮：《生活有哲學》，台北：健行文化，2005 年。

56. 楊伯峻編著：《春秋左傳注》，復文圖書，1991 年。

57. 鄧雲香：《花鳥蟲魚誌》，台北：實學社出版，2004 年。

58. 鄭石岩：《禪》，皇冠文學出版，1993 年。

59. 鄭鴻之編著：《愛國大詩人屈原》，莊嚴出版社，1979 年 9 月。

60. 潘平／明立志編著：《胡適說禪》，九儀出版社，1995 年

61. 謙田茂雄：《沉默的教義「維摩經」》，武陵出版社，1984 年 11 月。

62. 顏崑陽：《古典詩文論叢》，漢光文化事業公司，1983 年 10 月。

63. 錢仲聯編選：《明清詩精選》，江蘇古籍出版社，1993 年 8 月。

64. 蕭麗華著，傅偉勳、楊惠南主編：《唐代詩歌與禪學》，東大圖書，2000 年。

65. 魏慶之：《詩人玉屑》，台灣商務印書館，1980 年。

66. 鍾笑：《八指頭陀禪詩探究》，玄奘大學中國語文研究所碩士論文，2009 年 7 月。

67. 龍珉編著：《一日一禪》，國家出版，1993 年 2 月。

68. 釋太虛：《太虛大師傳記及人生佛教思想的啓發》，大乘精舍，1986 年 11 月。

69. 釋寄禪：《八指頭陀詩集》，新文豐出版，1986 年 6 月。

70. 釋淨空：《華嚴演義》，佛陀教育基金會，2004 年 9 月。

71. 釋淨空：《佛說阿彌陀經要解講記》，屏東淨宗學會，2001 年 8 月。

72. 釋淨空：《地藏經的啓示》，昌隆念佛會，2002 年 8 月。

73. 釋聖嚴：《禪與悟》，東初出版社，1991 年 5 月。

74. 釋聖嚴：《拈花微笑》，東初出版社，1994 年。

75. 釋聖嚴：《禪的體驗》，東初出版社，1981 年 3 月。

76. 釋演培：《華嚴經普賢行願品講記》，淨心叢書，1993 年。

二、工具書

1. 辭源修訂組：《辭源》，遠流出版公司，1988 年 5 月。

2. 佛光大藏經編修委員會：《佛光大辭典》，高雄：佛光出版社，1989 年 2 月。

3. 王洪／方廣錩主編：《中國禪詩鑑賞辭典》，中國人民大學出版，1992 年 6 月。

三、期刊論文

1. 吳全蘭：〈試論屈原悲劇結局的必然性〉，《桂林師範高等專科學校學報》，季刊，出版地：廣西壯族自治區桂林市，第 13 卷第 3 期，總第 39 期，1999 年 9 月。

2. 李眞瑜，常楠：〈中國古代詠史詩的歷史闡釋方式與歷史觀念〉，《湖南文理學院學報》，社會科學報，雙月刊，湖南省常德市，第 34 卷第 2 期，2009 年 3 月。

3. 周殿富：〈屈原之死和他的悲劇人格〉，《社會科學戰線》，月刊，出版地：吉林省長春市，吉林省社會科學院主辦，第 2 期，2002 年。

4. 哈斯朝魯：〈詩情澎湃的人生——論八指頭陀的禪詩〉，《內蒙古民族大學學報》，社會科學版，雙月刊，內蒙古自治區通遼市，第 30 卷第一期，2004 年 2 月。

5. 哈斯朝魯：〈"白梅和尚"的詠梅詩〉，《世界宗教文化》，北京市：中國社會科學院世界宗教研究所，第 1 期，2006 年。

6. 桑寶靖賞析：〈願阻洪流身先死——八指頭陀《鄭州河決歌》賞析〉，《世界宗教文化》，雙月刊，北京市：中國社會科學院世界宗教研究所，第 4 期，2002 年。

7. 高慎濤：〈僧詩之「詩箏氣」與「酸餡氣」〉，《古典文學知識》，雙月刊，江蘇省南京市，第 1 期，2008 年。

8. 程杰：〈蘇州鄧尉「香雪海」研究——中國古代梅花名勝叢考之一〉，《蘇州大學學報》，哲學社會科學版，雙月刊，江蘇省蘇州市，第三期，2006 年 5 月。

9. 遠藤隆俊：〈宋元宗族的墳墓和祠堂〉，《中國社會歷史評論》，年刊，第九卷，天津市，主辦單位：南開大學中國社會歷史評論，2008 年。

10. 趙紅：〈陶淵明田園詩藝術魅力探析〉，《新疆師大學報》，哲學社會科學報，新疆維吾爾自治區烏魯木齊市，季刊，第 30 卷第 3 期，2009 年 9 月。

11. 鄧大情：〈論杜甫的自傳詩〉，《廣東技術師範學院學報》，廣東省廣州市，第 1 期，月刊，2003 年。

12. 潘永輝：〈從般若看詩禪境界——以王維、道濟詩爲例〉，《湛江師範學院學報》，湛江師範學院，第 30 卷第 1 期，2009 年 2 月。

13. 鄧永芳：〈《愛蓮說》及蓮文化中的佛說因緣〉，《現代語文文學研究版》，月刊，山東省曲阜市，第三期，2008 年 3 月。

14. 薛順雄：〈八指頭陀「聽月寮」詩銓〉，《東海中文學報》，台中市：東海大學中國文學系，1990 年 7 月。

15. 蕭曉陽：〈釋敬安詩歌的藝術：澄明之境中的詩音與詩畫〉，《名作欣賞》，山西省太原市，北岳文藝出版社，2007 年 8 月。

附錄：八指頭陀年表

（依照梅季點輯《八指頭陀詩文集》）

咸豐元年（1851）

陰曆十二月初三，生於湖南湘潭石潭黃姓農家，名讀山。

咸豐七年（1857）

七歲。母亡，諸姐皆嫁，與幼弟寄食鄰家。

咸豐十一年（1861）

十一歲。始就塾師授《論語》，因貧未終篇。

同治元年（1862）

十二歲。父喪，以幼依族父。讀山無所得食，爲農家牧牛。

同治二年（1863）

十三歲。塾師周雲帆爲之教讀，讀山則爲師灑掃炊雜。

同治三到六年（1864～1867）

十四歲至十七歲。周師病故，讀山去某富豪家伴讀被奴役而離去。
後從某老闆習手藝被鞭撻，昏死數次。

同治七年（1868）

十八歲。爲生活所逼，投湘陰法華寺出家，禮東林長老爲師。師賜

名敬安，字寄禪。冬，詣南岳祝聖寺，從賢楷律師受具足戒。

同治七年（1869）

十九歲。赴衡陽岐山仁瑞寺（今湖南衡南縣境）首參恆志來和尚，隨眾參禪，並充苦行僧職。寺中精一律師喜吟詩，寄禪深受其影響。

同治十年（1871）

二十一歲。在岐山參禪。至巴陵省視舅氏，曾登岳陽樓，得「洞庭波送一僧來」句，郭菊蓀先生謂有神助，且授以《唐詩三百首》，一目成誦，遂學詩。前年，湖南境內大飢。

同治十二年（1873）

二十三歲。岐山參禪，補作〈祝髮示弟〉詩。參詩僧笠雲長老。是年存詩二十九首。

同治十三年（1874）

二十四歲。自岐山回湘陰法華寺，從本師東林長老。是年存詩三十二首。光緒元年（1875）二十五歲。東遊吳越。在鎮江金山寺結夏，參大定密源禪師。是年存詩十五首。

光緒二年（1876）

二十六歲。冬駐錫寧波，從呂文舟、胡魯封、徐酡仙、與了法師等人遊，結社吟唱。是年存詩四十四首。

光緒三年（1877）

二十七歲。春夏秋均往來於太白山天童寺，並曾於玲瓏岩結茅閉關。秋在阿育王寺佛舍利塔前燒二指並剜臂肉燃燈供佛，自此號「八指頭陀」。是年存詩六十一首。

光緒四年（1878）

二十八歲。住寧波，全年往返於天童山、三茅山、伏龍山、鎮海、

餘姚等地，遍參諸寺。是年存詩三十一首。

光緒五年（1879）

二十九歲。春住跨塘禪院，遍遊天童寺、茅山寺、阿育王寺，航海到普陀。重陽前後在寧波，冬住天童。是年存詩四十四首。

光緒六年（1880）

三十歲。住寧波旅泊庵。五月作〈嚼梅吟自敘〉。冬初遊鬮湖。是年存詩五十六首。

光緒七年（1881）

三十一歲。春住寧波，夏遊雪竇，冬挂錫阿育王寺。《嚼梅吟》詩集在寧波刊刻，四明諸詩人多為之題跋。是年存詩三十一首。

光緒八年（1882）

三十二歲。正月過白雲禪院，春因病住天童。夏初再遊雪竇、阿育王寺。曾往曹娥江謁孝女廟。初秋下山訪明州太守，曾因事至杭州。秋冬往天台山，登天姥峰、華頂峰，訪寺觀瀑。是年存詩五十八首。

光緒九年（1883）

三十三歲。春住天童，習定玲瓏岩。清明下山弔詩友徐酡仙。秋冬曾於太白山、雪竇山小住。明州知府宗湘文請為仗錫山寺住持，堅辭。是年存詩二十八首。

光緒十年（1884）

三十四歲。三遊雪竇，曾去南京。回天童，與日本和尚岡千仞遊玲瓏岩。八月，自四明歸長沙，小住麓山寺，後卜筑南岳烟霞峰。是年存詩十六首。是年八月，法艦襲擊台灣基隆及福建閩江口。消息傳至寧波，寄禪正臥病延慶寺，憤怒之極，思謀禦敵之法不得，出見敵人，欲以徒手奮擊，為友所阻。旋歸湘。

光緒十一年（1885）

三十五歲，住南岳。春回湘潭石潭，省先塋。夏，避暑長沙碧浪湖，與友人雅集上林寺，遊麓山寺。是年存詩 31 首。

光緒十二年（1886）

三十六歲。住南岳。六月十五，王闓運集諸名士開碧浪湖詩社，寄禪被邀參加。九月復至長沙，赴王闓運、郭松燾招集之碧浪湖重陽會。秋曾北上武昌，登鸛雀樓、重遊金山，焦山，過潤州。冬還山。是年存詩 31 首。

光緒十三年（1887）

三十七歲。住南岳。初春至長沙遊碧湖亭，赴碧湖集會。季春歸山。四月偕王湘綺等遊碧湖。秋陪友人從長沙反棹，上空舲岩，登祝融峰，尋方廣寺，遊福岩寺、磨鏡台、懶殘岩。又曾往岐山禮恆志和尚塔。晚秋登長沙碧湖樓齋集。冬在麓山寺。是年存詩 80 首。

光緒十四年（1888）

三十八歲，春住長沙，堅辭上林寺法席。沿湘水去九嶷山探勝。過衡陽，上南岳，秋回長沙。是年存詩 57 首。陳伯嚴、羅順循，將其同治十二年至光緒十四年作品刪定，編成詩集五卷刊刻，王闓運兩序之，寄禪亦於此年作〈詩集自述〉。是年鄭州黃河決堤。

光緒十五年（1889）

三十九歲，為衡陽大羅漢寺住持。與鄧白香遊江寧，六月，船發衡陽，七月乘輪船從長沙過洞庭抵武昌，遊黃鶴樓、禰衡墓、伯牙臺，即下九江、湖口，上小姑山、九華山。與俞恪士、陳伯嚴、曾重伯、吳雁舟等暢遊金陵，稱「白門佳會」。秋下浙江寧波，重遊天童，冬遊雪竇。十二月二十八，遊浙歸大羅漢寺。是年存詩 32 首。

光緒十六年（1890）

四十歲。爲大羅漢寺住持。正月至長沙，曾往神鼎、上林等寺。九月在麓山寺修法華三昧。深秋歸衡山精廬。是年存詩 27 首。

光緒十七年（1891）

四十一歲。大羅漢寺住持。正月至岐山，與諸芯蒭結期坐禪，作〈岐山中興恆志來和尚道狀〉。五月歸本寺。是年存詩 20 首。

光緒十八年（1892）

四十二歲。大羅漢寺住持。二月至南岳清涼寺，謝却太守招住上封寺。深春過湘鄉曾國藩里居，旋下長沙。夏返南岳。冬，昭陵道俗請主獅子峰龍華講席，高山寺僧請爲住持，均辭却。是年存詩 23 首。

光緒十九年（1893）

四十三歲。住南岳，爲上封寺住持。遊方廣寺、高臺寺、己公岩等，又至朱亭、衡陽。爲清涼寺撰碑文。是年存詩 35 首。

光緒二十年（1894）

四十四歲。爲上封寺住持。二月初，與王闓運等遊長沙浩園，于碧湖賦詩。深春回山，夏又赴長沙。曾避暑高臺寺；過廣濟寺。五月欲去廬山，未果。夏大旱，奉湖南巡撫吳大徵令往黑龍潭求雨，願以死解民憂。冬，上封寺退院入大善寺。是年存詩 35 首。

光緒二十一年（1895）

四十五歲。爲大善寺住持。春，擬出國，未果。秋，大善寺退院，去寧鄉溈山密印寺禮拜祖席。還杲山寺啓。十月初四，密印寺接啓爲住持。冬，與王闓運諸詩社人士集長沙浩園，十二月于上林寺爲易佩紳壽。是年存詩 15 首。李鴻章去日本簽訂《馬關條約》。日寇又侵略臺灣。該年全省大旱。以瀏陽、醴陵、衡山爲最嚴重。

光緒二十二年（1896）

四十六歲。爲溈山密印寺住持。夏秋曾遊芙蓉山、青龍峽、雲霧山、香嚴岩等處。深秋上岳麓山，小住長沙，仍回溈山。臘月欲與易實甫遊廬山。不果，年底又在長沙。是年存詩 55 首。是年，醴陵、衡山等縣持續大旱。

光緒二十三年（1897）

四十七歲。爲溈山密印寺住持。初夏遊溫泉。六月于長沙浩園銷夏，初秋回溈山。八月朔，住白霞寺。是年存詩 67 首。

光緒二十四年（1898）

四十八歲。住湘陰神鼎山。二月，曾在長沙爲巡撫陳寶箴誦經。四月又集長沙。秋大病臥山寺。本師東林和尚圓寂。病癒又赴長沙，會晤中日戰爭倖存者。是年存詩 92 首。感時傷事，詩風轉入沉雄老成。葉德輝將其光緒二十五年至二十四年作品編成卷六至卷十，爲之續刻，半年而就，自此詩名聞海內。是年存詩 92 首。

是年二月，譚嗣同、唐才常設南學會于長沙，三月辦《湘報》。六月，光緒帝下詔定國是，推行維新變法。九月二十一，西太后發動宮廷政變，囚禁光緒帝。

光緒二十五年（1899）

四十九歲。住湘陰神鼎山。三月赴長沙浩園雅集賦詩。夏，主席萬福禪林，曾過湘陰屈子祠。是年存詩 47 首。

是年九月，美國務卿約翰提出「門戶開放」的聲明。

光緒二十六年（1900）

五十歲。爲湘陰萬福禪林住持。往來長沙湘陰間。是年存詩 67 首。

是年八月，「八國聯軍」進犯北京，十四日北京失陷，西太后挾光緒西走。

光緒二十七年（1901）

五十一歲。夏爲長沙上林寺住持。九月于碧湖參加重陽會。十月去谷山掃本師東林和尙墓。是年存詩 55 首。

是年李鴻章與俄英美法等十一國簽《辛丑條約》。

光緒二十八年（1902）

五十二歲。二月，浙江寧波天童寺首座幻人率兩序班前來長沙，禮請寄禪爲該寺住持。還里，拜辭先塋。春辭上林寺法席赴天童。五月，從四明經南京、洞庭歸長沙。不久又從長沙過黃州赤壁回天童住持。是年存詩 52 首。

是年二月，梁啓超在日本創辦《新民叢報》。四月，章太嚴等在日本發起「中夏亡國 242 年紀念」，蔡元培等在上海發起成立「中國教育會」。

光緒二十九年（1903）

五十三歲。天童寺住持。五月赴上海，又從俞恪士招去南京後湖，與名士相互唱酬。後由南京回天童結夏，請玉泉祖印法師講《楞嚴經》。冬，又下南京，旋歸山。是年存詩 118 首。

光緒三十年（1904）

五十四歲。天童寺住持。四月還湘。秋放棹江南，八月下旬與諸文人小集上海。九月過杭州，籌辦僧學堂，與松風等陪日本伊藤賢道法師泛舟西湖。晚秋還天童。冬，病居山寺，報紙謠其已航海詣東京皈依日本佛教，作詩嗤之。是年存詩 79 首。《白梅詩》刊行於世，被稱爲「白梅和尙」。是年二月，日俄戰爭爆發。

光緒三十一年（1905）

五十五歲。天童寺住持。全年在山。夏曾爲僧眾開講《禪林寶訓》。是年存詩 27 首。是年八月，同盟會於東京召開成立大會。十一月

《民報》創刊。

光緒三十二年（1906）

五十六歲。天童寺住持。春至上海，登潤州玉山，遊焦山、金山。四月返天童，爲寧波師範、育德學堂師生作祝詞，抒愛國之懷。六月渡海訪普陀。八月與友小集上海，九月回天童。三月初，弟子成逝於南京毗盧寺。是年存詩五十首。是年湖南霪雨綿綿，河水氾濫，死者無數。江淮洪水一片，寄禪作〈江北水災〉詩，極度哀痛。

光緒三十三年（1907）

五十七歲。天童寺住持（任期六年已滿，僧眾留其再任）。春下維揚，過梅花嶺，謁史閣部墓，登北固山，遊鎮江金、焦二山，過常州天寧寺，遊蘇州虎丘，到鄧尉，泛舟太湖。廣作山水遊覽詩紀勝。六月至上海，文人小集。初秋回天童。是年存詩六十六首。

光緒三十四年（1908）

五十八歲。天童寺住持。年初在寧波籌辦僧教育會，杭州白衣松風和尚死於辦僧學，弔之。二月經南京返長沙，小憩，三月回天童。六月，與易實甫會於上海，陪其同遊普陀山。返寧波小住，十月中還山。年底下南京，除夕前取道姑蘇回天童，爲「保教扶宗，興立學校」而奔走不歇。寧波僧教育會成立，推爲會長，首先在寧波創辦僧眾小學、民眾小學，爲我國佛教辦學之始。八月。同盟會栖雲和尚在吳江被捕入獄。寄禪向江蘇巡撫疏通保釋。是年存詩 106 首。是年陰曆十月二十一、二十二，光緒帝、西太后先後死去。

宣統元年（1909）

五十九歲。天童寺住持。二月在寧波乘船至官橋浦，由二六市行至羅江。後小住杭州白衣寺。夏回山。秋赴上海會晤陳伯嚴。是年存

詩 57 首。

是年湘北大水，湘南蟲旱，全省飢饉。

宣統二年（1910）

六十歲。天童寺住持。兼住寧郡西河營之觀音寺。正月至南京，小住毗盧寺。回山後又往上海爲徒普悟封龕。六月回寧波，小憩接待寺。七月，冷香塔建成。八月至南京，與俞恪士、陳伯嚴等交遊，九月還山。年底復去南京。是年存詩 132 首。是年四月，長沙發生「搶米」風潮，各縣飢民暴動。

宣統三年（1911）

六十一歲。天童寺住持。兼住寧郡觀音寺。初春到杭州，小住白衣寺。八月養病上海留雲寺。暮秋回寧波，後回山。是年存詩 39 首。

是年四月，黃興指揮廣州黃花崗起義。五月，清內閣成立，宣布「鐵路國有」，長沙群眾憤起爭路。六月，四川成立保路同志會。九月，四川保路同志軍大舉起義。十月十號，武昌新軍起義，佔領武昌。到十一月，湖南、浙江等十四省宣告獨立，成立革命軍政府。袁世凱爲總理大臣。十二月二號，革命軍攻克南京。

中華民國元年（1912）

六十二歲。仍爲天童寺住持。二月，遊寶華山，登拜經臺，至姑蘇、常州。三月登浙江茅山。有毗盧寺主席之請，卻之。四月，各地佛教徒代表集于上海留雲寺，籌組中華佛教總會，公推爲首任會長，設本部於上海留雲寺，設機關部於北京法源寺。曾返天童小住。九月，和樊山等於上海靜安寺作展重陽會。當時各地有奪僧產、毀佛像之事發生，春上，寄禪曾赴南京謁見臨時總統孫中山，請予保護。四月，臨時參議院決定臨時政府遷往北京，故寄禪於九月北上。客法源寺。抵京第九日，和嗣法弟子道階前往

內務部會見禮俗司司長杜關，根據《約法》要求政府下令各地禁止侵奪寺產，反被侮辱，憤而辭出。當晚回法源寺，胸膈作痛，示寂。享壽六十二，僧臘四十五。道階等奉龕南歸，葬於天童寺前青龍岡冷香塔苑。是年存詩 57 首。